UNE ENFANCE AFRICAINE

Stefanie Zweig
UNE ENFANCE AFRICAINE

RÉCIT

Traduit de l'allemand par
Jean-Marie Argelès

Titre original :
Nirgendwo in afrika

© Langen Müller, 1995

Pour la traduction française :
© Éditions du Rocher, 2002

En souvenir de mon père.

1

Rongai, le 4 février 1938

Ma chère Jettel,
Avant toute autre chose, prends un mouchoir et assieds-toi confortablement. Tu as intérêt à avoir les nerfs solides. Si Dieu le veut, nous n'allons pas tarder à nous revoir. En tout cas, beaucoup plus tôt que nous n'osions l'espérer. Depuis ma dernière lettre, celle que je t'ai écrite le jour de mon arrivée à Mombasa, il s'est passé tant de choses que j'en ai la tête à l'envers. Je n'étais pas depuis huit jours à Nairobi que j'étais totalement découragé : tout le monde me disait que ce n'était même pas la peine de chercher du travail en ville puisque je ne parlais pas l'anglais. Mais je ne voyais pas non plus le moyen de trouver refuge dans une ferme, comme le font ici presque tous ceux qui cherchent à avoir un toit au-dessus de la tête. Et voilà qu'il y a une semaine j'ai été reçu chez une riche famille juive, en compagnie de Walter Süsskind (il est originaire de Poméranie).

Au début, je n'attendais pas grand-chose de cette visite et je croyais simplement que les choses allaient se passer comme chez ma mère, à Sohrau, qui invitait toujours à manger quelque pauvre diable. Mais je sais maintenant ce qu'est un miracle. La famille Rubens vit au Kenya depuis cinquante ans. Le vieux Rubens préside la Communauté juive de Nairobi qui prend en charge les refugees *(c'est comme ça qu'on nous appelle)* quand ils débarquent dans le pays.

Les Rubens (il y a cinq fils adultes) étaient dans tous leurs états d'apprendre que Regina et toi étiez encore en Allemagne. Les gens d'ici voient les choses tout autrement que je ne les voyais chez nous. Père et toi aviez donc tout à fait raison de ne pas vouloir que je parte seul et j'ai honte de ne pas vous avoir écoutés. On m'a dit plus tard que Rubens m'avait copieusement engueulé, mais je ne comprenais pas un traître mot, bien sûr. Tu ne peux pas te figurer le temps qu'il m'a fallu pour saisir que la Communauté est décidée à avancer aux autorités de l'immigration les cent livres qu'il faut verser pour toi et Regina. Moi, ils m'ont sur-le-champ expédié dans une ferme afin que nous ayons tous les trois un point de chute et que je puisse au moins gagner quelques sous.

En d'autres termes, il faut que vous partiez le plus vite possible. *Cette dernière phrase est la plus importante de toute la lettre. Bien que je me sois conduit comme une andouille, tu dois à présent me faire confiance. Chaque journée de plus à Breslau avec notre enfant est une journée perdue. Donc, va voir Karl Silbermann sans attendre. Il a une très grande expérience en matière d'émigration et il te mettra en contact avec cette personne de l'Agence allemande de voyage qui s'est montrée si correcte à mon égard. Elle t'expliquera comment obtenir le plus rapidement possible des billets ; savoir de quel navire il s'agit et combien de temps le voyage durera n'a absolument aucune importance. Si c'est possible, prends une cabine à trois couchettes. Je sais que ce n'est pas agréable, mais c'est bien moins cher que la deuxième classe et nous en sommes vraiment à un pfennig près. L'essentiel, c'est que vous soyez à bord et au large. Alors, nous pourrons à nouveau dormir tranquilles.*

Il faut aussi que tu prennes immédiatement contact avec l'entreprise Danziger au sujet de nos caisses. Tu sais que nous en avons laissé une de vide pour les objets auxquels nous penserions au fur et à mesure.

Une glacière, c'est très important sous les Tropiques. Nous avons aussi impérativement besoin d'une lampe à pétrole. Veille à ce qu'ils te donnent en plus quelques manchons. Sinon, nous aurons une lampe mais nous n'y verrons pas plus clair pour autant. Dans la ferme où j'ai atterri, il n'y a pas d'éclairage électrique. Achète aussi deux moustiquaires. Et même trois, si tu as assez d'argent. Rongai n'est pas une région à malaria, mais Dieu sait où nous risquons encore de nous retrouver. S'il n'y a pas assez de place pour la glacière, débarrasse-toi du paquet contenant la vaisselle Rosenthal. Il y a des chances que nous n'ayons plus jamais l'occasion de nous en servir et nous avons déjà dû nous séparer de choses bien plus importantes que de ces assiettes à fleurs.

Pour Regina, il faut des bottes en caoutchouc et des pantalons de velours (pour toi aussi, d'ailleurs). Si quelqu'un souhaite vous offrir quelque chose à l'occasion de votre départ, demande des souliers qui lui iront dans deux ans. À l'heure actuelle, je n'arrive même pas à imaginer que nous puissions un jour avoir les moyens d'acheter des chaussures.

Dès que tu auras tout rassemblé, fais la liste des objets que vous emporterez. Il est très important que chacun d'eux y figure, sinon vous aurez les pires ennuis. Et ne te laisse surtout pas persuader d'emporter quoi que ce soit pour quelqu'un d'autre. Rappelle-toi ce malheureux B. Il doit à sa seule complaisance ses ennuis avec les douanes de Hambourg. Qui sait s'il arrivera jamais en Angleterre et combien de temps il lui faudra se promener sous les hêtres[1]*. Tu feras mieux de parler le moins possible de tes projets. On ne sait plus quelles conséquences une conversation peut avoir, ni ce que des gens qu'on connaît depuis des siècles sont devenus.*

---

1. Allusion voilée à Buchenwald, la «hêtraie» en allemand *(N.d.T.)*.

Je ne raconterai que peu de choses me concernant de peur de te mettre la tête à l'envers, à toi aussi. Rongai est à mille mètres d'altitude à peu près, mais il y fait une chaleur torride. Les soirées sont très fraîches (emporte des habits en laine). Dans la propriété, il pousse essentiellement du maïs, mais je n'ai pas encore découvert ce qu'il me faut en faire. Nous avons aussi cinq cents vaches et une énorme quantité de poules. On ne manquera donc ni de lait, ni de beurre, ni d'œufs. N'oublie pas d'apporter une recette pour la cuisson du pain.

Celui que fait cuire le boy ressemble à du pain azyme, mais il est encore plus mauvais. Ses œufs au plat sont excellents, mais ses œufs brouillés ne valent rien. Lorsqu'il fait des œufs à la coque, il ne manque jamais de chanter une chanson bien précise. Malheureusement, elle est trop longue et les œufs sont toujours durs.

Comme tu vois, j'ai déjà un boy. Il est grand, noir bien entendu (je t'en prie, explique à Regina que tous les hommes ne sont pas blancs) et il s'appelle Owuor. Il rit beaucoup, ce qui me fait du bien, vu mon état d'inquiétude. Les « boys », c'est le nom qu'on donne ici aux domestiques, mais avoir un boy ne veut absolument rien dire. Dans les fermes, on a autant de personnel qu'on en désire. Tu peux donc arrêter tout de suite de te faire du souci pour le problème de la bonne. Il y a tant de gens qui vivent ici. Je les envie de ne pas savoir ce qui se passe dans le monde et de s'en sortir si bien.

Dans ma prochaine lettre, je t'en dirai plus sur le compte de Süsskind. C'est un ange : il part aujourd'hui pour Nairobi et il va emporter le courrier. Cela fera gagner au moins une semaine à un moment où il est si important pour nous d'entretenir une correspondance serrée. Numérote tes lettres et indique-moi à quelle lettre tu réponds. Sinon, notre vie sera encore plus compliquée qu'elle ne l'est déjà. Dès que tu le pourras, écris à père et à Liesel et rassure-les sur notre compte.

Mon cœur bondit de joie à l'idée que je pourrai bien-

tôt vous serrer dans mes bras, toi et notre enfant. Mais j'ai le cœur lourd quand je pense au chagrin que cette lettre causera à ta mère. Il ne lui restera plus qu'une de ses deux filles – et qui sait combien de temps durera la séparation ? Mais ta mère a toujours été une femme extraordinaire et, j'en suis sûr, elle préfère savoir sa fille et sa petite-fille en Afrique plutôt qu'à Breslau. Embrasse Regina très fort de ma part et ne la couve pas trop. Les pauvres ne peuvent pas se payer le médecin.

Je m'imagine combien cette lettre va te bouleverser mais il faut que tu sois forte maintenant. Pour nous tous. Je t'embrasse avec tendresse et désir.

Ton vieux Walter

P.-S. *Les fils de Mr Rubens t'auraient bien plu : ils sont très beaux garçons. Aussi beaux que ceux du cours de danse, chez nous, dans le temps. Je les croyais célibataires mais j'ai appris ensuite que leurs femmes se retrouvent pour une partie de bridge dès qu'il est question de nous autres, les* refugees. *C'est un sujet qui les ennuie prodigieusement.*

Rongai, le 15 février 1938

Cher père,

J'espère que Jettel t'a entre-temps donné des nouvelles et que tu sais donc que ton fils est devenu fermier. Maman aurait certainement dit : « C'est bien, mais c'est dur » – et pourtant que pourrait souhaiter de mieux un avocat-notaire radié du barreau ? Ce matin, j'ai déjà sorti un tout petit veau du ventre de sa mère et je l'ai baptisé Sohrau. J'aurais préféré jouer les sages-femmes pour un poulain – tu m'avais appris à monter à cheval bien avant que tu endosses l'uniforme impérial.

Ne va pas penser que ç'a été une erreur de me faire faire des études. C'est l'impression qu'on a aujourd'hui, mais c'est tout. Combien de temps cela va-t-il durer ?

*Mon patron, qui ne vit pas à la ferme mais à Nairobi, a quantité de livres dans une armoire, notamment l'*Encyclopædia Britannica *et un dictionnaire latin-anglais. Tu vois, je serais dans l'incapacité totale d'apprendre l'anglais dans ce pays perdu si je n'avais pas étudié le latin. Alors que je peux déjà parler de tables, de rivières, de légions et de guerres – que sais-je encore – et même dire :* « Je suis un homme sans patrie. » *Malheureusement, ce savoir est purement théorique car il n'y a que des Noirs dans la ferme : ils parlent le swahili et ils rient aux larmes de voir que je ne les comprends pas.*

En ce moment, je lis ce qu'écrit l'encyclopédie à propos de la Prusse. Puisque je ne connais pas la langue, je suis obligé de chercher des sujets que je connais bien. Tu ne peux pas te figurer combien les journées sont longues dans une ferme comme celle-ci ; mais je ne vais pas commencer à me plaindre. Je remercie le destin, surtout depuis que j'ai l'espoir d'être bientôt rejoint par Regina et Jettel.

Je me fais beaucoup de souci pour vous deux. Que se passera-t-il si les Allemands envahissent la Pologne ? Ils se moqueront de savoir que Liesel et toi êtes restés Allemands et que vous n'avez pas choisi d'être Polonais. Pour eux, vous êtes des Juifs et ne t'imagines surtout pas que tes décorations de la guerre te seront d'une quelconque utilité. Nous avons vu, nous, après 1935, ce qu'il en était. D'un autre côté, comme vous n'avez pas opté pour la nationalité polonaise, vous ne devriez pas tomber sous le coup des quotas polonais qui, partout dans le monde, restreignent encore les possibilités d'immigration. Si tu vendais ton hôtel, tu pourrais toi aussi envisager d'émigrer. Tu devrais le faire, surtout pour Liesel. Elle n'a que trente-deux ans et n'a pas encore profité de la vie.

J'ai parlé d'elle à un ancien banquier de Berlin (il compte à présent les sacs dans une ferme où l'on cultive le café) et lui ai expliqué qu'elle était encore à

Sohrau. Il pense qu'ici les autorités de l'immigration voient d'un assez bon œil les femmes célibataires. Peut-être parce qu'elles trouvent facilement à se caser comme bonnes d'enfants auprès des riches familles de fermiers anglais. Si je disposais des cent livres nécessaires pour me porter garant pour vous deux, j'insisterais bien plus lourdement encore pour te convaincre d'émigrer. Mais c'est déjà une bénédiction du ciel qu'il me soit possible de faire venir Jettel et la petite.

Peut-être pourrais-tu te mettre en relation avec Kammer, l'avocat de Leobschütz. Il s'est montré, jusqu'à la fin, d'une extrême correction à mon égard. Lorsqu'on m'a radié du barreau, il m'a promis de garder en dépôt les honoraires qu'il me restait à percevoir. Il te viendrait en aide à coup sûr si tu lui expliquais que tu possèdes encore un hôtel mais que tu n'as pas d'argent. À Leobschütz, on sait très bien comment les Allemands ont été traités en Pologne durant toutes ces années.

Maintenant que je me retrouve seul avec mes pensées, je prends vraiment conscience de m'être beaucoup trop peu soucié de Liesel. Avec son cœur d'or et le dévouement dont elle a fait preuve après la mort de maman, elle aurait mérité un meilleur frère. Et toi un fils qui ait su te remercier en temps voulu de tout ce que tu as fait pour lui.

Ce n'est vraiment pas la peine que tu m'envoies quoi que ce soit. Avec les produits dont je dispose à la ferme, j'ai tout ce qu'il me faut pour vivre et j'ai bon espoir de trouver un jour un travail assez bien payé pour pouvoir envoyer Regina à l'école (ici, ça coûte extrêmement cher et la scolarité obligatoire n'existe pas). Bien sûr, des graines de rosiers me feraient grand plaisir. Je verrais fleurir sur ce maudit bout de terre les mêmes fleurs que devant la maison paternelle. Peut-être Liesel pourrait-elle aussi m'envoyer la recette de la choucroute ? J'ai entendu dire que le chou poussait très bien ici.

Je vous embrasse très tendrement,

Walter

Rongai, le 27 février 1938

Ma chère Jettel,
J'ai reçu aujourd'hui ta lettre du 17 janvier. Il a d'abord fallu qu'elle me soit réexpédiée de Nairobi. Que ça fonctionne en dépit de tout tient du miracle. Tu n'as pas idée des distances dans ce pays ! De chez moi à la ferme la plus proche, il y a cinquante-cinq kilomètres et Walter Süsskind met trois heures pour venir me voir par de mauvaises routes en partie recouvertes de boue. Il m'a tout de même rendu visite toutes les semaines pour fêter shabbat avec moi. Il est d'une famille très pieuse. Il a la chance que son patron ait mis une auto à sa disposition. Le mien, Mr Morrison, croit malheureusement que, depuis la traversée du désert, tous les enfants d'Israël sont de bons marcheurs. Je n'ai pas quitté la ferme depuis que Süsskind m'y a amené.

Nous n'avons hélas pas de chevaux. Le seul âne de la ferme m'a si souvent désarçonné que j'étais couvert de bleus des pieds à la tête. Süsskind en a ri aux larmes, affirmant que les ânes africains ne se laissaient pas monter et qu'ils n'étaient pas aussi faciles à prendre pour des imbéciles que ceux des stations balnéaires allemandes. Quand tu seras ici, tu devras t'habituer à la pluie qui tombe directement dans la chambre. On se borne à poser des seaux sous les fuites et on est content de les voir se remplir. En effet, l'eau est précieuse. La semaine dernière, ça brûlait partout. J'ai eu une frousse terrible. Heureusement que Süsskind était là ; il m'a expliqué ce qu'étaient les feux de brousse. Il y en a continuellement.

Je suis heureux de savoir que la plus grande partie de ta lettre n'est plus d'actualité. Tu as certainement appris entre-temps que ton départ de Breslau n'était plus qu'une question de jours. À l'idée que vous serez bientôt auprès de moi, j'ai le cœur qui bat comme ce jour de mai où nous nous imaginions un avenir radieux.

Aujourd'hui, nous savons tous les deux que la seule chose qui compte, c'est de sauver sa peau.

Il faut absolument que tu continues tes cours d'anglais et peu importe si ton professeur ne te plaît pas. Tu peux tout de suite arrêter l'espagnol : ça n'avait de sens que pour le cas où nous aurions obtenu un visa pour Montevideo. Pour parler avec les gens de la ferme, il faut apprendre le swahili. Là, le bon Dieu nous a vraiment gâtés pour une fois car c'est une langue très simple. Je ne parlais pas un traître mot à mon arrivée à Rongai et, maintenant, je parviens tant bien que mal à me faire comprendre d'Owuor. Il trouve merveilleux de pouvoir nommer les objets que je lui montre. Moi, il m'appelle son bwana. *C'est de cette manière qu'on adresse la parole aux hommes blancs, ici. Tu seras la* memsahib *(c'est le nom qu'on donne aux femmes, blanches uniquement) et Regina sera une* toto. *Ça veut dire enfant.*

Peut-être aurai-je appris assez de swahili d'ici ma prochaine lettre pour faire comprendre à Owuor que je n'aime pas la soupe après le pudding. Il le réussit d'ailleurs à merveille. La première fois, je l'ai mangé en mâchant bruyamment pour manifester ma satisfaction. Il m'a répondu par les mêmes bruits et, depuis, il en prépare tous les jours. À vrai dire, je devrais peut-être rire davantage, mais il n'est pas agréable de rire tout seul. Et moins encore la nuit, lorsqu'on n'arrive pas à se défendre contre les souvenirs.

Si seulement j'avais des nouvelles de toi et si j'étais sûr que vous ayez obtenu des billets pour un bateau. Qui aurait pu imaginer qu'il serait un jour vital pour nous de fuir notre patrie ? Je te quitte pour aller traire. Plus exactement, je regarde les boys traire et j'apprends le nom des vaches. Ça m'occupe l'esprit.

Je t'en prie, réponds dès réception de ma lettre. Et essaie de t'énerver le moins possible. Tu peux être sûre que mes pensées vous accompagnent jour et nuit.

Je vous embrasse toutes deux très fort ainsi que ta mère et ta sœur.

Ton vieux Walter

Rongai, le 15 mars 1938

Chère Jettel,
J'ai reçu aujourd'hui ta lettre du 31 janvier. Elle m'a beaucoup attristé car je ne peux absolument pas t'aider à vaincre tes craintes. Je veux bien croire qu'en ce moment tu entendes raconter beaucoup d'histoires affligeantes, mais cela devrait en même temps te prouver que nous ne sommes pas les seuls à avoir été frappés par le destin. Il n'est d'ailleurs pas exact que je sois le seul à être parti sans sa famille. Il y a ici beaucoup d'hommes qui cherchent à refaire leur vie avant de faire venir les leurs; ils se retrouvent donc dans la même situation que moi, à la différence près qu'ils n'ont pas eu la chance de rencontrer un ange salvateur comme Rubens. Il faut t'accrocher à l'idée que nous nous reverrons bientôt. C'est là notre dette envers le bon Dieu. Il ne sert à rien non plus de se demander si nous aurions mieux fait de partir pour la France ou les Pays-Bas. Nous n'avions de toute façon plus le choix, et qui sait ce qui est bien et ce qui ne l'est pas?
Peu importe qu'ils aient refusé de prendre Regina au jardin d'enfants. Et on se moque aussi, pour notre bonheur à venir, que des gens que tu connais depuis des années ne te disent plus bonjour. Il faut à présent vraiment apprendre à faire la distinction entre ce qui est important et ce qui ne l'est pas. Dans l'existence qui va être la nôtre, le fait que tu aies toujours été une fille choyée et admirée ne comptera plus. Ce qui compte, pour un exilé, ce n'est pas ce qu'il a été; l'essentiel, c'est que l'homme et la femme tirent dans la même direction. Je suis certain que nous y parvien-

drons. Si seulement tu étais déjà ici! Il me tarde de m'y atteler avec toi...
Je vous embrasse très fort toutes les deux.
Ton vieux Walter

Rongai, le 17 mars 1938

Cher Süsskind,
Je ne sais pas combien de temps il faudra au boy pour te remettre cette lettre. J'ai quarante de fièvre et je n'ai pas tous mes esprits. Au cas où il m'arriverait quelque chose, tu trouveras l'adresse de ma femme dans le coffret, sur la caisse à côté de mon lit.
Walter

Rongai, le 4 avril 1938

Jettel chérie,
J'ai reçu aujourd'hui ta lettre m'annonçant la bonne nouvelle que j'attendais avec tant d'impatience. C'est Süsskind qui l'a rapportée de la station de chemin de fer et il a eu bien sûr très peur lorsqu'il m'a vu fondre en larmes. Figure-toi que ce grand escogriffe s'est lui aussi mis à pleurer. C'est là le bon aspect de la situation de refugee *: ayant cessé d'être un homme allemand, on n'a plus à rougir de ses larmes.*
*Comme je vais trouver le temps long jusqu'en juin, jusqu'à ce que vous soyez à bord! Si ma mémoire est bonne, l'*Adolf Woermann *est un navire de luxe qui effectue des croisières autour de l'Afrique. Cela signifie que vous allez faire de longues et fréquentes escales et que vous mettrez plus de temps que je n'en ai mis avec l'*Ussukuma*. Essaie de passer le temps le plus agréablement possible, mais il est préférable pour vous deux de ne fréquenter que les gens qui, comme nous, fêtent la nouvelle année en septembre. Sinon, on se crée*

inutilement des problèmes. Durant mon voyage, je me suis terré dans ma cabine alors que c'était pour moi la dernière occasion de parler avec d'autres personnes.

Je regrette que tu n'aies pas pris une cabine à trois couchettes comme je te l'avais conseillé. Cela aurait permis d'économiser pas mal d'argent ; une somme qui risque de nous manquer ici. Avoir une compagne étrangère pour la nuit n'aurait de plus certainement pas fait de mal à notre fille. Même si elle s'appelle Regina, elle doit apprendre qu'elle n'est pas une reine pour autant.

Mais je ne vais pas me chamailler avec toi à un moment où je suis si reconnaissant et heureux. L'important, maintenant, c'est de garder ton sang-froid et de veiller à ce que les caisses puissent partir par le même bateau que vous. Non que nous ayons un tel besoin de ces choses, mais j'ai entendu parler d'émigrés qui ont fait suivre leurs affaires et qui les attendent aujourd'hui encore. Je crains que tu n'aies pas compris combien une glacière était importante. Dans les régions tropicales, c'est aussi précieux que le pain quotidien. Tu ferais bien d'essayer encore de t'en procurer une. Süsskind pourrait m'apporter de la viande de Nakuru mais, sans glacière, elle se gâte en un jour. Et Mr Morrison est un patron très regardant. On ne peut tuer l'une de ses poules que lorsqu'il vient à la ferme. Je suis content qu'il me permette au moins de manger les œufs.

Mes félicitations pour la lampe à pétrole. Comme ça, nous ne serons pas obligés de nous mettre au lit en même temps que les poules de Mr Morrison, justement. Tu aurais dû te dispenser d'acheter la robe du soir. Tu n'auras pas l'occasion de la porter. En effet, tu te trompes lourdement si tu te figures que des gens comme les Rubens vont t'inviter à leurs réceptions. D'abord, il y a un immense fossé entre les Juifs riches et bien implantés et nous, les refugees *sans le sou ; ensuite, la famille Rubens vit à Nairobi et il y a plus loin de Nairobi à Rongai que de Breslau à Sohrau.*

Mais je ne peux t'en vouloir de te faire une image

fausse de l'Afrique. Moi non plus, je n'avais pas la moindre idée de ce qui nous attendait et je continue à m'étonner de choses que Süsskind, au bout de deux ans, trouve naturelles. Je parle déjà très bien le swahili et je suis de plus en plus sensible aux soins touchants dont Owuor m'entoure.

En effet, j'ai été malade. Un jour, j'ai eu une très forte fièvre et Owuor a insisté pour que j'envoie quelqu'un auprès de Süsskind. Lequel est arrivé la nuit même, très tard, et a tout de suite vu de quoi il retournait. C'était la malaria. Il avait, par chance, de la quinine sur lui et mon état s'est rapidement amélioré. Il ne faut pas t'effrayer quand tu me verras. J'ai beaucoup maigri et j'ai le teint assez jaune. Tu le vois, la petite glace que ta sœur m'a offerte comme cadeau d'adieu et qui me paraissait si superflue est malgré tout bien utile. Hélas, ce qu'elle a à raconter est généralement fort peu réjouissant.

Ma maladie m'a permis de prendre conscience de l'importance des médicaments dans un pays où l'on ne peut pas téléphoner au médecin et où l'on ne pourrait de toute façon même pas le payer. On a surtout besoin d'iode et de quinine. Ta mère connaît sûrement un médecin qui soit encore bien disposé à l'égard des gens comme nous et qui te procurera ces produits. Demande aussi quelle quantité de quinine on peut donner à un enfant. Je ne voudrais pas te faire peur mais, dans ce pays, il faut apprendre à se débrouiller tout seul. Sans Süsskind, les choses auraient mal tourné pour moi. Sans Owuor aussi, bien entendu : il ne m'a pas quitté un instant et il m'a alimenté comme un enfant. Il ne veut d'ailleurs pas croire que je n'ai qu'un enfant. Lui en a sept – mais, si j'ai bien compris, il a trois femmes. Imagine un peu que lui soit obligé un jour de payer des cautions pour toute sa famille ! Mais c'est vrai également qu'il a une patrie. Je l'envie beaucoup. Je l'envie aussi parce qu'il ne sait pas lire et qu'il n'est pas au courant de ce qui se passe dans le monde. Curieusement, il semble pourtant savoir que je suis une tout autre espèce d'Européen que Mr Morrison.

Parle de moi à Regina. Reconnaîtra-t-elle son papa ? Qu'est-ce qu'une enfant comme elle peut bien comprendre aux événements ? Il vaudrait mieux attendre d'être sur le bateau pour les lui expliquer. Ça ne prêtera plus à conséquence si elle trahit quelque chose par des bavardages. Ne fais pas trop de visites d'adieu. Leur seul effet est de briser le cœur. Mon père comprendra parfaitement que vous n'alliez pas une dernière fois à Sohrau. Je crois même qu'il le préférera. Embrasse ta mère et Käte de ma part. Ce sera terrible pour elles lorsque viendra le jour de la séparation. Il y a des pensées qu'on préfère ne pas mener à leur terme.
Je vous embrasse toutes les deux très tendrement.

Ton vieux Walter

Rongai, le 4 avril 1938

Chère Regina,
Tu reçois aujourd'hui une lettre rien que pour toi, tellement ton papa est heureux à l'idée de te revoir bientôt. Il faut à présent que tu sois particulièrement sage, que tu fasses une prière tous les soirs et que tu aides ta maman de toutes tes forces. La ferme où nous allons vivre tous les trois te plaira certainement. Il y a en effet beaucoup d'enfants ici. Il faudra simplement que tu apprennes leur langue avant de pouvoir jouer avec eux. Dans ce pays, le soleil brille tous les jours. Les petits poussins qui sortent de leur coquille sont adorables. Deux veaux sont nés aussi depuis que je suis à la ferme. Mais il faut que tu saches une chose : on ne laisse entrer en Afrique que les enfants qui n'ont pas peur des chiens. Donc, entraîne-toi à être courageuse. Avoir du courage est, dans la vie, beaucoup plus important que le chocolat.
Je t'envoie autant de bisous qu'il y a pour eux de place sur ta figure. Donnes-en quelques-uns à maman, à mémé et à tante Käte.

Ton papa

Rongai, le 1ᵉʳ mai 1938

Cher père, chère Liesel,
J'ai bien reçu hier votre lettre avec les semences de rosiers, la recette de la choucroute et les dernières nouvelles de Sohrau. Si seulement j'arrivais à exprimer par des mots ce qu'une telle lettre représente pour moi ! J'ai l'impression, cher père, d'être le petit garçon à qui tu écrivais du front. Chacune de tes lettres était porteuse de tant de courage, exprimait tant d'amour de la patrie ! Sauf qu'à l'époque il ne pouvait venir à l'esprit de personne qu'on a surtout besoin de courage quand on n'en a plus, de patrie.
Depuis qu'on a réintégré les Autrichiens dans le Reich, je me fais encore plus de soucis pour vous qu'avant. Qui sait si les Allemands ne réservent pas un bonheur analogue aux Tchèques ? Et que va-t-il arriver à la Pologne ?
Je m'étais figuré pouvoir faire quelque chose pour vous une fois arrivé en Afrique. Mais je ne pouvais naturellement pas imaginer qu'au XXᵉ siècle on employait des gens avec pour seule rétribution le logis et la nourriture. D'ici à l'arrivée de Jettel et de Regina, il ne faut pas espérer de changement. Et même après, il sera difficile de trouver un travail qui procure non seulement des œufs, du beurre et du lait, mais aussi un salaire.
Entrez au moins en relation avec un de ces organismes juifs qui conseillent les candidats à l'émigration. De ce point de vue, il pourrait être utile que vous alliez à Breslau. Vous pourriez revoir Regina et Jettel. En effet, je n'ai pas voulu qu'elles aillent une dernière fois à Sohrau avant leur départ. À lire les lettres de Jettel, je m'aperçois combien elle est nerveuse.
Surtout, cher père, ne te fais plus aucune illusion. Notre Allemagne est morte. Elle a piétiné notre amour. Chaque jour, je l'extirpe de mon cœur. Seule notre Silésie résiste encore à mes efforts.

Vous vous demandez peut-être comment il se fait que, dans mon coin perdu, je sois si bien informé des affaires du monde. La radio que m'ont offerte les Stattler pour mon départ est une véritable bénédiction. Je reçois l'Allemagne aussi bien que si j'étais sur place. En dehors de mon ami Süsskind (il vit dans une ferme voisine – et il avait déjà été agriculteur dans une première existence), la radio est la seule personne qui me parle allemand. M. Goebbels serait-il heureux d'apprendre que le Juif de Rongai écoute ses discours lorsqu'il a soif d'entendre sa langue maternelle ?

Je ne m'offre ce plaisir que le soir. Durant la journée, je m'entretiens avec les Noirs, et ça marche de mieux en mieux ; ou bien je parle de mes procès aux vaches. Ces animaux, avec leur regard tendre, sont capables de tout comprendre. Ce matin encore, un bœuf m'a dit que j'avais raison de ne pas me séparer de mon code civil. Je ne peux pourtant m'empêcher de penser qu'il est moins utile à un fermier qu'à un avocat.

Süsskind prétend sans arrêt que j'ai exactement l'humour qu'il faut pour réussir dans ce pays. Je crains qu'il ne confonde un peu les choses. Notre garagiste Wilhelm Kulas, lui, ferait ici une brillante carrière : les mécaniciens se disent ingénieurs et trouvent rapidement du travail. Mais s'il me venait l'idée de prétendre que j'étais ministre de la Justice dans mon pays, ça ne me ferait pas avancer d'un pas. En revanche, j'ai appris à mon boy à chanter J'ai perdu mon cœur à Heidelberg. *Avec quelqu'un qui, comme lui, doit se battre pour prononcer chaque mot, la chanson dure exactement quatre minutes et demie et se révèle un excellent sablier. Mes œufs à la coque sont à présent aussi bons qu'à la maison. Comme vous le voyez, j'ai moi aussi mes petits triomphes. Dommage que les grands se fassent tant attendre.*

Dans le ferme espoir qu'il va vous être possible d'envisager, vous aussi, un solution, je vous embrasse, le cœur plein de nostalgie.
Walter

Rongai, le 25 mai 1938

Chère Ina, chère Käte,
Quand cette lettre vous parviendra, Jettel et Regina seront, si Dieu le veut, déjà parties. Je m'imagine facilement dans quelles dispositions d'esprit vous êtes, mais je n'arrive pas à exprimer avec des mots l'émotion qui est la mienne lorsque je pense à vous et à Breslau. Vous avez aidé Jettel à supporter la séparation et, telle que je connais ma Jettel, enfant gâtée comme elle est, elle ne vous a certainement pas rendu la vie facile.

Ne vous faites pas de souci pour elle. J'ai le très ferme espoir qu'elle s'acclimatera ici. Ce qu'elle a vécu ces dernières années, et surtout ces derniers mois, lui a certainement permis de comprendre que la seule chose qui compte, c'est d'être ensemble et en sécurité. Je sais, chère Ina, que tu te fais souvent du souci, parce que je suis soupe au lait et que Jettel est une enfant butée qui a tôt fait de se démonter quand tout ne va pas comme elle le voudrait; mais cela n'a rien à voir avec notre mariage. Jettel a été le grand amour de ma vie et le restera à jamais. Même si, parfois, elle me rend la tâche bien difficile.

Tu le vois, l'éternel soleil africain ouvre les cœurs et les bouches, mais je pense que certaines choses doivent être dites lorsque le temps est venu de les dire. Et, puisque j'en suis là : jamais il ne se trouvera de meilleure belle-mère que toi, ma chère Ina. Je ne parle pas ici de tes pommes de terre sautées, mais de mes années d'études. J'avais dix-neuf ans quand je suis entré dans ta maison et que tu m'as donné le sentiment d'être ton fils. Que cela semble loin, et combien je regrette de n'avoir su rendre à ta gentillesse ce qui lui revenait!

Maintenant, c'est pour vous-mêmes que vous allez avoir besoin de toutes vos forces. Je place un profond espoir dans la correspondance que vous avez engagée avec l'Amérique. Ne négligez aucun moyen. Je sais que tu ne fais pas grand cas des prières, Ina, mais je ne peux m'empêcher d'implorer l'aide de Dieu. Espérons qu'il me donnera un jour l'occasion de le remercier.

Jettel et Regina seront reçues ici comme des princesses. Pour Regina, j'ai fait fabriquer un magnifique lit en cèdre avec, à la tête, une couronne. (Si je n'ai rien pour vivre, je peux en revanche faire abattre tous les arbres que je veux.) J'ai dessiné la couronne sur du papier et Owuor, mon boy, mon fidèle camarade, a ramené à la maison un géant à demi nu, armé d'un couteau, qui a taillé la couronne dans le bois. Il est certain qu'on ne trouvera pas une pièce plus belle dans tout Breslau. Pour Jettel, nous avons fait paver de planches le chemin qui mène de la maison à la fosse d'aisances afin qu'elle ne s'enfonce pas dans la glaise quand il lui faudra aller aux toilettes sous la pluie. J'espère qu'elle ne paniquera pas trop lorsqu'elle s'apercevra qu'ici il faut calculer avec soin même les plus infimes détails. On met trois minutes pour aller de la maison aux W.-C. Moins, quand on a la diarrhée.

Saluez de ma part l'Hôtel de Ville et tous ceux qui ont prêté assistance aux miens. Prenez bien garde à vous. Je me fais l'effet du parfait idiot de vous écrire pareille chose, mais comment exprimer ce qu'on ressent ?

Avec tout mon amour.

Walter

Rongai, le 20 juillet 1938

Chère Jettel,

*J'ai reçu aujourd'hui ta lettre de Southampton. Est-il possible qu'un homme éprouve tant de gratitude, de bonheur et de soulagement ? Enfin, enfin, enfin ! Nous pouvons à nouveau nous écrire sans crainte. Je suis très admiratif que tu m'aies envoyé la liste des ports dans lesquels l'*Adolf Woermann *recueille le courrier. Je n'y avais pas pensé. Je t'expédie donc cette lettre à*

Tanger. Si la poste fonctionne conformément à mes calculs, elle devrait t'y parvenir. Je n'aurais pas eu le temps de t'écrire à Nice. J'espère que tu n'es pas trop déçue. Je sais maintenant parfaitement ce qu'on éprouve quand on attend du courrier.

À Tanger, Regina verra ses premiers Noirs. Espérons que notre petite froussarde n'aura pas trop peur. J'ai été très content d'apprendre qu'elle avait bien supporté l'excitation du départ. Nous l'avons peut-être toujours crue plus fragile qu'elle ne l'est. J'imagine bien les sentiments qui furent les tiens. J'ai été très touché que ta mère t'ait accompagnée à Hambourg, qu'un cœur sans espoir ait quand même trouvé la force de penser à autrui.

Ne te ronge pas les sangs de n'avoir finalement pas acheté de glacière. Il suffira de déposer la viande et le beurre dans ta nouvelle robe du soir et de suspendre le tout en plein soleil et en plein vent. C'est en effet comme ça que les gens d'ici conservent leurs aliments au frais, même si ce n'est pas dans de la soie, mais on peut toujours essayer. Tu auras alors le sentiment que la robe sert au moins à quelque chose. Hier, j'ai acheté des bananes. Non pas une livre ou un kilo, mais tout un régime, au moins cinquante bananes d'un coup. Regina sera très surprise de voir ça. Il passe de temps en temps dans les fermes des femmes noires qui proposent des bananiers entiers. La première fois, tous les Noirs sont accourus et ils sont presque morts de rire parce que je ne voulais acheter que trois bananes. Elles sont très bon marché (même pour les pauvres bougres), entièrement vertes, mais elles sont délicieuses. J'aimerais que tout, ici, soit aussi bon.

Je crois qu'Owuor est heureux de votre venue. Moi, il m'en a voulu pendant trois jours. En effet, quand j'ai su assez de swahili pour faire des phrases entières, je lui ai confié que je ne souhaitais pas avoir tous les jours le même pudding. Ça l'a complètement désarçonné. Il n'a pas cessé de me reprocher de lui avoir fait des compliments sur son pudding dès le premier jour.

Tout en me lançant des regards moqueurs, il imitait les bruits que j'avais faits en mangeant lors de notre première rencontre autour de ce plat. Je suis resté là, l'oreille basse, sans savoir, bien sûr, comment on dit « diversité » en swahili, à supposer que le mot existe.

On met très longtemps à comprendre la mentalité des gens d'ici, mais ils sont très sympathiques et, certainement aussi, intelligents. Surtout, il ne leur viendrait jamais à l'idée d'enfermer d'autres personnes ou de les chasser du pays. Ils s'en fichent que nous soyons des Juifs ou des refugees *ou, comble de malchance, les deux à la fois. Quand la journée a été bonne, je me prends à croire que je pourrais m'habituer à ce pays. Peut-être que les Noirs ont des remèdes (on dit ici* daoua) *contre les souvenirs.*

Il faut maintenant que je te raconte un événement extraordinaire. Voici une semaine, Heini Weyl est soudainement apparu. Oui, celui de la grande laverie de la place Tauentzien, celui que j'étais allé trouver sur les conseils de mon père lorsqu'on m'avait radié et que je me demandais où nous pourrions bien émigrer. Il m'avait conseillé le Kenya parce que ça ne coûtait que cinquante livres par personne.

Cela fait onze mois déjà qu'il est dans le pays; il a essayé de trouver une place dans un hôtel, mais ça n'a pas marché. Travailler comme serveur n'est pas une condition digne d'un Blanc et, pour occuper des emplois de meilleur rang, il faut connaître l'anglais. Il a alors trouvé une place de manager *(tout le monde est* manager, *même moi) dans une mine d'or à Kisumu. Il a conservé son optimisme, bien que le climat de Kisumu soit effroyablement chaud et que la ville ait la triste réputation d'être située dans une région à malaria. Comme Rongai se trouve sur le chemin qui mène de Nairobi à Kisumu, Heini, qui se déplaçait avec sa femme, Ruth, dans une voiture achetée avec ses derniers sous, a fait halte chez moi. Nous avons passé la nuit à bavarder et à parler de Breslau.*

Owuor a oublié son courroux à mon égard et est apparu avec une poule, bien que seul Mr Morrison ait le droit de les tuer. Il a prétendu que la poule s'était littéralement précipitée dans ses jambes et qu'elle était tombée raide morte.

Tu n'as aucune idée de ce que peut représenter une visite dans cette ferme. On se fait l'effet d'un mort subitement ramené à la vie.

Hélas, les Weyl m'ont dit que Fritz Feuerstein et les deux frères Hirsch avaient été arrêtés. Comme me l'a appris une lettre des Schlesinger, envoyée depuis Leobschütz, on a aussi arrêté Hans Wohlgemut et son beau-frère Siegfried. Il y a longtemps que je sais tout ça, mais j'avais peur de te parler d'arrestations tant que tu étais à Breslau. Je ne t'ai donc jamais raconté non plus que notre bon et fidèle Greschek qui, jusqu'à la fin, a refusé de se priver des services d'un avocat juif, m'a accompagné dans le train jusqu'à Gênes. Et il m'a aussi écrit une lettre ici. J'espère qu'il comprend que, si je ne lui ai pas répondu, c'est pour ne pas lui nuire.

*Quels veinards nous sommes de pouvoir de nouveau nous écrire sans crainte ! Peu importe si, sur l'*Adolf Woermann*, tu es obligée d'entendre les nazis de ta table s'extasier sur la photo de Hitler ! Il faut vraiment apprendre à ne plus accorder d'importance aux humiliations. Seuls les gens riches peuvent se le permettre. Ce qui compte, c'est que vous soyez sur ce navire et pas de savoir qui sont vos compagnons de voyage. Dans un mois, tu ne verras plus ces gens qui te révulsent l'estomac. Owuor, lui, ne sait absolument pas humilier les gens.*

Süsskind a le ferme espoir que son patron lui permettra d'aller en voiture à Mombasa. Nous pourrions alors aller vous chercher toutes les deux et vous ramener directement. Directement, en fait, cela signifie un voyage d'au moins deux jours sur des routes non goudronnées ; mais nous pouvons passer une nuit à Nairobi chez les Gordon. Ils sont ici depuis quatre ans déjà et sont toujours disposés à aider les nouveaux arrivants. Mais si le patron de Süsskind ne comprend pas qu'un refugee, *après des mois d'angoisse folle, a besoin de serrer dans ses bras sa femme et son enfant, ne sois pas trop triste. Quelqu'un de la Communauté juive vous mettra à Mombasa dans le train pour Nairobi et s'occupera de la suite du voyage. Les communautés font un travail fantastique. Dommage que ce ne soit qu'au moment de l'arrivée.*

Ce ne sont plus les semaines que je compte, mais les jours et les heures qui nous séparent encore et je me sens dans la peau du fiancé avant sa nuit de mariage.

Je vous embrasse très tendrement.

Ton vieux Walter

2

— *Toto!*

Owuor se mit à rire, sortit Regina de la voiture et la souleva. Il la lança en l'air, mais pas trop fort, la rattrapa et la serra contre lui. Ses bras étaient souples et chauds, ses dents très blanches. Les larges pupilles, dans des yeux d'un rond parfait, éclaircissaient son visage. Il portait un bonnet rouge foncé, tout en hauteur, semblable à un seau retourné, un de ces seaux que Regina, avant le grand départ, utilisait comme moules à gâteaux dans le bac à sable. Un pompon noir, avec de très fines franges, s'y balançait; on pouvait voir de minuscules boucles noires pointer sous le bord du bonnet. Par-dessus son pantalon, Owuor portait une longue chemise blanche, exactement comme celles des anges radieux que l'on voit dans les livres d'images pour enfants sages. Il avait un nez aplati, des lèvres épaisses et une tête qui évoquait une lune ronde. Le soleil faisait briller les gouttes de sueur sur son front, les transformant en autant de perles de couleur. Jamais encore Regina n'avait vu de perles aussi petites.

La peau d'Owuor exhalait un parfum merveilleux, une senteur de miel qui chassait la peur et qui métamorphosa d'un coup une petite fille en grande personne. Regina ouvrit grand la bouche pour mieux absorber cette odeur magique qui débarrassait le corps de la fatigue et des douleurs. Elle sentit soudain qu'elle devenait forte dans les bras d'Owuor et elle s'aperçut que sa langue avait appris à voler.

— *Toto*, dit-elle, répétant après lui le beau mot inconnu.

Avec douceur, le géant aux mains puissantes et à la peau lisse la reposa sur le sol. Sa gorge émit un rire qui lui chatouilla les oreilles. Les grands arbres tournoyèrent, les nuages se mirent à danser et, dans la lumière blanche du soleil, des ombres noires se donnèrent la chasse.

— *Toto !*

Le rire d'Owuor retentit à nouveau. Il avait la voix sonore et bien timbrée, une voix totalement différente de celle de tous ces gens qui pleuraient et chuchotaient, cachés dans une grande ville grise dont Regina rêvait la nuit.

— *Toto !* répondit Regina, transportée d'allégresse, attendant avec impatience que revienne le débordement de gaieté d'Owuor.

Elle écarquilla si fort les yeux qu'elle vit des points brillants se transformer en une balle de feu dans la lumière éclatante, puis disparaître. Papa avait posé sa petite main blanche sur l'épaule de Maman. L'idée d'avoir à nouveau un papa et une maman la fit penser au chocolat. Effrayée, elle secoua la tête et sentit aussitôt un vent froid sur sa peau. L'homme de la lune[1] noir allait-il cesser de rire pour toujours si elle pensait au chocolat ? Il n'y en avait pas pour les enfants pauvres, et Regina savait qu'elle était pauvre parce que son père n'avait plus le droit d'être avocat. Maman le lui avait expliqué sur le bateau et l'avait chaudement félicitée de tout si bien comprendre et de ne pas poser de questions stupides. Mais à présent, dans cet air nouveau, chaud et humide à la fois, Regina ne se souvenait plus de la fin de l'histoire.

Elle voyait seulement les fleurs bleues et rouges de la robe blanche de sa mère voleter comme des

---

1. Figure légendaire en Allemagne, influant sur le sort des humains *(N.d.T.)*.

oiseaux. Elle voyait aussi luire sur le front de papa des perles minuscules, pas si jolies et pas si colorées que celles d'Owuor, mais assez drôles pour la faire rire.

— Viens, mon enfant, entendit-elle dire sa mère, il ne faut pas rester plus longtemps au soleil.

Elle remarqua que son père lui prenait la main ; mais ses doigts ne lui appartenaient plus, ils étaient collés sur la chemise d'Owuor.

Owuor claqua des mains et lui rendit ses doigts. Les grands oiseaux noirs, sur le petit arbre devant la maison, s'envolèrent avec des cris stridents en direction des nuages ; puis ce furent les pieds nus d'Owuor qui volèrent au-dessus de la terre rouge. Le vent changea la chemise d'ange en une boule. C'était affreux de voir Owuor partir en courant.

Regina sentit dans sa poitrine la douleur vive qui précédait toujours un grand chagrin, mais elle se rappela à temps que sa mère lui avait dit de ne plus pleurer dans sa nouvelle vie. Elle serra les paupières pour enfermer les larmes. Lorsqu'elle put les rouvrir, Owuor revenait, marchant dans une herbe haute et jaune. Il tenait dans ses bras un petit chevreuil.

— C'est Suara. Suara est un *toto* comme toi, dit-il.

Bien qu'elle n'ait pas compris, elle ouvrit les bras. Owuor y déposa l'animal qui frémissait. Il était sur le dos ; il avait des pattes fines et de toutes petites oreilles, pareilles à celles de sa poupée Anni qui n'avait pu être du voyage parce qu'il n'y avait plus de place dans les caisses. C'était la première fois que Regina tenait un animal contre elle. Mais elle n'avait pas peur. Elle pencha la tête et ses cheveux tombèrent, recouvrant les yeux du petit chevreuil ; elle posa ses lèvres sur son museau comme si elle aspirait depuis longtemps à ne plus appeler à l'aide mais à offrir sa protection.

Sa bouche murmura :

— Il a faim. Moi aussi.

— Grand Dieu, tu n'avais jamais dit ça de toute ta vie.

— C'est mon chevreuil qui l'a dit. Pas moi.

— Tu vas faire ton chemin ici, farouche princesse. Voilà que tu parles déjà comme un nègre, dit Süsskind.

Son rire était différent de celui d'Owuor, mais il était aussi agréable à entendre.

Regina serra le chevreuil contre elle et n'entendit plus que les palpitations régulières qui montaient du petit corps chaud. Elle ferma les yeux. Son père enleva de ses bras l'animal endormi et le donna à Owuor. Puis il souleva Regina comme un petit enfant et la porta à l'intérieur de la maison.

— C'est formidable, dit-elle avec enthousiasme, on a des trous dans le toit. Je n'avais encore jamais vu ça.

— Moi non plus jusqu'à ce que je vienne ici. Tu verras, dans notre seconde vie, tout sera différent.

— Notre seconde vie est si belle.

Le chevreuil s'appela Suara parce qu'Owuor l'avait appelé ainsi le premier jour. Suara vivait dans une grande étable, derrière la petite maison ; de sa langue chaude, il léchait les doigts de Regina, il buvait du lait dans une petite assiette en fer-blanc et, au bout de quelques jours, il arrivait même à grignoter des épis de maïs bien tendres. Tous les matins, Regina ouvrait la porte de l'étable. Suara sautait à travers l'herbe haute et, au retour, frottait sa tête contre les pantalons marron de Regina. Elle portait des pantalons depuis le jour où le charme magique avait commencé à opérer. Lorsque, le soir, le soleil tombait du ciel et recouvrait la ferme d'un manteau noir, Regina se faisait raconter par sa mère l'histoire de *Petit frère, petite sœur*. Elle savait qu'un jour son chevreuil se métamorphoserait lui aussi en un garçon.

Lorsque les pattes de Suara furent plus longues que l'herbe derrière les arbres épineux et que Regina sut les noms de tant de vaches qu'elle fut chargée de les annoncer à son père au moment de la traite, Owuor apporta le chien au pelage blanc taché de noir. Ses yeux avaient la couleur d'étoiles brillantes. Son museau était allongé et humide. Regina lui enlaça le cou, aussi rond et chaud que les bras d'Owuor. Maman sortit de la maison en courant et cria :

— Mais tu as peur des chiens.
— Pas ici.
— Nous l'appellerons Rummler, dit papa d'une voix si grave que Regina avala de travers en se mettant à rire.
— Rummler, pouffa-t-elle, c'est un joli mot. Aussi beau que Suara.
— Mais Rummler est un mot allemand. Il n'y a plus que le swahili qui te plaise.
— Rummler me plaît aussi.
— Comment le nom de Rummler t'est-il venu à l'esprit ? demanda maman. C'était quand même le Kreisleiter[1] de Leobschütz.
— Ah, Jettel, il faut bien s'amuser. À présent, on pourra crier tant qu'on voudra « Rummler, espèce de cochon » sans craindre de se faire arrêter.

Regina soupira en caressant l'énorme tête du chien qui chassait les mouches en agitant ses petites oreilles. Son corps fumait dans la chaleur et sentait la pluie. Papa disait trop souvent des choses qu'elle ne comprenait pas et, quand il riait, il n'émettait qu'un son clair mais bref qui ne rebondissait pas contre la montagne comme les éclats de rire d'Owuor. Elle murmura à l'oreille du chien l'histoire de la métamorphose du chevreuil : il regarda en direction de l'étable de Suara et comprit aussitôt combien Regina avait envie d'un petit frère.

Elle laissa le vent lui caresser les oreilles et enten-

---

1. Responsable local du parti nazi *(N.d.T.)*.

dit ses parents répéter sans arrêt le nom de Rummler, mais elle n'arrivait pas à bien les comprendre même s'ils parlaient d'une voix très distincte. Chaque mot était comme une bulle de savon qui éclate dès qu'on essaie de la saisir.

— Rummler, espèce de cochon, finit par dire Regina.

Elle s'aperçut alors que ces trois mots étaient une formule magique : les visages de ses parents s'étaient éclairés comme une lampe dont on vient de changer la mèche.

Regina aimait aussi Aja, qui était arrivée à la ferme peu après Rummler. Elle était apparue devant la maison un matin, à l'instant où les dernières rougeurs s'effacent du ciel et où les vautours noirs juchés sur les acacias épineux sortent la tête de dessous leurs ailes. « Aja » était le mot pour désigner une bonne d'enfants. Il était plus beau que d'autres parce qu'on pouvait le prononcer aussi bien d'arrière en avant que d'avant en arrière. Aja, comme Suara et Rummler, était un cadeau d'Owuor.

Toutes les familles riches habitant de grandes fermes, avec des puits profonds, des pelouses et de puissants bâtiments, avaient une *aja*. Avant de venir à Rongai, Owuor avait travaillé dans une de ces fermes, chez un *bwana* qui pouvait se payer une auto, de nombreux chevaux et, bien entendu, une *aja* pour ses enfants.

— Une maison sans *aja* n'est pas une bonne maison, avait-il déclaré en ramenant la jeune femme, qui vivait dans les cabanes du bord de la rivière.

La nouvelle *memsahib* à qui il avait appris à dire « *senta sana* » pour remercier le félicita du regard.

Aja avait de grands yeux doux, couleur café, tout comme ceux de Suara. Ses mains étaient menues et leur paume était plus blanche que le pelage de Rummler. Elle était aussi vive que de jeunes arbres dans le vent et elle avait une peau plus claire qu'Owuor, l'un et l'autre appartenant pourtant à la tribu des Jaluos. Quand le vent tirait sur sa cape jaune, attachée par un gros nœud à son épaule, ses petits seins fermes se balançaient comme des boules tenues par une ficelle. Elle ne montrait jamais ni colère ni impatience. Elle parlait peu, mais les sons brefs que sa bouche émettait ressemblaient à des chansons.

Owuor avait appris à Regina à parler si bien et si vite qu'on ne tarda pas à mieux la comprendre que ses parents; Aja, elle, apporta le silence dans sa nouvelle vie. Tous les jours, après le déjeuner, elles s'asseyaient dans l'ombre de l'épineux qui faisait une tache ronde entre la maison et le bâtiment de la cuisine. Là, mieux que partout ailleurs dans la ferme, le nez pouvait capter l'odeur du lait chaud et des œufs à la poêle. Lorsque son nez s'était rassasié d'odeurs et qu'elle n'avait plus la gorge sèche, Regina frottait légèrement sa figure contre l'étoffe de la cape d'Aja. Elle entendait alors battre deux cœurs avant de s'endormir. Elle ne se réveillait que lorsque les ombres s'étiraient sur le sol et que Rummler lui léchait le visage.

Venaient ensuite les heures durant lesquelles Aja tressait de petits paniers avec de longues herbes. Ses doigts tiraient du sommeil de petits insectes aux ailes minuscules et seule Regina savait que c'étaient des chevaux ailés chargés de porter ses vœux jusqu'au ciel. En travaillant, Aja émettait de petits claquements de langue, mais sans jamais bouger les lèvres.

La nuit aussi avait ses bruits, toujours les mêmes. Sitôt que l'obscurité tombait, les hyènes commençaient à hurler tandis que des bribes de chanson venaient des huttes. Au lit aussi, les oreilles avaient de l'occupation. Les murs, à l'intérieur de la maison, n'allaient pas jusqu'au toit, si bien qu'elle entendait chacune des paroles prononcées par ses parents dans leur chambre.

Même quand ils chuchotaient, on percevait les paroles aussi distinctement qu'en plein jour. Quand les nuits étaient bonnes, leurs voix étaient comme ensommeillées ; on aurait dit un bourdonnement d'abeilles ou les ronflements de Rummler lorsque, en quelques coups de langue, il avait vidé son écuelle. Mais il y avait aussi les nuits longues et mauvaises, pleines de paroles qui se déchaînaient dès le premier hurlement des hyènes, suscitaient l'effroi et ne s'éteignaient pas avant que le soleil ait réveillé les coqs.

Au lendemain de ces nuits tourmentées et bruyantes, Walter arrivait dans les étables avant les bergers chargés de la traite, et Jettel, les yeux rouges, noyait sa colère dans la cuisine, tournant le lait dans la casserole sur le poêle fumant. Aucun des deux ne trouvait le chemin de l'autre avant que la fraîche brise du soir ait apaisé l'ardeur de la journée et pris en pitié les têtes chamboulées.

Dans ces moments de réconciliation, marqués par la honte et l'embarras, le seul recours de Walter et de Jettel était d'évoquer l'étrange miracle que la ferme avait opéré sur Regina. Pleins de gratitude, ils partageaient le même étonnement et le même soulagement. L'enfant craintive qui, dans leur pays, croisait les bras dans le dos et baissait la tête au moindre sourire venant d'un inconnu, s'était révélée un véritable caméléon. L'uniformité des journées à Rongai l'avait guérie. Elle pleurait rarement et riait dès qu'Owuor était à proximité. Sa voix avait perdu toute trace de candeur et elle faisait preuve d'un esprit de décision qui rendait Walter jaloux.

— Les enfants s'adaptent vite, dit Jettel le jour où Regina expliqua qu'elle avait appris le jaluo pour pouvoir parler dans leur langue avec Owuor et Aja. Ma mère le disait déjà.

— Tout espoir n'est donc pas perdu pour toi.

— Je ne trouve pas ça drôle.

— Moi non plus.

Walter regretta sur-le-champ sa petite repartie. Son

ancien talent pour les plaisanteries sans gravité l'avait abandonné. Son ironie était devenue mordante. Jettel, de son côté, était devenue imprévisible en raison de son insatisfaction permanente. Leurs nerfs ne supportaient donc plus les petites piques qui, en des temps meilleurs, leur étaient apparues naturelles.

Walter et Jettel n'avaient profité du bonheur des retrouvailles que durant un temps trop bref, puis l'abattement qui les tourmentait était revenu. Sans pouvoir se l'avouer, l'un et l'autre souffraient davantage encore de la vie commune imposée par l'isolement de la ferme que de l'isolement lui-même.

Ils n'étaient pas habitués à dépendre totalement l'un de l'autre et, pourtant, ils étaient contraints de passer ensemble chaque heure de la journée, sans les sollicitations et les distractions d'un monde extérieur à leur couple. Avec le recul, ils trouvaient amusants et passionnants les commérages de la petite ville dont ils avaient souri et qui leur avaient même été désagréables durant les premières années de leur mariage. Il n'y avait plus ces brèves séparations, suivies de la joie de se retrouver, grâce auxquelles les disputes perdaient à ce point de leur acrimonie qu'elles semblaient, dans leur souvenir, n'avoir été que d'inoffensives chamailleries.

Walter et Jettel se disputaient depuis qu'ils se connaissaient. Lui avait un tempérament irascible qui ne souffrait pas la contradiction et elle, l'assurance d'une femme qui avait été une enfant d'une beauté remarquable, idolâtrée par une mère devenue veuve très tôt. Pendant la longue durée de leurs fiançailles, leurs conflits au sujet de peccadilles et l'incapacité de l'un et l'autre à faire le premier pas avaient pesé sur leurs rapports; ils n'avaient pas réussi à trouver une issue. Il avait fallu le mariage pour qu'ils apprennent à accepter comme partie intégrante de leur amour l'alternance familière de petites brouilles et de réconciliations vivifiantes.

À la naissance de Regina, à peine six mois avant l'arrivée de Hitler au pouvoir, Walter et Jettel s'étaient appuyés davantage l'un sur l'autre sans se rendre compte qu'ils étaient déjà en marge du paradis où ils se croyaient encore. Seul le rythme monotone de l'existence à Rongai leur fit comprendre ce qui s'était réellement passé. Cinq années durant, ils avaient utilisé toute la force de leur jeunesse à entretenir l'illusion d'appartenir à une patrie qui les avait répudiés depuis longtemps. Ils avaient maintenant honte de leur myopie et de leur refus de voir ce que beaucoup voyaient déjà.

Le temps avait facilement eu raison de leurs rêves. Dans la partie occidentale de l'Allemagne, le boycott des magasins juifs du 1er avril 1933 avait posé le premier jalon d'un avenir sans espoir. Des juges juifs furent chassés de leur poste, des professeurs chassés des universités, des avocats et des médecins furent privés de leurs moyens d'existence, des commerçants de leurs magasins et tous les Juifs perdirent leur conviction initiale que la terreur serait de courte durée. Les Juifs de haute Silésie pourtant, grâce à l'accord de Genève sur les minorités, demeurèrent dans un premier temps épargnés par un sort auquel ils n'arrivaient pas à croire.

Quand Walter entreprit de constituer une clientèle à Leobschütz et qu'il devint même notaire, il ne se rendait pas compte qu'il n'échapperait pas à la mise à l'index. À l'exception bien sûr de quelques personnes dont il pouvait citer le nom – ce qu'il ne cessait d'ailleurs de faire à Rongai –, les habitants de Leobschütz étaient dans son souvenir des gens aimables et tolérants. En dépit des persécutions dont les Juifs de haute Silésie commençaient à être les victimes, quelques personnes – toujours plus nombreuses, dans son souvenir, au fil du temps – avaient persisté à prendre un Juif pour avocat. Avec une fierté qui lui apparaissait rétrospectivement aussi indécente que prétentieuse, il s'était classé parmi les rares personnes à avoir échappé à leur destin de réprouvés.

Le jour où expira l'accord de Genève, Walter fut radié du barreau. Ce fut sa première confrontation avec une Allemagne qu'il s'était refusé à voir. Le coup fut foudroyant. Que son instinct ait été défaillant, tout comme son sens de ses responsabilités familiales, fut pour lui comme un échec personnel, à jamais irréparable.

Jettel, avec sa joie de vivre, avait encore moins perçu la menace. Elle s'était contentée d'être au centre de l'admiration d'un petit cercle d'amis et de connaissances. Plus par l'effet du hasard que par choix, elle n'avait eu dans son enfance que des amies juives ; au terme de sa scolarité, elle avait fait un stage pratique chez un avocat juif et, par le biais de la corporation d'étudiants de Walter, le Kartell-Convent [1], elle n'avait à nouveau eu de contacts qu'avec des Juifs. Aussi, l'obligation de ne fréquenter que les Juifs de Leobschütz, après 1933, ne la dérangea-t-elle pas. La plupart avaient l'âge de sa mère et ils ressentaient la jeunesse de Jettel, son charme et son amabilité comme quelque chose de tonique. De surcroît, Jettel était enceinte et son ingénuité était touchante. Elle ne tarda pas à être aussi gâtée par les habitants de Leobschütz que par sa mère et, contrairement à ses craintes initiales, elle appréciait beaucoup la vie dans une petite ville. Sitôt qu'elle s'ennuyait, elle partait pour Breslau.

Le dimanche, on se rendait souvent à Tropau. Aller jusqu'à la frontière tchèque ne représentait qu'une courte promenade. Au plaisir des délicieuses escalopes et des innombrables tartes qu'on y trouvait s'ajoutait – au moins pour Jettel – l'illusion que l'émi-

---

[1]. Une corporation d'étudiants juifs qui pratiquaient aussi les duels chers aux corporations traditionnelles non ouvertes aux Juifs (*N.d.T.*)

gration, dont on ne pouvait pas ne pas parler de temps à autre parce que de nombreuses connaissances choisissaient de s'exiler, ne serait guère différente des joyeuses excursions dans l'accueillant pays voisin.

Jamais Jettel n'aurait pu imaginer qu'il deviendrait un jour impossible de satisfaire des besoins aussi naturels que faire ses courses quotidiennes, se rendre à des invitations chez des amis, partir pour Breslau, aller au cinéma ou avoir un médecin attentionné à son chevet au moindre signe de température. Il fallut plusieurs chocs pour la réveiller : le déménagement à Breslau, première étape sur la voie de l'émigration, la recherche désespérée d'un pays prêt à accueillir des Juifs, la séparation avec Walter et finalement la crainte de ne plus le revoir et d'être obligée de rester seule en Allemagne avec Regina. Elle comprit alors ce qui s'était passé durant toutes ces années passées à jouir d'un présent qui, depuis longtemps, ne débouchait plus sur le moindre avenir. Jettel, qui s'était crue avisée et dotée d'un instinct sûr pour juger les gens, éprouvait donc, elle aussi, une honte rétrospective au souvenir de son insouciance et de sa crédulité. À Rongai, les reproches qu'elle se faisait et l'insatisfaction poussaient comme de la mauvaise herbe. Depuis trois mois qu'elle était à la ferme, Jettel n'avait vu que la maison, l'étable et la forêt. Elle ressentait autant de dégoût envers la sécheresse qui, à son arrivée, avait privé son corps de forces et sa tête de volonté qu'envers la forte pluie qui avait commencé peu après. La pluie réduisait l'existence à une lutte sans issue contre la boue et à de vaines tentatives pour se procurer du bois sec pour le poêle de la cuisine.

La crainte de la malaria et l'angoisse de voir Regina contracter une maladie mortelle ne la quittaient jamais. Elle vivait surtout dans la panique à l'idée que Walter puisse perdre son emploi, qu'il leur faille tous trois quitter Rongai et se retrouver sans abri. Avec son sens aigu des réalités, elle voyait que Mr Morrison, qui se montrait désagréable même avec Regina lors de ses visites, rendait son mari responsable de tout ce qui se produisait à la ferme.

Pour le maïs, il y avait d'abord eu la sécheresse, puis il avait trop plu. Le blé n'avait pas poussé. Les poules avaient une maladie des yeux ; il en crevait au moins cinq chaque jour. Les vaches ne donnaient pas assez de lait. Les quatre derniers veaux nouveau-nés n'avaient pas survécu deux semaines. Le puits que Walter avait fait creuser à la demande de Mr Morrison n'avait pas d'eau. Seuls les trous du toit prospéraient.

Le jour où le premier feu de brousse après la grande pluie transforma le Menengai en une muraille rouge, il fit extrêmement chaud. Owuor n'en installa pas moins des chaises devant la porte à l'intention de Walter et de Jettel.

— Il faut regarder un feu quand il a dormi longtemps, dit-il.

— Alors pourquoi ne restes-tu pas ici ?

— C'est mes jambes qui doivent partir.

Le vent, en cet instant précédant le coucher du soleil, était trop fort ; le ciel était gris, obscurci par une fumée lourde qui roulait en nuages épais au-dessus de la ferme. Les vautours s'envolaient des arbres. Dans la forêt, les singes poussaient des cris stridents, et les hyènes déjà hurlaient, bien avant l'heure habituelle. L'air était brûlant. Même parler était difficile. Pourtant, Jettel dit soudain à très haute voix :

— Je n'en peux plus.

— N'aie pas peur. Moi aussi, la première fois, j'ai cru que la maison allait prendre feu et j'ai voulu appeler les pompiers.

— Je ne parle pas du feu. Je ne supporte plus de vivre ici.

— Il le faut, Jettel. Nous n'avons pas le choix.

— Mais qu'est-ce que nous allons devenir ? Tu ne gagnes pas un sou et nous aurons bientôt dépensé ce qu'il nous reste. Comment allons-nous envoyer Regina à l'école ? Ce n'est tout de même pas une vie, pour un enfant, de toujours rester assise sous un arbre avec Aja.

— Tu crois que je ne le sais pas ? Avec les distances qu'il y a ici, les enfants vont dans des internats. Le plus proche est à Nakuru et il coûte cinq livres par mois. Süsskind s'est renseigné. Sans un miracle, nous ne pourrons pas nous le permettre, même dans quelques années.

— Nous passons notre temps à attendre des miracles.

— Jettel, le bon Dieu n'a pas été trop chiche à notre égard. Sinon, tu ne serais pas ici à te plaindre. Nous vivons et c'est l'essentiel.

— J'en ai assez d'entendre ça, répondit Jettel avec un haut-le-cœur. Nous vivons. À quoi bon ? Pour nous casser la tête à propos de poules et de veaux crevés ? J'ai l'impression d'être déjà morte. Parfois, je préférerais l'être.

— Jettel, ne dis plus jamais une chose pareille. Pour l'amour du ciel, ne blasphème pas !

Walter sauta sur ses pieds et souleva Jettel de son siège. Retranché dans son désespoir, il permit d'abord à sa fureur d'étouffer en lui tout sentiment de justice, de bonté et toute raison. Puis il s'aperçut que Jettel pleurait sans même un sanglot. Sa pâleur et son désarroi l'émurent. Il finit par éprouver assez de compassion pour ravaler ses reproches et sa colère. Avec une douceur qui le bouleversa autant que sa violence, peu avant, Walter attira sa femme contre lui. Un bref instant, il s'abandonna à la chaleur et au désir qu'éveillait en lui, comme naguère, la sensation de son corps contre le sien ; pourtant, son esprit ne tarda pas à lui refuser jusqu'à cette consolation.

— Nous avons sauvé notre peau. Nous avons le devoir de tenir.

— Qu'est-ce que tu veux encore dire par là ?

— Jettel, dit doucement Walter en prenant conscience qu'il n'arriverait pas à retenir plus longtemps les larmes qui lui montaient aux yeux depuis le lever du jour, les Allemands, hier, ont incendié les synagogues. Ils ont brisé les vitrines des magasins juifs, ils ont jeté des gens à la rue, les ont battus et laissés à demi-morts sur le sol. Toute la journée, j'ai tenté de te le dire, mais je n'y arrivais pas.

— D'où le tiens-tu ? Comment peux-tu raconter des choses pareilles ? Qui peut bien t'avoir annoncé ça dans cette maudite ferme ?

— Ce matin, à cinq heures, j'ai réussi à capter la radio suisse.

— Ils ne peuvent tout de même pas incendier des synagogues comme ça. Personne n'est capable de faire une chose pareille.

— Si, ils en sont capables. Ces démons en sont capables. Pour eux, nous ne sommes plus des êtres humains. L'incendie des synagogues n'est qu'un début. Plus rien n'arrêtera les nazis. Comprends-tu maintenant qu'il importe peu de savoir si Regina apprendra un jour à lire ?

Walter avait peur de regarder Jettel mais, lorsqu'il s'y risqua, il s'aperçut qu'elle n'avait pas saisi ce qu'il avait cherché à lui faire entendre. Il n'y avait plus aucun espoir que sa mère et Käte, que son père et Liesel échappent à l'enfer. Depuis qu'il avait éteint la radio, ce matin, Walter s'était résolu à faire son devoir, à dire la vérité, mais, au moment de passer à l'acte, sa langue avait été comme paralysée. Ce qui l'anéantissait, ce n'était pas la douleur, c'était son incapacité à parler.

Quand il parvint à détourner les yeux de Jettel qui tremblait de tout son corps, il sentit enfin la vie revenir dans ses membres. Ses oreilles perçurent à nouveau des bruits. Il entendit le chien aboyer, les vautours crier, il entendit des voix devant les huttes et les battements assourdis des tambours dans la forêt.

Owuor courait en direction de la maison, à travers l'herbe sèche. Sa chemise blanche brillait dans les dernières lueurs du jour. Il ressemblait tellement à un oiseau dressé sur ses pattes que Walter se surprit à sourire.

— *Bwana*, dit-il, hors d'haleine, *sigi na kuja*.

C'était bon de lire la perplexité dans les yeux du *bwana*. Owuor aimait voir cette expression sur son visage : elle lui donnait l'air bête d'un âne tétant sa mère, tandis que lui se sentait aussi malin que le serpent qui, longtemps privé de nourriture, trouve cependant, grâce à sa ruse, une proie avant l'heure. L'agréable sensation d'en savoir plus que le *bwana* était aussi douce qu'une chique de tabac qu'on peut mâcher un long moment encore.

Owuor prit tout son temps avant de renoncer à son triomphe, puis le désir lui vint enfin de ressentir l'excitation que n'allaient pas manquer de provoquer ses paroles. Il s'apprêtait à les répéter quand il prit conscience que le *bwana* ne l'avait absolument pas compris.

Il se contenta de dire *sigi* et de sortir cérémonieusement une sauterelle de la poche de son pantalon. La garder en vie pendant sa course n'avait pas été facile, mais elle battait encore des ailes.

— C'est une *sigi*, expliqua-t-il avec la voix d'une mère parlant à un enfant demeuré. C'est la première. Je l'ai attrapée pour toi. Quand les autres seront là, elles dévoreront tout.

— Que peut-on faire ?

— Beaucoup de bruit, c'est bien. Mais une seule bouche, ce n'est pas assez. Ça ne sert à rien, Bwana, de crier tout seul.

— Owuor, aide-moi, je ne sais pas ce qu'il faut faire.

— On peut chasser les *sigi*, déclara Owuor, et on

aurait cru entendre Aja réveillant Regina pour la replonger dans la chaleur torride. On a besoin de casseroles et de cuillères pour taper dessus. Comme des tambours. C'est encore mieux si on casse du verre. Tous les animaux ont peur quand le verre meurt. Tu ne savais pas ça, Bwana ?

3

Le lendemain de l'invasion des sauterelles, quand le soleil se leva, chacun savait – les gens dans les champs et les gens dans les huttes, mais aussi les tambours qui battaient au loin dans les forêts des fermes voisines – chacun savait qu'Owuor était plus qu'un simple boy capable, rien qu'en remuant la bouillie dans des casseroles, de transformer de petites bulles bien sages en trous furieux. Dans le combat contre les sauterelles, il s'était montré plus rapide que les flèches des Massaïs. Owuor avait changé en guerriers les hommes et les femmes, mais aussi tous les enfants qui savaient marcher sans s'accrocher à la pièce de tissu recouvrant les hanches de leurs mères.

Les sauterelles, chassées par leurs cris, le bruit assourdissant des casseroles et celui des lourdes barres de fer entrechoquées, mais surtout par le fracas strident du verre qui se brisait en mille éclats sur les cailloux, n'avaient pas eu le temps de s'abattre sur les *schamba* de maïs et de blé. Elles avaient poursuivi leur vol, pareilles à des oiseaux égarés, trop faibles pour savoir où se diriger.

Le jour où son *bwana* pleurait comme un enfant qui se brûle à sa propre colère, Owuor, lui, s'était mué en sauveur et en vengeur, mettant entre les mains de ses guerriers jusqu'aux *krai* rondes dans lesquelles on cuit le *poscho*, le soir. Owuor n'avait pas gaspillé la nuit de son triomphe à dormir ou à prêter l'oreille aux bruyantes plaisanteries de ses amis. Savoir qu'il était devenu magicien l'emplissait d'une trop grande ivresse; trop de douceur envahissait sa bouche quand il demandait à sa langue de prononcer le mot de *sigi*.

Le lendemain de cette longue et merveilleuse nuit, le *bwana* rentra de la traite avant que le dernier lait ne fût dans les seaux. Il fit venir Owuor alors que celui-ci s'apprêtait à entonner la chanson des œufs à la coque. La *memsahib* était assise sur la chaise à la couverture rouge, rouge comme un morceau de soleil couchant; elle souriait. Regina était accroupie par terre, la tête de Rummler entre les genoux. Elle secoua le chien pour le réveiller quand Owuor entra.

Le *bwana* tenait à la main une grosse balle noire. Il la déplia, la changea en manteau et attira la main d'Owuor sur le tissu. Le manteau avait la douceur de la terre après la pluie. Sur les côtés et sur le col, le tissu était brillant, plus moelleux encore que dans le dos; la voix du *bwana* se fit douce elle aussi lorsqu'il dit à Owuor en lui posant le manteau sur les épaules :

— Il est à toi.

— Tu me donnes ton manteau, Bwana?

— Ce n'est pas un manteau, c'est une robe. Un homme comme toi doit porter une robe.

Owuor essaya aussitôt de prononcer le mot nouveau. Comme il ne venait pas de la langue des Jaluo et que ce n'était pas non plus un mot swahili, sa bouche et sa gorge éprouvèrent de grosses difficultés. La *memsahib* et l'enfant se mirent à rire. Rummler ouvrit lui aussi une large gueule, mais le *bwana* qui avait envoyé ses yeux en safari était comme un arbre trop petit encore pour abreuver sa cime à la fraîcheur du vent.

— Robe, dit le *bwana*, il faut répéter le mot souvent et tu sauras le prononcer aussi bien que moi.

Sept nuits de suite, regagnant les huttes des hommes après le travail, Owuor s'arrêta derrière un buisson pour enfiler le manteau noir; celui-ci, dans le vent, gonflait tellement que les enfants, les chiens, et même les vieillards qui n'avaient plus très bonne vue, poussaient des cris perçants, tels des oiseaux affolés. L'étoffe, sous le soleil, émettait une lumière noire ; elle était même plus noire que la nuit sous la lune. Dès qu'elle touchait le cou et les épaules d'Owuor, ses dents s'essayaient à dire le mot nouveau. Le manteau et le mot étaient pour lui une seule magie dont il savait qu'elle était en rapport avec son combat contre les sauterelles. La huitième fois, lorsque le soleil se leva, le mot avait dans sa bouche le moelleux d'une petite bouchée de *poscho*. C'était bon de pouvoir enfin s'abandonner à l'envie d'en apprendre davantage sur le manteau.

Jusqu'à l'heure d'éveiller le feu dans la cuisine, Owuor se rassasia de l'idée que son *bwana*, la *memsahib* et la *toto* le comprenaient depuis quelque temps aussi bien que des personnes n'ayant peur ni des sauterelles ni des fourmis géantes. Un moment encore, il laissa grandir en lui la question qui lui tourmentait l'esprit depuis si longtemps, puis la curiosité finit par grignoter sa patience et il partit à la recherche du *bwana*.

Il trouva Walter auprès du réservoir en fer-blanc, occupé à taper sur les rainures afin d'estimer, à l'oreille, pour combien de temps encore on aurait de l'eau potable. Owuor demanda :

— Quand as-tu porté la robe ?

— Owuor, c'était ma robe avant que je devienne un *bwana*. Je portais la robe à mon travail.

— Robe, répéta Owuor, heureux que le *bwana* ait enfin compris qu'il fallait dire deux fois les mots agréables. Un homme peut travailler dans la robe ?

— Oui, Owuor, oui. Mais, à Rongai, je ne peux pas travailler dans ma robe.

— Tu travaillais avec tes bras quand tu n'étais pas encore un *bwana* ?

— Non, avec la bouche. Pour travailler avec une robe, il faut être intelligent. À Rongai, c'est toi qui es intelligent. Pas moi.

C'est une fois arrivé dans la cuisine qu'Owuor comprit pourquoi le *bwana* était si différent des autres hommes blancs avec qui il avait travaillé jusqu'ici. Il disait des paroles qui, lorsqu'on les répétait, vous laissaient la bouche sèche, mais qui restaient dans l'oreille et dans la tête.

Il fallut huit jours exactement pour que la nouvelle de la victoire sur les sauterelles arrive à Sabbatia et pousse Süsskind à partir pour Rongai, bien que de premiers cas de fièvre – une fièvre propre à la côte orientale du pays – se soient déclarés parmi les vaches de sa ferme.

— Mince, s'écria-t-il avant même d'être descendu de voiture, te voilà devenu fermier. Comment tu t'y es pris ? Moi, je n'y suis jamais arrivé. Après la dernière saison des pluies, ces sales bestioles m'ont bouffé la moitié de la ferme.

Ce fut une soirée pleine d'harmonie et de gaîté. Jettel sacrifia les dernières pommes de terre qu'elle avait conservées pour une circonstance exceptionnelle et elle apprit à Owuor à préparer le *Himmelreich*[1] silésien, lui racontant en même temps comment elle allait toujours chercher des poires séchées pour sa mère dans la petite boutique de la Goethestrasse. Avec un peu de nostalgie, mais joyeuse tout de même, elle mit la jupe blanche et le corsage à rayures rouges et bleues qu'elle n'avait pas ressortis depuis Breslau et elle put, peu après, s'abandonner à la griserie que provoquait en elle l'admiration de Süsskind.

— Sans toi, dit-il, je ne saurais plus du tout combien une femme peut être belle. Tous les hommes de Breslau devaient te faire la cour.

— Exactement, confirma Walter, et Jettel eut plaisir à constater que sa jalousie n'avait rien perdu de sa virulence.

---

[1] Plat de viande accompagnée de pommes de terre et de fruits séchés, pruneaux le plus souvent *(N.d.T.)*.

Regina ne fut pas obligée d'aller au lit. Elle fut autorisée à dormir devant le feu. Quand le bruit de la conversation la réveillait, elle s'imaginait que la cheminée était le Menengai, et la cendre noire qu'un feu de brousse laisse dans son sillage, du chocolat. Elle apprit quelques mots nouveaux et les enferma dans une boîte secrète, cachée dans sa tête. Le mot qui lui plaisait le plus était « la taxe de fuite du Reich », bien qu'il fût aussi le plus difficile à retenir.

Walter raconta à Süsskind son premier procès à Leobschütz et la manière dont il avait ensuite arrosé ce succès inattendu avec Greschek, à la fête de l'abattage du cochon de Hennerwitz. Süsskind tentait de se souvenir de la Poméranie, mais sa mémoire mélangeait déjà les années, les lieux et les gens.

— Attendez un peu, disait-il, ça ne va pas tarder à vous arriver, à vous aussi. Le grand oubli, c'est ce que l'Afrique a de mieux à nous offrir.

Le lendemain, Mr Morrison arriva à la ferme. Il n'était pas douteux que la nouvelle du sauvetage de la récolte était parvenue jusqu'à Nairobi : il tendit la main à Walter – geste qu'il n'avait encore jamais eu. Plus surprenant encore, à la différence de ses visites antérieures, il comprit les signes que lui adressait Jettel qui avait préparé du thé à son intention. Il le but dans la tasse à fleurs du service Rosenthal, hochant la tête chaque fois qu'il prenait du sucre dans le pot en porcelaine avec la pince en argent.

Après être allé voir les vaches et les poules, quand il entra dans la maison, il ôta son chapeau. Son visage paraissait rajeuni ; il avait des cheveux d'un blond très clair et des sourcils broussailleux. Il demanda une troisième tasse. Il joua un instant avec la pince à sucre et hocha de nouveau la tête. Il se leva soudain, se dirigea vers l'armoire renfermant le dictionnaire latin et l'*Encyclopædia Britannica*, sortit du tiroir un rond de serviette en ivoire et le pressa dans la main de Regina.

Elle trouva l'anneau si beau qu'elle entendit battre son cœur. Mais il y avait si longtemps qu'elle n'avait pas eu à dire merci pour un cadeau qu'il ne lui vint rien d'autre à l'esprit qu'un *sente sana* ; elle savait pourtant qu'un enfant ne devait pas parler swahili avec quelqu'un d'aussi puissant que Mr Morrison.

Mais ce n'était certainement pas si grave que ça, puisque Mr Morrison se mit à rire, découvrant deux dents en or. Tout excitée, Regina sortit en courant. Certes, Mr Morrison l'avait rencontrée auparavant à plusieurs reprises, mais il n'avait jamais ri et ne lui avait guère prêté attention. Si lui s'était métamorphosé à ce point, peut-être son chevreuil avait-il lui aussi retrouvé par enchantement sa forme humaine ?

Suara dormait sous l'arbre épineux. Constatant que l'anneau blanc ne possédait pas de pouvoirs particuliers, Regina le trouva un peu moins beau. Elle se contenta donc de murmurer « la prochaine fois » à l'oreille de Suara, elle attendit que le chevreuil bouge la tête et elle rentra lentement à la maison.

Mr Morrison avait remis son chapeau et repris son air habituel. Il tenait le poing droit fermé sur quelque chose et regardait par la fenêtre. Un instant, il ressembla un peu à Owuor le jour de l'invasion des sauterelles ; cependant, ce n'est pas un petit diable battant des ailes qu'il sortit de la poche de son pantalon, mais six billets de banque qu'il posa un à un sur la table.

— *Every month*, dit-il avant de rejoindre sa voiture.

À peine entendit-on hurler le démarreur, puis Rummler hurler à sa suite, que déjà s'élevait un nuage de poussière dans lequel l'auto disparut.

— Mon Dieu, qu'est-ce qu'il a bien pu dire ? Jettel, tu l'as compris ?

— Oui. Enfin, presque. *Month* veut dire mois. Ça, j'en suis sûre. On a vu le mot pendant mes cours. J'étais même la seule à réussir à le prononcer correctement, mais tu crois que cet horrible professeur m'aurait félicitée ou au moins encouragée d'un signe de tête ?

— Tout ça n'a plus la moindre importance. Que signifie l'autre mot ?

— Mais ne te mets pas à crier comme ça ! Celui-là aussi on l'a vu, mais j'ai oublié.

— Il faut te souvenir. Il y a là six livres. Ce n'est pas rien.

— *Month* veut dire mois, répéta Jettel.

Ils étaient tous les deux si énervés que, pendant un petit moment, ils ne firent que se passer les billets, les comptant du doigt tour à tour, avec un haussement d'épaule.

— Mais, bon sang, nous avons un dictionnaire, se rappela enfin Jettel.

Tout excitée, elle fouilla dans une caisse et en sortit un livre à reliure jaune et rouge.

— Voilà, *Mille mots anglais*, dit-elle en riant. Et nous avons aussi *Mille mots espagnols*.

— On n'en a plus besoin. L'espagnol, c'était pour Montevideo. Tu veux que je te dise, Jettel ? Nous sommes au bout de notre rouleau. Nous n'avons pas la moindre idée du mot qui nous manque.

Regina, en proie à une impatience qui lui brûlait la peau, s'assit par terre. Elle comprenait que ses parents – qui ne cessaient de faire sortir le même mot de leur gorge et qui sentaient comme Rummler lorsqu'il avait faim – avaient inventé un nouveau jeu. Pour profiter longtemps de ce plaisir, il valait mieux ne pas participer au jeu. Regina réprima également son envie d'aller chercher Owuor et Aja, et elle mordilla l'oreille de Rummler jusqu'à ce qu'il pousse de petits gémissements de contentement. Elle entendit alors son père lui dire :

— Tu sais peut-être, toi, ce que Morrison a dit ?

Regina voulut goûter encore un peu au plaisir de pouvoir enfin jouer elle aussi à la ronde des mots inconnus, des hochements de tête et des roulements d'épaules. Ses parents avaient toujours sur eux l'odeur de Rummler quand il devait attendre sa nourriture trop longtemps. Elle commença donc par ouvrir la bouche, puis passa la main à l'intérieur du rond de serviette et le fit remonter le long de son bras, petit à petit, jusqu'au coude. C'était une bonne chose qu'Owuor lui ait appris à retenir des sons qu'elle ne comprenait pas. Il suffisait de les enfermer dans sa tête et d'aller les y chercher de temps en temps, sans ouvrir la bouche.

— *Every month*, se souvint-elle, mais elle se laissa trop longtemps bercer par l'étonnement de ses parents, manquant ainsi l'occasion de répéter le mot magique.

Ses oreilles reçurent néanmoins leur récompense quand son père la félicita :

— Tu es une enfant futée.

On aurait dit un coq fièrement dressé sur ses ergots. Mais il redevint trop rapidement le père aux yeux rouges d'impatience ; il prit le livre sur la table, l'y reposa immédiatement, se frotta les mains et soupira :

— Je suis un imbécile. Un pauvre imbécile.

— Pourquoi ?

— Il faut aussi savoir épeler les mots qu'on cherche dans le dictionnaire, Regina.

— Ton père a trop peu de ressort, il pense et moi, j'agis, dit Jettel.

— *Aver*, lit-elle tout haut, veut dire s'affirmer. *Aviary*, c'est une volière. C'est encore plus absurde. Puis il y a encore *avid*. Qui signifie cupide.

— Jettel, ça n'a pas de sens. Nous n'y arriverons jamais comme ça.

— À quoi bon un dictionnaire si on n'y trouve rien ?

— Bon, eh bien passe-le-moi. Je cherche maintenant à E. *Evergreen*, lut-il, veut dire « à feuilles persistantes ».

Regina remarqua pour la première fois que son père savait encore mieux cracher qu'Owuor. Elle enleva ses mains de la tête de Rummler et applaudit.

— Tais-toi, Regina. Nom d'une pipe, ce n'est pas un jeu. Ça doit être *evergreen*. C'est sûr, Morrison parlait de ses champs de maïs toujours verts. C'est curieux, jamais je n'aurais cru ça de lui.

— Non, dit Jettel en parlant soudain très bas, j'y suis. C'est vrai, j'y suis. *Every* veut dire « chaque ». Donc, Walter, *every month* doit vouloir dire chaque mois. Ça ne peut absolument pas être autre chose. Faut-il comprendre qu'il entend nous donner six livres tous les mois ?

— Je n'en sais rien. Il faut voir si le miracle se renouvelle.

— Tu parles toujours de miracles.

Regina guetta pour voir si son père s'apercevait qu'elle avait imité la voix de sa mère, mais ses yeux et ses oreilles restèrent bredouilles.

— Cette fois il a raison, chuchota Jettel, il faut tout simplement qu'il ait raison.

Elle se leva, attira Regina contre elle et lui donna un baiser qui avait le goût du sel.

Le miracle devint réalité. Au début de chaque mois, Mr Morrison venait à la ferme. Il commençait par boire deux tasses de thé, allait voir ses poules et ses vaches, se rendait à ses champs de maïs, revenait pour sa troisième tasse de thé et posait en silence, un à un, six billets d'une livre sur la table.

Comme Owuor quand il était question du jour fameux qui avait transformé la vie à Rongai, Jettel était capable de se gonfler d'orgueil.

— Vois-tu, disait-elle alors à son mari, et Regina répétait avec elle les mots familiers sans remuer les lèvres, à quoi te sert toute ta belle instruction si tu n'as même pas appris l'anglais ?

— À rien, Jettel, à rien, tout comme ma robe.

Quand Walter parlait comme ça, il n'avait pas les yeux aussi las que les mois précédents. Les jours fastes, il retrouvait ses yeux d'avant la malaria ; et puis, quand Jettel savourait son triomphe, il retrouvait aussi le rire, l'appelait « mon petit Owuor » et, la nuit, s'abreuvait à la tendresse que tous les deux avaient déjà crue enfuie à jamais.

— Ils m'ont fait un petit frère cette nuit, racontait Regina sous l'épineux.

— C'est bien, dit Aja. Alors, maintenant, Suara ne se transformera plus en enfant.

Un soir, Walter proposa :

— Nous allons envoyer Regina à l'école. La prochaine fois que Süsskind ira à Nakuru, il se renseignera pour savoir comment on s'y prend.

— Non, objecta Jettel, pas encore.

— Mais tu avais toi-même tant insisté !... Et j'y tiens, moi aussi.

Jettel s'aperçut que le chaud lui montait aux joues, mais elle n'eut pas honte de son embarras.

— Je n'ai pas oublié, dit-elle, ce qui s'est passé juste avant l'arrivée des sauterelles. Tu t'es figuré que je n'avais rien compris à ce que tu disais, mais je ne suis pas aussi bête que tu le penses. Regina aura le temps d'apprendre à lire quand elle aura sept ans. Pour l'instant, nous avons besoin de l'argent pour Maman et Käte.

— Comment vois-tu les choses ?

— Ici, nous avons assez pour ne pas souffrir de la faim. Pourquoi ne pas s'en contenter pendant un certain temps ? J'ai fait mes comptes. Si nous ne touchons pas à l'argent, dans dix-sept mois nous aurons réuni les cent livres qu'il faut pour faire venir Maman et Käte. Il nous restera même deux livres. Tu verras, on y arrivera.

— S'il ne se passe rien entre-temps.

— Que pourrait-il bien se passer ? Il ne se passe jamais rien ici.

— Ici, non, mais dans le reste du monde, Jettel. Les choses vont mal chez nous.

Pour Walter, il était plus difficile de supporter l'ardeur et l'abnégation de Jettel – la joie avec laquelle

elle déposait tous les mois les six livres dans un coffret, comptant et recomptant la somme accumulée, certaine de réussir à rassembler à temps le magot salvateur – que de supporter les nouvelles qu'il écoutait à toute heure du jour et, souvent aussi, de la nuit.

Les intervalles entre les lettres en provenance de Breslau et de Sohrau s'étaient allongés ; les lettres elles-mêmes, en dépit des efforts pour taire les angoisses, étaient si préoccupantes que Walter se demandait fréquemment si sa femme ne s'apercevait vraiment pas qu'il était criminel de garder espoir. Parfois, il pensait qu'elle ne se doutait de rien ; il en était ému et la plaignait. Mais, quand il était abattu au point de ne plus éprouver de reconnaissance d'avoir été sauvé, son désespoir se muait en haine pour Jettel et ses illusions.

Dans ses lettres, son père racontait ses vaines tentatives pour vendre son hôtel, il disait qu'il ne sortait quasiment plus, que seules trois familles juives étaient encore à Sohrau, mais que, compte tenu des circonstances, il allait bien et n'avait pas à se plaindre. Le lendemain de l'incendie des synagogues, il écrivait : « Liesel pourra peut-être émigrer en Palestine. Si seulement j'arrivais à la persuader de se séparer de moi, vieil âne que je suis. » Mais, à partir du 9 novembre 1938, son père bannit aussi de ses lettres son habituelle incantation – « J'espère que nous nous retrouverons tous bientôt ».

La peur de la censure était perceptible dans la moindre ligne en provenance de Breslau. Käte parlait de restrictions qui « nous créent pas mal de difficultés » et évoquait chaque fois des amis communs qui « ont dû soudain partir et dont on n'a plus de nouvelles ». Ina écrivait qu'elle ne pouvait plus louer ses chambres et qu'elle ne sortait plus de chez elle « qu'à des heures bien précises ». Elles avaient posté dès février le cadeau pour l'anniversaire de Regina au mois de septembre. Walter reçut avec épouvante ce message codé : sa belle-mère et sa belle-sœur n'osaient plus envisager l'avenir à long terme et avaient abandonné tout espoir de quitter l'Allemagne.

Il souffrait à l'idée de devoir confronter Jettel avec la vérité, tout en sachant qu'il était fautif de ne pas le faire. Mais, lorsqu'elle comptait son argent en souriant comme un enfant qui a calculé comment exaucer ses désirs, il renonçait à profiter de ces occasions pour dire ce qu'il avait à dire. Il ressentait son silence comme une capitulation et n'avait que dégoût pour sa faiblesse. Il se mettait au lit longtemps après Jettel et se levait avant elle.

Le temps semblait s'être arrêté. À la mi-août, le boy de Süsskind apporta une lettre avec ce message : « Cette maudite fièvre de la côte orientale a fini par nous rattraper à Sabbatia. Pour le moment, il faut renoncer au shabbat. Je dois prier pour mes vaches et tenter de sauver ce qui peut l'être encore ici. Si, chez toi, les vaches se mettent à tourner en rond, il sera trop tard. Cela voudra dire que l'épidémie est arrivée à Rongai. »

— Pourquoi donc ne peut-il pas venir ? demanda Jettel avec irritation quand Walter lui montra la lettre. Il n'est pourtant pas malade.

— Il faut quand même qu'il soit à la ferme quand ses vaches crèvent. Süsskind a peur de perdre sa place lui aussi. Les *refugees* sont de plus en plus nombreux à arriver dans le pays et à chercher asile dans les fermes. Du coup, chacun de nous peut être plus facilement remplacé.

Les visites de Süsskind, le vendredi, constituaient le sommet de la semaine ; elles rappelaient une vie pleine de conversations, de distractions, de choses données et de choses reçues ; elles étaient une étincelle de normalité. C'en était à présent fini du plaisir de l'attente et de la joie de la rencontre. Plus la vie devenait monotone et plus Jettel avait besoin que Süsskind lui parle de Nairobi et de Nakuru. Il savait toujours qui venait d'arriver dans le pays et où il avait trouvé refuge. Elle regrettait plus encore sa bonne humeur, ses plaisanteries et ses compliments, l'optimisme qui le poussait à toujours regarder de l'avant et qui la confirmait dans sa confiance en l'avenir.

Walter souffrait davantage qu'elle. Depuis son arrivée à la ferme, et *a fortiori* depuis sa malaria, Süsskind avait été celui qui l'avait sauvé de la misère et de la mort. Il avait besoin du naturel et de l'assurance de son ami pour ne pas s'abandonner à ses états dépressifs et à une nostalgie de l'Allemagne si forte qu'elle le faisait douter de sa raison. Süsskind représentait la preuve qu'on pouvait s'accommoder du destin d'exilé. Plus encore : il était son unique contact avec la vie.

Owuor lui-même se lamentait de ne plus voir le *bwana* Sabbatia à la ferme. Personne ne savait aussi bien que lui remuer sa bouche lorsqu'on servait le pudding. Personne ne riait aussi fort que le *bwana* Sabbatia quand Owuor mettait la robe et chantait *J'ai perdu mon cœur à Heidelberg*. À la tombée de la nuit, au terme d'une nouvelle journée sans visite, Owuor se désolait :

— Bwana Sabbatia est comme un tambour. Je tape dessus à Rongai et il répond depuis le Menengai.

— Süsskind manque aussi à notre radio, dit Walter au matin du 1er septembre. Les piles sont à plat et on ne peut pas les recharger sans le moteur de sa voiture.

— Tu ne reçois plus les nouvelles ?

— Non, Regina. Pour nous, le monde est mort.

— La radio est morte, elle aussi ?

— Tout ce qu'il y a de plus mort. Maintenant, seules tes oreilles peuvent nous apprendre ce qu'il y a de neuf. Alors, allonge-toi par terre et annonce-moi une bonne nouvelle.

La joie et la fierté donnèrent le vertige à Regina. Après la petite pluie, Owuor lui avait enseigné à s'allonger, immobile et bien à plat, pour soutirer ses bruits à la terre. Depuis, elle avait souvent entendu la voiture de Süsskind avant qu'elle fût visible, mais son père n'y avait jamais cru; il disait seulement un méchant « balivernes ! » et il n'avait même pas honte quand, effectivement, Süsskind arrivait alors qu'elle venait d'annoncer sa venue. Maintenant, comme sa radio morte ne lui permettait plus d'entendre la moindre voix, il avait enfin saisi que, sans les oreilles de Regina, il était aussi sourd que le vieux Chéroni qui conduisait les vaches à la traite. Elle se sentit forte et intelligente. Elle prit néanmoins son temps pour entreprendre la chasse de ces sons qui devaient partir en safari et traverser le Menengai avant de pouvoir parvenir à Rongai. Après la mort de la radio, Regina attendit le soir pour s'allonger sur le sentier pierreux conduisant à la maison; mais, en dehors du bavardage des arbres dans le vent, nul bruit ne montait de la terre. Le lendemain matin, elle n'entendit également que le silence; aux alentours de midi, cependant, ses oreilles s'éveillèrent.

Quand le premier son lui parvint, Regina n'osa même pas respirer de peur de l'altérer. Entre le premier son et le deuxième, il n'aurait pas dû s'écouler plus de temps qu'il n'en faut à un oiseau pour voler d'un arbre à un autre. Mais ce deuxième son se fit attendre si longtemps que Regina craignit de n'avoir pas mis l'oreille assez près du sol et de n'avoir entendu que les tambours de la forêt. Elle voulut se relever avant d'avoir la gorge desséchée par la déception, mais un coup dans la terre lui frappa les oreilles avec tant de force qu'il lui fallut même faire vite. Il n'était pas question aujourd'hui de permettre à son père de croire qu'elle avait vu la voiture avant de l'entendre.

Elle mit ses mains devant sa bouche pour donner du poids à sa voix et elle hurla :

— Vite, papa, on a de la visite. Mais ce n'est pas l'auto de Süsskind.

Le camion qui grimpait en ahanant le raidillon menant à la ferme était plus gros que tous ceux qui étaient jamais venus à Rongai. Les enfants accoururent de leurs huttes vers la ferme et leurs corps nus se pressèrent les uns contre les autres. Après eux venaient les femmes, leurs nourrissons sur le dos, les jeunes filles avec leurs calebasses pleines d'eau et les chèvres poussées par les aboiements des chiens. Les boys des *schamba* avaient jeté leurs pioches et quittèrent leurs champs, les bergers abandonnèrent leurs vaches.

Ils levaient les bras au-dessus de la tête, criaient comme si les sauterelles étaient revenues et chantaient les chansons que, d'habitude, on entendait venir des huttes, après la tombée de la nuit. Les rires de la foule, excitée et curieuse, ne cessaient de rouler vers le Menengai et d'en revenir en un écho très distinct. Ils s'arrêtèrent aussi soudainement qu'ils avaient commencé et c'est dans le silence que le camion stoppa.

Tous ne virent d'abord qu'un fin nuage de terre rouge qui montait du sol et descendait du ciel tout à la fois. Quand il se fut dissipé, les yeux s'agrandirent et les membres se figèrent. Même les plus vieux du village, ceux qui ne comptaient plus les saisons des pluies qu'ils avaient vécues, durent se forcer pour accepter de voir ce qu'ils voyaient. Le camion était aussi vert que les forêts dont les feuilles ne sèchent jamais et, à l'arrière, la plate-forme à bétail ne transportait pas des bœufs et des vaches en route pour leur premier safari, mais des hommes à la peau blanche avec de grands chapeaux.

À côté d'Aja et d'Owuor, Walter, Jettel et Regina se tenaient immobiles près du réservoir d'eau, devant la maison; ils avaient peur de lever la tête, mais ils virent pourtant tous l'homme assis à côté du chauffeur ouvrir la portière du camion et descendre lentement du véhicule.

Il portait un short kaki et ses jambes étaient très rouges, dans des bottes noires et brillantes qui, à chaque pas dans l'herbe, faisaient s'envoler les mouches. L'homme tenait d'une main une feuille de papier plus claire que le soleil. De l'autre, il toucha sa casquette qui, sur sa tête, ressemblait à une assiette plate vert foncé. Lorsque l'étranger ouvrit enfin la bouche, Rummler se mit lui aussi à aboyer.

— *Mister Redlich*, ordonna la grosse voix, *come along! I have to arrest you. We are at war.*

Personne n'avait encore bougé. On entendit alors une voix familière venue du haut du camion ; c'était Süsskind qui criait :

— Bon Dieu, Walter, tu n'es donc pas au courant ? La guerre a éclaté. Nous sommes tous internés. Viens, monte. Et ne te fais pas de soucis pour Jettel et Regina. On va venir chercher les femmes et les enfants aujourd'hui même et les emmener à Nairobi.

4

Les hommes assez jeunes pour se souvenir des écoles anglaises et de leurs joyeuses nuits à Oxford accueillirent le déclenchement de la guerre comme une distraction bienvenue, même s'ils déploraient les dangers qu'elle faisait courir à la mère patrie. Il n'en alla pas autrement des vétérans aux illusions fanées qui, dans la police de Nairobi ou dans les forces armées du reste du pays, s'acquittaient de leurs obligations, lassés par la routine et la monotonie de la vie coloniale. D'un seul coup, ils n'étaient plus seulement chargés des vols de bétail, des conflits occasionnels entre tribus indigènes et des drames de la jalousie affectant la bonne société anglaise, mais de la colonie de la Couronne elle-même.

Le pays, durant les cinq dernières années, avait accueilli des continentaux en nombre de plus en plus grand et, à cause d'eux, les autorités se voyaient à présent confrontées à des problèmes inédits. En temps de paix, les réfugiés sans ressources et aux noms aussi difficiles à prononcer qu'à écrire avaient certes déjà été une source de désagréments, ne serait-ce qu'en raison de leur accent épouvantable et d'une ambition que les Britanniques, portés à la modération, ne pouvaient trouver que déloyale. Néanmoins, ils passaient généralement pour des gens disciplinés et dociles. Longtemps, les autorités avaient eu pour préoccupation principale de préserver les structures économiques et l'ordre social de Nairobi, en d'autres termes de maintenir les immigrés loin de la capitale en les installant dans des fermes. Grâce à la Communauté juive dont les membres, résidents de longue date, avaient le même souci, cela s'était toujours fait très rapidement et à la grande satisfaction des fermiers.

La guerre fit apparaître d'autres impératifs. L'important, désormais, était de protéger le pays de personnes qui, du fait de leur naissance, de leur langue, de leur éducation, de leurs traditions et de leur esprit de loyauté, pouvaient se sentir plus proches de l'ennemi que du pays d'accueil. Les autorités savaient qu'il leur fallait agir vite et efficacement et, dans un premier temps, elles ne furent pas mécontentes du tout de la manière dont elles s'étaient acquittées de cette tâche inhabituelle. En moins de trois jours, on était allé chercher dans les villes et les fermes dispersées dans l'ensemble du pays tous les étrangers ennemis et on les avait remis aux mains de l'armée, à Nairobi. On les avait informés de ce qu'ils ne bénéficieraient désormais plus du statut de *refugees*, mais d'*enemy aliens*.

Depuis ce qui était devenu entre-temps la Première Guerre mondiale, on disposait de l'expérience voulue et d'un nombre suffisant d'officiers vieillis sous le harnais qui savaient comment procéder. On interna tous les hommes âgés de plus de seize ans ; on répartit les malades et les gens réclamant des soins dans des hôpitaux offrant les garanties de surveillance voulues. On évacua sur-le-champ les baraquements que le deuxième régiment des *King's African Rifles* occupait à Ngong, à trente-deux kilomètres de Nairobi.

Les soldats chargés de récupérer les hommes dans les fermes s'étaient acquittés de leur mission avec une célérité inattendue et un zèle extrême. « Un zèle un peu excessif », estima le colonel Whidett, le responsable de l'opération « Enemy Aliens », dans son premier rapport au lendemain de l'heureuse conclusion de l'affaire.

Les jeunes soldats, au cours de ces arrestations précipitées, n'avaient même pas laissé le temps de faire une valise à ceux que, dans leur patriotisme de néophytes, ils appelaient les *bloody refugees*; leur zèle mal dosé avait occasionné à leurs supérieurs des difficultés auxquelles il fallut promptement remédier : on dut en premier lieu habiller les hommes qui se retrouvaient à Ngong avec le pantalon, la chemise et le chapeau qu'ils avaient sur eux. Certains étaient même encore en pyjama. Dans la mère patrie, on aurait immédiatement résolu ce genre de problème à l'aide de tenues de prisonniers.

Mais, au Kenya, il aurait été contraire aux bonnes mœurs et au bon goût de donner à des Blancs la même tenue qu'à des détenus noirs. Les prisons du pays ne renfermaient pas un seul Européen et, par voie de conséquence, ne possédaient même pas des objets de toute première nécessité pour la vie quotidienne, comme des brosses à dents, des caleçons ou des gants de toilette. Pour ne pas grever le budget dès les premiers jours de la guerre et ne pas se voir poser des questions désagréables par le ministère de la Guerre, à Londres, on appela, à leur grande surprise, les citoyens du pays à faire don des objets en question. Appel qui suscita, dans l'*East African Standard*, des lettres de lecteurs d'une pénible ironie.

Que les internés portent des uniformes kaki tout comme leurs gardiens fut encore plus douloureusement ressenti. La similitude d'apparence extérieure, involontaire mais exigée par les circonstances, entre les défenseurs de la patrie et leurs éventuels agresseurs fut à l'origine d'un large mécontentement, en particulier dans les milieux militaires. Des rumeurs couraient partout, reprochant aux continentaux d'abuser de la gravité de la situation. On racontait qu'ils se saluaient entre eux en ricanant et que, dans la mesure où certains parlaient anglais, ils priaient sans gêne aucune le personnel de surveillance de leur indiquer comment se rendre au front. Le *Sunday Post* donna à ses lecteurs le conseil suivant : « Si vous croisez un homme en uniforme britannique, pour votre propre sécurité, demandez-lui avant toute chose de vous chanter le *God Save the King*. » Le *Standard*, lui, se contenta d'un bref commentaire, coiffé cependant du titre « Scandale ».

Même si on avait estimé que la sécurité du pays était gravement menacée, il n'aurait pas été justifié d'interner immédiatement les femmes et les enfants. Les militaires trouvaient qu'il aurait suffi de confisquer les radios et les caméras afin qu'elles ne soient pas utilisées pour d'éventuelles prises de contact avec l'ennemi sur les champs de bataille européens. Mais, par ailleurs, on se souvenait qu'en 1914, et même durant la guerre des Boers, il avait été de pratique courante de rassembler dans des camps les femmes et les enfants. En la circonstance, c'est l'argument suivant qui avait emporté la décision : le traditionnel sens britannique de l'honneur et des responsabilités interdisait d'abandonner dans des fermes des êtres sans défense privés de toute protection masculine. Là encore, on opéra avec célérité, et de manière très anti-bureaucratique. Sitôt la guerre déclenchée, pas une femme ne resta plus de trois heures seule dans une ferme.

Il n'était pas question de loger des internées, et à plus forte raison leurs enfants, dans des baraquements militaires ; cette fois encore, le colonel Whidett trouva une solution satisfaisante. Sans se soucier de savoir où les fermiers des hautes terres pourraient désormais se distraire le week-end, on réquisitionna le vénérable Norfolk Hotel et le luxueux New Stanley pour les transformer en logements destinés aux familles des *enemy aliens*. Cette solution s'imposait en effet, pour la simple raison que seule Nairobi possédait en nombre suffisant des employés compétents, à la hauteur d'une situation appelée à ne pas durer.

Après les fatigues d'un interminable voyage depuis les fermes, les internées, à leur arrivée à Nairobi, furent stupéfaites. Le personnel des hôtels, qui avait toujours été tenu d'accueillir les clients en manifestant sa joie et qu'on n'avait pas eu le temps de préparer à la situation, se mit à acclamer les arrivantes. On avait aussi convoqué dans les deux établissements des médecins, des infirmières, des jardinières d'enfants et des enseignants. Compte tenu de la hâte qui avait présidé à leur rappel, ils s'attendaient à affronter une situation en rapport avec l'état de guerre ; mais ils constatèrent très rapidement qu'il ne s'agissait, dans ce cas précis, ni d'épidémies ni de problèmes psychologiques, mais de simples difficultés de communication. Le plus aisé aurait été de les résoudre en recourant au swahili, mais les fonctionnaires coloniaux, en dépit de la haute opinion qu'ils avaient d'eux-mêmes, étaient loin de maîtriser aussi bien cette langue que ces gens fraîchement arrivés dans le pays ; ces derniers, par ailleurs, ne correspondaient pas du tout à l'idée qu'on se fait habituellement d'agents ennemis.

Le transport en provenance de Nakuru, de Gilgil, de Sabbatia et de Rongai fut le dernier à arriver au Norfolk Hotel. En route déjà, consolée et rassurée par la communauté de destin qui la liait à ses voisines, Jettel avait surmonté sa peur devant l'incertitude du lendemain et le choc provoqué par la séparation soudaine avec Walter ; elle ressentait dès lors comme un bienfait d'avoir été délivrée de manière aussi inattendue de l'isolement et de la monotonie de la vie à la ferme. L'élégance et l'animation de l'hôtel la fascinèrent tellement que, à l'image des autres femmes, elle commença par perdre de vue la raison de ce brusque virage dans son existence.

Regina était éblouie elle aussi. À Rongai, elle avait refusé de monter sur le camion et il avait fallu la hisser de force. Durant le trajet, elle n'avait fait que pleurer et réclamer Owuor, Aja, Suara, Rummler et son père. Pourtant, l'éclat des innombrables lampes, les rideaux de velours bleu devant les hautes fenêtres, les tableaux dans leurs cadres dorés et les roses rouges dans des vases d'argent, sans oublier la foule et la multitude d'odeurs qui l'excitaient davantage encore que les tableaux, tout concourut à la distraire sur-le-champ de son chagrin. Bouche bée, agrippée à la robe de sa mère, elle restait là, contemplant les infirmières et leurs petites coiffes blanches amidonnées.

Le dîner venait juste de commencer. On servait l'un de ces menus savamment composés qui faisaient la réputation du Norfolk non seulement au Kenya mais aussi dans toute l'Afrique orientale. Le chef cuisinier, un homme originaire de l'Afrique du Sud qui avait appris son métier sur des navires de luxe, n'avait pas l'intention de rompre avec les traditions de la maison pour la simple raison qu'une guerre avait éclaté quelque part en Europe et que la salle de restaurant n'était peuplée que de femmes et d'enfants.

La veille, on avait livré du homard de Mombasa, de l'agneau des hautes terres ainsi que des haricots verts, du céleri et des pommes de terre de Naivasha. La viande était assaisonnée d'une sauce à la menthe, spécialité légendaire du Norfolk, et accompagnée de gratin à la française; il y avait aussi des fruits tropicaux dans une génoise très légère; le plateau de fromages, avec du stilton, du chester et du cheddar d'Angleterre, répondait encore tout à fait aux normes du temps de paix. Le premier soir, le chef attribua à la grande fatigue de ses hôtes le fait que tant d'assiettes de homard et d'agneau soient revenues en cuisine sans avoir été touchées. Mais l'aversion à l'égard des crustacés et de la viande persistant, on demanda conseil à un représentant de la Communauté juive de Nairobi. Certes, ce dernier fut en mesure d'apporter des éclaircissements quant aux prescriptions alimentaires des Juifs, mais quant à savoir pourquoi les enfants versaient leur sauce à la menthe sur les desserts, cela restait pour lui aussi un mystère. Le cuisinier commença par maudire la *bloody war*, puis, dans la foulée, les *bloody refugees*.

Même un hôtel aussi vaste que le Norfolk ne disposait pas d'assez de place pour un tel afflux de pensionnaires. Deux femmes, avec leurs enfants, durent donc se partager une seule chambre. On n'osa pas recourir aux locaux réservés au personnel. Certes, ils étaient disponibles, puisque, contrairement aux coutumes en vigueur au Norfolk, les femmes et les enfants étaient venus sans leurs boys ni leurs *ajas* personnels ; mais loger des Européens dans les bâtiments destinés aux Noirs aurait heurté le bon goût tel que le concevait le directeur de l'établissement.

Regina dut partager un canapé avec une fillette qui avait quelques mois de plus qu'elle. Cela occasionna quelques problèmes la première nuit parce que, enfants uniques toutes deux, elles n'avaient pas l'habitude de dormir ainsi, à l'étroit ; en revanche, cela les aida à surmonter rapidement leurs peurs et leur timidité. Inge Sadler était une enfant vigoureuse, qui portait dans la journée un costume bavarois et qui dormait dans des chemises de nuit en flanelle à carreaux bleus et blancs. Elle était très autonome, de tempérament aimable, et la perspective d'avoir une amie la rendait visiblement heureuse. Les premiers jours, Regina prit son dialecte bavarois pour de l'anglais, mais elle eut tôt fait de s'habituer à l'accent de sa nouvelle amie, qu'elle admirait parce qu'elle savait lire et écrire.

Inge avait eu le temps de faire une année d'école en Allemagne et elle se montra disposée à transmettre ses connaissances à Regina. Quand elle se réveillait la nuit, Inge avait peur et pleurait ; il fallait alors qu'elle soit rassurée par sa mère qui, en dépit de sa rigueur et de son énergie le jour, savait consoler avec autant de tendresse qu'Aja et avait réussi à conquérir le cœur de Regina aussi vite qu'Owuor dans sa vie antérieure. Regina ayant parlé de Suara à Mme Sadler, celle-ci sortit de la laine bleue de sa corbeille à couture et lui confectionna un chevreuil au crochet.

Les Sadler étaient originaires de Weiden, dans le Haut-Palatinat, et n'étaient arrivés au Kenya que six mois avant la guerre. Deux des frères avaient tenu un magasin de confection en Allemagne où le troisième avait été cultivateur. Leurs trois épouses étaient trop entreprenantes pour perdre leur temps à regretter leur splendeur passée. Elles tricotaient des pull-overs et cousaient des corsages pour un magasin renommé de Nairobi ; elles avaient incité leurs maris à prendre à ferme une exploitation à Londiani ; six mois plus tard, elle leur rapportait déjà des bénéfices.

Inge avait vécu le pogrome du 9 novembre à Weiden et c'est de ses propres yeux qu'elle avait vu briser les vitrines de l'affaire familiale, jeter dans la rue les vêtements et les tissus, piller leur appartement. On avait sorti de force son père et ses deux oncles de chez eux, on les avait frappés et expédiés à Dachau. À leur retour, au bout de quatre mois, Inge n'avait reconnu aucun des trois hommes. La deuxième semaine du séjour au Norfolk, comme elle avait honte de ses pleurs nocturnes, elle parla à Regina de ce qu'elle avait vécu, chose qu'elle ne faisait jamais avec ses parents.

— Moi, personne n'a battu mon papa, dit Regina quand Inge eut terminé son récit.

— Alors, il n'est pas juif.

— Tu mens.

— Vous ne venez pas du tout d'Allemagne.

— Nous venons de chez nous, expliqua Regina. De Leobschütz, de Sohrau, de Breslau.

— En Allemagne, on bat tous les Juifs. Je le sais très bien. Je déteste les Allemands.

— Moi aussi, promit Regina, je déteste les Allemands.

Elle décida de parler le plus tôt possible à son père de la haine qu'elle venait de se découvrir, d'Inge, des vêtements jetés dans la rue et de Dachau. Elle évoquait certes moins souvent son père qu'Owuor, Aja, Suara et Rummler, mais il lui manquait tout de même ; elle ressentait d'autant plus cruellement la séparation que sa conscience la tourmentait. En effet, c'était elle qui s'était allongée sur le sol et qui avait la première entendu arriver le camion qui les avait tous transportés loin de Rongai.

Au bord du petit étang aux nénuphars blancs où, dans la chaleur de midi, les papillons venaient se poser comme autant de nuages jaunes, elle confia à Inge :

— J'ai fait la guerre.

— N'importe quoi ! C'est les Allemands qui font la guerre. Tout le monde le sait bien, ici.

— Il faudra que je le dise à mon papa.

— Mais il le sait bien.

Après cette conversation, Regina remarqua pour la première fois que toutes les femmes parlaient de la guerre. Depuis un bon moment, elles étaient beaucoup moins joyeuses qu'aux premiers jours de l'internement. Elles disaient de plus en plus souvent : « Quand nous serons revenus à la ferme », et aucune d'elles n'aimait qu'on lui remette en mémoire la bonne humeur qui l'avait envahie à son arrivée à Nairobi. Le changement d'atmosphère qui s'était opéré au Norfolk renforçait leur nostalgie de la vie dans les fermes.

Le directeur de l'hôtel, un type maigre et désagréable, s'appelait Applewaithe et il y avait longtemps qu'il ne se donnait plus la peine de dissimuler son dégoût à l'égard de gens incapables de prononcer son nom. Il avait horreur des enfants auxquels il n'avait jusqu'ici jamais eu affaire, que ce soit à titre privé ou professionnel, et il interdisait aux jeunes mères d'utiliser la cuisine pour faire chauffer le lait des biberons, de suspendre les couches sur les balcons et de ranger les landaus sous les arbres. Il faisait sentir de plus en plus nettement aux femmes internées qu'elles étaient pour lui des hôtes indésirables et, pis encore, des *enemy aliens*.

Après la première euphorie et l'émotion que le bonheur de retrouver de la compagnie avait fait naître en elles, les femmes revenaient à la réalité, avec consternation et un fort sentiment de culpabilité. Presque toutes avaient encore de la famille en Allemagne et prenaient à présent conscience que leurs parents, leurs frères et sœurs, leurs amis ne pouvaient plus s'échapper. Savoir que leur sort était définitivement scellé et leur destin précaire les paralysait. Elles souffraient d'être séparées de leurs époux qui prenaient jusque-là les décisions seuls et endossaient les responsabilités pour la famille entière ; d'ailleurs, elles ne savaient même pas où on les avait emmenés. La découverte de leur propre impuissance les laissait désemparées et fut d'abord à l'origine de chamailleries mesquines, puis d'une apathie qui les faisait chercher refuge dans le passé. Elles rivalisaient de descriptions pour prouver combien elles avaient eu une vie heureuse à une époque que leur inactivité forcée actuelle rendait de plus en plus éclatante dans leur souvenir. Elles avaient honte de leurs larmes, et surtout de ne plus savoir, quand elles disaient « chez nous » ou « à la maison », si elles parlaient de leurs fermes ou de l'Allemagne.

Jettel souffrait particulièrement de ne pouvoir satisfaire son besoin de protection et de réconfort. Elle regrettait la vie à Rongai, la bonne humeur d'Owuor et le rythme familier de journées qui maintenant ne lui paraissaient plus remplies de solitude, mais de confiance et d'espoir. Elle allait jusqu'à regretter les disputes avec Walter et à les voir, avec le recul, comme une succession de tendres taquineries ; à peine évoquait-elle son nom qu'elle se mettait à pleurer. Après chaque crise, elle disait :

— Si mon mari savait ce que j'endure ici, il viendrait aussitôt me chercher.

En règle générale, quand Jettel s'abandonnait à son désespoir, les femmes se retiraient dans leurs chambres, mais, un soir, sa douleur s'étant faite encore plus bruyante qu'à l'accoutumée, Elsa Conrad, de manière inattendue, se mit à hurler pour de bon :

— Arrête de brailler comme ça, et fais donc quelque chose ! Crois-tu que si on m'avait enlevé mon mari, je resterais là à chialer ? Vous, les jeunes femmes, vous me débectez.

La stupéfaction de Jettel fut telle qu'elle cessa sur-le-champ de sangloter.

— Qu'est-ce que je pourrais bien faire ? demanda-t-elle d'une voix qui ne geignait plus.

Depuis le jour de l'arrivée au Norfolk, Elsa Conrad était une autorité unanimement respectée ; elle ne souffrait d'ailleurs pas la contradiction. Elle ne craignait ni les conflits ni les gens ; elle était la seule Berlinoise du groupe et la seule à ne pas être juive. Son aspect physique suffisait à en imposer. Elsa, aussi grosse que peu mobile, dissimulait sa corpulence sous de longs vêtements à fleurs dans la journée et, le soir, sous des robes de sortie très décolletées. Elle portait des turbans rouge vif qui effrayaient si fort les bébés qu'ils se mettaient à hurler en la voyant.

Elle ne se levait jamais avant dix heures du matin et elle avait obtenu de Mr Applewaithe de se faire servir son petit déjeuner dans sa chambre ; elle rappelait sans cesse à l'ordre les enfants et, tout aussi impatiente, rabrouait les femmes qui se renfermaient dans leur chagrin ou qui se plaignaient de petits riens. Toutefois, elle n'inspira de crainte que durant les premiers jours. Son esprit d'à-propos rendait ses provocations supportables, et son humour faisait accepter son tempérament volcanique. Quand elle eut raconté son histoire, elle devint même une héroïne.

Elsa tenait un bar à Berlin et n'avait pas pour habitude de perdre son temps avec des clients qui ne lui plaisaient pas. Quelques jours après l'incendie des synagogues, une femme accompagnée de deux hommes était entrée dans son bar et, avant même d'avoir ôté son manteau, s'était répandue en propos haineux contre les Juifs. Elsa l'avait prise au collet et jetée à la porte en criant :

— D'où tu crois qu'elle vient, ta fourrure ? Tu l'as volée aux Juifs, espèce de putain !

Cela lui avait valu six mois de prison et, à sa sortie, son expulsion immédiate d'Allemagne. Elle était arrivée au Kenya dépourvue de toute ressource mais, dès la première semaine, un couple d'Écossais de Nanyuki l'avait engagée comme bonne d'enfants. Si cela n'avait pas très bien marché avec les enfants, elle s'était en revanche entendue à merveille avec les parents, même si son anglais se limitait aux quelques bribes qu'elle avait pu saisir au vol sur le bateau. Elle leur avait appris à jouer au skat et elle avait montré au cuisinier comment faire mariner des œufs durs dans de l'eau salée et comment frire les boulettes. Quand la guerre avait éclaté, les Écossais s'étaient séparés d'Elsa à regret. Refusant de la laisser monter sur le camion, ils l'avaient conduite au Norfolk dans leur propre voiture et, au moment des adieux, l'avaient embrassée en maudissant les Anglais et Chamberlain.

Elsa ne connaissait qu'une chose : vaincre.

— Qu'est-ce que je pourrais bien faire ? dit-elle en singeant Jettel, le soir où elle engagea son action contre la résignation. Avez-vous l'intention de croupir ici pendant toute la guerre et de vous tourner les pouces alors qu'on retient vos maris prisonniers ? Pourquoi me regardez-vous avec cet air stupide ? Vous ne pourriez pas oublier un peu qu'on a été aux petits soins pour vous ? Remuez-vous les fesses, posez-les sur une chaise et écrivez aux autorités. Il ne doit tout de même pas être si difficile que ça de leur faire comprendre que les Juifs ne sont pas des amis de Hitler. Une de ces petites dames si raffinées doit bien être allée à l'école et avoir appris assez d'anglais pour écrire une lettre.

Si sa proposition fut retenue, en dépit du peu de succès qu'on en escomptait, c'est avant tout parce que chacun redoutait bien davantage son courroux que l'armée britannique. Elle était aussi bonne organisatrice qu'oratrice et elle ordonna à quatre femmes qui savaient assez d'anglais et à Jettel, qui avait une belle écriture, de rédiger des lettres exposant le sort des Juifs et leurs propres sentiments. Surprise : Mr Applewaithe se laissa rapidement convaincre d'expédier le courrier de personnes non autorisées à sortir des limites de l'hôtel.

Même Elsa ne se serait pas attendue à un succès aussi rapide. Moins que le ton et le contenu des lettres, ce qui amena les autorités militaires à modifier leur attitude, ce furent les premiers doutes qui s'étaient insinués en eux. Au vu des premières réactions de Londres, on se demanda à Nairobi s'il avait effectivement été judicieux d'interner tous les *refugees* et s'il n'aurait pas été plus rationnel de vérifier au préalable leurs opinions politiques.

À cela s'ajoutait que de nombreux fermiers s'attendaient à être appelés sous les drapeaux : ils auraient aimé pouvoir confier leurs fermes aux *refugees*, ces gens que l'on pouvait payer si peu et qui, ce qui ne gâtait rien, possédaient de surcroît un sens des responsabilités très aigu. Le courrier des lecteurs de l'*East African Standard* croulait presque sous les lettres demandant pourquoi il fallait que des prisonniers de guerre soient logés dans des hôtels de luxe – et à Nairobi de surcroît. Les propriétaires du Norfolk et du New Stanley réclamaient eux aussi avec insistance l'évacuation de leurs établissements. Le colonel Whidett jugea plus sage de commencer à faire montre d'un peu de souplesse. Dans un premier temps, il autorisa les contacts entre les époux qui avaient des enfants et laissa entrevoir qu'il réfléchissait à d'autres mesures. Dix jours exactement après la remise des lettres aux autorités militaires par Mr Applewaithe, les camions de l'*Army* refirent leur apparition. Ils devaient conduire les mères et les enfants au camp de Ngong.

Chez les hommes, l'évolution avait été similaire. L'internement les avait tirés de leur isolement et de leur mutisme et les avait en quelque sorte rappelés à la vie. La délivrance les avait plongés dans un profond état d'ivresse. De vieilles connaissances et de vieux amis qui s'étaient vus pour la dernière fois en Allemagne se retrouvaient ; des gens qui avaient partagé le même destin sur les bateaux se tombaient dans les bras ; d'autres, qui ne se connaissaient pas, se découvraient des amis communs. Des jours entiers, des nuits durant, ce fut un interminable échange d'expériences, d'espoirs et de points de vue. Les rescapés entendaient raconter des souffrances auprès desquelles les leurs paraissaient minimes. Ils apprenaient de nouveau à écouter et à parler. On aurait dit qu'une digue s'était rompue.

Après les longs mois passés dans les fermes, seuls avec leur femme et leurs enfants – parfois même tout seuls pendant des années – contraints de faire bonne contenance et de refouler la peur, ils étaient heureux de vivre dans une société d'hommes. Au moins provisoirement, ils étaient déchargés de toute préoccupation économique, libérés de la certitude lancinante qu'un licenciement signifiait la perte immédiate du gîte. Cette parenthèse suffisait à faire miroiter une sécurité apaisante pour des esprits en proie à l'angoisse. Walter inventa une formule qui fit ensuite fureur : « Les Juifs ont enfin un roi qui s'occupe d'eux. »

Durant ses premières journées au camp, il eut l'impression d'être rentré d'un long voyage et, retrouvant des parents éloignés, de s'attacher aussitôt à eux. L'ancien avocat de Francfort Oscar Hahn, fermier à Gilgil depuis six ans ; Kurt Piakowsky, un médecin de Berlin qui dirigeait à présent la laverie de l'hôpital de Nairobi, et le dentiste d'Erfurt Leo Hirsch, qui avait trouvé un point de chute comme *manager* d'une mine d'or à Kisumu, tous trois avaient fait partie de la même corporation estudiantine que Walter ; ils étaient toujours disposés à échanger avec lui des souvenirs du temps de leurs études, à parler des amis et des joies d'antan.

Ni la fièvre jaune ni la dysenterie amibienne qu'il avait contractées à Kisumu n'étaient venues à bout de l'humour et de l'énergie vitale de Heini Weyl, son ami de Breslau. Henry Guttmann, que beaucoup enviaient pour son optimisme, était lui aussi de Breslau. Trop jeune pour avoir perdu en Allemagne profession et existence tout à la fois, il faisait donc partie du cercle restreint d'élus qui avaient plus d'avenir que de passé. Max Bilawasky, qui s'était ruiné en moins de six mois avec sa ferme d'Eldoret, était originaire de Kattowitz et connaissait Leobschütz.

Siegfried Cohn, un marchand de cycles de Gleiwitz, était ingénieur à Nakuru ; il était bien payé et, même du point de vue de la langue, il n'avait pas manqué le coche de sa nouvelle vie : il s'entendait à truffer son parler âpre de Haut-Silésien de très anglaises intonations nasales. En compagnie de Jakob Oschinsky, Walter était au comble du bonheur. Il avait été propriétaire d'un magasin de chaussures à Ratibor avant de se réfugier dans une plantation de caféiers à Thika ; à l'occasion d'un voyage, il avait même passé la nuit dans l'hôtel des Redlich à Sohrau. Il se souvenait très bien du père de Walter et il parlait avec enthousiasme de la beauté de Liesel, de sa serviabilité et de son pâté aux pommes de terre et au chou.

Tous les internés avaient vécu des événements analogues. Ils exhumaient des images enfouies qui agissaient comme un bain de jouvence sur des âmes en pleine confusion. Pourtant, la bonne humeur ne dura pas aussi longtemps que chez les femmes. Ils prirent trop vite conscience que la langue maternelle et les souvenirs ne suffisaient pas à remplacer la patrie, les biens volés, la fierté et l'honneur perdus, la confiance en soi brisée. Quand les blessures hâtivement cicatrisées se rouvrirent, elles étaient plus douloureuses qu'avant.

La guerre avait éteint leur mince espoir de pouvoir s'enraciner rapidement au Kenya, volonté d'enracinement qui n'avait d'autre motivation que le désir brûlant de ne plus être un marginal, un exclu. Chez chacun d'eux mourait enfin l'illusion, entretenue si longtemps contre toute raison, de pouvoir encore venir en aide aux siens restés bloqués en Allemagne, de les faire venir au Kenya. Bien qu'essayant de s'en défendre, Walter considérait que son père et sa sœur étaient perdus, tout comme, précédemment, sa belle-mère et sa belle-sœur.

— Ils ne peuvent pas compter sur une aide des Polonais, dit-il à Oscar Hahn, et, pour les Allemands, ils sont des Juifs polonais. Le destin vient de me confirmer de manière définitive que j'ai tout raté.

— Nous avons tous tout raté, ça ne date toutefois pas d'aujourd'hui, ça remonte à 1933. Nous avons trop longtemps cru à l'Allemagne et fermé les yeux. Nous n'avons pas pour autant le droit de désespérer. Tu n'es pas seulement un fils. Tu es aussi un père.

— Tu parles d'un père, qui n'a même pas de quoi se payer la corde à laquelle il pourrait se pendre.

— Il ne faut plus jamais avoir une idée comme celle-là, répliqua Hahn, furieux. Tant d'entre nous vont mourir alors qu'ils voudraient vivre ! Les rescapés n'ont d'autre choix que de continuer à vivre pour leurs enfants. Sauver sa peau n'est pas qu'une question de chance, c'est aussi un devoir. Avoir confiance dans l'existence aussi. Arrache-toi donc enfin l'Allemagne du cœur. Alors tu revivras.

— J'ai essayé. Ça ne marche pas.

— C'est aussi ce que je pensais autrefois. Mais quand je songe à présent au très distingué notaire et avocat de Francfort Oscar Hahn, qui avait une clientèle en or et plus de charges honorifiques que de cheveux sur la tête, il m'apparaît comme un étranger que je n'aurais connu que fugitivement dans le passé. Bon Dieu, Walter, mets à profit le temps que tu passes ici pour faire la paix avec toi-même ! Après, tu pourras repartir du bon pied, une fois que nous serons sortis de ce camp.

— C'est justement ce qui me rend fou. Que deviendrons-nous, ma famille et moi, lorsque King George ne nous prendra plus en charge ?

— Tu as encore ton ancien emploi à Rongai.

— Cet « encore » sonne particulièrement bien dans ta bouche.

— Qu'est-ce que tu dirais de m'appeler Oha ? (Hahn souriait.) C'est ma femme qui a inventé ce nom pour que je le porte en exil. Elle est futée, ma femme, ma Lilly. Sans elle, je n'aurais jamais osé acheter la ferme de Gilgil.

— Elle s'y connaît tant que ça en agriculture ?

— Elle était cantatrice. Elle connaît des tas de choses dans la vie. Les boys sont à ses pieds quand elle chante Schubert. Et les vaches se mettent aussitôt à donner plus de lait. J'espère que tu vas bientôt faire sa connaissance.

— Tu crois donc à la théorie de Süsskind ?

— Oui.

Quand la discussion portait sur l'avenir et sur l'attitude des autorités militaires, Süsskind aimait en effet à pontifier :

— Des gens comme les Rubens ne peuvent pas se permettre de laisser étiqueter comme *enemy aliens* tous les Juifs et de les laisser moisir ici pendant toute la durée de la guerre. Je parie que le vieux Rubens et ses fils sont déjà en train de faire comprendre aux

Anglais que nous avons été contre Hitler bien avant eux.

Le colonel Whidett devait effectivement affronter des problèmes auxquels il était très mal préparé. Il se demandait quasiment tous les jours si des divergences fondamentales avec le ministère de la Guerre, à Londres, auraient été plus désagréables que les visites régulières des cinq frères Rubens dans son bureau, sans même parler du père et de son tempérament de feu. Le colonel s'avouait sans honte que, jusqu'à la déclaration de guerre, il ne s'était guère plus intéressé aux événements en Europe qu'aux luttes tribales entre les Jaluo et les Lumbwa dans les territoires autour d'Eldoret. Ce qui l'agaçait néanmoins, c'est que la famille Rubens soit si bien informée de détails véritablement choquants et qu'il se fasse lui-même l'effet d'un parfait ignorant chaque fois qu'elle lui tombait dessus.

Whidett ne connaissait pas de Juifs – mis à part les deux frères Dave et Benje qu'il avait rencontrés en première année de la *boarding school* d'Epsom et dont il se souvenait comme d'élèves à l'ambition détestable et de joueurs de cricket lamentables. Dans un premier temps, il se sentit donc parfaitement en droit, au cours des conversations désagréables imposées par les circonstances, d'invoquer le pays d'origine des internés et les difficultés, à ne pas sous-estimer, qui pouvaient en résulter pour la mère patrie en guerre. Mais, malheureusement, ses objections lui apparurent très vite beaucoup moins convaincantes qu'au début. Surtout quand il devait les formuler devant d'indésirables interlocuteurs qui avaient l'éloquence de marchands de tapis arabes et une hypersensibilité d'artistes.

Qu'il le voulût ou non, la famille Rubens, que des liens plus anciens que les siens rattachaient au Kenya et qui parlait un anglais aussi châtié que les *old boys* d'Oxford, le plongeait dans la perplexité. À contrecœur, il entreprit de s'occuper du sort de gens envers qui «on avait manifestement commis des injustices». Une formulation prudente qu'il n'utilisait toutefois qu'en privé. Même en cette circonstance, il marquait une certaine hésitation, car il n'était conforme ni à son éducation, ni à ses principes, de se montrer mieux informé que quiconque de ce qui se passait dans cette maudite Europe.

C'est ainsi que Whidett donna son accord – même s'il n'était pas sûr de ne pas commettre une erreur de jugement – à la proposition d'étudier une possible libération des internés qui travaillaient auparavant dans des fermes et n'avaient donc aucun moyen de nouer des contacts avec l'ennemi. À sa grande surprise, sa décision fut reçue dans les cercles militaires comme une preuve de clairvoyance. Et ne tarda d'ailleurs pas à s'avérer absolument nécessaire. En raison de la situation en Abyssinie, Londres fit savoir qu'il allait expédier un régiment d'infanterie gallois pour lequel le colonel aurait besoin des baraquements de Ngong.

Un dimanche, après le déjeuner, les camions du Norfolk et du New Stanley entrèrent dans le camp. Quand les hommes en uniformes kaki apparurent devant la clôture de barbelés, les enfants les saluèrent de la main, l'air très embarrassé, leurs mères ne paraissant pas moins crispées. La majorité des femmes s'étaient habillées comme si elles avaient été invitées à une garden-party de la bonne société. Nombre d'entre elles arboraient des robes décolletées qu'elles avaient sorties pour la dernière fois en Allemagne ; quelques-unes tenaient à la main de petites fleurs fanées cueillies par les enfants dans les jardins des hôtels.

Walter aperçut Jettel en corsage rouge, portant les gants blancs qu'elle s'était achetés avant d'émigrer, et il eut de la peine à ravaler son irritation. Mais, dans le même temps, il prit conscience de la beauté de sa femme et du fait que, même dans les moments de grande intimité et de bonheur, il l'avait trompée, tant son cœur brisé ne savait plus que ranimer les pulsations du passé.

Durant quelques secondes d'angoisse qui lui parurent une éternité, il eut le sentiment que Regina elle aussi lui était étrangère. Elle semblait avoir grandi pendant ces quatre semaines de séparation ; ses yeux n'étaient plus ceux de Rongai, quand elle était assise sous l'arbre avec Aja. Walter essaya de se rappeler le nom du chevreuil pour rétablir la complicité à laquelle il aspirait, mais il ne le retrouva pas. Il vit en cet instant Regina courir dans sa direction.

Alors qu'elle sautait contre lui comme un jeune chien et avant même que ses bras minces lui aient entouré le cou, il comprit – et la terreur le paralysa – qu'il aimait sa fille plus que sa femme. Avec un sentiment de culpabilité mais aussi avec un émoi qui avait quelque chose de vivifiant, il se jura qu'aucune des deux n'apprendrait jamais la vérité.

— Papa ! Papa ! cria Regina à l'oreille de Walter, le ramenant à un présent qui, d'un seul coup, était devenu beaucoup plus facile à supporter. J'ai une amie ! Une vraie amie. Elle s'appelle Inge. Elle sait lire, aussi. Et maman a écrit une lettre.

— Quelle sorte de lettre ?

— Une vraie lettre. Pour pouvoir venir te voir.

— Oui, dit Jettel, après avoir réussi à écarter un peu Regina pour se faire une petite place contre la poitrine de Walter, j'ai adressé une requête aux autorités pour qu'on te relâche.

— Depuis quand ma Jettel sait ce qu'est une requête ?

— Il fallait bien que je fasse quelque chose pour toi. On ne peut tout de même pas rester là à se tourner les pouces. Peut-être allons-nous pouvoir rentrer chez nous, à Rongai.

— Jettel, Jettel, mais qui t'a changée comme ça ? Tu étais malheureuse comme une pierre à Rongai !

— Toutes les femmes veulent rentrer dans leurs fermes.

La fierté qu'il sentit dans la voix de Jettel le toucha. Mais ce qui le toucha plus encore, ce fut qu'elle n'eut pas le courage de le regarder en mentant. Il avait envie de lui faire plaisir, mais il ne lui vint pas de compliments à l'esprit, pas plus que, tout à l'heure, il ne s'était souvenu du nom du chevreuil. Il fut heureux d'entendre Regina reprendre la parole.

— Je déteste les Allemands, papa. Je déteste les Allemands.

— Qui est-ce qui t'a appris ça ?

— Inge. Ils ont battu son père et cassé les fenêtres à Dachau et jeté tous les vêtements dans la rue. Inge pleure la nuit parce qu'elle déteste les Allemands.

— Pas les Allemands, Regina, les nazis.

— Parce qu'il y a aussi des nazis ?

— Oui.

— Il faut que je le dise à Inge. Alors, elle détestera aussi les nazis. Est-ce que les nazis sont aussi méchants que les Allemands ?

— Seuls les nazis sont méchants. Ce sont eux qui nous ont chassés d'Allemagne.

— Ça, Inge ne me l'a jamais dit.

— Alors va la chercher et raconte-lui ce que ton père a dit.

— Tu vas rendre cette enfant complètement folle, lui reprocha Jettel quand Regina se fut éloignée, mais elle ne laissa pas à Walter le temps de répondre.

— Sais-tu, murmura-t-elle, qu'il n'y a plus d'espoir pour maman et Käte depuis que la guerre est là ?

Walter soupira. Il n'éprouvait pourtant que du soulagement de pouvoir enfin parler à cœur ouvert.

— Oui, je sais. Mon père et Liesel sont eux aussi pris au piège. Et ne me demande surtout pas comment nous allons faire pour vivre avec ça. Je n'en sais rien.

Quand il s'aperçut qu'elle pleurait, il la prit dans ses bras et ce fut pour lui une consolation de voir que les larmes dont il n'était plus capable depuis longtemps pouvaient encore être pour elle un soulagement. Ce bref instant de communion lui parut trop précieux, en dépit de ce qui l'avait provoqué, pour ne pas le préserver de la morosité, au moins le temps de quelques battements de cœur à l'unisson. Ensuite, il dut pourtant se forcer pour ne pas s'abandonner une nouvelle fois à l'angoisse qui le poussait à se taire.

— Jettel, nous ne retournerons pas à Rongai.
— Pourquoi ? Qu'est-ce qui te fait dire ça ?
— J'ai reçu ce matin une lettre de Morrison.

Walter sortit une lettre de sa poche et la tendit à Jettel. Il savait qu'elle n'était pas capable de la lire, mais il avait besoin, pour se ressaisir, du répit que lui offrirait le désarroi de Jettel. Il accepta donc l'humiliation de devoir regarder, impuissant, Jettel essayer en vain de déchiffrer les lignes que Süsskind lui avait traduites quelques heures plus tôt.

« *Dear Mr Redlich*, écrivait Morrison, *I regret to inform you that there is at present no possibility of employing an enemy alien on my farm. I am sure you will understand my decision and wish you all the best for the future. Yours faithfully, William P. Morrison.* »

— C'est moi qu'il faut regarder, Jettel, pas la lettre. Morrison m'a licencié.
— Où pourrons-nous aller quand tu sortiras d'ici ? Qu'est-ce qu'on va dire à Regina ? Elle réclame chaque jour Owuor et Aja.
— Le mieux, c'est de s'en remettre à Inge, dit Walter avec lassitude. Owuor me manquera à moi aussi. Notre existence n'est plus faite que de séparations.
— D'autres ont-ils reçu des lettres analogues ?
— Quelques-uns. Mais la plupart, non.
— Pourquoi nous ? Pourquoi toujours nous ?
— Parce que tu as choisi un minus comme mari, Jettel. Tu aurais dû écouter ton oncle Bandmann. Il te l'avait bien dit, avant même nos fiançailles. Allez, ne pleure pas. Voilà mon ami Oha. Il a eu la chance

d'être radié du barreau par les nazis dès 1933. Maintenant, il possède sa propre ferme à Gilgil. Il faut que tu fasses sa connaissance ; et tu n'as pas besoin de te gêner devant lui, il est au courant. Il a même promis de nous aider. J'ignore comment il s'y prendra, mais ça me fait du bien qu'il l'ait promis.

5

Le 15 octobre 1939, deux textes furent placardés sur le panneau d'affichage du camp de Ngong. L'écho qu'ils provoquèrent l'un et l'autre chez les *refugees* fut loin d'être le même. L'annonce qu'un sous-marin allemand avait coulé le *Royal Oak*, un cuirassé britannique, était rédigée dans un anglais d'une concision toute militaire, ce qui provoqua plus de perplexité que de sympathie apitoyée, la plupart des internés n'ayant, dans un premier temps, pas bien saisi qui avait été attaqué et qui avait remporté la bataille en rade de Scapa Flow. L'autre avis, en revanche, écrit dans un allemand irréprochable, suscita une grande émotion : les *enemy aliens* régulièrement employés dans une ferme pouvaient envisager une libération. Aussitôt s'amplifièrent les rumeurs qui circulaient depuis quelques jours, selon lesquelles les autorités militaires de Nairobi projetaient de déporter les internés en Afrique du Sud.

— Me voilà donc malgré tout obligé d'engager un *manager* pour ma ferme, déclara Oha à Walter quand, après l'avoir longtemps cherché, il finit par le dénicher derrière le baraquement des latrines.

— Pourquoi ? Tu ne vas pas tarder à sortir d'ici.

— Oui, mais pas toi.

— Non, j'ai tiré le gros lot. Jettel et Regina aussi. Est-ce qu'ils vont également expédier les femmes et les enfants en Afrique du Sud ?

— Bon Dieu, tu ne comprends donc jamais rien ? C'est toi qui vas diriger ma ferme. En tout cas, tu as au moins trouvé un emploi. Il n'est certainement pas interdit qu'un *enemy alien* en engage un autre. Süsskind est déjà en train de traduire le contrat de travail que je t'ai établi.

Toutes gauches et imprécises qu'elles étaient, les formulations juridiques de Süsskind eurent l'heur de satisfaire le colonel Whidett. Il n'avait qu'une envie modérée de passer le reste de la guerre à s'occuper de gens qui lui gâchaient la vie, et son seul objectif était désormais d'en laisser partir le plus grand nombre possible. Il veilla non seulement à ce qu'Oscar Hahn et Walter soient parmi les premiers à quitter le camp, mais aussi à ce qu'on aille chercher Lilly au New Stanley, Jettel et Regina au Norfolk, et qu'on les transporte à Gilgil en compagnie des deux hommes.

— Pourquoi fais-tu tout ça pour nous ? avait demandé Walter le dernier soir de leur séjour à Ngong.

— Je devrais normalement répondre que c'est mon devoir d'aider un camarade de corporation, avait répliqué Hahn, mais au diable les cérémonies ! Je me suis habitué à toi et ma Lilly a besoin d'un public.

La ferme des Hahn avait un nom : Arkadia. Elle faisait penser à un domaine allemand, avec ses vaches et ses moutons pâturant sur de douces collines vertes, ses poules grattant le sable à côté d'un grand jardin potager, ses champs de maïs cultivés avec soin et sa demeure de pierre blanche devant laquelle s'étendait une pelouse au gazon ras, entourée de roses, d'œillets et d'ibiscus. Les chemins, autour du domaine, étaient empierrés, les murs extérieurs du bâtiment des cuisines étaient ornés de motifs à losanges bleus et blancs, celui des toilettes était peint en vert et le bois clair des portes de la maison d'habitation était laqué.

Sous un très grand cèdre, une tonnelle de bougainvilliers lilas abritait des chaises blanches disposées autour d'une table ronde. Sur le *cantsou* blanc dans lequel il servait à table, Manjala, le boy de la maison, portait la ceinture argentée que Lilly avait arborée à l'occasion du dernier bal de carnaval de sa vie. Un caniche tout frisé, ses boucles noires brillant au soleil comme de minuscules morceaux de charbon, s'appelait Bajazzo.

Walter et Jettel, à Arkadia, se faisaient l'effet d'enfants égarés que leurs sauveteurs auraient ramenés chez eux en leur recommandant de ne plus jamais partir seuls. La cordialité et la décontraction de leurs hôtes n'étaient pas seules à leur insuffler une énergie nouvelle ; y contribuait aussi le sentiment de sécurité qu'ils éprouvaient dans cette maison. Tout leur rappelait la patrie, patrie qu'ils n'avaient toutefois jamais connue aussi opulente.

Les tables rondes recouvertes de cuir vert, la massive armoire francfortoise, les voilages coquille d'œuf, les chaises revêtues de velours gris, les fauteuils à oreilles habillés d'un lin anglais à fleurs et une commode d'acajou aux ferrures dorées, tout ce mobilier venait des parents d'Oha ; la lourde argenterie, les verres de cristal et les porcelaines faisaient, eux, partie du trousseau de Lilly. Les bibliothèques étaient remplies de livres, des copies de Frans Hals et de Vermeer étaient accrochées aux murs ; dans le salon, un tableau représentait un couronnement impérial dans le Römer[1] de Francfort ; Regina s'asseyait tous les soirs devant cette peinture pour qu'Oha lui raconte des histoires. Devant la cheminée trônait un piano à queue avec un buste de Mozart blanc, posé sur une nappe de velours rouge.

Dès le soleil couché, Manjala apportait des verres de couleur et, peu après, des plats si familiers qu'on

---

1. L'hôtel de ville de Francfort où avaient lieu les banquets des couronnements impériaux *(N.d.T.)*.

aurait pu croire que Lilly faisait ses courses quotidiennes chez des bouchers, des boulangers et des épiciers allemands. Sa voix chantante, même quand elle appelait les boys ou qu'elle nourrissait les poules, et la langue bien pendue d'Oha, l'enfant de Francfort, étaient pour Walter et Jettel comme des messages venus d'un monde inconnu. Le soir, Lilly chantait son répertoire passé.

Les boys s'accroupissaient devant la porte ; les femmes, leurs nourrissons sur le dos, se tenaient devant les fenêtres ouvertes et, durant les pauses, le caniche s'asseyait sur ses pattes de derrière et poussait dans la nuit de doux aboiements mélodieux. Bien que vivant pour la première fois de tels moments musicaux, Walter et Jettel tombaient sous le charme des concerts nocturnes et oubliaient leur accablement ; ils s'abandonnaient à des sentiments romantiques qui leur redonnaient l'espoir et leur rendaient leur jeunesse.

Oha éprouvait autant de joie à avoir des invités qu'il leur en donnait par sa chaleureuse hospitalité : ni lui ni personne à la ferme n'était en mesure de satisfaire à la longue le besoin de nouveaux auditeurs de Lilly. Mais il savait aussi que ce moment où chacun donnait et recevait, ces instants de bonheur et de gratitude, ne pouvaient durer éternellement.

— Il faut qu'un homme puisse nourrir sa famille, disait-il à Lilly.

— Tu parles comme dans le temps, Oha. Tu es et tu restes un Allemand.

— Malheureusement. Sans toi, je serais dans la même situation désespérée que Walter. Nous, les juristes, nous n'avons appris que des bêtises.

— Une chanteuse est mieux lotie de ce point de vue.

— À condition d'être comme toi. J'ai d'ailleurs écrit à Gibson.

— Tu as écrit une lettre en anglais ?

— Ce ne sera de l'anglais que lorsque tu l'auras traduite. J'ai dans l'idée que Gibson pourrait employer Walter. Mais ne lui en parle pas encore. La déception serait trop forte.

Oha ne connaissait Gibson que de loin, s'étant à l'occasion approvisionné chez lui en poudre de pyrèthre. Mais il savait qu'il recherchait depuis longtemps quelqu'un qui accepterait de travailler pour six livres dans sa ferme d'Ol'Joro Orok. Geoffrey Gibson avait une fabrique de vinaigre à Nairobi et n'était pas disposé à se rendre plus de quatre fois dans l'année dans sa ferme, où il ne cultivait que des pyrèthres et du lin. Sa réaction fut rapide.

— C'est exactement ce qu'il te faut, Walter, dit Oha, fort satisfait, quand la réponse de Gibson fut arrivée. Là-bas, tu ne laisseras mourir ni vaches, ni poules et tu n'auras rien à craindre non plus de lui. La seule chose que tu auras à faire, c'est de construire une maison.

Dix jours après qu'un petit camion se fut essoufflé à grimper la route boueuse menant dans les montagnes d'Ol'Joro Orok, le toit était posé sur la petite maison entre les cèdres. Daji Jiwan, le menuisier indien, avait bâti la maison du nouveau *bwana* en grossières pierres grises, avec l'aide de trente ouvriers des *schamba*. Avant que le toit ait reçu son crépi d'herbe, de glaise et de fumier, Regina put s'asseoir une dernière fois sur les barres de bois dont l'assemblage, à la différence des huttes des indigènes, ne se terminait pas en pointe mais formait un plan incliné.

Se faisant aider par Daji Jiwan, un homme aux cheveux d'un noir luisant, à la peau d'un brun clair et au regard très doux, Regina grimpa jusqu'au faîte du toit. C'est là que, depuis l'arrivée à Ol'Joro Orok, elle restait longuement assise sans rien dire, exactement comme à l'époque où elle était encore une enfant, ignorante de tout, qui s'allongeait avec son *aja* sous les arbres de Rongai.

Elle projetait ses regards jusqu'à la haute montagne et cette couverture blanche dont son père affirmait que c'était de la neige et elle attendait que ses yeux se soient rassasiés. Sa tête faisait ensuite un mouvement rapide en direction de la forêt si sombre où, le soir, les tambours racontaient les *schauri* de la journée et où, au coucher du soleil, les singes poussaient leurs cris stridents. Quand la chaleur arrivait dans son corps, elle donnait de la force à sa voix et criait en direction de ses parents restés au sol.

— Il n'y a rien de plus beau qu'Ol'Joro Orok.

L'écho lui revenait alors plus rapide et plus distinct qu'à l'époque révolue où c'était le Menengai qui répondait.

— Il n'y a rien de plus beau qu'Ol'Joro Orok, cria-t-elle à nouveau.

— Elle a vite oublié Rongai.

— Moi aussi, dit Jettel. Peut-être aurons-nous plus de chance ici.

— Oh, toutes les fermes sont les mêmes. Le principal, c'est que nous soyons ensemble.

— Je t'ai manqué au camp ?

— Beaucoup, répondit Walter, en se demandant combien de temps leur nouvelle communion survivrait à leur séjour à Ol'Joro Orok.

— C'est dommage pour Owuor, soupira-t-il, c'était un ami de la première heure.

— Oui, mais nous n'étions pas encore des *enemy aliens*.

— Jettel, depuis quand manies-tu l'ironie ?

— L'ironie est une arme. C'est Elsa Conrad qui l'a dit.

— Eh bien, ne te sépare pas de tes armes !

— J'ai un peu l'impression qu'ici nous sommes encore plus loin de tout qu'à Rongai.

— J'en ai bien peur. Et surtout sans Süsskind.

— En revanche, le réconforta Jettel, nous ne sommes pas terriblement loin de Gilgil, d'Oha et Lilly.

— Trois heures seulement, quand on a une auto.
— Et quand on n'en a pas ?
— Alors, il n'est pas moins difficile d'aller à Gilgil qu'à Leobschütz.
— Tu verras, on y retournera, s'obstina Jettel. En plus, Lilly a fermement promis de venir nous voir.
— J'espère qu'avant de partir elle n'aura pas vent de ce qui se dit ici.
— Qu'est-ce qui se dit ?
— Que même les hyènes ne tiennent pas le coup plus d'un an à Ol'Joro Orok.

Ol'Joro Orok, en dehors de ces cinq syllabes qui mettaient en joie le cœur de Regina, c'était également un *duka*, une minuscule boutique dans une baraque en tôle ondulée. L'Indien Patel, le propriétaire du commerce, était aussi riche que redouté. Il vendait de la farine, du riz, du sucre et du sel, de la matière grasse en boîte, de la poudre à pudding, de la confiture et des épices. Quand les commerçants de Nakuru passaient l'approvisionner, il proposait aussi des mangues, des papayes, des choux et des poireaux. Il avait, dans son magasin, des bidons d'essence, des bouteilles de paraffine pour les lampes, de l'alcool pour les fermiers des environs, de minces couvertures de laine, des shorts kaki ainsi que des chemises grossières pour les Noirs.

Il valait mieux maintenir le peu aimable Patel dans de bonnes dispositions ; non seulement à cause des produits qu'il vendait, mais aussi parce que, trois fois par semaine, une voiture partait de la station de chemin de fer de Thompson's Falls et venait déposer le courrier chez lui. Déplaire à Patel – il suffisait pour cela de s'accorder un temps de réflexion trop long au cours de ses achats –, c'était s'exposer à une privation de courrier et se retrouver coupé du monde. L'Indien avait eu tôt fait de découvrir que les gens venus d'Europe étaient aussi avides de lettres et de journaux que ses compatriotes avaient faim de riz, denrée qu'il n'avait de toute façon jamais en suffisance.

Malgré sa maussaderie habituelle, Patel éprouvait quelque sympathie pour les *refugees*. Certes, ils étaient un peu trop près de leurs sous à son goût, mais on les avait déclarés *enemy aliens*, signe sans équivoque que les Anglais ne les aimaient pas. Patel, pour sa part, avait horreur des Anglais qui lui faisaient sentir qu'à leurs yeux il était tout en bas de l'échelle, au même niveau que les Noirs.

À dix kilomètres du *duka* de Patel, la ferme de Gibson, à une altitude de trois mille mètres, était au niveau de l'équateur ; c'était la ferme la plus étendue des environs. Même Kimani, qui avait pourtant vécu ici avant qu'y apparaisse le premier champ de lin, devait, où qu'il veuille se rendre, réfléchir longuement avant de déterminer le chemin à prendre. Kimani, un Kikuyu d'à peu près quarante-cinq ans, était petit, intelligent, et on le connaissait pour avoir une langue aussi agile que les pattes d'une gazelle en fuite. C'était lui qui disait aux boys des *schamba* ce qu'ils avaient à faire dans les champs et, tant que la ferme était restée sans *bwana*, c'était aussi lui qui avait fixé leurs salaires.

Dès que, tard dans l'après-midi, l'ombre atteignait la quatrième rainure de la citerne, Kimani frappait la tôle à l'aide d'un long bâton, signalant ainsi la fin de la journée de travail. Tout le monde à la ferme – même les Nandi, qui ne travaillaient pas aux champs et ne recevaient pas de maïs puisqu'ils vivaient de l'autre côté de la rivière et élevaient leurs propres troupeaux –, tout le monde respectait Kimani, non seulement parce qu'il était le maître du temps mais aussi parce que c'était lui qui répartissait la ration quotidienne de maïs destinée à confectionner la bouillie de *poscho* du soir.

Cela faisait longtemps que Kimani souhaitait qu'il y ait un *bwana* à la ferme, comme à Gilgil, Thompson's Falls et même Ol'Kalao. À quoi bon le prestige et la considération si la terre dont il s'occupait n'était pas assez bonne pour un homme blanc ? La nouvelle maison alimentait donc sa fierté. Le soir, quand le travail était terminé et que la fraîcheur se posait sur la peau, les pierres gardaient assez de chaleur pour qu'on puisse se frotter le dos contre elles. Il adressait très respectueusement la parole à Daji Jiwan, l'auteur de cette splendeur, même si, en temps ordinaire, il avait encore moins d'estime pour les Indiens que pour les gens de la tribu des Lumbwa.

Kimani aimait bien le nouveau *bwana* aux yeux morts et la *memsahib* dont le ventre était si plat qu'il semblait impossible d'en faire sortir un jour un nouvel enfant. Il tua donc sa méfiance à l'égard des étrangers plus rapidement que de coutume et fit violence à son naturel taciturne. Il conduisait Walter aux champs qui bordaient la forêt et à la rivière qui n'avait d'eau qu'à la saison des pluies. Il prenait dans sa main les fleurs vigoureuses du pyrèthre et les fleurs de lin d'un bleu éclatant ; il attirait l'attention de son *bwana* sur la couleur de la terre, insistant sur l'écart à ménager entre les plants pour qu'ils prospèrent. Il était vite apparu à Kimani que le *bwana* avait un long safari derrière lui et qu'il ne savait rien des choses qu'un homme devait savoir.

Après avoir fini la maison, Daji Jiwan construisit encore un bâtiment pour la cuisine et lui donna la forme arrondie des huttes indigènes ; ensuite, très à contrecœur, il monta un réduit en planches au-dessus d'une fosse profonde, avec un banc dans lequel il fit creuser trois trous de taille différente. C'est Walter qui avait conçu ces toilettes et il en était aussi fier que Kimani de ses champs. Dans la porte en bois, il fit graver un cœur qui devint vite une telle attraction dans la ferme que Daji Jiwan finit par se réconcilier avec l'édicule dont, personnellement, il ne se servait pas : sa religion lui interdisait de vider son corps deux fois au même endroit.

Le bâtiment des cuisines terminé, Kimani amena un homme qu'il présenta comme son frère ; il s'appelait Kania et serait chargé de balayer les pièces. Pour faire les lits, il rapatria Kinanjui des champs. Kamau, lui, était chargé de la vaisselle. Il passait des heures, assis devant la porte, à astiquer des verres jusqu'à ce que le soleil puisse s'y refléter. Pour finir, on trouva encore Jogona devant la porte. C'était presque un enfant et il avait des jambes aussi minces que les branches d'un jeune arbre.

— Mieux qu'une *aja*, dit Kimani à Regina.
— C'était un chevreuil, avant ?
— Oui.
— Mais il ne parle pas.
— Il parlera. *Kessou*.
— Qu'est-ce qu'il fera ?
— La pâtée du chien.
— Mais nous n'avons pas de chien.
— Aujourd'hui nous n'avons pas de chien, dit Kimani, mais *kessou*.

Kessou était un mot bienfaisant. Il signifiait demain, bientôt, un jour ou l'autre, peut-être. Quand ils avaient besoin de tranquillité pour leur tête, leurs oreilles et leur bouche, les gens disaient *kessou*. Seul le *bwana* ne savait pas guérir son impatience. Tous les jours il demandait à Kimani un boy pour aider la *memsahib* à la cuisine. Kimani, alors, mâchait de l'air, les lèvres serrées, avant de répondre.

— Tu as un boy pour la cuisine, Bwana.
— Où ? Kimani, où ?

Kimani aimait cette conversation quotidienne. Souvent, quand les choses en arrivaient à un certain point, sa bouche émettait de petits bruits semblables à des jappements. Il savait que cela irritait le *bwana*, mais il ne lui était pas permis d'y renoncer. Il n'était pas facile d'apprivoiser le *bwana*, de le tranquilliser. Il avait fait un trop long safari. Le refus obstiné de Kimani de clarifier la situation rendait Walter fébrile.

Jettel avait besoin d'aide à la cuisine. Elle ne pouvait pas pétrir seule la pâte du pain ; elle avait de la peine à soulever les lourds récipients d'eau potable et elle se montrait totalement incapable d'amener Kamau, le laveur de vaisselle, à alimenter le fourneau de la cuisine ou à porter les repas jusque dans la maison.

— Ce n'est pas mon travail, disait Kamau dès qu'elle lui demandait de l'aider et il continuait à faire reluire les verres.

Cette querelle quotidienne mettait Jettel de mauvaise humeur et augmentait la nervosité de Walter. Il savait que de n'avoir pas le personnel domestique suffisant le rendait ridicule aux yeux des gens de la ferme. Ce qui l'inquiétait davantage encore, c'était l'idée que Mr Gibson puisse surgir soudain et s'apercevoir aussitôt que son nouveau *manager* n'était même pas capable de trouver un boy pour la cuisine. Il sentait qu'il ne disposait plus de beaucoup de temps pour imposer sa volonté.

Au cours de ses tournées avec Kimani, il demandait à des hommes qui lui criaient amicalement « Jambo » ou qui avaient simplement l'air d'êtres disposés à travailler dans la maison plutôt que dans les *schamba* s'ils ne voudraient pas aider la *memsahib* à faire la cuisine. Jour après jour, le scénario était le même. Les travailleurs interpellés détournaient la tête avec embarras, émettaient les mêmes espèces de jappements que Kimani, regardaient au loin et décampaient.

— C'est comme une malédiction, dit Walter le premier soir où l'on fit du feu dans la maison.

Kania avait passé toute la journée à s'occuper de la nouvelle cheminée, à la balayer, à l'essuyer et à entasser une pyramide de bois devant. Maintenant, accroupi à la turque, l'air satisfait, il alluma un bout de papier, souffla précautionneusement sur la flamme pour la transformer en braise et amener la chaleur dans la pièce.

— Bon sang, pourquoi est-ce si difficile de trouver un boy pour la cuisine ?

— Jettel, si je le savais, nous en aurions déjà un.

— Pourquoi ne fais-tu pas tout simplement preuve d'autorité ? Nommes-en un !

— Question autorité, je manque un peu d'expérience.

— Ah, toi et tes bonnes manières ! Au Norfolk, toutes les femmes expliquaient que leurs maris savaient s'y prendre avec les boys.

— Pourquoi on n'a pas de chien ? demanda Regina.

— Parce que ton père est tellement bête qu'il n'arrive même pas à trouver un boy pour la cuisine. Tu n'as pas entendu ce que ta mère vient de dire ?

— Un chien, ce n'est pas un boy de cuisine.

— Mon Dieu, Regina, tu ne pourrais pas te taire une fois dans ta vie ?

— Cette enfant n'y est pour rien, enfin !

— Je commence à en avoir assez de t'entendre gémir et regretter le bon vieux temps, à Rongai.

— Moi, je n'ai pas parlé de Rongai, dit Regina, revenant à la charge.

— On peut aussi dire les choses sans les dire.

— Et toi, intervint soudain Jettel, tu as toujours dit qu'une ferme ou une autre, c'était du pareil au même.

— Mais pas cette foutue ferme. Il y a une cheminée, mais pas de boy à la cuisine !

— La cheminée ne te plaît pas, papa ?

Ce fut la pointe d'ironie en suspens dans la voix de Regina qui déclencha la colère de Walter. Il ressentit, ce qui lui parut aussi puéril que grotesque, le besoin irrésistible de ne plus rien entendre et de ne plus rien dire. Sur l'appui de la fenêtre, il y avait les trois lampes de la nuit.

Walter prit la sienne, la remplit de paraffine, l'alluma et baissa la mèche jusqu'à ce que la lampe n'émette plus qu'une faible lueur.

— Où vas-tu ? cria Jettel, affolée.

— Au bistrot, hurla-t-il. Mais il sentit aussitôt le regret lui racler la gorge.

— Un homme a quand même le droit d'aller pisser tout seul, non ? dit-il en faisant un signe de la main comme s'il allait s'absenter un bon moment ; mais sa plaisanterie tomba à plat.

La nuit était froide et très sombre. Seuls les feux, devant les huttes des boys des *schamba*, luisaient comme de minuscules points lumineux, d'un rouge très clair. Un chacal parti en chasse trop tard hurlait à l'orée de la forêt. Walter eut l'impression qu'il se moquait également de lui ; il se boucha les oreilles des deux mains, mais le glapissement ne cessa pas. Il souffrait tellement d'être ainsi nargué qu'il crut, plusieurs fois, entendre un chien aboyer. C'étaient les mêmes jappements humiliants que ceux de Kimani quand on lui réclamait un boy pour la cuisine.

À voix basse, Walter appela Kimani par son nom, mais l'écho railleur lui répondit à voix haute. Il sentit que le désordre commençait à passer de sa tête à son estomac et il se hâta d'aller vomir loin de la porte de la maison. Il n'en éprouva aucun soulagement. La sueur sur son front, l'impression que l'insensibilité gagnait ses mains gourdes, le léger voile devant ses yeux lui rappelèrent sa malaria et l'absence de tout voisin à qui s'adresser pour demander de l'aide.

Il se frotta les yeux et constata avec soulagement qu'ils étaient secs. Il sentit néanmoins quelque chose d'humide sur sa figure, puis, contre sa poitrine, une pression si effrayante qu'il crut tomber. Comme l'aboiement résonnait de plus en plus fort à son oreille droite, Walter jeta la lampe dans l'herbe, se raidissant de tout son corps. Il sentit de la chaleur monter en lui. Une odeur qu'il ne réussit pas à identifier éveilla un vague souvenir. Puis elle l'apaisa. Il commença à comprendre que les tremblements qui l'agitaient ne provenaient pas de son cœur. Il finit par sentir aussi une langue râpeuse lui lécher le visage.

— Rummler, murmura Walter, Rummler, sacré bandit. D'où sors-tu ? Comment as-tu fait pour me trouver ?

Il prononçait tour à tour le nom du chien et de petits mots tendres qui ne lui étaient jamais venus auparavant à l'esprit ; il tenait l'animal par le cou, à deux mains, et sentait l'odeur du pelage fumant ; il s'aperçut alors que les forces lui revenaient et il put à nouveau voir distinctement.

Serrant contre lui le chien qui haletait de joie, le caressant avec étonnement, empli d'une ivresse et d'un bonheur dont il eut un peu honte, il regardait autour de lui comme s'il avait craint d'être surpris dans ses débordements de tendresse. Il vit soudain une silhouette avancer dans sa direction.

Maladroitement, tant il avait de peine à desserrer l'étau d'une joie extrême et d'un profond embarras, Walter ramassa sa lampe dans l'herbe et releva la mèche. Il ne vit d'abord qu'une forme évoquant un nuage sombre, mais il ne tarda pas à distinguer les contours d'un homme vigoureux qui courait de plus en plus vite. Walter crut aussi apercevoir un manteau gonflant à chacune des grandes enjambées, bien qu'il n'y ait pas eu de vent depuis des jours.

Rummler gémissait et aboyait, puis il poussa tout à coup un fort hurlement de joie qui recouvrit un bref instant tous les autres bruits, avant de se muer en sons que seul un homme pouvait émettre. Une voix familière, forte et distincte, déchira le silence de la nuit.

— *J'ai perdu mon cœur à Heidelberg*, chanta Owuor en s'avançant dans la lueur jaune de la lampe.

Un pan de sa chemise blanche brillait sous sa robe noire.

Walter ferma les yeux, attendant, épuisé, de sortir de son rêve ; pourtant, il sentait le dos du chien sous ses mains, et la voix d'Owuor persistait.

— Bwana, tu dors sur tes pieds !

Walter desserra les dents, sans toutefois réussir à remuer la langue. Il n'eut même pas conscience d'avoir écarté les bras avant de sentir le corps d'Owuor contre le sien et le revers de soie de la robe contre son menton. Durant quelques délicieuses secondes, il laissa le visage au large nez et à la peau luisante prendre les traits de son père. La douleur le cingla quand le réconfort et la nostalgie eurent effacé l'image, mais le sentiment de bonheur ne disparut pas.

— D'où sors-tu, bandit ?
— Bandit.

Owuor essaya le mot nouveau, et d'être arrivé à le répéter du premier coup lui mit du miel dans la bouche.

— De Rongai, dit-il en riant.

Il fouilla dans la poche de son pantalon sous la robe, et en sortit un petit morceau de papier soigneusement plié.

— J'ai apporté les graines ; tu peux semer tes fleurs ici aussi.
— Ce sont les fleurs de mon père.
— Ce sont les fleurs de ton père, répéta Owuor, elles te cherchaient.
— C'est toi qui m'as cherché, Owuor.
— La *memsahib* n'a pas de cuisinier à Ol'Joro Orok.
— Non. Kimani n'en a pas trouvé pour elle.
— Il a aboyé comme un chien. Tu n'as pas entendu Kimani aboyer, Bwana ?
— Si. Mais je ne savais pas pourquoi il aboyait.
— C'était Rummler qui parlait par la bouche de Kimani. Il te disait qu'il était parti en safari avec moi. Ç'a été un long safari, Bwana. Mais le nez de Rummler est bon. Il a trouvé le chemin.

Owuor était impatient de savoir si le *bwana* comprendrait la plaisanterie ou s'il était encore aussi bête qu'un ânon, ignorant qu'un homme en safari avait besoin de sa tête et pas du nez d'un chien.

— Je suis retourné à Rongai pour aller chercher mes affaires, Owuor, mais tu n'étais pas là.

— Un homme qui doit quitter sa maison a de mauvais yeux. Je ne voulais pas voir tes yeux.

— Tu es intelligent.

— Ça, se réjouit Owuor, tu l'as dit le jour où les sauterelles sont venues.

En parlant, il regardait au loin, comme s'il avait voulu ramener le temps, ce qui ne l'empêchait pas de percevoir le moindre mouvement de la nuit.

— Voici la *memsahib kidogo*, dit-il plein de joie.

Regina était devant la porte. Elle cria à plusieurs reprises le nom d'Owuor, de plus en plus fort, et sauta dans ses bras tandis que Rummler léchait ses pieds nus ; elle libéra sa gorge et fit claquer sa langue. Owuor la reposa sur la terre molle et elle se pencha vers le chien, lui mouillant le poil de ses yeux et de sa bouche, mais sans cesser de parler pour autant.

— Regina, mais qu'est-ce que tu baragouines là sans arrêt ? Je ne comprends pas un seul mot.

— C'est du jaluo, papa. Je parle jaluo. Comme à Rongai.

— Owuor, tu savais qu'elle parlait le jaluo ?

— Oui, Bwana. Je le savais. Le jaluo, c'est quand même ma langue. Ici, à Ol'Joro Orok, il n'y a que des Kikuyu et des Nandi, mais la *memsahib kidogo* a une langue comme la mienne. C'est pour ça que j'ai pu venir te retrouver. Un homme ne peut pas être là où on ne le comprend pas.

Owuor envoya son rire dans la forêt, puis vers la montagne au chapeau de neige. L'écho eut la puissance dont ses oreilles affamées avaient besoin, mais c'est d'une voix basse qu'il dit :

— Tu le sais bien, Bwana.

6

La Nakuru School, édifiée sur la pente abrupte dominant l'un des lacs les plus célèbres de la colonie, était très appréciée des fermiers qui ne pouvaient se payer une école privée, mais qui accordaient néanmoins de la valeur à la tradition et au bon renom d'une école. Aux yeux des familles honorables du Kenya, l'école de Nakuru passait certes pour « quelque peu ordinaire », car, établissement public, elle n'était pas habilitée à sélectionner ses élèves ; mais les parents obligés de s'en contenter pour des raisons financières avaient coutume de nier ce regrettable et désagréable état de fait en insistant sur la personnalité hors pair de son directeur. Ancien étudiant d'Oxford, il avait conservé les saines conceptions de l'ère victorienne et, surtout, il était resté insensible à toutes les nouvelles idées pédagogiques à la mode : le laisser-faire et la compréhension à l'égard de la psyché des enfants confiés à sa garde étaient étrangers à ses principes.

Arthur Brindley, équipier du huit d'Oxford dans sa jeunesse et titulaire de la *Victoria Cross* pour sa conduite durant la Première Guerre mondiale, avait un sens très sain de la mesure et correspondait parfaitement à l'idéal éducatif de la mère patrie. Jamais il n'infligeait l'exposé d'ennuyeuses thèses pédagogiques à des parents qui ne voulaient pas en entendre parler et qui, de toute façon, n'y auraient rien compris. Invariablement, il se contentait de citer la devise de l'école, *Quisque pro omnibus*, qui brillait en lettres d'or sur le mur principal de la salle des fêtes et qu'on retrouvait sur l'écusson cousu sur les vestes, les cravates et les rubans de chapeau de l'uniforme en vigueur.

Mr Brindley éprouvait de la satisfaction et même, dans ses bons jours, un peu de fierté quand il regardait par la fenêtre de son bureau situé dans une imposante bâtisse de pierre blanche, elle-même dotée d'une entrée à colonnes rondes et massives. Les nombreux petits bâtiments en bois clair, aux toits en tôle ondulée, lui rappelaient son enfance dans un village du comté du Wiltshire ; ceux-ci servaient de dortoirs, et certains partisans des écoles privées, par trop imbus de leur rang, les qualifiaient par dérision – indûment à son avis – de logements pour le personnel. Les massifs de roses, aménagés avec beaucoup de soin derrière les haies épaisses entourant les maisons des professeurs, ou bien l'épais gazon courant des terrains de hockey aux habitations des enseignants rappelaient au directeur les manoirs anglais si bien entretenus. Le lac, rose des innombrables flamants qu'il abritait, était assez proche pour ravir des yeux habitués à la douceur anglaise, mais en même temps assez éloigné pour ne pas éveiller chez les enfants un inutile désir de nature, voire la nostalgie d'un monde extérieur à l'école.

Depuis quelque temps, à vrai dire, les petits arbres aux troncs minces envahis de poivriers grimpants agaçaient le directeur. Il avait longtemps trouvé qu'ils s'accordaient particulièrement bien avec le paysage aride de la vallée du Rift, mais ils ne lui procuraient plus guère de plaisir depuis qu'il lui fallait constater chaque jour que certains enfants avaient récemment pris l'habitude de passer leurs instants de liberté en ce lieu. Mr Brindley n'avait jamais expressément interdit aux élèves de se réfugier dans la sphère privée, même si ce comportement le laissait perplexe ; il n'aurait d'ailleurs eu aucune raison de prononcer une telle interdiction. Mais c'était la preuve que certains – principalement les nouvelles élèves – avaient beaucoup de mal à affronter un mode de vie qui proscrivait l'individualisme et la marginalité, et cela le contrariait.

Pour Arthur Brindley, ces entorses à la norme et à l'harmonie étaient incontestablement la conséquence de la guerre. Il était obligé d'accueillir dans son établissement de plus en plus d'enfants qui manifestaient trop peu de goût pour les bonnes vieilles vertus anglaises : savoir ne pas se faire remarquer et, surtout, placer la collectivité plus haut que sa propre personne. Un an après le début de la guerre, les autorités avaient introduit au Kenya l'obligation scolaire pour les enfants blancs. Mr Brindley ressentait cette mesure comme une limitation de la liberté des parents, et, de la part de la colonie, comme un effort démesuré pour rivaliser en des temps difficiles avec la mère patrie menacée.

L'obligation scolaire entraîna des changements radicaux, en particulier pour la Nakuru School, qui occupait une position centrale dans le pays. Il lui fallut même accueillir des enfants de Boers, tout en s'estimant heureuse qu'ils n'aient pas été plus nombreux : la plupart avaient été envoyés à l'école afrikaner d'Eldoret. Ceux des environs qui se retrouvèrent à Nakuru étaient butés et, malgré leurs connaissances linguistiques limitées, ils ne faisaient pas mystère de leur haine de l'Angleterre. Ils ne cherchaient ni à s'entendre avec leurs condisciples, ni à dissimuler leur mal du pays. Les rapports avec les petits Boers irascibles ne furent néanmoins pas aussi difficiles qu'on l'avait initialement craint. Comme ils ne souhaitaient pas qu'on s'occupe d'eux, les enseignants devaient seulement veiller à ce que les petits récalcitrants ne fassent pas bande à part et ne perturbent pas l'ordre scolaire.

Les enfants des *refugees* posaient au directeur un problème bien plus important. Il suffisait que les parents qui les avaient amenés à l'école aient un fâcheux penchant pour des scènes d'adieux à la continentale, avec serrements de mains, étreintes et embrassades, pour que ces enfants évoquent à ses yeux les pitoyables petits personnages des romans de Dickens. Par ailleurs, leurs uniformes étaient faits d'un tissu bon marché : ils n'avaient certainement pas été achetés dans le magasin d'articles scolaires de Nairobi qui avait été recommandé à cet effet, mais tout simplement confectionnés par des tailleurs indiens. Rares étaient les enfants de *refugees* à porter l'écusson de l'école.

C'était une entorse à la saine tradition égalisatrice de l'uniforme, entorse qui, avant l'introduction de l'obligation scolaire, aurait été un motif suffisant pour refuser d'inscrire ce genre d'élèves. Mais le directeur se doutait qu'à procéder selon cette méthode pourtant éprouvée il s'exposerait à de très désagréables discussions avec les plus hautes autorités académiques de Nairobi. Arthur Brindley trouvait qu'une telle situation était gênante, même s'il n'était pas porté à l'intolérance envers des personnes qui, disait-on, avaient été victimes d'injustices et n'avaient pas eu le loisir de rester là où elles étaient chez elles.

Néanmoins, que l'absence d'écussons sur leurs vêtements permît en quelque sorte d'identifier les enfants juifs heurtait son sens aigu de la justice. Et le problème était le même pour les filles, le dimanche : elles n'avaient pas, pour aller à l'église, les obligatoires robes blanches. Il était persuadé que leurs fortes réticences venaient de là quand on leur ordonnait de se rendre à l'office religieux.

C'est d'une tout autre manière encore que les « maudits petits *refugees* » – expression qu'il utilisait uniquement avec ses collègues – causaient bien des soucis au directeur : ils riaient rarement, avaient toujours l'air plus âgés qu'ils n'étaient en réalité et faisaient preuve d'une ambition qui, à l'aune des critères anglais, paraissait véritablement absurde. À peine ces créatures trop sérieuses et désagréablement précoces avaient-elles maîtrisé l'anglais – et elles y parvenaient avec une rapidité étonnante – que, par une soif de savoir et un zèle qui agaçaient jusqu'à des pédagogues chevronnés, elles se marginalisaient au sein d'une communauté où ne comptaient que les succès sportifs. Mr Brindley, qui avait fait des études de littérature et d'histoire tout à fait honorables, ne nourrissait pas, à titre personnel, de semblables préjugés à l'encontre des performances de l'esprit. De longues années d'expérience lui avaient toutefois appris à accepter l'apathie intellectuelle des enfants de fermiers comme typique de la conception de l'existence dans la colonie – apathie très reposante au demeurant. Il n'avait jamais eu l'occasion d'étudier les religions. Aussi se demandait-il souvent si une soif d'apprendre aussi exagérée pouvait trouver sa source dans la doctrine juive. Il n'excluait pas non plus totalement une autre hypothèse : la tradition ne mettait-elle pas les Juifs, depuis leur plus jeune âge, en rapport étroit avec l'argent ? Et ne voulaient-ils pas tout simplement tirer le plus grand profit possible de ce que leur coûtaient les études ? Certes, en dépit de sa répugnance à se mêler de la sphère de la vie privée, Mr Brindley était bien obligé de constater que de très nombreux parents de *refugees* avaient les plus grandes peines à rassembler les quelques livres des frais de scolarité, si bien qu'ils ne pouvaient donner à leurs enfants l'argent de poche prescrit.

Un cas paraissait particulièrement typique aux yeux du directeur, celui d'une fillette au prénom impossible à prononcer que trois hommes très nerveux avaient amenée pour la première fois à la Nakuru School, il y avait six mois de cela. Inge Sadler, à ce moment-là, ne parlait pas un mot d'anglais, alors qu'elle savait manifestement lire et écrire, ce qui, pour son institutrice, était plus un handicap qu'un avantage. Dans les premiers temps, l'enfant, intimidée, était restée muette, faisant songer aux filles de la campagne amenées à servir le thé dans une maison de maître.

Quand Inge sortit de son mutisme, elle parlait presque couramment l'anglais, abstraction faite des « r » qu'elle roulait de fâcheuse manière. Par la suite, ses progrès avaient été aussi énormes qu'irritants. Miss Scriver, qui s'était pourtant opposée avec beaucoup d'énergie à ce qu'on mette dans sa classe un enfant sans capacités linguistiques, dut elle-même proposer de faire sauter deux classes d'un coup à Inge. Une telle mesure, au beau milieu de l'année, était sans précédent dans cette école et elle fut par conséquent mal acceptée : des enfants moins doués pourraient soupçonner derrière cette décision une faveur indue. Ce genre de pratiques occasionnait généralement de désagréables conflits avec les parents.

Quant à la fillette d'Ol'Joro Orok, qui avait un prénom tout aussi difficile à prononcer que la petite ambitieuse de Londiani, elle avait également amené Mr Brindley à enfreindre un principe dont il n'avait pourtant jamais eu qu'à se féliciter : ne jamais créer de précédent ! Les premières semaines, comme Inge avant elle, Regina avait participé sans rien dire à tout ce qui se passait à la Nakuru School, se contentant d'approuver craintivement de la tête quand on lui adressait la parole. Puis, avec une soudaineté que Mr Brindley avait trouvée quelque peu provocante, elle avait fait savoir à ses maîtres qu'elle avait non seulement appris à parler l'anglais, mais aussi à le lire et à l'écrire. On venait aussi de faire sauter deux classes à Regina. Les deux petites *refugees*, de toute façon déjà inséparables, se retrouvaient donc dans la même classe. Avec leur ambition débordante, elles n'allaient certainement pas tarder à créer des problèmes.

Mr Brindley soupirait sitôt qu'il pensait à ce genre de complications. Par habitude, il jeta un regard en direction des poivriers. Il se trouvait mesquin d'être irrité par des talents sortant du commun. Mais, à ses yeux, il était typique que les deux fillettes qui l'avaient amené à déroger à ses principes d'égalité de traitement ne cessent de s'exclure elles-mêmes de la communauté. Comme il s'y attendait, les deux petites étrangères aux cheveux noirs étaient assises au milieu des arbustes. Il fut contrarié à l'idée qu'elles étaient sans doute en train d'étudier pendant leur temps libre et qu'elles devaient par-dessus le marché parler allemand entre elles, malgré la stricte interdiction de converser dans une langue étrangère en dehors des cours.

Le directeur se trompait. Inge ne parlait jamais allemand avec Regina, sauf quand elle ne savait plus à quel saint se vouer. La rencontre inespérée de son amie de Norfolk avait de toute façon suffi à la rendre heureuse ; et elle possédait suffisamment l'instinct des gens condamnés à vivre en marge pour ne pas attirer l'attention plus que nécessaire. Par son obstination, Inge avait inconsciemment poussé Regina à sortir enfin de son mutisme, comme elle l'avait elle-même fait quelques mois plus tôt.

— Maintenant, dit-elle quand Regina vint pour la première fois s'asseoir à côté d'elle en classe, tu sais l'anglais. Nous ne sommes plus obligées de parler à voix basse.

— Non, admit Regina, maintenant tout le monde peut nous comprendre.

Ces deux fillettes de même âge, mais aux tempéraments très différents, étaient unies par une communauté de destin. Pour Inge, Regina était la bonne fée qui l'avait délivrée des tourments de la solitude. Regina ne cherchait même pas à entrer en contact avec les autres élèves. Elles la fascinaient, mais Inge lui suffisait. Toutes deux sentaient que la barrière de la langue, lors de leurs débuts difficiles, n'avait pas été le seul obstacle à leur intégration dans la communauté scolaire. Les enfants de la colonie, vigoureux et heureux de leur sort, prenant plaisir à la vie collective en dépit des rigueurs de la discipline scolaire, ne connaissaient que le présent.

Ils parlaient rarement de leurs fermes et, s'ils évoquaient leurs parents, c'était presque toujours sans manifester de chagrin. Ils méprisaient les nouvelles élèves et leur cafard, se moquaient de tout ce qui leur était étranger et avaient en égale horreur la faiblesse corporelle et les bons résultats en classe. Ni le bain froid à six heures du matin, ni la course d'endurance avant le petit déjeuner, ni même les brimades infligées par les anciens, les punitions ou les coups, rien ne réussissait à ébranler la sérénité d'enfants que leurs parents avaient eux aussi élevés à la dure.

Le dimanche, c'est à contrecœur qu'ils se décidaient à écrire chez eux, ce qui était obligatoire, tandis que, pour Regina et Inge, cette heure réservée à la correspondance était le grand moment de la semaine. Ces lettres, néanmoins, n'étaient pas sans leur poser des problèmes : elles savaient que leurs parents n'étaient pas en mesure de lire des lettres rédigées en anglais. Mais elles n'avaient pas le courage de se confier à un professeur. Inge se sortait d'affaire à l'aide de petits dessins en marge, Regina utilisait, elle, le swahili. Elles sentaient toutes deux qu'elles contrevenaient au règlement et, à l'église, imploraient l'aide de Dieu. C'est Inge qui en avait décidé ainsi.

— Les Juifs, expliquait-elle tous les dimanches, peuvent aussi prier dans une église. À condition de le faire en croisant les doigts.

Inge avait l'esprit pratique et faisait montre d'une grande détermination ; beaucoup moins sensible que son amie, elle était aussi plus forte et plus adroite. Elle n'avait en revanche pas d'imagination et il lui manquait surtout le talent de Regina pour faire surgir des images de quelques mots, comme par enchantement. Quand les deux amies ne furent plus obligées de chercher refuge dans leur langue maternelle pour se comprendre, Inge prit aux descriptions de Regina le plaisir qu'éprouve un enfant quand sa mère lui lit des histoires.

Avec un sens développé du détail, pleine de nostalgie et grisée par l'évocation de ses souvenirs, Regina lui racontait par le menu la vie à Ol'Joro Orok, lui parlait de ses parents, d'Owuor et de Rummler. C'étaient des histoires empreintes de regret, qu'elle empruntait à un monde de douceur. Elles procuraient de la chaleur à son corps et lui mettaient du sel dans les yeux, mais elles étaient une immense consolation dans un univers d'indifférence et de contrainte.

Regina savait aussi écouter. En posant sans cesse des questions sur la ferme de Londiani et sur la mère d'Inge, dont elle se souvenait très bien depuis l'épisode du Norfolk, elle aidait Inge à ressentir elle aussi que ses souvenirs étaient comme un retour à la maison avant l'heure. Les deux enfants avaient l'école en horreur ; elles craignaient leurs compagnes et se méfiaient des enseignants. Les espoirs que leurs parents avaient placés en elles constituaient leur plus lourd fardeau.

— Papa dit que je dois lui faire honneur et être la meilleure de la classe, racontait Inge.

— C'est aussi ce que dit papa, approuvait Regina.

— J'ai souvent envie d'avoir un *daddy* à la place d'un papa, ajouta-t-elle l'avant-dernier dimanche avant les vacances.

— Mais alors ton père ne serait pas ton père, trancha Inge qui hésitait toujours longtemps avant de suivre Regina lorsqu'elle fuyait dans l'imaginaire.

— Si, ce serait tout de même mon père. Bien sûr, je ne serais pas Regina. Si j'avais un *daddy*, je serais Janet. J'aurais de longues tresses blondes et un uniforme fait d'un tissu très épais qui ne pèse pas sur les épaules. Et j'aurais des écussons sur tous mes vêtements si j'étais Janet. Je serais bonne au hockey et personne ne me regarderait avec des yeux ronds parce que je lis mieux que les autres.

— Tu ne saurais pas lire du tout, objecta Inge ; d'ailleurs, Janet ne sait pas lire. Ça fait trois ans qu'elle est ici et elle est toujours dans la classe des débutants.

— Son *daddy* s'en moque certainement, s'entêta Regina. Tout le monde aime bien Janet.

— Peut-être parce que Mr Brindley va à la chasse avec son père pendant les vacances.

— Avec mon père, il n'ira jamais à la chasse.

— Ton père va donc à la chasse ? demanda Inge avec ébahissement.

— Non, il n'a pas de fusil.

— Le mien non plus, répondit Inge, rassurée, mais s'il avait un fusil, il tuerait tous les Allemands. Il déteste les Allemands. Mes oncles les détestent aussi.

— Les nazis, corrigea Regina. Chez moi, je n'ai pas le droit de détester les Allemands. Seulement les nazis. Mais je déteste la guerre.

— Pourquoi ?

— Tout est de la faute de la guerre. Tu ne le sais pas ? Avant la guerre, on n'était pas obligées d'aller à l'école.

— Dans deux semaines et deux jours, calcula Inge, tout sera fini. Nous pourrons rentrer chez nous.

Elle se mit à rire, car l'idée qui lui était venue lui plaisait beaucoup :

— Je pourrai t'appeler Janet quand nous serons seules et que personne ne nous entendra.

— Penses-tu ! Ce n'était qu'un jeu. Quand nous sommes seules et que personne ne nous entend, je n'ai pas du tout envie d'être Janet.

Mr Brindley aspirait lui aussi aux vacances. Plus il prenait de l'âge et plus les trois mois d'école lui semblaient longs. Vivre avec des enfants, en compagnie de collègues tous plus jeunes que lui et ne partageant ni ses opinions ni ses idéaux, ne lui procurait plus assez de plaisir. La période précédant les vacances, où il lui fallait lire les copies de fin de semestre et rédiger les bulletins, lui coûtait tellement d'énergie qu'il devait travailler même le dimanche.

Tout épuisé qu'il était, et alors que le monde se réduisait pour lui à l'alternance monotone de l'encre bleue et de l'encre rouge, Mr Brindley remarqua aussitôt que les petites *refugees*, comme il les appelait toujours quand il se parlait à lui-même, avaient une nouvelle fois particulièrement bien réussi leurs examens. Il guetta l'apparition de l'irritation que ne manquait jamais de déclencher en lui toute entorse à la norme, mais il constata avec étonnement que le malaise habituel ne se manifestait pas.

En dépit de la perte de souplesse intellectuelle que, dans son état quelque peu dépressif, il croyait constater chez lui, il prit même d'assez grandes libertés avec les principes qui lui faisaient habituellement préférer la juste mesure à la virtuosité, peu fiable à ses yeux. Dans un mouvement de révolte qui le surprit parce qu'il était contraire à sa nature, il se dit qu'une école avait finalement aussi pour mission de donner une formation intellectuelle aux enfants, et pas seulement de les dresser en vue de hautes performances sportives.

Avec quelque mauvaise grâce, Mr Brindley remarqua qu'il n'avait plus nourri de telles pensées depuis l'époque de ses études à Oxford. S'il avait été en bonne forme, il ne s'y serait certainement pas abandonné ; mais, dans l'état de lassitude morose et d'inexplicable révolte qui était le sien ces jours-ci, les idées qu'il ruminait réveillaient des sentiments oubliés après tant d'années passées à la tête d'un établissement.

— Cette petite d'Ol'Joro Orok, dit-il à haute voix en lisant le bulletin de Regina, est une élève véritablement étonnante.

Mr Brindley avait généralement en aversion les gens enclins au monologue. Il n'en sourit pas moins en entendant sa voix. Sans transition, il se surprit à penser qu'il ne trouvait pas le nom de Regina aussi difficile à prononcer qu'il l'avait toujours cru. Il avait tout de même appris le latin, non sans plaisir, durant de longues années. Il se demanda donc seulement ce qui poussait les Allemands à infliger des noms aussi prétentieux à leurs enfants. Le résultat de ses réflexions fut que cela avait sans doute un rapport avec leur désir d'être remarqués, même s'agissant de choses sans grande importance.

Sans prendre la peine de chercher des justifications à son comportement – aussi déplacé que bizarre à ses yeux –, il chercha la rédaction de Regina dans une pile de cahiers sur l'appui de la fenêtre et se mit à la lire. Dès les premières phrases, sa curiosité fut éveillée; arrivé au bout, il était épaté. Il n'avait encore jamais rencontré une telle facilité d'expression chez un enfant de huit ans. Regina ne se contentait pas d'écrire un anglais impeccable, elle disposait aussi d'un vocabulaire très étendu et faisait preuve d'une imagination inhabituelle. Son attention fut particulièrement attirée par les images qui, pour lui, étaient toutes issues d'un monde inconnu et qui le touchaient par leur démesure. Miss Blandford, le professeur principal, avait écrit *Well done!* à la fin du devoir. Obéissant à une impulsion qu'il mit sur le compte de sa joie à la veille des vacances, il répéta le compliment, d'une écriture très droite, sur le bulletin de Regina.

Il n'avait jamais été dans la nature de Mr Brindley de s'occuper plus que nécessaire d'un enfant en particulier. Il s'était d'ailleurs toujours bien porté de ne pas tomber, sous le coup de l'émotion, dans une sensiblerie qui, dans le métier qu'il exerçait, était à ses yeux une aberration; pourtant, ni Regina ni sa rédaction ne le laissèrent en paix. Sans entrain, il se mit à lire les autres copies, mais il avait de la peine à se concentrer. Il céda à contrecœur à un mouvement, rare chez lui, et plongea dans un passé qu'il croyait oublié depuis longtemps : il fut assailli d'un flot d'images dont la précision lui parut singulière et déplacée.

À cinq heures – et tout à fait à l'encontre de ses convictions qui lui interdisaient de le faire sauf en cas de maladie –, il se fit servir le thé dans ses appartements. Il dut se forcer pour réciter la prière du soir dans la salle des fêtes. Il se surprit avec effroi à chercher le visage de Regina parmi toutes les têtes rassemblées et il faillit sourire en s'apercevant qu'elle se contentait de remuer les lèvres pendant le Notre-Père, sans prier avec les autres. Avec l'intransigeance envers soi-même qui, en temps habituel, le préservait si bien d'attendrissements intempestifs, Mr Brindley se traita de vieil imbécile. Pourtant, c'est avec une certaine satisfaction qu'il accueillit la preuve que, contrairement à ce qu'il s'était souvent figuré en cette fin de semestre, il était loin d'être totalement englué dans le traintrain quotidien. Le lendemain, il fit appeler Regina.

Debout dans son bureau, pâle et mince, elle avait un maintien timide qui était une véritable vexation pour un directeur qui tenait à ce que même les enfants les plus jeunes fassent preuve de courage et d'assez de discipline pour rester maîtres de leurs sentiments. Mr Brindley se prit à penser avec irritation que la plupart des enfants du continent ne donnaient pas l'impression d'être très vigoureux et que, par-dessus le marché, ils ne cessaient de perdre du poids durant leur séjour à l'école. Ils ont sans doute d'autres habitudes alimentaires que nous, se dit-il. On les dorlotait certainement à la maison, sans leur apprendre à régler leurs problèmes par eux-mêmes.

Jeune encore, à l'occasion d'un voyage en Italie, il avait pu constater personnellement à maintes reprises que des mères idolâtraient leurs enfants de manière absolument éhontée et qu'elles les poussaient à trop manger. Parfois, le souvenir d'avoir envié ces petits princes tyranniques et ces princesses attifées venait encore le ronger. Il s'aperçut soudain qu'il avait laissé ses pensées vagabonder. Cela lui arrivait fréquemment ces derniers temps. Il était comme un vieux chien ayant oublié où il a enterré son os.

— Es-tu un petit génie ou bien ne supportes-tu tout simplement pas de ne pas être la meilleure de la classe ? demanda-t-il.

Il fut aussitôt mécontent du ton qu'il avait adopté. Gêné, il se dit qu'il n'avait pas à parler de cette manière à une enfant qui avait pour seul tort de donner le meilleur d'elle-même. Il pensa aussi que, jadis, son éthique professionnelle le lui aurait à coup sûr interdit. Regina n'avait pas saisi le sens de la question. Elle comprenait chacun des mots, mais leur juxtaposition n'avait pas de signification pour elle. Les battements bruyants de son cœur l'effrayaient et elle était si inquiète qu'elle se contenta de tourner légèrement la tête d'un côté puis de l'autre en attendant que cesse la sensation de sécheresse dans sa bouche.

— Je t'ai demandé pourquoi tu travailles si bien.
— Parce que nous n'avons pas d'argent, sir.

Le directeur se rappela avoir lu quelque part que les Juifs avaient l'habitude de parler d'argent à tout propos. Mais il avait trop en horreur les généralisations pour se satisfaire d'une explication qu'il trouvait niaise et quelque peu vindicative. Il se faisait l'effet d'un chasseur ayant tué sans le vouloir la mère d'un jeune animal et il sentait un poids désagréable sur l'estomac. Le léger battement de ses tempes l'étourdissait aussi.

Son désir d'un monde prévisible et sans complications, d'un monde aux valeurs traditionnelles sur lesquelles un homme vieillissant pouvait trouver appui, lui causa une espèce de douleur physique. Mr Brindley envisagea un bref instant de renvoyer Regina, mais il se dit qu'il serait ridicule de mettre fin à une conversation avant qu'elle ait même commencé. Cette petite se rappelait-elle ce dont il était question ? Certainement, puisqu'elle mettait tant d'ardeur à tout comprendre.

— Mon père, dit Regina en rompant le silence, ne gagne que six livres par mois et l'école en coûte cinq.
— Dis donc, tu es très au courant !
— Oh oui, sir. C'est mon père qui me l'a dit.
— Vraiment ?
— Il me dit tout, sir. Avant la guerre, il ne pouvait pas m'envoyer à l'école. Cela le rendait très triste. Ma mère aussi.

Mr Brindley ne s'était encore jamais trouvé dans la pénible situation de devoir discuter du montant des frais de scolarité. Et il lui apparaissait grotesque d'avoir à parler argent comme un marchand indien, avec une élève si jeune de surcroît. Son sens de l'autorité et de la dignité lui commandait, à défaut de pouvoir la terminer, de reprendre la conversation depuis le début ; au lieu de quoi il demanda :

— Qu'est-ce que cette maudite guerre a à voir là-dedans ?
— Quand la guerre a commencé, expliqua Regina, nous avons eu soudain assez d'argent pour l'école. Nous n'avions plus besoin d'argent pour ma grand-mère et ma tante.
— Pourquoi ?
— Elles ne peuvent plus quitter l'Allemagne et venir à Ol'Joro Orok.
— Mais que font-elles en Allemagne ?

Regina se sentit le visage en feu. Il n'était pas convenable de changer de couleur sous l'effet de la peur. Elle se demanda si elle devait raconter que sa mère pleurerait sitôt qu'il était question de l'Allemagne. Peut-être Mr Brindley n'avait-il jamais entendu parler de mères en larmes et cela allait certainement le déranger. Déjà qu'il ne supportait pas les enfants qui pleuraient !

— Avant la guerre, répondit-elle en avalant sa salive, ma grand-mère et ma tante écrivaient.

— Little Nell[1], dit Mr Brindley à voix basse.

Il fut surpris, mais en même temps – et c'était parfaitement absurde – il fut soulagé d'avoir enfin trouvé le courage de prononcer ce nom. Regina lui avait fait penser à Little Nell quand elle était entrée dans son bureau, mais il avait réussi à en refouler le souvenir. Comme il était étrange que, après tant d'années, il lui faille justement songer à ce roman de Dickens ! Il avait toujours trouvé que c'était l'un de ses romans les moins bons, trop sentimental, trop mélodramatique, trop peu anglais en un mot. Et voilà qu'il lui apparaissait à présent comme un roman chaleureux, beau en un sens ! Il était tout de même bizarre de voir combien, avec l'âge, les choses changeaient.

— Little Nell, répéta le directeur avec un sérieux qui ne lui était plus désagréable du tout et qui le réjouit même, tu apprends donc uniquement parce que cette école coûte abominablement cher ?

— Oui sir, approuva Regina. Mon père a dit : tu ne devras pas gaspiller notre argent. Quand on est pauvre, il faut toujours être meilleur que les autres.

Elle était contente. Il n'avait pas été facile de transposer les paroles de papa dans la langue de Mr Brindley. Bien sûr, il n'arrivait même pas à retenir le nom des élèves et il n'avait certainement encore jamais entendu parler de gens qui n'avaient pas d'argent, mais peut-être qu'il l'avait néanmoins comprise ?

— Ton père, au fait, qu'est-ce qu'il faisait en Allemagne ?

Regina demeura une nouvelle fois sans voix tellement elle était perplexe : comment dire en anglais

---

1. Héroïne du roman de Dickens *Le Magasin d'antiquités* paru en 1840 *(NdT)*.

que son père était un ancien avocat ? Il lui vint tout à coup une idée :

— Il avait un manteau noir quand il travaillait mais, à la ferme, il n'en a plus besoin. Il l'a offert à Owuor. Le jour où les sauterelles sont arrivées.

— Qui est Owuor ?

— Notre cuisinier, expliqua Regina et elle se souvint avec plaisir de la nuit durant laquelle son père avait pleuré – des larmes chaudes, sans sel.

— Owuor est venu à pied de Rongai à Ol'Joro Orok. Avec notre chien. Il a réussi à arriver uniquement parce que je sais le jaluo.

— Le jaluo ? De quoi diable s'agit-il ?

— C'est la langue d'Owuor, répliqua Regina avec surprise ; Owuor, à la ferme, n'a que moi. Tous les autres sont des Kikuyu. Sauf Daji Jiwan. Lui, c'est un Indien. Et nous, bien sûr. Nous sommes des Allemands, mais, se hâta-t-elle d'ajouter, pas des nazis. Mon père dit toujours : les gens ont besoin de leur propre langue. Owuor dit la même chose.

— Tu aimes beaucoup ton père, n'est-ce pas ?

— Oui, sir. Et ma mère aussi.

— Tes parents seront heureux de voir ton bulletin et de lire ta rédaction.

— Ils ne pourront pas le faire, sir. Mais je leur lirai tout à haute voix. Dans leur langue. Je la connais elle aussi.

— Tu peux t'en aller maintenant, dit Mr Brindley en ouvrant la fenêtre.

Quand Regina fut presque arrivée à la porte, il ajouta :

— Je ne crois pas que ce dont nous avons parlé ici intéresserait tes camarades. Tu n'as pas besoin de le leur raconter.

— Non, sir. Little Nell n'en fera rien.

7

Le lundi, le mercredi et le vendredi, un camion, trop large pour la route, devait se frayer un chemin à travers les branchages, qui tremblaient encore un long moment après son passage ; il assurait le trajet entre Thomson's Falls et Ol'Joro Orok et, en plus des produits de consommation comme la paraffine, le sel et les clous, il livrait dans la boutique de Patel un grand sac rempli de lettres, de journaux et de paquets. Bien avant l'heure fatidique, Kimani s'asseyait à l'ombre des épais mûriers. Dès qu'il apercevait les premiers contours du nuage de poussière rouge, qui s'avançait vers lui comme un oiseau, il rappelait la vie dans ses pieds endormis et se levait ; son corps se tendait comme la corde d'un arc prêt à tirer. Kimani aimait ce retour régulier de l'attente et de l'impatience car, dans son rôle de porteur de courrier et de marchandises, il était plus important aux yeux du *bwana* que la pluie, le maïs et le lin. Tous les hommes de la ferme enviaient Kimani pour l'importance de son rôle.

Owuor tout particulièrement, le Jaluo qui, en chantant à haute voix, avait le pouvoir de faire naître le rire dans la gorge du *bwana* : il essayait sans cesse de voler ces trois journées dévolues à Kimani, mais il restait un chasseur malchanceux poursuivant une proie qui n'était pas la sienne. Dans les huttes des Kikuyu, il y avait aussi de nombreux hommes jeunes, aux jambes en meilleur état que celles de Kimani et avec plus d'air dans la poitrine, qui auraient pu courir sans peine jusqu'à la *duka* de Patel et revenir à la ferme, mais la langue agile de Kimani avait assez de force pour repousser toute attaque contre ses droits.

À son départ de la hutte, le matin, il voyait encore les étoiles dans le ciel ; il n'arrivait chez cette peau de vache de Patel qu'à l'instant où le soleil commençait à engloutir les ombres. Mais c'était toujours Kimani qui devait attendre le camion et jamais le contraire. Il trouvait pénible le long chemin à travers la forêt peuplée de singes noirs et silencieux dont on pouvait tout juste apercevoir la crinière blanche quand ils sautaient d'un arbre à l'autre. Par les chaudes journées qui séparaient les saisons des pluies, Kimani entendait ses os crier dès le trajet du matin. Au retour, les feux brillaient déjà devant les huttes. Ses pieds brûlaient comme quand on doit éteindre des braises en toute hâte en les piétinant. Mais la joie étanchait la soif de son corps, bien qu'il n'ait bu que de l'eau toute la journée. C'était toujours la *memsahib* qui remplissait la jolie bouteille verte, la veille au soir.

Il vivait des heures difficiles quand, ayant demandé s'il y avait du courrier pour la ferme, il voyait cette hyène de Patel répondre en secouant la tête d'un air mauvais ; on aurait dit que la hyène venait de dérober au nez des vautours les meilleurs morceaux d'un cadavre. En effet, le *bwana* attendait ses lettres comme un voyageur torturé par la soif attend les gouttes d'eau qui l'empêcheraient de se coucher à jamais. Quand Kimani ne ramenait de la *duka* puante de Patel que de la farine, du sucre et le petit seau rempli de graisse jaune et à demi liquide pour la *memsahib*, les yeux du *bwana* devenaient plus ternes encore que le pelage d'un chien mourant. Il suffisait, pour le rendre heureux, d'un seul journal : il prenait le petit rouleau de papier en soupirant, et ce soupir était une douce médecine pour des oreilles qui, une journée entière, n'avaient pu se nourrir que des sons sortis de la gueule d'animaux sauvages.

Cela faisait à présent trois petites saisons des pluies et deux grandes que le *bwana* était à la ferme. C'était un temps suffisant pour permettre à Kimani de comprendre – à vrai dire aussi lentement qu'un âne né prématurément – un tas de choses qui, au début de sa nouvelle vie avec le *bwana*, lui avaient fait la tête comme une calebasse. Il savait à présent que le soleil du jour et la lune de la nuit ne suffisaient pas au *bwana*, pas plus que la pluie sur la peau desséchée, un feu ronflant par grand froid ou les voix de la radio qui jamais ne dormaient ; même le lit de la *memsahib* et les yeux de sa fille quand elle revenait à la ferme depuis sa lointaine école de Nakuru ne pouvaient le satisfaire.

Le *bwana* avait besoin des journaux. Ils nourrissaient sa tête et adoucissaient sa gorge qui racontait ensuite des *schauri* dont personne à Ol'Joro Orok n'avait jamais entendu parler. Sur le chemin menant de la maison aux champs de lin et aux florissantes plantations de pyrèthres, le *bwana* parlait de la guerre. C'étaient de palpitantes histoires d'hommes blancs se tuant les uns les autres, comme l'avaient fait jadis les Massaïs avec les pacifiques voisins dont ils convoitaient le bétail et les femmes. Les oreilles de Kimani aimaient ces paroles semblables à un jeune vent vigoureux, mais sa poitrine sentait aussi qu'en parlant le *bwana* remâchait une vieille tristesse, car il n'avait pas pensé à emporter son cœur quand il avait entrepris son long safari vers Ol'Joro Orok. Un jour, le *bwana* tira de la poche de son pantalon une image bleue pleine de petites taches de couleur, et l'ongle de son doigt le plus long se posa sur un point minuscule.

— Là, mon ami, c'est Ol'Joro Orok.

Puis il déplaça un peu son doigt et poursuivit en parlant très lentement :

— Ici, il y avait la hutte de mon père. Je n'y retournerai jamais.

Kimani se mit à rire, car sa grande main pouvait sans peine toucher en même temps les deux points de l'image bleue. Il s'aperçut pourtant que sa tête n'avait pas compris ce que le *bwana* voulait lui dire. Les choses étaient bien différentes avec les images des journaux que Kimani rapportait de la boutique de Patel. Il demandait sans arrêt au *bwana* de les lui montrer et apprenait à voir ce qu'elles signifiaient.

Il y avait des maisons plus hautes que des arbres ; les fusils des avions en fureur les abattaient pourtant aussi facilement que le feu de brousse détruisait la forêt. Des bateaux avec de hautes cheminées s'enfonçaient dans l'eau comme des petits cailloux dans la rivière quand la grande pluie la faisait enfler trop vite. Les images n'arrêtaient pas de montrer des hommes morts. Certains étaient couchés sur le sol aussi paisiblement que s'ils s'étaient endormis après avoir accompli leur travail ; d'autres avaient le ventre éclaté, pareils à des cadavres de zèbres restés trop longtemps au soleil. Tous les morts avaient un fusil à côté d'eux, mais il ne leur avait servi à rien parce que, dans la guerre des Blancs si bien armés, chacun avait un fusil.

Quand le *bwana* parlait de la guerre, il parlait aussi toujours de son père. Alors, il ne regardait jamais Kimani ; il tournait ses yeux vers la haute montagne, mais il ne voyait ni le sommet, ni la neige. Il parlait avec la voix d'un enfant impatient qui veut avoir la lune le jour et le soleil la nuit, et il disait :

— Mon père meurt.

Ces paroles étaient aussi familières à Kimani que son propre nom et, même s'il se donnait beaucoup de temps avant d'ouvrir la bouche, il savait ce qu'il avait à dire. Il demandait :

— Ton père veut mourir ?
— Non, il ne veut pas mourir.
— Un homme ne peut pas mourir s'il ne le veut pas, répondait Kimani à chaque fois.

Au début, il avait montré ses dents en parlant, comme il le faisait toujours quand il était heureux ; pourtant, avec le temps, il avait pris l'habitude de faire sortir un soupir de sa poitrine. Ça le tracassait que son *bwana*, un homme qui savait tant de choses, ne soit pas assez intelligent pour comprendre que la vie et la mort n'étaient pas l'affaire des humains, mais seulement celle du puissant dieu Mungo.

Plus encore que les journaux, avec leurs images de maisons détruites et d'hommes morts, il voulait que son *bwana* lui montre des lettres. Kimani savait tout des lettres. À l'arrivée du *bwana* à la ferme, il croyait encore qu'une lettre était semblable à une autre lettre. Maintenant, il n'était plus aussi bête. Les lettres n'étaient pas comme deux frères sortant ensemble du ventre de leur mère. Les lettres étaient comme des hommes, jamais pareilles.

Ça dépendait des timbres. Une lettre qui n'en avait pas n'était qu'un morceau de papier et ne pouvait pas partir en safari, même un tout petit. Un timbre seul, avec l'image d'un homme aux cheveux clairs et au visage de femme, parlait d'un voyage que l'on pouvait faire avec ses pieds. C'était le genre de lettres que Kimani rapportait souvent de la *duka* de Patel. Elles venaient de Gilgil et c'étaient les lettres du *bwana* qui faisait danser son gros ventre quand il riait et qui avait une *memsahib* qui chantait mieux qu'un oiseau.

Ils venaient souvent à la ferme et, quand la pluie transformait la route en une rivière de boue, empêchant les amis du *bwana* de rejoindre Ol'Joro Orok, ils envoyaient des lettres. De Nakuru arrivaient les lettres de la *memsahib kidogo* qui apprenait à écrire à l'école. Les enveloppes jaunes portaient le même timbre que celles de Gilgil, mais Kimani savait qui avait écrit la lettre avant que le *bwana* le lui dise. Les yeux de son *bwana* brillaient comme de jeunes fleurs de lin quand les lettres étaient de la petite *memsahib* et sa peau ne sentait jamais la peur.

Les lettres avec beaucoup de timbres avaient fait un long voyage. À peine le *bwana* les avait-il vues dans les mains de Kimani que, sans même prendre le temps de chasser l'air de sa poitrine, il avait déjà déchiré les enveloppes et commencé à lire. Et il y avait un timbre qui, à lui seul, était capable, plus que tous les autres ensemble, de mettre le *bwana* en feu. Ce timbre-là montrait lui aussi un homme sans bras et sans jambes, mais il n'était pas blond. Les cheveux qui lui tombaient sur la figure étaient aussi noirs que ceux de Patel, ce chien puant. Les yeux étaient petits et, entre le nez et la bouche, poussait un buisson, très ras et soigneusement planté, de poils noirs et épais.

Kimani aimait regarder longuement ce dernier timbre. L'homme paraissait vouloir parler et avoir une voix capable de rebondir avec force contre la montagne. Dès que le *bwana* apercevait ce timbre, ses yeux devenaient des trous profonds et il devenait aussi raide qu'un homme qui a oublié comment on se défend et qui se retrouve en face d'un voleur fou de colère qui le menace d'une *panga* fraîchement effilée.

L'image de l'homme avec des poils sous le nez chassait la vie du corps du *bwana* et il oscillait comme un arbre qui n'a pas encore appris à se courber sous le vent. Avant d'ouvrir une de ces lettres pleines de feu, il appelait toujours : « Jettel ! » Sa voix devenait aussi faible que celle d'un animal ayant perdu la volonté d'échapper à la mort.

Kimani savait pourtant que c'étaient justement les lettres qui lui faisaient peur que le *bwana* souhaitait recevoir. Il était toujours pareil à un enfant qui n'est pas assez calme pour rester assis et laisser la journée couler comme de la terre fine entre les doigts, jusqu'au moment où la tête tombe sur la poitrine et où le sommeil arrive. Cela mettait du sel dans la gorge de Kimani de penser que le *bwana* avait besoin de l'excitation qui le rendait malade pour sentir encore un peu de force dans ses membres.

Il y avait longtemps qu'il n'était plus arrivé de lettres de ce genre. Mais quand Kimani réclama le courrier à Patel, la veille de la grande récolte du lin, l'Indien saisit sur l'étagère en bois une lettre qui n'apaisa pas le grand besoin qu'avait Kimani de se retrouver en terrain connu. Il remarqua sur-le-champ que la lettre était différente de toutes celles qu'il avait ramenées jusqu'ici à la maison.

Le papier était très fin et, dans la main de Patel, il bruissait comme un arbre mort sous le premier vent du soir. L'enveloppe était plus petite que d'ordinaire. Il n'y avait pas de timbre de couleur. Kimani aperçut à sa place un cercle noir avec, au centre, de minces petites lignes qui ressemblaient à de minuscules lézards. Sur le coin droit de l'enveloppe, on voyait briller une croix rouge. Elle sauta de loin à la figure de Kimani, comme un serpent affamé. Il craignit un moment qu'elle puisse plaire aussi à Patel et qu'il refuse de lui donner la lettre. Mais l'Indien était justement aux prises avec une femme kikuyu qui avait trop enfoncé le doigt dans un sac de sucre et, furieux, il lui tendit la lettre par-dessus la table sale.

Kimani ne s'arrêta que dans la forêt pour observer la croix à l'abri des yeux méchants de Patel. Dans l'ombre, elle brillait encore plus fort que dans la boutique, elle était un régal pour des yeux qui, même en plein jour, ne recueillaient sous les arbres que les couleurs de la nuit. Si Kimani fermait un œil tout en remuant la tête, la croix se mettait à danser. Il rit quand il lui vint à l'esprit qu'il se comportait comme un enfant-singe apercevant une fleur pour la première fois.

Kimani ne cessait de se demander si la jolie croix rouge plairait au *bwana* autant qu'à lui ou bien si elle aurait aussi la mauvaise magie brûlante de l'homme aux cheveux noirs. En dépit de tous les efforts qu'il demanda à sa tête, il ne trouva pas de réponse. L'incertitude lui ôtait la joie procurée par la lettre et lui faisait les jambes lourdes. La fatigue lui courba le dos et lui englua les yeux. La croix n'avait plus la même apparence que dans la boutique ou à l'heure des longues ombres. Elle s'était fait voler sa couleur.

Kimani prit peur. Il sentit qu'il avait trop laissé s'approcher la nuit. Elle allait profiter de ce qu'il était en route sans lampe. S'il ne redonnait pas de la force à son corps et s'il ne le forçait pas à se dépêcher, il entendrait les hyènes avant d'atteindre les premiers champs. Ce n'était pas une bonne chose pour un homme de son âge. Il lui fallut accomplir le reste du trajet en courant et, quand il vit enfin les premiers champs, il avait plus d'air dans la bouche que dans la poitrine.

La nuit n'était pas encore arrivée à la ferme. Kamau nettoyait les verres devant la maison. Attrapant le dernier rayon rouge du soleil, il l'enveloppait dans un torchon, puis le libérait. Owuor était assis sur une caisse en bois, devant la cuisine, où il se curait les ongles à l'aide d'une cuillère en argent. Il envoya sa voix en direction de la montagne portée par la chanson qui faisait brûler la peau de Kimani et rire le *bwana*.

La petite *memsahib*, accompagnée du chien, courait vers la maison à la porte trouée d'un cœur ; elle faisait des bonds dans l'herbe haute et jaune. La lampe, pas encore allumée, se balançait au bout de son bras : elle ne semblait pas plus lourde qu'un bout de papier. Kania, avec son balai, découpait des trous ronds dans l'air. Il mâchait un petit bâton pour polir et rendre plus blanches encore des dents dont il était très fier. Comme chaque fois qu'il épiait l'arrivée du courrier, le *bwana* était debout devant la maison, immobile, pareil à un guerrier qui n'a pas encore aperçu l'ennemi. La *memsahib* se tenait à ses côtés. De petits oiseaux blancs qui n'étaient vivants que sur sa robe volaient en direction de fleurs jaunes sur le tissu noir.

Essoufflé d'avoir dû courir si vite, Kimani attendit l'arrivée de la joie qu'il éprouvait d'ordinaire quand le couple se dirigeait vers lui ; mais la satisfaction se fit trop longtemps désirer et, à peine arrivée, s'évanouit aussi rapidement que le brouillard le matin. Le froid lui léchait déjà la peau et, pourtant, des gouttes d'une sueur âcre lui coulaient dans les yeux. D'un seul coup, Kimani eut l'impression d'être un vieil homme qui confond ses enfants et qui croit voir ses frères dans les fils de ses fils.

Kimani sentit la main du *bwana* sur son épaule, mais sa confusion était trop grande pour qu'il puise de la chaleur dans ce plaisir familier. Il remarqua que la voix du *bwana* n'était pas plus forte que celle d'un enfant qui tarde à trouver le sein de sa mère. Il comprit alors que la peur qui tout à l'heure était tombée sur lui, telle une fièvre subite, avait bien fait d'arriver et de l'obliger à se dépêcher.

— Ils ont écrit par l'intermédiaire de la Croix-Rouge, chuchota Walter, je ne savais pas du tout que c'était possible.

— Qui ? Allez, vas-y ! Combien de temps vas-tu garder cette lettre à la main ? Ouvre-la ! Je suis terrifiée.

— Moi aussi, Jettel.

— Vas-y !

Quand Walter sortit de l'enveloppe le mince bout de papier, ce qui lui vint à l'esprit, ce furent les feuillages d'automne dans la forêt domaniale de Sohrau. Il eut beau se défendre farouchement contre le souvenir, il voyait avec une netteté douloureuse les contours d'une feuille de marronnier. Puis ses sens s'engourdirent. Seul son nez le narguait encore et percevait un parfum qui le tourmentait.

— Ton père et Liesel ? demanda Jettel à voix basse.

— Non, ta mère et Käte. Tu veux que je lise ?

Le temps qu'il fallut à Jettel pour remuer la tête fut un bref instant de répit. Walter en profita pour lire les deux lignes qui avaient manifestement été écrites en un moment de grande détresse ; il tenait la lettre si près de son visage qu'il n'était pas obligé de regarder Jettel et que, de son côté, elle ne pouvait le voir.

— « Chers tous, lut Walter tout haut, nous sommes bouleversées. Nous devons partir demain travailler en Pologne. Ne nous oubliez pas ! Maman et Käte. »

— C'est tout ? Si court ? Mais ce n'est pas possible !

— Si, Jettel, si. Elles avaient le droit d'écrire vingt mots seulement. Elles n'ont fait cadeau que d'un mot.

— Pourquoi la Pologne ? Ton père a toujours dit que les Polonais étaient encore pires que les Allemands. Comment ont-elles pu faire une chose pareille ? Il y a pourtant la guerre en Pologne. Elles y seront encore plus mal loties qu'à Breslau. Ou bien penses-tu qu'elles cherchent à émigrer en passant par la Pologne ? Dis quelque chose, enfin !

Il n'y eut en Walter qu'un combat très bref pour décider si ce serait un péché pardonnable que d'accorder une dernière fois à Jettel la miséricorde du mensonge : la seule pensée de cette fuite lui sembla un blasphème et un sacrilège.

— Jettel, dit-il en renonçant à chercher des mots susceptibles de rendre la vérité supportable, il faut que tu le saches. Ta mère a voulu que tu le saches. Sinon, elle n'aurait pas écrit cette lettre. Nous ne pouvons plus avoir d'espoir. La Pologne signifie la mort.

Regina, toujours suivie de Rummler, quittait lentement les toilettes en direction de la maison. Elle avait allumé la lampe et, sur le sentier recouvert de pierres claires, entre le parterre de roses et la cuisine, elle lançait le chien à la poursuite des ombres dansantes. Le chien essayait d'enfoncer les pattes dans les taches noires et il glapissait de déception dès qu'elles s'envolaient vers le ciel.

Walter vit que Regina riait, mais en même temps il l'entendit crier « maman ! » comme si un danger mortel la menaçait. Il crut d'abord que le serpent contre lequel Owuor avait mis en garde ce matin était réapparu et il hurla :

— Ne bouge pas !

Mais, comme les cris devenaient de plus en plus forts et qu'ils étouffaient tous les autres bruits dans l'obscurité envahissante, il s'aperçut que ce n'était pas Regina qui appelait sa mère, mais Jettel.

Walter tendit les deux mains en direction de sa femme, mais sans arriver à la prendre dans ses bras et tout ce qu'il réussit à faire, ce fut à percer la chape d'angoisse qui pesait sur eux, en criant son nom à deux ou trois reprises. La honte d'être devenu incapable de pitié se transforma en une panique qui lui paralysa bras et jambes. L'humiliation fut plus grande encore de constater qu'il enviait à sa femme l'épouvantable certitude que le sort lui refusait au sujet de son père et de sa sœur.

Au bout d'un moment qui lui parut très long, il prit conscience que Jettel avait cessé de crier. Elle était devant lui, les bras ballants, les épaules secouées de tremblements. Walter trouva enfin la force de la toucher et de lui prendre la main. Sans rien dire, il fit entrer sa femme dans la maison.

Owuor qui, en temps ordinaire, ne quittait jamais la cuisine avant d'avoir préparé le thé du dîner était debout devant la cheminée allumée et gardait les yeux tournés vers le bois empilé. Regina était déjà là, elle aussi. Elle avait ôté ses bottes de caoutchouc et elle était assise sous la fenêtre ; on aurait dit qu'elle était là depuis toujours. Le chien lui léchait le visage, mais elle regardait par terre, mâchant une mèche de cheveux et se serrant de plus en plus fort contre le corps massif de l'animal. Walter comprit alors que sa fille pleurait. Il ne serait pas obligé de lui donner des explications.

— Maman m'avait promis d'être avec nous quand j'aurais un enfant, sanglota Jettel sans plus verser de larmes. Elle m'en avait fait la promesse formelle à la naissance de Regina. Tu ne te rappelles pas ?

— Non, Jettel, non. Se souvenir ne sert qu'à se torturer. Assieds-toi.

— Elle me l'avait promis solennellement. Et elle a toujours tenu ses promesses.

— Il ne faut pas pleurer, Jettel. Nous n'avons plus droit aux larmes. C'est le prix à payer pour avoir réussi à sauver notre peau. On n'y changera rien. Tu n'es pas seulement une fille, tu es aussi une mère.

— C'est une phrase de qui ?

— Du bon Dieu. Il me l'a soufflée au camp par la bouche d'Oha quand je voulais baisser les bras. Et ne te fais pas de soucis, Jettel. Nous n'aurons pas d'enfants tant que le destin ne nous aura pas été plus favorable. Owuor, veux-tu apporter un verre de lait à la *memsahib* ?

Owuor mit encore plus de temps qu'en temps normal pour décider quel morceau de bois il allait mettre dans le feu. Quand il se releva, il regardait Jettel mais il s'adressa à Walter :

— Je vais faire chauffer le lait, Bwana, dit-il d'une langue à qui il fallait beaucoup de temps pour obéir. Si la *memsahib* pleure trop, tu resteras sans fils.

Sans se retourner, il se dirigea vers la porte.

— Owuor, cria Jettel d'une voix que l'étonnement avait raffermie, comment le sais-tu ?

— Tout le monde, à la ferme, sait que maman attend un bébé, dit Regina en attirant la tête de Rummler contre ses genoux, tout le monde sauf papa.

8

Le Dr James Charters prit conscience à la fois du tressaillement de son sourcil gauche et du fâcheux malentendu quand les deux femmes inconnues de lui passèrent devant son tableau favori, représentant de superbes chiens de chasse. Elles n'étaient pas à deux pieds qu'elles lui tendaient déjà la main. Preuve suffisante que ces gens étaient originaires du continent. Un coup d'œil discret et bien rôdé sur une petite fiche jaune à côté de l'encrier confirma ses soupçons. Charters trouva, sous le nom à consonance étrangère, l'indication que c'était le Stag's Head qui avait incrit la patiente pour la consultation.

Depuis la guerre, on ne pouvait plus se fier aux réceptions des hôtels. Elles avaient manifestement des difficultés à repérer des hôtes qui avaient chamboulé les mœurs de la colonie. Jadis, le seul hôtel de Nakuru accueillait presque exclusivement les fermiers des environs, lorsque ces derniers devaient accompagner leurs enfants pour la rentrée des classes, consulter un médecin ou régler des problèmes auprès des autorités du district et qu'ils en profitaient pour s'offrir quelques jours de repos et l'illusion de la grande ville. À cette époque – que Charters appelait déjà « la bonne vieille époque » alors qu'elle ne remontait même pas tout à fait à trois ans –, il arrivait parfois que des chasseurs, venus d'Amérique pour la plupart, descendent au Stag's. C'étaient de rudes gaillards, fort sympathiques, qui n'avaient nul besoin des services d'un gynécologue et avec lesquels notre médecin pouvait entretenir des conversations plaisantes, exemptes de toute implication professionnelle.

Charters ne faisait habituellement jamais attendre ses nouvelles patientes plus que nécessaire; il prit cette fois tout son temps pour continuer à ruminer des pensées désagréables, réprimant un soupir à grand-peine. Vivre à Nakuru ne lui disait plus rien. Sans la guerre, il se serait offert un cabinet à Londres, la mort de sa tante lui ayant laissé un héritage plus important qu'il n'espérait. Jeune déjà, il rêvait de la Harley Street, mais il avait imprudemment perdu de vue cet objectif quand il avait épousé en secondes noces une fille de fermiers de Naivasha. La jeune femme réussissait toujours à le faire changer d'avis et le Blitz l'avait emplie d'une telle peur panique que rien n'avait pu la décider à aller s'installer à Londres. Il se consolait en s'abandonnant à une réaction d'orgueil dont il s'était défendu pendant des années : ne plus accepter maintenant de patientes d'un niveau social inférieur au sien.

Tout en grattant méticuleusement une mouche morte collée contre la fenêtre, il observait dans la vitre les deux femmes qui, sans qu'il les y ait invitées, s'étaient assises devant son bureau, sur les chaises dont on venait de changer les garnitures. Il ne faisait pas de doute que la plus jeune était la patiente et qu'elle serait une source de désagréments dont l'entière responsabilité incomberait à l'inattention de Miss Colins, qui ne travaillait ici que depuis quatre semaines et n'avait pas encore l'intuition de ce à quoi il attachait de l'importance.

Avec un soupçon d'intérêt tout à fait déplacé à ses propres yeux, compte tenu de la pénible discussion qui s'annonçait, Charters trouva, jusqu'à l'instant où elle ouvrit la bouche, que la plus âgée des deux pouvait passer pour une *lady* venue d'une province anglaise. Elle était mince, soignée de sa personne et elle avait le maintien assuré et les beaux cheveux blonds qu'il appréciait chez les femmes. Cette gracile personne avait en elle un je ne sais quoi de norvégien, et semblait en tout cas habituée à mettre le prix voulu quand elle consultait un médecin.

La patiente en était au moins au sixième mois de sa grossesse et, Charters le vit immédiatement, ne se trouvait pas dans l'état qu'il aimait chez les femmes enceintes, lui qui n'appréciait guère les complications. Elle portait une robe à fleurs qui lui parut typique de la mode des années trente sur le continent. Le ridicule col de dentelle blanc fit naître en lui l'image on ne peut plus grotesque des petites-bourgeoises de l'ère victorienne et il songea qu'il n'avait jusqu'ici jamais été obligé de s'occuper de ce genre de femme. La robe faisait ressortir la poitrine et moulait le ventre au point qu'il ressemblait à une grosse boule : Charters ne tolérait un tel embonpoint chez ses patientes que juste avant la date prévue pour l'accouchement. Cette femme avait dû manger pour deux dès le premier mois de sa grossesse. Rien ne pouvait amener les peuples étrangers à se défaire de leurs habitudes aberrantes. Elle était pâle et semblait fatiguée ; elle avait le maintien intimidé d'une bonne attendant un enfant illégitime, exactement comme si le destin, pour la punir, lui avait infligé cette grossesse. Elle était à coup sûr douillette. Charters se racla la gorge. Il n'avait eu que rarement affaire avec des gens du continent, mais l'expérience avait laissé en lui des traces durables. Ils étaient exagérément sensibles et ne se montraient guère coopératifs quand il s'agissait de supporter la douleur.

Dans les tout premiers mois de la guerre, Charters avait fait accoucher de deux jumeaux la femme d'un propriétaire d'usine, un Juif de Manchester. La soudaine raréfaction des traversées par bateau n'avait pas permis au couple de regagner l'Angleterre à temps. Au demeurant, ces gens s'étaient conduits de manière tout à fait correcte et avaient payé sans rechigner la très forte augmentation d'honoraires que Charters, quand il était avec d'autres collègues, appelait le *precium dolori* du médecin. Le cas lui avait néanmoins laissé un mauvais souvenir. Il lui avait appris que la race juive ne faisait en règle générale pas preuve d'une discipline suffisante pour serrer les dents au moment crucial.

À l'époque, le Dr James Charters s'était juré de ne plus s'occuper de patientes non conformes à ses canons et il n'avait pas l'intention de faire aujourd'hui une exception qui aurait pour seul effet de mettre les deux parties dans l'embarras. Et surtout pas en faveur d'une femme qui n'avait manifestement pas les moyens de s'offrir une robe de grossesse convenable.

Quand Charters ne sut plus que faire de sa fenêtre sinon l'ouvrir et la refermer deux ou trois fois, il se retourna vers ses visiteuses. Il remarqua avec irritation que la femme blonde parlait déjà. C'était exactement ce qu'il avait craint. Elle avait un accent tout ce qu'il y a de plus désagréable, totalement dépourvu de l'aimable intonation norvégienne qui donnait tant de charme aux films en vogue depuis quelque temps. La blonde venait de dire :

— Je m'appelle Hahn et voici Mrs Redlich. Elle ne va pas bien. Les troubles ont commencé au quatrième mois.

Charters se racla une deuxième fois la gorge. Le toussotement n'avait rien de fortuit ; c'était une toux sèche et cassante, très précisément calculée pour décourager toute autre familiarité avant que la situation fût clarifiée.

— Je vous en prie, ne vous inquiétez pas pour ce qui est des honoraires !

— Je ne suis pas inquiet.

— Oui, bien sûr, reconnut Lilly en s'efforçant d'avaler son embarras sans que sa mimique la trahisse, mais je voulais dire que tout est en ordre. Mrs Williamson nous a conseillé d'attirer votre attention sur ce point.

Charters s'efforça de se rappeler s'il avait déjà entendu ce nom et quand. Il s'apprêtait à faire remarquer que Mrs Williamson ne faisait certainement pas partie de sa clientèle quand il se souvint qu'une dentiste de ce nom s'était installée à Nakuru deux ans auparavant. Il lui fallut ensuite encore un peu de temps pour trouver où ce nom lui était venu aux oreilles hors de son champ d'action professionnel. Le malheureux Mr Williamson, l'époux, avait voulu adhérer au club de polo, qui pourtant n'acceptait pas les Juifs. Ç'avait été, à l'époque, une affaire très désagréable. Au moins aussi irritante que le fait d'évoquer l'aspect financier des choses avant même que le médecin ait procédé à un premier examen.

Charters eut le sentiment qu'on lui forçait la main. Il s'obligea pourtant à garder son flegme en se disant que les gens du continent ne pensaient peut-être pas à mal quand ils manifestaient un tel manque de savoir-vivre. Et, hélas aussi, un penchant immodéré pour la confidence, constata-t-il avec consternation, voyant qu'il n'avait pas réussi à stopper à temps le flot de paroles de cette femme dont il avait trouvé la blondeur attirante. Voilà qu'il était contraint d'écouter l'histoire extrêmement confuse de gens inconnus qui vivaient en Allemagne et que des liens apparemment très étroits unissaient à la femme enceinte.

— Comment se fait-il qu'elle loge au Stag's Head ? l'interrompit-il en plein récit.

Il regretta aussitôt d'avoir usé d'un ton si brusque, si peu conforme au caractère aimable que chacun lui reconnaissait.

— Elle a eu dès le début une grossesse difficile. Nous ne pensons pas que mon amie puisse accoucher toute seule à la ferme.

Charters trouva plus sage de ne pas poser davantage de questions : sinon, il risquerait d'être obligé de prendre ce cas en charge pour s'être inconsidérément laissé entraîner sur le terrain médical. Il réprima son mécontentement en esquissant un sourire soigneusement dosé.

— Elle ne parle sans doute pas l'anglais ? demanda-t-il en faisant un signe de tête en direction de Jettel, avec un air absent qui le dispensait de la regarder

— Très peu. C'est-à-dire presque pas. C'est d'ailleurs pour cela que je l'ai accompagnée. Je vis à Gilgil.

— C'est très gentil de votre part. Mais vous sera-t-il possible de rester ici jusqu'à la naissance et de m'assister à l'hôpital pour servir d'interprète ?

— Non, bafouilla Lilly, je veux dire que nous n'avons pas envisagé les choses à si long terme. C'est Mrs Williamson qui vous a recommandé comme le médecin susceptible de nous venir en aide.

— Mrs Williamson ne vit pas ici depuis très longtemps, répondit Charters après un silence qui lui parut être approprié à la circonstance, ni trop long ni, surtout, trop bref. Sinon, elle vous aurait certainement indiqué le Dr Arnold. Cette dame est exactement ce qu'il vous faut. Un médecin hors du commun.

Il était tellement heureux et étonné d'avoir trouvé une solution aussi élégante qu'il lui fallut un grand empire sur lui-même pour ne pas laisser transparaître sa satisfaction. Cette bonne vieille Janet Arnold était sa planche de salut. Il lui arrivait parfois encore d'oublier qu'elle habitait maintenant à Nakuru. Pendant des années, elle avait sillonné la région avec sa Ford bringuebalante – un vrai roman à elle toute seule –, se rendant dans les coins les plus reculés pour soigner les indigènes dans les fermes et dans les réserves.

La vieille demoiselle était un mélange de Florence Nightingale et de cabochard irlandais, qui se fichait pas mal du bon goût, des conventions et des traditions. À Nakuru, l'éternelle contestataire soignait tout un tas d'Indiens, de gens venus de Goa et de nombreux Noirs dont il est douteux qu'elle ait jamais reçu un seul cent ; et elle s'occupait aussi, à n'en pas douter, de ces pauvres diables du continent pour qui un bras cassé était une catastrophe financière. En tout cas, Janet Arnold n'avait que des patients qui se fichaient pas mal qu'elle ne soit plus toute jeune et qu'elle ait de surcroît l'habitude de donner son avis sans en avoir été priée – un comportement fichtrement peu britannique.

Charters reposa l'agenda qu'il feuilletait généralement quand il lui fallait dire de façon claire des vérités désagréables.

— Je ne suis pas la personne qu'il vous faut, car il est dans mes intentions de dételer pour de bon dans un avenir très proche.

Il eut un sourire.

— Mrs Arnold vous plaira. Elle parle plusieurs langues. Peut-être même celle de votre peuple.

Il éprouvait un peu de gêne de n'avoir pas formulé au moins la dernière phrase avec le tact qui lui était habituel, aussi ajouta-t-il avec une bienveillance qui lui parut particulièrement bienvenue :

— Je me ferai un plaisir de vous donner une recommandation pour le Dr Arnold.

Lilly déclina l'offre :

— Merci.

Elle attendit que la rage en elle se soit réduite à quelques petites secousses de fureur, puis, sur le même ton tranquille que le médecin, elle s'adressa à lui en allemand :

— Espèce de porc arrogant, espèce d'horrible salopard de toubib. Tu n'es pas le premier à refuser de soigner des Juifs !

Charters ne s'autorisa qu'un léger tressaillement des sourcils et demanda avec irritation :

— Pardon ?

Mais Lilly était déjà debout et aidait Jettel à se lever. Celle-ci respirait avec peine mais s'efforçait tout de même de redresser la taille et les épaules. Sans un mot de plus, Lilly et Jettel quittèrent la pièce. Elles pouffèrent dans l'obscurité du corridor, laissant cet irrépressible accès de gaminerie vaincre leur désarroi et leurs frissons. Elles ne s'aperçurent qu'elles pleuraient qu'au moment où, avec ensemble, elles firent silence.

Lilly avait eu l'intention de rester à Nakuru au moins les deux premières semaines du séjour forcé de Jettel, mais elle reçut dès le lendemain une lettre de son époux et il lui fallut rentrer à Gilgil.

— Je reviendrai dès qu'Oha pourra se passer de moi, dit-elle pour consoler son amie, et la prochaine fois nous emmènerons Walter. Il ne faudrait pas maintenant que tu restes seule plus longtemps que nécessaire et que tu te ronges les sangs.

— Ne te fais pas de souci, je vais bien, dit Jettel, l'essentiel est que je ne revoie jamais Charters.

Durant la première journée que Jettel dut passer sans la sollicitude et l'optimisme contagieux de Lilly, son univers se réduisit aux trous noirs de la solitude. Elle écrivit à Walter : « Il faut que je rentre immédiatement », mais elle n'avait pas de timbres et elle eut honte d'en demander dans son mauvais anglais à la réception de l'hôtel. Pourtant, dès la fin de la semaine, le fait que la lettre n'ait toujours pas été expédiée lui sembla un signe du destin.

Le jugement que Jettel portait sur elle-même avait changé. Elle avait pris conscience que Charters et son attitude humiliante ne l'avaient pas blessée outre mesure et que même, de façon paradoxale, elle avait puisé dans cet épisode le courage d'un aveu longtemps refoulé.

Ni elle ni Walter n'avaient désiré un deuxième enfant, mais ni l'un ni l'autre n'avaient osé le dire. Maintenant qu'elle était seule avec ses pensées, elle n'avait plus besoin de feindre d'être heureuse. Elle se rendait compte qu'elle n'aurait pas la force de vivre seule à la ferme avec un bébé, habitée de la peur continuelle de se retrouver au moment décisif sans assistance médicale ; mais elle n'avait plus honte de sa faiblesse. Il lui semblait aussi qu'elle avait moins de peine à supporter l'humiliation de savoir la chambre du Stag's Head payée par les Hahn et la petite communauté juive de Nakuru.

Elle apprit à ressentir la petite pièce très sommairement meublée – qui contrastait de façon saisissante avec le luxe des grandes salles communes – comme une protection contre un monde qui lui restait fermé. Elle ne pouvait ni s'entretenir avec un autre client, ni lire un livre de la bibliothèque; après une seule tentative, elle avait renoncé à participer aux séances collectives d'écoute de la radio, organisées après le dîner, au salon, à l'intention des hôtes en robes de soirée et smokings. Seules deux de ses robes lui allaient encore; sa peau se desséchait et était devenue grisâtre; se laver les cheveux dans la petite cuvette n'était pas chose aisée et elle avait le sentiment permanent qu'il lui fallait épargner sa vue aux autres clients de l'hôtel. Aussi ne quittait-elle sa chambre que pour prendre ses repas et faire dans le jardin la promenade quotidienne que la doctoresse lui recommandait d'une voix implorante et à grand renfort de gestes à chacune de ses visites.

— *Babies need walks*, avait-elle coutume de dire avec un rire étouffé, sitôt qu'elle palpait le ventre de Jettel.

Sa vie durant, la doctoresse avait fait confiance à la nature et à l'aptitude du corps à se soigner seul et jamais elle ne laissa paraître que Jettel lui donnait du souci. Elle arrivait au Stag's Head tous les mercredis, munie de quatre timbres; elle posait sur la table branlante un dictionnaire anglais-italien et la dernière édition du *Sunday Post,* bien qu'elle se soit aperçue dès sa première visite que l'un et l'autre étaient inutiles.

Janet Arnold était une femme chaleureuse qui laissait dans son sillage une légère odeur de whisky et une odeur beaucoup plus pénétrante de chevaux; il émanait d'elle encore plus d'assurance que de bonne humeur. Elle prenait Jettel dans ses bras à son arrivée, riait aux éclats pendant l'examen et lui caressait le ventre en signe d'adieu.

Jettel aurait eu besoin de confier ses préoccupations à cette petite femme rondelette aux vêtements masculins usés, et de parler avec elle de l'évolution de sa grossesse dont elle sentait bien qu'elle était anormale. Mais la barrière de la langue était infranchissable.

C'était encore en swahili qu'elles se comprenaient le mieux, mais elles savaient toutes deux que le vocabulaire, dans cette langue, ne convenait que pour de futures mères capables de mettre leurs enfants au monde même sans assistance médicale. C'est pourquoi le Dr Arnold, dès qu'elle pensait avoir dit l'essentiel, se limitait aux mots des diverses langues étrangères qu'elle avait réussi à pêcher çà et là au cours de sa vie aventureuse. Elle essayait sans arrêt l'afrikaans et le hindi. Sans plus de réussite, elle cherchait à se sortir d'affaire grâce aux bribes de gaélique de son enfance.

Jeune médecin, au début de la Première Guerre mondiale, Janet Arnold avait eu à s'occuper, au Tanganyika, d'un soldat allemand. Elle ne se souvenait plus de lui sinon que, sentant sa fin approcher, il disait souvent : «*verdammter Kaiser*[1]!». Les deux mots lui étaient assez restés en mémoire pour qu'elle les place auprès de patients dont elle subodorait qu'ils étaient originaires d'Allemagne. Bien souvent, il était né ainsi une connivence joyeuse que le Dr Arnold tenait pour un gage de guérison. Elle regrettait beaucoup que Jettel, qu'elle aurait tant aimé voir joyeuse une fois au moins, ne réagisse pas le moins du monde, même en entendant sa langue maternelle.

Jettel faisait pour la première fois l'expérience de ne pouvoir partager l'affliction et le désespoir avec personne ; pourtant, la soif d'échanger et de communiquer qui l'avait tant tourmentée à la ferme avait dis-

---

[1]. «Maudit Kaiser!» *(N.d.T.)*.

paru. Elle s'étonnait souvent de souffrir si peu de l'absence de Walter et d'être même heureuse de le savoir loin, à Ol'Joro Orok. Elle constatait que le désarroi de son mari n'avait fait qu'augmenter le sien. Ses lettres lui procuraient d'autant plus de joie. Elles étaient pleines de cette tendresse que, dans ses années d'insouciance, elle avait ressentie comme de l'amour. La question de savoir si leur mariage redeviendrait un jour plus que le simple partage d'un destin commun la tourmentait.

Jettel ne croyait pas à une issue heureuse de sa grossesse. Elle subissait encore l'effet paralysant du choc du premier mois, le jour où la lettre de Breslau lui avait enlevé tout espoir pour sa mère et sa sœur. Elle n'avait même pas essayé de lutter contre le pressentiment que la lettre était annonciatrice d'un malheur et d'une menace pour elle aussi. Le seul fait de penser qu'il lui fallait mettre au monde une vie nouvelle lui paraissait dérisoire et blasphématoire.

Elle n'arrivait pas à vaincre l'idée que le destin l'avait désignée pour suivre sa mère dans la mort. Dans ces moments, elle voyait avec une cruelle précision Walter et Regina s'échiner à la ferme pour sauver un nourrisson orphelin de sa mère. Parfois aussi, c'était Owuor qui, devant ses yeux, faisait sauter en riant l'enfant sur ses grands genoux ; quand elle se réveillait la nuit, elle se rendait compte qu'elle avait appelé Owuor et pas Walter.

Quand la peur et ses fantasmes menaçaient de la submerger, elle n'avait plus qu'une envie : voir Regina, qu'elle savait si proche et néanmoins hors de portée. L'école de Nakuru et le Stag's Head n'étaient distants que de six kilomètres, mais le règlement de l'établissement n'autorisait pas Regina à rendre visite à sa mère. Il n'aurait pas davantage permis à Jettel de venir voir sa fille. La nuit, Jettel voyait briller les lumières de l'école sur la colline et elle se raccrochait à l'idée que Regina lui faisait signe par l'une des nombreuses fenêtres. Il lui fallait de plus en plus de temps pour revenir sur terre après ce genre de rêveries.

Regina, qui ne s'était jamais plainte d'être aussi longtemps séparée de ses parents, se tourmentait elle aussi. Presque chaque jour, de courtes lettres écrites dans un allemand approximatif arrivaient à l'hôtel. Les fautes et les expressions anglaises qu'elle ne comprenait pas émouvaient davantage encore Jettel que les demandes de timbres, rédigées en lettres capitales. Chacune des lettres commençait par : « Tu dois *take care that* tu n'es pas malade. » Regina écrivait presque toujours : « Je veux te visiter, mais je ne le permets pas. Nous sommes ici des *soldiers*. » Elle soulignait toujours la même phrase en rouge : « Je me réjouis du *baby* » et on pouvait souvent lire : « Je *make* comme Alexander *the Great*. Tu dois pas *have* peur. »

Si Jettel attendait ces lettres avec tant d'impatience, c'est qu'elles lui donnaient effectivement du courage. À la ferme, il lui avait été très difficile d'entrer en contact avec Regina. Elle en avait beaucoup souffert, et voilà que l'attachement et la sollicitude de sa fille étaient d'un seul coup son unique soutien dans la détresse. Elle avait l'impression de retrouver les liens étroits qui l'unissaient à sa propre mère. Chacune des lettres lui faisait mieux mesurer que Regina, à dix ans à peine, n'était plus une enfant.

Jamais Regina ne posait de question, ce qui ne l'empêchait pas de comprendre tout ce qui agitait ses parents. N'avait-elle pas su avant Walter que sa mère était enceinte ? Elle savait ce qu'étaient la naissance et la mort, et elle courait jusqu'aux huttes quand une femme était dans les douleurs. Mais Jettel n'avait jamais eu le courage de parler avec sa fille des choses qu'elle y voyait. De manière générale, elle n'avait que rarement réussi à discuter à cœur ouvert avec elle. À présent, elle aspirait à lui confier ses soucis.

Elle écrivait plus facilement à sa fille qu'à son mari. C'était devenu un besoin pour elle de décrire précisément son état physique ; très vite aussi, elle ressentit de la satisfaction à évoquer sa détresse psychique. Quand elle remplissait les enveloppes de l'hôtel de son écriture ample et nette et que les feuilles s'empilaient devant elle, elle pouvait être à nouveau la petite Jettel sans problème de Breslau qui, au moindre chagrin, n'avait qu'un escalier à grimper pour trouver du réconfort auprès de sa mère.

Fin juin, les grandes pluies commencèrent à Gilgil et noyèrent sa dernière étincelle d'espoir de voir les Hahn débarquer chez elle, à l'hôtel, accompagnés de Walter. De jour comme de nuit, Nakuru était une fournaise. Le gazon du jardin se consumait sur une terre rouge et assoiffée ; les oiseaux cessaient de chanter dès le matin. L'air venant du lac alcalin était si âcre qu'une seule inspiration un peu trop profonde déclenchait une nausée soudaine. À l'heure de midi, toute vie s'éteignait.

Le dimanche, jour où il n'y avait même pas la perspective de recevoir du courrier de Regina, Jettel luttait contre la tentation de rester au lit, de ne pas manger et de tuer le temps en dormant. Pourtant, à peine le soleil se levait-il, la chaleur humide devenait si oppressante qu'elle s'habillait et s'asseyait sur le rebord du lit. Elle concentrait alors toutes ses forces pour éviter tout geste inutile. Pendant des heures, elle contemplait la surface lisse du lac, presque vide maintenant, et son seul désir était de se transformer en un flamant qui n'aurait qu'à couver ses œufs.

Dans cet état incertain, entre veille morose et somnolence inquiète, Jettel était particulièrement sensible aux bruits. Elle entendait les boys allumer le fourneau dans la cuisine, les serveurs entrechoquer les couverts dans la salle du restaurant, le petit chien pleurnicher dans la chambre voisine et elle entendait même les voitures s'arrêter devant l'entrée de l'hôtel. Bien que rencontrant rarement les clients qui logeaient dans le même couloir, elle pouvait reconnaître les pas, les voix et les toux de chacun. Chai, le Kikuyu aux pieds nus qui servait le thé à onze heures et à dix-sept heures, n'avait pas encore touché la poignée de la porte qu'elle savait déjà que c'était lui. Mais quand Regina arriva, elle ne l'entendit pas.

C'était le dernier dimanche de juillet. Regina frappa trois fois, puis ouvrit la porte très lentement : Jettel regarda fixement sa fille comme si elle ne l'avait jamais vue auparavant. En cet instant d'hallucination, où ses sens et sa mémoire l'avaient abandonnée, incapable de joie et de réactions, abasourdie d'incompréhension, Jettel se demanda seulement en quelle langue elle devait s'exprimer. Elle finit par reconnaître la robe blanche et se rappela que la Nakuru School exigeait des robes blanches pour l'office religieux hebdomadaire.

Le tailleur indien qui venait à Ol'Joro Orok à intervalles réguliers et qui installait sa machine à coudre sous un arbre devant la *duka* de Patel l'avait confectionnée à partir d'une vieille nappe. Il n'avait pas été possible de le faire renoncer aux ruchés blancs au cou et aux manches, pour lesquels il avait compté trois shillings supplémentaires. D'un seul coup, Jettel se rappela chacun des mots de la conversation, et aussi comment Walter avait déclaré en examinant la robe : « Elle me plaisait davantage comme nappe dans l'hôtel des Redlich. »

Jettel eut l'impression d'entendre Walter, sa voix trop forte et son ton bourru. Furieuse, elle s'apprêtait à le contredire quand les paroles restèrent collées dans sa bouche comme le vieux tablier bleu contre son corps. Elle fit un tel effort que le poids qui pesait sur sa gorge disparut et qu'elle fondit en larmes.

— Mummy, cria Regina d'une voix aiguë, que Jettel ne lui connaissait pas. Maman, chuchota-t-elle ensuite avec son intonation habituelle.

Elle haletait comme un chien en chasse obnubilé par sa proie, qui ne se rend même pas compte qu'il l'a déjà perdue. Elle avait sur la figure le rouge menaçant des forêts qui brûlent dans la nuit. La sueur lui coulait le long du front, traversant une fine couche de poussière rougeâtre. De ses cheveux trempés des gouttes tombaient en auréoles sombres sur la robe blanche.

— Mais, Regina, tu as couru comme une folle ! D'où arrives-tu ? Qui t'a amenée ici ? Pour l'amour de Dieu, que s'est-il passé ?

— Je me suis amenée moi-même, dit Regina en goûtant le plaisir de se sentir la voix déjà assez raffermie pour cacher sa fierté.

— Je me suis sauvée en allant à la *church*. Et je le referai tous les dimanches.

Pour la première fois depuis qu'elle logeait au Stag's Head, Jettel sentit son corps et sa tête s'alléger simultanément, mais elle avait toujours de la peine à parler. La sueur de Regina avait une douce odeur, ce qui renforçait le désir de Jettel de ne rien sentir d'autre que le corps en feu de sa fille et d'entendre battre son cœur. Elle voulut l'embrasser, mais ses lèvres tremblaient.

— *J'ai perdu mon cœur à Heidelberg*, entonna Regina avant de s'interrompre aussitôt, mal à l'aise – elle chantait horriblement faux et le savait. C'est la chanson d'Owuor, dit-elle, mais je n'arrive pas à la chanter aussi bien que lui. Je ne suis pas aussi intelligente qu'Owuor. Tu te rappelles la nuit où il est arrivé chez nous, avec Rummler ? Quand papa a pleuré.

— Tu es intelligente et gentille, dit Jettel.

Regina ne prit que le temps nécessaire à ses oreilles pour retenir à jamais la caresse de ces paroles. Puis elle s'assit sur le lit à côté de sa mère et elles restèrent sans rien dire. Elles se tenaient enlacées, attendant avec patience que le bonheur des retrouvailles se change en joie.

Jettel n'avait toujours pas le courage de prononcer les paroles qui étaient en elle, mais elle pouvait déjà écouter. Elle se laissa raconter avec quelle opiniâtreté et quelle impatience Regina avait préparé sa fugue, comment elle s'était éloignée du groupe des autres filles et avait couru en direction de l'hôtel. C'était une longue histoire, pleine de détails qui en faisaient perdre le fil, une histoire que Regina, usant de l'art des répétitions appris d'Owuor, racontait avec un retour incessant des mêmes termes ; Jettel, en dépit de tous ses efforts, n'arrivait pas à suivre. Elle s'aperçut que son silence commençait à décevoir Regina et elle fut d'autant plus effrayée de s'entendre demander :

— Pourquoi es-tu si contente que j'aie un bébé ?
— J'en ai besoin.
— Pourquoi as-tu besoin d'un bébé ?
— Parce qu'alors je ne serai pas seule quand papa et toi serez morts.
— Mais, Regina, d'où te vient une idée pareille ? Nous ne sommes tout de même pas si vieux que ça ! Pourquoi devrions-nous mourir ? Qui est-ce qui t'a mis de telles bêtises dans la tête ?
— Mais ta mère meurt bien, elle, répliqua Regina en écrasant le sel de sa bouche, et papa m'a dit que son père meurt aussi. Et tante Liesel aussi. Mais il a dit que je ne devais pas t'en parler. *I'm so sorry*.
— Tes grands-parents et tes tantes, répondit Jettel en avalant sa salive, n'ont pas pu quitter l'Allemagne. Nous te l'avons déjà expliqué. Mais nous, il ne peut plus rien nous arriver. Nous sommes là, nous. Tous les trois.
— Tous les quatre, rectifia Regina en fermant les yeux de bonheur, bientôt nous serons quatre.
— Ah ! Regina, tu ne peux pas t'imaginer comme c'est dur d'avoir un enfant. Quand tu es arrivée, toi, tout était différent. Je n'oublierai jamais comment ton père a dansé à travers tout l'appartement. Maintenant, tout est terrible.
— Je sais, approuva Regina, j'étais chez Warimu quand ça s'est passé. Warimu a failli mourir. Le bébé

est sorti du ventre les pieds les premiers. J'ai aidé à le tirer.

Jettel ravala précipitamment la nausée qui la submergeait.

— Et tu n'as pas eu peur ?

— Mais non, se souvint Regina en se demandant si sa mère plaisantait. Warimu criait très fort et ça l'aidait. Elle non plus n'avait pas peur. *Nobody* n'avait peur.

Plus que le constat de sa défaite, Jettel eut du mal à supporter la torture qu'était devenu son besoin de redonner à Regina au moins un petit peu de la sécurité dont elle l'avait si longtemps privée. Il lui semblait que sa fille était aussi désarmée qu'elle-même.

— Je n'aurai pas peur, dit Jettel.

— Promets-le moi !

— C'est juré.

— Il faut que tu le redises. Il faut tout dire deux fois, insista Regina.

— Je te promets que je n'aurai pas peur quand le bébé arrivera. Je ne savais pas qu'un bébé avait une telle importance pour toi. Je ne crois pas que d'autres enfants soient aussi heureux que toi d'avoir des frères ou des sœurs. Tu sais, expliqua Jettel en se réfugiant dans ses souvenirs, source intarissable de consolation, j'ai toujours eu avec ma mère des conversations comme celle que nous avons aujourd'hui.

— Oui, mais toi tu n'étais pas interne.

Jettel essaya de cacher sa tristesse d'être ainsi rappelée à la réalité. Elle se leva et prit Regina dans ses bras.

— Que va-t-il se passer, demanda-t-elle avec embarras, quand ils s'apercevront que tu t'es sauvée ? Tu ne vas pas être punie ?

— Si, mais *I don't care*.

— Tu veux dire que tu t'en fiches ?

— Oui, je m'en fiche.

— Mais les enfants ne veulent pas être punis d'ordinaire.

— Moi, je veux, dit Regina en riant. Tu vois, quand on est puni, on doit apprendre des poèmes. Et j'aime les poèmes.

— Moi aussi, j'aimais réciter des poèmes. Quand nous serons tous réunis à la ferme, je te réciterai *La Cloche* de Schiller. Je la sais encore.

— J'ai besoin des poèmes.

— Pourquoi ?

— Peut-être, expliqua Regina sans remarquer qu'elle avait envoyé sa voix en safari, peut-être qu'un jour j'irai en prison. Ils m'enlèveront tout. Je n'aurai plus d'habits, rien à manger, plus de cheveux. Ils ne me donneront pas de livres non plus, mais ils n'auront pas mes poèmes. Ils seront dans ma tête. Quand je serai très triste, je me réciterai mes poèmes. J'ai réfléchi à tout ça très exactement, mais personne ne le sait. Même Inge ne sait rien de mes poèmes. Si j'en parle, ça rompt le charme.

Malgré des douleurs aiguës dans le dos et dans la poitrine, Jettel retint ses larmes jusqu'au départ de Regina. Ensuite, elle serra sa tristesse contre elle aussi fort qu'elle avait serré sa fille un instant auparavant. C'est presque avec impatience qu'elle attendit le désespoir qui serait un réconfort tant il lui était familier. Avec étonnement, mais aussi avec une humilité qu'elle n'avait encore jamais ressentie, elle se rendit compte qu'était née en elle la volonté de faire face à la vie. Elle était décidée à lutter pour Regina, qui lui avait montré la voie. Seule la douleur physique l'accompagna dans le sommeil.

Dans la nuit, les douleurs la prirent, avec quatre semaines d'avance et, le lendemain matin, Janet Arnold lui dit que l'enfant était mort.

9

La dernière journée sans la *memsahib* fut pour Owuor aussi douce que le suc de la jeune canne à sucre et pas plus longue qu'une nuit de pleine lune. À peine le soleil s'était-il levé qu'il demanda à Kania de brosser et laver à l'eau bouillante les planches entre le fourneau, l'armoire et la nouvelle pile de bois. Kamau dut plonger toutes les casseroles, les verres et les assiettes – sans compter la petite voiture rouge aux roues minuscules qu'aimait la *memsahib* – dans de l'eau savonneuse. Jogona baigna le chien jusqu'à ce qu'il ressemble à un petit cochon blanc. Sur l'insistance d'Owuor, Kimani finit par accepter que ses boys des *schamba* chassent les vautours des épineux devant la maison. Owuor n'avait pas parlé des vautours avec le *bwana*, mais sa tête lui disait que les femmes blanches n'étaient certainement pas différentes des femmes noires pour ce genre de choses : quiconque a vu la mort ne souhaite pas entendre battre les ailes des vautours.

Owuor essuya la longue cuillère à l'aide d'un torchon aussi doux que le tissu du col de sa cape noire et il ne s'arrêta pas avant d'avoir vu ses propres yeux le regarder depuis le métal brillant, buvant déjà la joie des jours qui n'étaient pas encore venus. C'était une bonne chose que la cuillère puisse bientôt recommencer à danser pour la *memsahib* dans l'épaisse sauce brune faite de farine, de beurre et d'oignon. Au fur et à mesure que l'odeur de plaisirs dont il avait si longtemps été privé réveillait ses narines, la satisfaction se réinstallait en lui.

Travailler seul pour le *bwana* n'était plus aussi facile qu'à Rongai, durant ces jours qui n'étaient plus. Quand il était seul à la ferme, il laissait la soupe refroidir et le pudding devenir tout gris. Sa langue ne retenait plus le goût du pain qui sortait du four. Le jour mauvais où la *memsahib* avait été transportée à Nakuru avec l'enfant dans son ventre, les yeux du *bwana* s'étaient éteints, cessant du même coup de donner vie à son cœur. Depuis, il se déplaçait comme un vieil homme qui n'attend que les appels et les cris de ses os et qui n'entend plus la voix de Mungo. Durant les journées qui s'étaient écoulées entre la grande sécheresse et la mort de l'enfant, Owuor avait pensé que le *bwana* n'avait pas de dieu pour guider sa tête, tel un bon berger menant son attelage de bœufs ; mais Owuor s'était récemment rendu compte qu'il s'était trompé. Quand le *bwana* lui parlait de son enfant mort, c'était lui et pas Owuor qui disait : « *Schauri ja mungo.* » C'était exactement ce qu'Owuor aurait dit si la mort lui avait montré les dents comme un lion affamé à une gazelle en fuite. Owuor trouvait seulement qu'un homme n'était pas obligé de réveiller Mungo pour un enfant. Ce n'était pas Dieu qui prenait en charge les enfants, c'était l'homme qui avait besoin d'eux.

Même dans l'attente du jour qui ramènerait la vie d'avant dans la maison et dans la cuisine, Owuor soupirait à la pensée que le *bwana* n'était pas assez intelligent pour sécher le sel dans sa gorge en dormant. En l'absence de la *memsahib* et de sa fille, le *bwana* n'ouvrait ses oreilles qu'à la radio. Owuor était fatigué par ces semaines où il avait essayé d'aider le *bwana* sans savoir comment. Son dos avait eu une part trop grande d'un fardeau qui n'était pas le sien. Aussi savoura-t-il le jour où il n'eut plus qu'à s'occuper de la petite *memsahib*, comme un homme qui a couru trop longtemps et trop vite et qui, une fois arrivé, n'a rien d'autre à faire que s'allonger sous un arbre et regarder la chasse gratuite des jolis nuages.

— C'est bien, dit-il en creusant de l'œil gauche un trou dans le ciel.

— C'est bien, répéta Regina, et les doux sons de sa langue maternelle étaient pour Owuor comme une caresse.

Pour elle aussi, cette journée précédant le retour de Jettel eut un autre goût que toutes celles d'avant et que toutes celles d'après. Elle était assise au bord du champ de lin dont la mince couverture de fleurs bleues ondulait sous le vent, occupée à remuer avec les pieds l'épaisse boue rouge qui vous chauffait le corps et vous enveloppait la tête d'une agréable somnolence – somnolence qu'elle s'octroyait uniquement dans la lumière éclatante, quand elle était seule avec Owuor. Les yeux mi-clos, Regina restait néanmoins assez éveillée pour suivre ses pensées, petits ronds de couleur volant à la rencontre du soleil.

C'était une bonne chose que son père soit déjà parti la veille pour Nakuru avec les Hahn. Pendant la saison des grandes pluies, les routes se changeaient en lits de glaise moelleuse et d'eau ; un voyage qui ne durait que trois heures durant les mois de sécheresse se transformait en un safari si long que la nuit venait vite gratter à la porte. Avec indolence, Regina ôta son corsage, prit une mangue dans la poche de son pantalon et mordit dedans ; mais son cœur se mit à battre plus vite quand il lui vint à l'esprit qu'elle était en train de défier le sort. Si elle parvenait à manger sa mangue sans faire couler une goutte de jus, il lui faudrait y voir le présage d'un miracle que Mungo accomplirait aujourd'hui, ou demain au plus tard.

Regina avait assez d'expérience pour ne pas dicter les formes de sa bienveillance au grand Dieu qu'elle ne connaissait pas, mais qui lui était si familier. Elle imposa un peu de docilité à sa tête et ravala l'envie qui était dans son corps. Mais enlever leur visage à ses désirs lui coûtait trop de forces, et elle oublia la mangue. Quand elle sentit la chaleur du jus sur sa poitrine et qu'elle vit aussi sa peau jaunir, elle sut que Mungo n'avait pas tranché en sa faveur. Il n'était pas encore disposé à délivrer son cœur de sa prison.

Elle entendit un petit son plaintif qui ne pouvait provenir que de sa bouche et elle se dépêcha d'envoyer ses yeux vers la montagne afin que Mungo ne soit pas fâché contre elle. Regina avait repoussé la tristesse de la perte du bébé avec autant de fureur qu'un chien chasse un rat qui lui dispute un os qu'il vient de déterrer. Mais il est impossible de chasser les rats pour longtemps. Ils reviennent toujours. Parfois – mais jamais la nuit – le rat de Regina la laissait oublier qu'elle serait encore seule, à l'avenir, à devoir remplir de fierté les cœurs affamés de ses parents.

Elle savait que sa mère n'était pas comme les femmes des huttes. Quand un enfant de ces dernières mourait, il ne fallait pas plus de temps qu'il ne s'en écoule entre les petites et les grandes pluies pour que leur ventre regrossisse. À l'idée de la longue attente avant que revive en elle l'espoir d'un bébé, Regina serra fortement les dents sur le noyau de la mangue, à l'affût du crissement dans sa bouche. Quand les dents devenaient douloureuses, la tête pouvait enfin se débarrasser du mal. Mais la tristesse revenait dès qu'elle pensait à ses parents.

Leurs oreilles n'avaient aucun plaisir à entendre la pluie et leurs pieds ne savaient rien de la vie nouvelle dans la rosée du matin. Le père parlait de Sohrau en peignant de beaux tableaux rien qu'avec des mots, la mère, quand ses rêves partaient en safari, parlait de Breslau. D'Ol'Joro Orok, que Regina appelait « home » à l'école et « la maison » pendant les vacances, l'un et l'autre ne voyaient que les couleurs sombres de la nuit, jamais les hommes qui pourtant n'élevaient la voix que pour rire.

— Tu verras, dit-elle à Rummler, ils ne feront pas d'autre bébé.

Réveillé par la voix de Regina, le chien secoua l'oreille gauche comme s'il avait été dérangé par une mouche. Il ouvrit la gueule si longtemps que ses dents eurent froid dans le vent, il émit un aboiement et tressaillit de tout son corps, effrayé par l'écho.

— Tu es un imbécile, Rummler, dit-elle en riant, tu ne gardes rien dans la tête.

En quête de tendresse, elle frotta son nez contre le pelage mouillé qui fumait sous le soleil et elle se sentit enfin apaisée.

— Owuor, tu es intelligent. C'est bon, l'odeur d'un chien humide quand on a les yeux mouillés.

— Ce sont tes yeux qui ont mouillé son pelage, répondit Owuor ; maintenant, nous allons tous les deux dormir.

Le lendemain, quand Regina entendit les appels d'un moteur qui respirait lourdement, les ombres étaient aussi fines et courtes qu'un jeune lézard. Elle était restée de longues heures assise à l'orée de la forêt, écoutant les battements de tambour et observant les dik-diks. Elle avait aussi envié une maman singe portant un enfant dans son ventre. Quand elle perçut le premier bruit de moteur, encore très lointain, elle mit si peu de temps à rejoindre le chemin détrempé qu'elle put parcourir le reste du trajet sur le marchepied.

Oha, au volant, sentait le tabac qu'il cultivait ; Jettel, assise à côté de lui, gardait l'odeur forte du savon de l'hôpital. Lilly et Walter étaient à l'arrière ainsi que Manjala, dont les Hahn ne se séparaient jamais durant la saison des pluies parce qu'il s'entendait comme personne à dégager les voitures enlisées. Le petit caniche blanc pleurnichait, même si le soir n'était pas tombé et que la gorge de Lilly ne chantait pas encore.

Regina eut besoin du court trajet dans le vent qui se levait pour que ses sens s'aiguisent et que ses yeux s'habituent à l'aspect de sa mère. Elle lui parut différente de l'époque où la grande tristesse n'était pas encore tombée sur la ferme. Jettel ressemblait à ces mères anglaises, si minces, qui parlaient à peine et gardaient leurs sourires entre les lèvres quand elles venaient chercher leurs enfants à l'école au début des vacances. Elle avait le visage plus rond qu'avant et ses yeux reflétaient le même calme que ceux des bœufs rassasiés. Sa peau avait retrouvé l'imperceptible couleur brillante que Regina, malgré tous ses efforts, ne savait nommer dans aucune des langues qu'elle parlait.

Quand la voiture s'arrêta, Owuor et Kimani se tenaient devant la maison. Kimani ne disait rien, et rien ne bougeait sur son visage ; mais il respirait une joie toute fraîche. Owuor montra un instant ses dents, puis cria très distinctement : « Espèce de trou du cul ! » tout à fait comme le *bwana* lui avait appris à saluer les visiteurs. C'était une bonne magie. Bien que la connaissant déjà, le *bwana* de Gilgil rit assez fort pour provoquer un écho, lequel réchauffa non seulement les oreilles d'Owuor mais aussi son corps tout entier.

— Tu es belle, s'émerveilla Regina.

Elle embrassa sa mère et, du bout des doigts, suivit les ondulations de sa coiffure. Jettel sourit, gênée. Elle s'essuya le front et regarda timidement la maison qu'elle avait si souvent désiré quitter. Finalement, toujours troublée mais sans que sa voix tremble, elle demanda :

— Es-tu très triste ?

— Mais non. Tu sais, nous pourrons faire un autre bébé. Un jour ou l'autre, dit-elle en essayant de cligner des yeux, mais son œil droit resta trop longtemps ouvert. Nous sommes encore tous jeunes.

— Regina, il ne faut pas dire des choses pareilles à maman en ce moment. Nous devons tous les deux veiller à ce qu'elle reprenne des forces. Elle a été très malade. Nom de nom! Je te l'ai tout de même bien expliqué!

— Laisse-la faire, objecta Jettel, je sais très bien ce qu'elle a voulu dire. Un jour, nous ferons un autre bébé, Regina. Car tu as besoin d'un bébé.

— Et de poèmes, murmura l'enfant.

— Et de poèmes, confirma Jettel avec gravité; tu vois, je n'ai rien oublié.

Le feu, le soir, sentait la grande pluie, mais le bois fut bien obligé d'abandonner le combat et de se transformer en une flamme pleine de couleur et de fureur. Oha tendait les mains en direction de la chaleur de l'âtre, quand, soudain, il se retourna sans que personne l'ait appelé. Il prit Regina dans ses bras et la souleva.

— Comment vous vous êtes débrouillés, tous les deux, pour avoir une enfant qui voie si clair? demanda-t-il.

Regina but l'attention qui se lisait dans son regard, jusqu'à l'instant où elle sentit sa peau brûler et son visage rougir.

— Mais, dit-elle en montrant la fenêtre, il fait déjà sombre.

— Tu es une vraie Kikuyu, petite madame, concéda Oha, une jolie petite ergoteuse. Tu ferais une sacrée juriste, mais espérons que le destin t'en préservera.

— Non, pas une Kikuyu, objecta Regina en regardant dans la direction d'Owuor et en parlant avec les petits claquements de langue qu'ils étaient seuls capables d'entendre. Je suis une Jaluo.

Owuor tenait un plateau d'une main, et de l'autre il caressait en même temps Rummler et le petit caniche. Il apporta ensuite le café dans la grande cafetière, celle qu'il ne pouvait utiliser que les bons jours, et il servit les minuscules petits pains pour lesquels il avait reçu des félicitations de son premier *bwana*, à l'époque où il n'était pas encore cuisinier et ne savait rien des hommes blancs, capables de sortir de leur tête des plaisanteries plus belles que celles de ses propres frères de race.

— De si petits pains ! s'écria Walter en tapant sa fourchette contre son assiette, comment de si grandes mains arrivent-elles à faire de si petits pains ? Owuor, tu es le meilleur cuisinier d'Ol'Joro Orok. Et ce soir, poursuivit-il en changeant de langue à la grande déception d'Owuor, ce soir nous boirons une bouteille de vin.

— Tu cours chez le commerçant du coin et tu en ramènes une, dit Lilly en riant.

— Mon père m'a donné deux bouteilles en guise de cadeau d'adieu, dit Walter. Elles étaient réservées pour de grandes occasions. Qui sait si nous aurons jamais le loisir d'ouvrir la seconde ? Nous buvons aujourd'hui la première parce que le Seigneur nous a laissé Jettel. Comme quoi il trouve parfois le temps de s'occuper de *bloody refugees*.

Regina repoussa la tête de Rummler posée sur ses genoux, courut jusqu'à son père et lui serra la main si fort qu'elle sentit les pointes de ses ongles. Elle l'admirait beaucoup parce qu'il savait faire sortir au même instant des rires de sa gorge et des larmes de ses yeux. C'est ce qu'elle voulait lui dire, mais sa langue fut trop rapide ; au lieu de quoi, elle demanda :

— Est-ce qu'il faut pleurer quand on boit du vin ?

Ils burent dans des verres à liqueur colorés qui, sur la grande table en cèdre, ressemblaient à des fleurs attendant les premières abeilles, juste après la pluie. Owuor eut droit à une coupe bleue, Regina à une coupe rouge. Elle buvait à toutes petites gorgées entre lesquelles elle levait son verre devant la lumière tremblante de la lampe à pétrole, changeant ce dernier en palais étincelant : en palais de reine des fées. Elle ravala la tristesse qui l'envahit en songeant qu'elle ne pouvait le dire à personne, mais elle était presque certaine qu'il n'y avait pas de fées en Allemagne. En tout cas pas à Sohrau, Leobschütz ou Breslau. Sinon, ses parents en auraient au moins parlé à l'époque où elle croyait vraiment aux fées.

— À quoi penses-tu Regina ?
— À une fleur.
— Une vraie connaisseuse en vins ! la félicita Oha.

Owuor ne trempait que la langue dans le verre : il voulait à la fois goûter le vin et le garder. Il n'avait encore jamais eu en même temps le sucré et l'acide dans la bouche. Les fourmis, sur sa langue, avaient envie de transformer cette nouvelle magie en une longue histoire, mais il ne savait comment commencer. Une idée finit par lui venir :

— Ce sont les larmes de Mungo quand il rit.
— J'aime bien me rappeler Assmannshausen, dit Oha en tournant l'étiquette de la bouteille vers la lumière, nous y allions souvent le dimanche après-midi.
— Nous y sommes allés une fois de trop, dit Lilly.

Sa main faisait comme une boule minuscule.

— Tu te souviens peut-être que c'est depuis notre confortable auberge que nous avons pour la première fois vu un défilé de SA. Aujourd'hui encore, je les entends beugler.
— Tu as raison, fit Oha, conciliant, il ne faut pas regarder en arrière. Mais de temps en temps, on n'y peut rien, c'est plus fort que tout. Je ne fais pas exception.

Avec le même plaisir qu'antan et un début de joie nouvelle, Walter et Jettel se disputèrent pour savoir si les verres étaient un cadeau de fiançailles de tante Emmy ou de tante Cora. Ils ne réussirent pas à se mettre d'accord et ne purent ensuite pas non plus décider si, lors de leur dernière soirée à Leobschütz, chez les Gutfreund, la carpe avait été au raifort ou à la sauce polonaise. Ils y mirent tant d'ardeur qu'ils ne s'aperçurent pas qu'ils revenaient bien trop loin en arrière et ils éprouvèrent alors toutes les peines du monde à ne pas exprimer leurs pensées les plus intimes. La dernière carte des Gutfreund datait d'octobre 1938.

— C'était tout de même une femme très habile, capable de trouver une issue à n'importe quelle situation, se souvint Jettel.

— Il n'y a plus d'issue, répondit Walter, il n'y a plus que des chemins sans retour.

Mais il leur fut impossible d'apaiser leur soif du passé.

— Tu ne te rappelles sans doute pas non plus d'où vient cette nappe verte ? lui demanda Jettel sur un ton de triomphe. Là, tu ne me raconteras pas d'histoires ! Elle vient de chez Bilschofski.

— Non, de chez Weyl, le commerce de lingerie.

— Maman n'achetait que chez Bilschofski. Et la nappe faisait partie de mon trousseau. Tu ne vas tout de même pas mettre ça aussi en doute ?

— Balivernes ! Cette nappe était chez nous, à l'hôtel. Elle recouvrait la table de jeux quand on ne s'en servait pas. Et, quand elle venait à Breslau, Liesel faisait ses achats chez les Weyl. Allez, Jettel, n'en parlons plus, proposa soudain Walter avec une détermination telle que chacun la remarqua.

Il prit son verre. Sa main tremblait. Il avait peur de regarder Jettel. Il ne savait plus si elle avait appris la mort tragique de Siegfried Weyl. Le vieil homme, qui avait refusé non seulement d'émigrer mais même d'en envisager l'idée, était mort en prison, trois semaines après son arrestation. Walter se surprit à essayer de revoir son visage, mais il ne vit que la boiserie sombre du magasin et les monogrammes que Liesel faisait coudre sur le linge de l'hôtel. Dans un premier temps, il perçut même les lettres blanches avec une très grande netteté, mais elles finirent par se transformer en serpents rouges.

Walter n'avait plus bu d'alcool depuis son arrivée au Kenya. Il constata que le peu de vin qu'il avait absorbé suffisait à l'étourdir et il se mit à masser ses tempes, prises de battements. Ses yeux avaient de la peine à retenir les images qui l'assaillaient. Quand les bûches de la cheminée se rompaient en craquant, il entendait les chants de l'époque où il était étudiant et il ne cessait de regarder Oha pour partager avec lui ces souvenirs grisants. Ce dernier bourrait sa pipe en observant avec un sérieux grotesque le petit caniche blanc qui mimait dans son sommeil les mouvements de la course.

Jettel s'extasiait encore sur la finesse de la nappe des Bilschofski.

— Pour le damas, il n'y avait pas meilleure adresse dans tout Breslau. C'est maman qui a fait confectionner tout exprès la nappe blanche pour douze personnes, avec les serviettes assorties.

Lilly avait elle aussi la tête aux fanfreluches.

— Nous avons acheté mon trousseau à Wiesbaden. Tu te souviens du beau magasin de la Luisenstrasse? demanda-t-elle à son mari.

— Non, répondit Oha en regardant dehors, dans la nuit. Il ne me serait même pas venu à l'idée qu'il y avait une Luisenstrasse à Wiesbaden. Si vous continuez comme ça, autant tout de suite nous mettre à chanter *Notre beau Rhin allemand*. Ou bien ces dames ne préféreraient-elles pas se retirer au salon pour décider quelle toilette elles mettront pour la prochaine première au théâtre?

— Excellente proposition! Comme ça, Oha et moi pourrons nous souvenir en toute tranquillité de nos affaires juridiques les plus importantes.

Oha enleva la pipe de sa bouche.

— C'est encore pire que les carpes à la sauce polonaise, dit-il avec une violence qui l'effraya lui-même, je ne me rappelle aucun de mes procès. Pourtant, j'ai dû être un excellent avocat. C'est du moins ce qu'on disait. Mais c'était dans une autre existence.

— Ma première affaire, raconta Walter, fut le procès Greschek contre Krause. Le litige était de cinquante marks, mais Greschek s'en moquait. Un vrai procédurier! S'il n'avait pas été là, j'aurais dû fermer mon cabinet dès 1935. Tu te rends compte qu'il m'a accompagné jusqu'à Gênes? Là-bas, nous avons visité le cimetière. Exactement ce qu'il me fallait!

— Arrête! Es-tu devenu complètement fou? Tu n'as pas encore quarante ans et tu ne vis déjà que dans le passé. *Carpe diem*. Tu n'as pas appris ça à l'école? Pour toute la vie?

— Ça, c'était hier. Hitler ne l'a pas permis.

— Tu le laisses te tuer, dit Oha d'un ton que la sympathie adoucissait; ici, même en plein Kenya, il t'assassine. Est-ce pour cela que tu as sauvé ta peau? Bon sang, Walter, trouve enfin ta place dans ce pays! Tu lui dois tout. Oublie donc ta nappe, tes foutues carpes, tout ton satané bric-à-brac juridique et ce que tu as été. Oublie enfin ton Allemagne. Prends exemple sur ta fille.

— Elle n'a pas oublié non plus, rétorqua Walter en se délectant de cet instant d'attente joyeuse qui seul était capable de lui remonter le moral.

— Regina, s'écria-t-il d'un ton enjoué, est-ce que tu te souviens encore de l'Allemagne?

— Oui, se hâta de dire Regina.

Elle prit simplement le temps qu'il lui fallait pour ramener sa fée dans le verre à liqueur rouge. L'attention avec laquelle tous la regardaient lui fit toutefois perdre de son assurance. Au même moment, elle sentit que pesait sur elle l'obligation de ne pas décevoir son père.

Elle se leva et posa son verre sur la table. La fée qui ne parlait qu'anglais la tira un instant par l'oreille. Le léger tintement du verre l'aida à poursuivre :

— Je me rappelle comment ils ont cassé les fenêtres, dit-elle, heureuse de lire l'étonnement sur le visage de ses parents, et comment ils ont jeté dans la rue tous les tissus. Et aussi comment les gens crachaient. Et puis il y a eu un grand feu. Un très grand feu.

— Mais, Regina, tu n'as rien vu de tout ça. C'est Inge qui l'a vécu. À l'époque, nous n'étions déjà plus chez nous.

— Laisse-la faire, dit Oha en attirant Regina auprès de lui. Tu as bien raison, fillette. Tu es la seule personne raisonnable dans cette assemblée. Avec Owuor et les chiens. Tu n'as vraiment pas besoin de garder de l'Allemagne un autre souvenir qu'un tas de ruines et de flammes. Et la haine.

Regina venait de décider de prolonger ce compliment en posant une question ; elle s'apprêtait à la faire sortir de sa bouche entre quelques pauses brèves, mais pas trop tout de même. C'est alors qu'elle aperçut les yeux de son père. Ils étaient humides comme ceux d'un chien qui a aboyé trop longtemps et que seul l'épuisement oblige à refermer la gueule. Rummler hurlait de la sorte quand il luttait contre la lune. Regina avait pris l'habitude de l'aider avant que la peur ait rendu son corps puant.

L'idée que son père n'était pas aussi facile à consoler qu'un chien déposa une pierre dans sa gorge, mais elle la chassa de toutes ses forces. C'était une bonne chose d'avoir appris à transformer en temps voulu des soupirs en accès de toux.

— Il ne faut pas que tu détestes les Allemands, dit-elle en s'asseyant sur les genoux d'Oha, juste les nazis. Tu sais, quand Hitler aura perdu la guerre, nous allons tous rentrer à Leobschütz.

Ce fut Oha qui respira trop fort cette fois. Regina ne put s'empêcher de rire parce qu'il ignorait tout du tour de magie permettant de changer le chagrin en sons, sons qui ne trahissaient rien de ce que seule la tête devait savoir.

10

Avant l'arrivée du *bwana* à la ferme, il y avait de cela quatre saisons des pluies, Kimani n'avait guère entendu parler de ce qui se passait au-delà des huttes dans lesquelles vivaient ses deux femmes, ses six enfants et son vieux père. Savoir le nécessaire sur le lin, le pyrèthre et les besoins des *schambaboy* dont il avait la responsabilité suffisait à sa peine. Les *mesungu* aux cheveux blonds et à la peau très blanche que Kimani avait rencontrés avant ce *bwana* aux cheveux noirs, venu d'un pays lointain, vivaient tous à Nairobi. Ils n'avaient parlé avec lui que de nouveaux champs à cultiver, de bois pour les huttes, de la pluie, des récoltes et de l'argent pour les salaires. Quand ils venaient dans leurs fermes, ils allaient tous les jours à la chasse et disparaissaient sans même dire *kwaheri*.

Le nouveau *bwana*, qui savait faire des images avec des mots, n'était pas comme ces gens parlant uniquement leur propre langue et les quelques mots de swahili dont ils avaient besoin et qu'ils émettaient d'une langue qui trébuchait entre les dents. Avec ce *bwana* qui lui consacrait de nombreuses heures du jour, Kimani pouvait s'entretenir mieux qu'avec ses propres frères. C'était un homme qui laissait très souvent ses yeux dormir, même quand ils étaient ouverts. Il préférait se servir de ses oreilles et de sa bouche.

C'était grâce à ses oreilles qu'il relevait les traces dont Kimani avait besoin pour suivre une piste qu'il n'avait encore jamais parcourue mais qu'il aspirait chaque jour davantage à parcourir. Quand le *bwana* faisait parler sa *kinanda*, il était aussi habile qu'un chien qui, les jours calmes, capte les sons mystérieux que les hommes ne peuvent entendre. Mais, à la différence d'un chien, qui garde pour lui ces sons aussi jalousement qu'un os enterré, le *bwana* partageait avec Kimani la joie que lui procuraient les *schauri* qu'il recueillait.

Au fil du temps, une habitude s'était instaurée qui était devenue aussi régulière que le soleil de chaque jour ou la casserole de *poscho* chaud le soir. Après leur tournée matinale autour des *schambas*, les deux hommes, sans même avoir besoin pour cela d'ouvrir la bouche, s'asseyaient au bord du plus grand champ de lin et laissaient la grande montagne et son chapeau d'un blanc éblouissant jouer avec leurs yeux. Quand Kimani sentait le long silence lui donner sommeil, il savait que le *bwana* avait envoyé sa tête en safari lointain.

Il était agréable d'être assis tranquillement et d'avaler le soleil ; il était encore plus agréable d'écouter le *bwana* raconter les choses qui, poussées par le tremblement léger sortant de la *kinanda*, aussi léger que les gouttes de la dernière heure du jour, filtraient entre ses doigts. Les conversations offraient alors le même enchantement que la terre assoiffée, après la première nuit des grandes pluies. Durant ces heures auxquelles Kimani aspirait davantage qu'à un repas pour son ventre ou à la chaleur pour ses os douloureux, il avait l'impression que les arbres, les plantes et même le temps, impossible à toucher, avaient mâché des grains de poivre pour qu'on arrive à mieux les sentir sur sa langue.

Chaque fois que le *bwana* se mettait à parler, il racontait la guerre. Cette guerre, faite par les puissants *mesungu* dans le pays des morts, avait plus appris sur la vie à Kimani que n'en avaient jamais su tous les hommes de sa famille avant lui. Mais plus il entendait parler de ce feu insatiable qui avalait la vie humaine, moins ses oreilles avaient la patience d'attendre que le *bwana* se mette à parler de lui-même. Il était d'ailleurs aussi facile de couper ces silences qu'une proie fraîchement abattue à l'aide d'un *panga* bien aiguisé. Pour chasser la faim qui le tourmentait sans arrêt – jamais une faim du ventre – il suffisait à Kimani de prononcer l'un des jolis mots qu'il avait un jour ou l'autre entendus dans la bouche du *bwana*.

— El-Alamein, dit-il le jour où il fut certain que les deux bœufs les plus vigoureux de la ferme ne verraient pas le soleil se coucher.

Il se rappelait comment le *bwana* avait prononcé ce mot pour la première fois. Ses yeux étaient devenus beaucoup plus grands que d'ordinaire. Son corps s'était mis en mouvement comme un champ de plantes jeunes sous la tempête; mais il n'avait pas arrêté de rire et, un peu plus tard, il avait même appelé Kimani son *rafiki*.

Rafiki était le nom que l'on donnait à un homme qui n'a que de bonnes paroles à l'adresse d'un autre homme et qui l'aide quand la vie, telle un cheval devenu fou, le piétine. Kimani ne savait pas que le *bwana* connaissait ce mot. Il n'était pas souvent employé à la ferme et jamais encore un *bwana* ne l'avait utilisé à son égard.

— El-Alamein, répéta Kimani.

C'était bien que le *bwana* ait enfin compris qu'un homme devait dire deux fois les choses importantes.

— El-Alamein, c'était il y a un an, dit Walter en levant d'abord ses dix doigts, puis deux seulement.

— Et Tobrouk? interrogea Kimani de la voix légèrement chantante qui lui venait automatiquement chaque fois que son impatience était grande.

Il eut un rire léger quand il songea à la longue peine qui avait été la sienne avant d'arriver à prononcer ces sons. Dans sa bouche, ils étaient encore comme des pierres lancées contre de la tôle ondulée.

— Tobrouk n'a pas été non plus d'une grande aide. Les guerres durent longtemps, Kimani. Les gens continuent à mourir.

— À Benghazi, ils sont morts aussi. C'est toi qui l'as dit.

— Ils meurent tous les jours. Partout.

— Quand un homme veut mourir, personne ne doit le retenir, Bwana. Tu ne sais pas ça?

— Mais ils ne veulent pas mourir. Personne ne veut mourir.

— Mon père veut mourir, dit Kimani sans cesser de tirer sur la tige d'herbe qu'il cherchait à arracher du sol.

— Ton père est malade? Pourquoi ne me l'as-tu pas dit? La *memsahib* a des médicaments à la maison. Nous irons la trouver.

— Mon père est vieux. Il n'arrive plus à compter les enfants de ses enfants. Il n'a plus besoin de médicaments. Bientôt, je le porterai devant la hutte.

— Mon père meurt aussi, dit Walter, mais je suis toujours à la recherche de médicaments.

— Parce que tu ne peux pas le porter devant la hutte, constata Kimani, c'est ça qui te fait les douleurs dans la tête. Un fils doit être près de son père quand celui-ci veut mourir. Pourquoi ton père n'est pas ici?

— Viens, je te le raconterai demain. C'est une longue *schauri*. Et elle n'est pas belle. Aujourd'hui, la *memsahib* nous attend pour le repas.

— El-Alamein, fit Kimani dans une nouvelle tentative.

Quand il fallait interrompre un safari, c'était toujours bien de revenir au début du sentier. Mais en ce jour où les bœufs étaient à l'article de la mort, le mot avait perdu son pouvoir magique. Le *bwana* avait fermé ses oreilles et n'avait plus ouvert la bouche de tout le trajet du retour à la maison.

Kimani s'aperçut que sa peau devenait froide; pourtant le soleil, à l'heure de midi, donnait plus de chaleur qu'elles n'en avaient besoin à la terre et aux plantes. Ce n'était pas toujours une bonne chose d'en savoir trop sur la vie au-delà des huttes. Cela rendait un homme faible et fatiguait ses yeux avant l'heure. Kimani voulut néanmoins apprendre si les guerriers blancs et affamés mettaient un fusil dans la main des hommes vieux comme le père du *bwana*, même quand ils étaient sur le point de mourir. Pourtant, il n'arriva pas à faire venir dans sa gorge les mots qui cognaient contre son front et il sentit seulement que ses jambes lui donnaient des ordres. Peu avant la maison, il partit en courant comme s'il s'était subitement souvenu d'un travail qu'il avait oublié et qu'il lui fallait achever.

Walter demeura dans l'ombre claire des acacias épineux aussi longtemps que Kimani ne fut pas sorti de sa vue. À la suite de leur conversation, son cœur battait la chamade. Pas seulement parce qu'elle avait porté sur la guerre et sur les pères, mais aussi parce qu'il avait repris conscience qu'il partageait beaucoup plus volontiers ses pensées et même sa peur avec Kimani et Owuor qu'avec sa femme.

Dans les premiers mois qui avaient suivi la venue au monde de leur enfant mort-né, les choses avaient été différentes. Leur profonde affliction et la colère devant un destin injuste les avaient rapprochés et ils avaient trouvé une consolation dans le fait qu'ils étaient pareillement désarmés. Mais, au bout d'un an, il s'apercevait avec plus de désarroi que d'amertume que leur isolement et l'absence de langue de communication avaient usé l'attachement qu'ils éprouvaient l'un pour l'autre. Chaque jour passé à la ferme enfonçait un peu plus profond des épines dans des blessures qui ne voulaient pas fermer.

Quand ses pensées tournaient autour du passé, comme les bœufs, dans le délire de leur agonie, tournaient autour du petit tas d'herbe qu'on leur attribuait encore, Walter se sentait si stupide et humilié que la honte lui ébranlait les nerfs. Tout comme Regina, il inventait des jeux absurdes pour défier le destin. Quand, le matin, les malades de la ferme – ouvriers, femmes et enfants – venaient à la maison demander de l'aide et des médicaments, il croyait fermement que la journée serait bonne si la cinquième personne de la file était une mère portant son nourrisson sur le dos.

C'était pour lui un présage favorable d'entendre le speaker, lors du journal du soir à la radio, annoncer que plus de trois villes allemandes venaient d'être bombardées. Avec le temps, Walter élabora une série interminable de superstitions et de rites qui soit lui redonnaient courage, soit alimentaient ses craintes. Ces fantasmes lui paraissaient indignes, mais ils continuaient à l'aider à fuir la réalité ; il méprisait son penchant grandissant à penser en termes de vœux et il se faisait du souci pour son état mental. Pourtant, il n'échappait jamais longtemps aux pièges qu'il se tendait lui-même.

Walter savait que Jettel connaissait une évolution analogue. Ses pensées la ramenaient vers sa mère avec la même force que le jour où elle avait reçu son dernier message. Une fois, il l'avait surprise en train d'arracher les fleurs d'un plant de pyrèthre en murmurant : « Vivantes, mortes, vivantes... » Sous le choc, avec une rudesse qu'il regrettait encore à longueur de journée, il lui avait arraché la plante des mains et elle avait dit :

— Comme ça, aujourd'hui, je ne saurai pas !

Ils étaient restés là, dans le champ, à pleurer tous les deux, et Walter se sentait comme un enfant qui craint moins la punition que la certitude définitive de n'être plus aimé de personne.

Cela faisait un bon moment que Kimani avait disparu derrière les arbres cachant les huttes, mais Walter était toujours au même endroit. Il écoutait les craquements des branches et les singes dans la forêt et aurait aimé ressentir, comme si cela avait été d'une grande importance, un peu de la joie que Regina aurait éprouvée à sa place. Pour retarder son retour au logis jusqu'au moment où ses sens exacerbés auraient retrouvé leur calme, il se mit à compter les vautours dans les arbres. La canicule de midi leur avait fait cacher leur tête sous leurs ailes et ils ressemblaient à des ballons noirs munis de longues plumes.

Walter décida qu'un nombre pair serait le signe que la journée n'apporterait rien de néfaste – l'inquiétude qui le rongeait mise à part. Un nombre impair inférieur à trente annoncerait une visite, l'envol de tous les oiseaux indésirables à la fois une augmentation de salaire.

— Et nous n'oublierons pas, cria-t-il en direction des arbres, qu'il ne s'est pas encore écoulé un seul jour ici sans votre maudite engeance.

La fureur dans sa voix le calma un peu. Mais il perdit le compte et finit par ne plus arriver à distinguer les oiseaux. D'un seul coup, la seule chose qui lui parut avoir une importance fut de retrouver le mot latin qui désignait les augures interprétant le vol des oiseaux. Mais il eut beau faire, il n'y parvint pas.

— On arrive, ici, à oublier le peu qu'on a su jadis, dit-il à Rummler qui courait à sa rencontre. Dis-moi, pauvre imbécile, qui pourrait bien venir nous rendre visite ?

Le nombre des jours dont on ne voyait pas la fin ne cessait d'augmenter. Süsskind, le messager toujours optimiste des premiers temps de son exil, lui manquait. Cette époque, même, lui paraissait à présent idyllique. Avec le recul et par comparaison, Rongai lui semblait paradisiaque. Là-bas, Süsskind les avait sauvés, Jettel et lui, du sentiment d'abandon qui les déprimait ici à un point tel que ni l'un ni l'autre n'osait en parler.

Les autorités avaient rationné l'essence et refusaient de plus en plus souvent les autorisations dont les *enemy aliens* avaient besoin pour quitter leur ferme. Les visites rafraîchissantes de Süsskind, seul répit pour leurs nerfs surmenés, s'étaient raréfiées. Il surgissait de loin en loin de son monde solide, apportait des nouvelles de Nakuru et la conviction, insensible à toute logique, que la guerre ne durerait plus que quelques mois ; alors – bref répit – les grilles de la prison intérieure de Walter où il sombrait dans des trous noirs s'ouvraient subitement. Seul Süsskind était capable de ranimer en Jettel la femme dont Walter gardait le souvenir depuis les temps heureux.

Il était tellement plongé dans son évocation de Süsskind qu'il était en mesure d'imaginer avec la plus grande précision ce qu'il ferait, dirait et entendrait si celui-ci faisait soudain irruption devant lui. Il crut même percevoir des voix en provenance du bâtiment de la cuisine. Cela faisait longtemps qu'il ne se défendait plus contre des phénomènes de cette nature. Il lui suffisait de s'y abandonner avec assez de sérieux pour qu'ils lui donnent la force, durant quelques instants de bonheur, de modifier le présent en fonction de ses besoins.

Entre la maison et le bâtiment de la cuisine, Walter aperçut quatre roues surmontées d'une espèce de caisse ouverte. Avec irritation, il cligna les yeux pour les protéger de la lumière de midi. Cela faisait si longtemps que, à part la voiture des Hahn, il n'avait plus vu d'auto qu'il ne put déterminer s'il s'agissait d'un véhicule militaire ou de l'une de ces illusions d'optique qui ne cessaient de lui jouer des tours ces derniers temps. L'image tentatrice gagnait en netteté et chaque coup d'œil renforçait Walter dans sa certitude qu'il y avait effectivement une jeep entre le cèdre au tronc épais et la citerne.

Il ne trouva même pas invraisemblable qu'un agent du poste de police de Thomson's Falls soit venu à Ol'Joro Orok et que, pour finir, on l'interne de nouveau. Étrangement, c'était justement le débarquement des alliés en Sicile qui avait déclenché quelques arrestations – dans les environs de Nairobi et de Mombasa seulement. La perspective de quitter la ferme dans les mêmes conditions qu'au début de la guerre n'était pas pour lui déplaire, mais il n'était pas encore prêt à se représenter dans toutes ses conséquences une transformation si abrupte de son existence.

C'est alors qu'il entendit la voix de Jettel, une voix pleine d'excitation. Elle lui était étrangère et néanmoins, d'inquiétante manière, familière. Jettel criait tour à tour « Martin, Martin » et « Non, non, non ». Rummler, qui avait devancé Walter, aboyait sur le mode aigu et pleurnichard qu'il réservait aux visiteurs inconnus.

Tout en courant, trébuchant à plusieurs reprises sur de petites racines cachées par l'herbe haute, Walter cherchait à se rappeler quand il avait entendu ce nom pour la dernière fois. La seule personne qui lui vint à l'esprit fut le facteur de Leobschütz, qui était resté aimable jusqu'au bout en apportant le courrier.

En dépit des menaces de plus en plus précises contre les Juifs, cet homme était même venu consulter Walter à son bureau, en juin 1936, à propos d'une affaire d'héritage assez compliquée. À son arrivée, il lançait toujours un « Heil Hitler ! » et, au moment de partir, confus, se contentait d'un « Au revoir ». D'un seul coup, Walter le revit très distinctement. Il s'appelait Karl Martin, il portait une moustache et était originaire de Hochkretscham. Il avait finalement hérité de quelques arpents de plus que prévu, après le partage de la ferme de son oncle et, à Noël, il était apparu dans leur rue, l'Asternweg, apportant une oie. Après s'être assuré, bien entendu, que personne ne pouvait le voir. Pour survivre, la dignité avait besoin d'ombre.

Owuor regardait par la minuscule fenêtre du bâtiment de la cuisine et baignait ses dents au soleil. Il tapa dans ses mains.

— Bwana, cria-t-il en claquant de la langue, exactement comme le jour où on avait bu du vin, dépêche-toi ! La *memsahib* pleure et l'*askari* pleure encore plus fort.

La porte de la cuisine était ouverte, mais, sans la lampe qu'on n'allumait qu'à la tombée du jour en raison du coût de la paraffine, la pièce était presque aussi obscure le jour que la nuit. Il fallut un long moment, une éternité, pour que les yeux de Walter arrivent à discerner les silhouettes. Il vit alors que Jettel et l'homme, qui portait effectivement la casquette du facteur de Leobschütz, dansaient à travers la pièce, étroitement enlacés. Ils ne se lâchaient que pour faire des bonds et retomber dans les bras l'un de l'autre, en s'embrassant. En dépit de tous ses efforts, Walter n'arrivait pas à déterminer s'ils riaient, comme il croyait l'entendre, ou s'ils pleuraient, comme Owuor l'avait prétendu.

— Voilà Walter ! cria Jettel. Martin, regarde, Walter est là. Lâche-moi ! Tu vas m'étouffer. Lui aussi pense certainement que tu es un revenant.

Walter se rendit enfin compte que l'homme portait un uniforme kaki et une casquette militaire anglaise. Puis il l'entendit crier. Il reconnut la voix avant le visage. Ce fut d'abord un hurlement : « Walter ! » puis un chuchotement : « Je crois devenir fou. Qu'il m'ait encore été donné de vivre ça ! »

La nausée passa si vite de sa gorge à son estomac que Walter n'eut pas le temps de s'appuyer à la table de la cuisine avant de sentir ses jambes fléchir ; mais il ne tomba pas. Abasourdi par un bonheur qui le bouleversait davantage que la peur ne l'avait jamais fait, il posa la tête sur l'épaule de Martin Batschinsky. Il n'arrivait pas à comprendre comment son ami avait pu grandir autant durant les six années qui s'étaient écoulées depuis leur dernière rencontre.

Owuor s'humectait la peau des rires et des larmes de la *memsahib*, de son *bwana* et du beau *bwana askari*. Il donna l'ordre à Kamau de mettre la table et les chaises sous l'arbre au tronc épais contre lequel le *bwana* se frottait toujours le dos quand ses douleurs rendaient sa peau blanche comme la lumière de la jeune lune. La vaisselle n'était pas sale, mais Kania dut rincer toutes les assiettes, tous les couteaux et toutes les fourchettes dans le grand baquet. Owuor lui-même portait le *kanzu* qu'il revêtait seulement quand les visiteurs lui plaisaient bien. Autour de la longue chemise blanche qui lui descendait jusqu'aux pieds, il avait ceint l'écharpe rouge. L'étoffe en était aussi moelleuse que le corps d'un poussin sortant de sa coquille. À l'emplacement exact du ventre d'Owuor, on pouvait lire les mots que le *bwana* avait écrits et auxquels la *memsahib* de Gilgil avait donné la couleur du soleil à l'aide d'une grosse aiguille et d'un fil doré.

Quand le *bwana askari* aperçut Owuor avec son fez rouge foncé, auquel se balançait le pompon noir, et l'écharpe brodée, ses yeux s'agrandirent comme ceux d'un chat la nuit. Puis il rit si fort que sa voix rebondit trois fois contre les montagnes.

— Mon Dieu, Walter, tu es resté exactement le même. Qu'est-ce que ton père aurait été heureux de voir ce grand dadais de Cafre, coiffé d'un pareil galure et ceint d'une écharpe au nom de l'« Hôtel Redlich ». Je ne me rappelle plus depuis quand je n'avais pas pensé à Sohrau.

— Moi, oui. Ça fait une heure exactement.

— Aujourd'hui, dit Jettel, ce n'est pas le moment de penser. Nous regarderons Martin, un point c'est tout.

— Et nous nous pincerons pour être sûrs de ne pas rêver.

Ils s'étaient connus à Breslau. Walter faisait son premier semestre à l'université et Martin son troisième, et tous les deux avaient très vite été si jaloux l'un de l'autre au sujet de Jettel qu'il s'en était fallu d'un cheveu – le bal de la Saint-Sylvestre 1924 en l'occurrence – qu'ils nourrissent l'un contre l'autre une inimitié durable au lieu de leur extraordinaire amitié. Le lien ne fut rompu que par la fuite précipitée de

Martin à Prague, en juin 1937. Au cours du fameux bal que tous les trois avaient ressenti ultérieurement comme un événement fatidique, Jettel avait jeté son dévolu sur un certain Dr Silbermann et avait envoyé promener sans autres formalités ses deux jeunes soupirants.

La blessure avait été aussi vive chez l'un que chez l'autre. Jusqu'à ce que Silbermann, six mois plus tard, épouse la fille d'un riche joaillier d'Amsterdam, Martin et Walter s'étaient entraidés, rendant leur premier chagrin d'amour si supportable que seule avait subsisté la rivalité les opposant à Silbermann. Six autres mois plus tard, c'est Walter qui avait ouvert à Jettel des bras consolateurs.

Martin n'était pas homme à oublier une humiliation, mais son amitié avec Walter était déjà trop solide pour qu'il ne reporte pas aussi cette affection sur Jettel. Il avait passé de nombreuses vacances universitaires à Sohrau car, pendant un moment, on avait bien cru qu'il allait devenir le beau-frère de Walter. Mais Liesel avait trop tardé à se décider et Martin, peu doué pour les situations incertaines, avait renoncé. Au lieu de quoi, il avait servi à Jettel de témoin de mariage. En 1933, il avait dû abandonner son cabinet d'avocat à Breslau et était devenu représentant pour un commerce de meubles ; il était alors venu très fréquemment à Leobschütz pour se nourrir de l'illusion que tout n'avait pas vraiment basculé dans son existence. Avec l'esprit imaginatif qui le caractérisait, il passait le plus clair de son temps à couvrir Jettel de compliments, ce qui ravivait l'ancienne jalousie de Walter. Il s'était aussi entiché de Regina.

— Je crois qu'elle a su dire Martin avant de dire papa, se souvint-il.

— Je t'ai toujours envié pour ta mauvaise mémoire. C'est le genre de choses qui vaut de l'or pour nous aujourd'hui. Dommage que tu ne puisses pas rencontrer Regina. Elle te plairait.

— Pourquoi diable ne la rencontrerais-je pas ? Je suis quand même venu pour ça.

— Mais elle est à l'école.

— Si ce n'est que ça ! Il me viendra bien une idée.

Le père de Martin, marchand de bestiaux dans un petit village près de Neisse, avait été un patriote et un partisan fervent de l'empereur ; il avait tenu à ce que ses cinq fils – « exactement comme Guillaume II », n'oubliait-il jamais de préciser – apprennent un métier manuel avant de faire des études – études pour lesquelles il avait renoncé à satisfaire ses propres besoins. Avant d'obtenir son premier diplôme de droit, Martin avait ainsi passé son examen de fin d'apprentissage de serrurier.

Étant le plus jeune des cinq frères, il avait très tôt appris à faire sa place au soleil et il était fier de sa volonté inflexible. Il passait pour querelleur même auprès de ses bons amis. Sa propension à monter des banalités en épingle et à ne pas se laisser marcher sur les pieds avait toujours beaucoup impressionné Walter et Jettel et, ce jour-là, à Ol'Joro Orok, elle fut pour les trois amis la source de souvenirs on ne peut plus joyeux.

— Tu ne peux absolument pas t'imaginer combien de fois nous avons parlé de toi.

— Si, répondit Martin. Quand je regarde autour de moi, ici, il est évident pour moi que vous ne parlez que du passé.

— Nous avons souvent eu peur que tu n'aies pas réussi à t'échapper de Prague.

— J'en suis parti avant que ça sente le roussi. Je travaillais chez un libraire avec qui je ne m'entendais pas.

— Et ensuite ?

— Je suis d'abord allé à Londres. Quand la guerre a éclaté, ils m'ont interné. La plupart d'entre nous ont atterri sur l'île de Man, mais on pouvait aussi opter pour l'Afrique du Sud, à condition d'avoir appris un métier. Mon défunt père avait eu raison. Il n'est si petit métier qui ne nourrisse son maître... Mon Dieu, depuis quand n'avais-je pas entendu ce proverbe ?

— Et pourquoi es-tu entré dans l'armée ?

Martin se frotta le front. C'était toujours ce qu'il faisait quand il était embarrassé. Il tambourina sur la table et regarda à plusieurs reprises autour de lui comme s'il voulait cacher on ne sait quoi.

— Je voulais simplement faire quelque chose, dit-il à voix basse, ça m'a pris quand j'ai su par hasard qu'ils avaient jeté mon père en prison peu avant sa mort et qu'ils l'avaient accusé d'avoir eu une liaison avec l'une de nos servantes. J'ai senti alors pour la première fois que je n'étais pas fait de ce bois inaltérable qu'on appréciait tant en moi. J'ai un peu eu l'impression que mon père aurait aimé me voir soldat. *Pro patria mori*, si tu te rappelles ce que cela veut dire. Et notre ancienne patrie, en fait, n'avait jamais réclamé semblable sacrifice de ma part. Pendant la Première Guerre mondiale, j'étais trop jeune et je n'aurais pas eu l'occasion de faire l'actuelle si ma chère patrie ne m'avait pas donné à temps un coup de pied dans les fesses. Dieu merci, ma nouvelle patrie n'a pas les mêmes idées sur les Juifs.

— Ça ne m'avait pas frappé jusqu'ici, dit Walter ; en tout cas pas ici, au Kenya, concéda-t-il. Ici, ils ne prennent que les Autrichiens. Ils sont rebaptisés depuis des *friendly aliens*. Où seras-tu engagé ?

— Pas la moindre idée. Quoi qu'il en soit, j'ai tout à coup obtenu trois semaines de permission. En général, ça annonce un envoi au front. Ça m'est égal.

— Comment prononcent-ils donc ton nom à l'armée ?

— Très simplement, Barret. Je ne m'appelle plus Batschinsky. J'ai eu une chance invraisemblable quand j'ai demandé à être naturalisé. Ça prend des années en temps ordinaire. Je me suis livré à une petite corruption de fonctionnaire. J'ai fait un brin de cour à une jeune fille qui a extirpé ma demande d'une montagne de dossiers et l'a replacée au-dessus du tas.

— Je ne pourrais jamais faire une chose pareille !
— Quelle chose, plus précisément ?
— Abandonner mon nom. Et ma patrie.
— Et engager une liaison avec des dames que tu ne connais pas. Ah, Walter, de nous deux tu as toujours été le plus moral, et moi le plus malin.
— Mais comment as-tu fait pour nous retrouver ? demanda Jettel au dîner.
— J'ai su dès 1938 que vous aviez atterri au Kenya. Liesel me l'a écrit à Londres, dit Martin en se frottant à nouveau le front avec deux doigts. Peut-être aurais-je pu lui venir en aide. Les Anglais, à l'époque, accueillaient encore des femmes non mariées. Mais Liesel n'a pas voulu laisser son père seul. Avez-vous eu d'autres nouvelles d'eux ?
— Non, dirent Walter et Jettel d'une seule voix.
— Je suis désolé. Mais il fallait bien que je pose la question à un moment ou à un autre.
— On a encore reçu une lettre de ma mère et de Käte. Elles étaient sur le point d'être déportées à l'est.
— Je suis désolé. Mon Dieu, que de bêtises nous racontons !

Martin ferma les yeux pour refouler les images, mais il ne put faire autrement que voir Jettel à seize ans, dans sa première robe de bal. Des carrés de taffetas, jaunes, violets et verts comme la mousse du petit bois municipal de Neisse, dansaient devant ses yeux tandis qu'il luttait contre la colère et le désarroi et, dans sa fureur, il assassina la mélancolie.

— Allez, dit-il avec douceur en embrassant Jettel, dis-moi tout, maintenant, sur ma meilleure amie. Je parie que Regina est devenue une excellente élève. Et demain nous ferons un grand tour en jeep dans le pays.
— Il faut un permis aux *enemy aliens* pour quitter la ferme.
— Pas quand c'est un *sergeant* de Sa Très Gracieuse Majesté qui est au volant, dit Martin en riant.

Le premier tour en voiture – Walter et Jettel à côté de Martin, Owuor et Rummler derrière – ne les mena pas plus loin qu'à la *duka* de Patel. Grâce au talent intact de Martin pour transformer un petit combat en une grande guerre, cette virée fut une belle revanche pour toutes les flèches que Patel, en quatre ans, avaient tirées d'un carquois jamais vide, flèches destinées à des individus sans défense.

La guerre – notamment les difficultés qu'elle entraînait pour faire venir tous les ans au Kenya un fils différent et le remplacer par un autre dans son Inde natale – avait renforcé chez Patel un mépris des hommes déjà fort grand. Les *refugees* des fermes, qui savaient tous bien mieux le swahili que l'anglais et ne pouvaient donc s'entretenir avec lui qu'avec peine, étaient une soupape toujours bienvenue, un exutoire pour une mauvaise humeur chronique.

Il était si chiche pour tout ce dont ils avaient besoin qu'il avait même monté un marché noir personnel. Walter et plusieurs employés des fermes d'Ol'Kalou devaient payer deux fois plus cher la farine, la viande en conserve, le riz, la poudre à pudding, les raisins secs, les épices, les tissus pour vêtements, les articles de mercerie et, surtout, la paraffine. Ces hausses de prix étaient certes officiellement interdites mais, dans le cas des *refugees*, Patel pouvait compter sur la tolérance des autorités. Pour ces dernières, en effet, les brimades de cette nature étaient anodines, en tout point conformes à leurs sentiments patriotiques et à une hostilité envers les étrangers qui ne faisait que grandir d'année en année.

Martin n'apprit ces privations et ces humiliations qu'en route vers la *duka* de Patel. Il stoppa devant le dernier buisson de mûriers assez épais, envoya Walter et Jettel seuls dans la boutique et resta dans la jeep avec Owuor. Plus tard, Patel ne put jamais se pardonner d'avoir aussi mal apprécié la situation et de n'avoir pas immédiatement compris que les pauvres diables fauchés de la ferme Gibson ne pouvaient venir jusqu'à sa boutique que s'ils étaient accompagnés.

Patel commença par finir sa lecture d'une lettre avant de lever les yeux vers Walter et Jettel. Il ne leur demanda pas ce qu'ils souhaitaient, mais leur présenta en silence de la farine avec des traces de crottes de souris, des boîtes de corned-beef cabossées et du riz plein d'humidité et, croyant déceler l'habituelle hésitation embarrassée de ses clients, il fit son geste non moins habituel de la main :

— *Take it or leave it*, se moqua-t-il.

— *You bloody fuckin' Indian*, cria Martin depuis la porte, *you damned son of a bitch*.

Il avança de quelques pas dans la petite pièce et, d'un revers, balaya de la table la viande en conserve et le sac de riz. Puis il proféra tous les jurons qu'il avait appris depuis son arrivée en Angleterre, à l'armée en particulier. Walter et Jettel ne le comprenaient pas mieux qu'Owuor, qui était resté à l'entrée, mais le visage de Patel leur suffisait. Le dictateur renfrogné et sadique s'était métamorphosé en un chien glapissant, comme Owuor ne cessa de le raconter le soir même dans les huttes.

Patel connaissait trop peu l'armée britannique pour pouvoir apprécier correctement la situation, même approximativement. Il prit Martin et ses trois galons de *sergeant* pour un officier et eut l'intelligence de ne pas courir le risque d'une discussion. Il n'avait aucunement l'intention de se mettre à dos l'ensemble des forces militaires alliées pour quelques malheureuses livres de riz ou deux ou trois boîtes de corned-beef. Sans qu'on le lui ait demandé, il alla dans la pièce contiguë, séparée du magasin par un simple rideau, et en rapporta des produits alimentaires de bonne qualité, trois grands seaux de paraffine et deux rouleaux de tissu qui étaient arrivés de Nairobi la veille seulement. Tout en bafouillant quelque chose, il ajouta à la pile quatre ceintures de cuir.

— Mets tout ça dans la voiture ! ordonna Martin du même ton que, à six ans, il avait employé à l'adresse des bonnes polonaises de sa famille, ce qui lui avait valu quelques paires de claques de la part de son père.

Patel était si effrayé qu'il porta en personne les marchandises jusqu'à la jeep. Owuor, le bâton à la main, le précédait d'un pas nonchalant comme si Patel, ce fils de chienne dépravé, n'avait été qu'une femme.

— Le tissu est pour Jettel et les ceintures sont toutes pour toi, déclara Martin. Les miennes, c'est le roi George qui me les fournit.

— Que veux-tu que je fasse de quatre ceintures ? Je n'ai que trois pantalons, et l'un d'eux est déjà fichu.

— Alors, il y en aura une pour Owuor pour qu'il pense toujours à moi.

Owuor sourit quand il entendit son nom et, le *bwana askari* lui ayant tendu la ceinture, il perdit la parole devant un tel pouvoir magique. Il salua en portant deux doigts à sa tête, comme les jeunes hommes qui étaient eux-mêmes des *askari* à Nakuru le faisaient quand ils revenaient pour quelques jours chez leurs frères d'Ol'Joro Orok.

C'est ainsi que se termina la journée, la première de dix-sept, dix-sept fois vingt-quatre heures pleines de bonheur. Le lendemain matin, on partit pour Naivasha.

Walter avait émis des doutes quand Martin lui avait montré la carte.

— Naivasha est réservé à la bonne société. Bien sûr, ils n'ont pas posé d'écriteaux « Interdit aux Juifs », mais ce n'est pas l'envie qui leur en manque. C'est Süsskind qui m'en a parlé. Un jour, il a dû y accompagner son patron et il a dû rester dans la voiture pendant que ce dernier déjeunait à l'hôtel.

— C'est ce qu'on verra, répliqua Martin.

Naivasha était une simple agglomération de maisons, petites mais bien construites. Le lac, avec sa végétation et ses oiseaux, était la grande curiosité de la colonie ; il était bordé de quelques hôtels qui ressemblaient tous à des clubs privés anglais. Le Lake Naivasha Hotel était le plus ancien et le plus distingué. C'est là qu'ils déjeunèrent sur une terrasse plantée de bougainvilliers, dégustant du roast-beef et buvant leur première bière depuis Breslau. Walter et Jettel n'osaient parler qu'à voix basse. Ils étaient gênés de devoir converser en allemand, et l'uniforme de Martin était pour eux comme le tablier d'une mère derrière lequel les enfants se sentent à l'abri de tout danger.

Ensuite, ils firent du bateau au milieu des nénuphars tandis que des merles métalliques d'un bleu brillant les accompagnaient dans leur traversée du lac. Si la direction de l'hôtel s'était d'abord montrée hésitante, elle avait néanmoins fini par se laisser impressionner par le ton menaçant de Martin et par mettre une embarcation spéciale à la disposition d'Owuor et de Rummler. Le portier indien souligna avant et après qu'il avait pour consigne officielle de tenir particulièrement compte des désirs des militaires.

Une semaine plus tard, pour le voyage à Naro Moru, d'où l'on a la plus belle vue sur le mont Kenya, Walter insista pour emmener Kimani en plus d'Owuor.

— Tu sais, nous regardons cette montagne chaque jour, tous les deux. Kimani est mon meilleur ami. Owuor, lui, il est de la famille. Interroge un peu Kimani à propos d'El-Alamein.

— Tu es un drôle de bonhomme, dit Martin en riant et en poussant Kimani entre Owuor et Rummler. Ton père s'est toujours plaint auprès de moi de ce que tu gâtais son personnel.

— Il est impossible de gâter Kimani. Il m'empêche de devenir fou quand la peur me ronge le cœur.

— De quoi as-tu donc peur ?

— De perdre d'abord mon emploi et ensuite ma raison.

— Tu n'as jamais été un lutteur. L'étonnant, c'est que ce soit toi qui aies obtenu Jettel.

— Je n'étais qu'un troisième choix. Quand elle n'a pas obtenu Silbermann, c'est toi qu'elle voulait.

— Foutaises.

— Tu n'as jamais su mentir.

L'hôtel de Naro Moru avait connu des jours meilleurs. Avant la guerre, c'était de là que les montagnards partaient pour leurs randonnées. Depuis la mobilisation, il n'était plus en état d'accueillir des hôtes. Mais Martin savait se montrer aussi charmeur qu'il pouvait être à l'occasion mauvais coucheur. Il fit en sorte qu'on aille chercher le cuisinier et que le déjeuner soit servi dans le jardin. Owuor et Kimani purent prendre leur repas dans les locaux du personnel. Mais sitôt qu'ils eurent fini de manger, ils revinrent pour voir la montagne. Jettel dormait dans la chaise longue et Rummler ronflait à ses pieds.

— Jettel n'a pas changé, dit Martin ; toi non plus, se hâta-t-il d'ajouter.

— Je ne suis pas miséreux au point de ne pas avoir de miroir. Tu sais, je n'ai pas rendu Jettel très heureuse.

— Rendre Jettel heureuse est chose impossible. Tu ne le savais pas ?

— Si. Mais peut-être pas suffisamment tôt. Je ne lui reproche rien, cela dit. Elle n'a pas fait preuve d'assez de prudence dans le choix de son époux. Nous avons traversé de rudes épreuves. Nous avons perdu un enfant.

— C'est vous que vous avez perdus, dit Martin.

Owuor ouvrait ses oreilles en grand, presque assez pour capter le vent qui était envoyé depuis la montagne. Jamais encore il n'avait entendu le *bwana askari* parler d'une telle voix, pareille à de l'eau sautant par-dessus de petits cailloux. Kimani, lui, ne voyait que les yeux de son *bwana* et il toussa du sel.

— Maintenant, il ne manque plus que Regina,

déclara Martin le soir de leur retour de Naro Moru. Je ne partirai pas à la guerre avant de l'avoir vue. Je m'en faisais une telle joie !

— Elle ne sera en vacances que dans une semaine.

— Ce sera pour moi l'heure de partir. Comment faites-vous pour aller la chercher à l'école ?

— Le problème se pose tous les trois mois. Et, pendant trois mois, on a la gorge serrée rien que d'y penser. Si nous sommes sages, le Boer de la ferme voisine la ramène.

— Un Boer, répéta Martin avec dégoût, il ne manquait plus que ça ! Tu ne peux pas lancer un truc pareil, comme ça, à la figure de quelqu'un qui vient d'Afrique du Sud. J'irai la chercher tout seul. Jeudi, ce sera le mieux. Nous lui enverrons un télégramme demain.

— Ce serait plus facile de se rendre devant l'hôtel de ville de Breslau et de casser les vitres des nazis. L'école ne libère pas les enfants avant les vacances, pas même un jour avant. Ils n'ont même pas autorisé Regina à rendre visite à Jettel à l'hôpital, bien que la doctoresse les ait appelés tout exprès. Cette école est une prison. Regina n'en parle pas, mais ça fait belle lurette que nous le savons.

— Bon, on verra bien s'ils osent refuser quelque chose à leurs propres et héroïques soldats. Jeudi, je serai devant cette foutue école et je chanterai *Rule Britannia* tant qu'ils ne m'auront pas confié Regina.

11

Mr Brindley agita avec bruit un papier qu'il tenait à la main et interrogea :

— Qui est le *sergeant* Martin Barret ?

Regina s'apprêtait à ouvrir la bouche quand elle se rendit compte que la réponse n'était même pas encore arrivée à son esprit. Plus désemparée encore que d'ordinaire, elle se cassa une nouvelle fois les dents sur la gêne qui ne cessait de lui sauter dessus, comme un chien vigilant sur un voleur nocturne, quand elle se retrouvait dans le bureau du directeur. Au prix d'efforts qui ne lui étaient d'habitude pas nécessaires, elle contraignit sa mémoire à parcourir tous les livres que Mr Brindley lui avait donné à lire ces dernières semaines, mais le nom qu'il venait de citer n'éveilla aucun écho dans son souvenir.

Il y avait longtemps que Regina n'avait plus éprouvé le sentiment d'être livrée au bon vouloir des mots. Elle se figura qu'une inattention de sa part, qu'elle n'arrivait pas à s'expliquer, avait rompu un charme, le plus beau qu'elle ait jamais vécu. Elle n'avait pas été à la hauteur ! Effrayée, elle tendit la main pour retenir la seule force capable de faire de l'école qu'elle détestait une île minuscule sur laquelle seuls Charles Dickens, Mr Brindley et elle-même étaient autorisés à résider. Et cela depuis longtemps.

Regina savait des choses qu'ignoraient toutes ses camarades de l'école. Même Inge n'avait pas la moindre idée du plus grand secret du monde. Une fée, qui résidait dans les poivriers de Nakuru durant les trois terribles mois d'école et dans une fleur d'ibiscus au bord du plus vaste champ de lin d'Ol'Joro Orok pendant les vacances, avait partagé Mr Brindley en deux moitiés. La partie redoutable, celle que tous connaissaient, n'aimait pas les enfants, était méchante, injuste et ne voulait entendre parler que de règlement scolaire, de sévérité, de punition et de canne de jonc.

La moitié enchantée de Mr Brindley était douce comme la pluie qui, en une nuit, avait redonné vie aux roses desséchées dont son grand-père avait envoyé les graines. Cet homme inconnu qui, curieusement, s'appelait aussi Arthur Brindley aimait David Copperfield et Nicolas Nickleby, Oliver Twist, le pauvre Bob Cratchitt et son minuscule Tim. Bien entendu, Mr Brindley aimait tout particulièrement Little Nell. Regina soupçonnait d'ailleurs qu'il avait beaucoup d'affection aussi pour la *bloody refugee* d'Ol'Joro Orok, mais elle ne s'abandonnait que rarement à cette idée parce qu'elle savait que les fées n'aimaient pas les personnes vaniteuses.

La première fois où Mr Brindley avait appelé Regina « Little Nell » remontait très loin en arrière. Mais elle se rappelait encore parfaitement ce jour où l'enchantement avait commencé, parce que donner un nom anglais à une fillette juive, c'était finalement quelque chose de tout à fait extraordinaire. Au fil des ans, ce moment sans cesse répété – mais malheureusement toujours très bref – durant lequel Regina pouvait conserver ce nom si doux et si facile à prononcer s'était transformé en un jeu aux belles règles fixes, celles mêmes qu'Owuor et Kimani exigeaient à la maison.

Le directeur faisait souvent appeler Regina au cours de la seule heure libre de la journée, entre l'étude et le dîner. Au tout début de l'entrevue – instants terribles –, il avait une bouche très mince, et dans ses yeux brûlaient des étincelles, pareilles à celles de Scrooge, l'avare, dans *Les Contes de Noël*. Pendant que Regina, retenant son souffle, effectuait les quelques pas entre la porte et le bureau, Mr Brindley donnait l'impression qu'il ne l'avait fait venir que pour lui infliger une punition.

Mais, au bout d'un laps de temps qui paraissait toujours très long à Regina, il se levait, laissait ses lèvres aspirer un peu d'air, éteignait le feu de ses yeux, souriait et allait prendre un livre dans l'armoire à la clé dorée. Les jours particulièrement fastes, la petite clé se transformait en flûte, celle sur laquelle Pan, le dieu des champs de lin et des collines vertes, jouait à l'heure des longues ombres. Le livre était toujours de Dickens, avec une reliure souple de cuir, rouge foncé ; le directeur aux deux visages prononçait alors invariablement une phrase qui provoquait chez Regina le sentiment oppressant d'avoir été surprise à transgresser le règlement scolaire :

— Tu le rapporteras dans trois semaines et tu me raconteras ce que tu as lu.

Il était très rare que Regina ne sache pas répondre aux questions de Mr Brindley quand elle lui rendait le livre. Durant ces quatre dernières semaines, avant les vacances, ils avaient souvent parlé des histoires merveilleuses que Dickens avait racontées pour eux deux seulement, conversations si longues que Regina était arrivée en retard au dîner ; mais les punitions infligées par l'enseignante qui surveillait le réfectoire et qui faisait toujours semblant d'ignorer d'où venait Regina ne pesaient guère au regard de la joie procurée par le perpétuel enchantement.

Pendant les vacances qui avaient suivi la mort du bébé, Regina avait pour la première fois tenté d'en parler à son père, mais les fées, pour lui, étaient des « idioties anglaises » et, à part *Oliver Twist* qui ne lui avait pas plu, il n'avait eu affaire à aucun des personnages de Dickens que Mr Brindley et elle-même connaissaient. Regina ne voulant pas indisposer son père, elle parlait désormais de Dickens uniquement lorsque sa bouche était plus rapide que sa tête.

— Je t'ai demandé, répéta le directeur d'un ton impatient, qui est le *sergeant* Martin Barret.

— Je ne sais pas, sir.

— Comment ça, tu ne sais pas ?

— Non, fit Regina, confuse, il n'y a de *sergeant* dans aucun des livres que vous m'avez prêtés. Ça m'aurait frappée, sir. Il est absolument certain que je l'aurais noté.

— Fichtre, Little Ness, je ne parle pas de Dickens.

— Oh, pardon, sir. Je ne savais pas. Je veux dire, je ne pouvais pas deviner.

— Je parle de ce Mr Barret, là. Il t'envoie un télégramme.

— À moi, sir ? Il m'envoie un télégramme ? Je n'ai encore jamais vu de télégramme.

— Tiens, dit le directeur en lui mettant le papier devant les yeux, lis à haute voix.

— « Passerai te prendre jeudi. Informe directeur », lut Regina, mais elle se rendit compte, trop tard, qu'elle l'avait fait d'une voix bien forte pour les oreilles sensibles de Mr Brindley. Elle poursuivit en chuchotant : « Dois partir au front dans une semaine. »

— Aurais-tu par hasard un oncle de ce nom ? demanda Mr Brindley qui, un épouvantable instant, se transforma en Scrooge la veille de Noël.

— Non, sir. Je n'ai que deux tantes. Elles ont été obligées de rester en Allemagne. Tous les soirs, je dois prier pour elles mais je le fais toujours tout bas parce que ça doit être dit en allemand.

Mr Brindley sentit avec agacement qu'il était en train de devenir injuste, impatient et hargneux. Il était un peu gêné, mais il n'aimait décidément pas ces moments où Little Nell redevenait une fichue petite étrangère aux prises avec des problèmes véritablement insolubles, tous ces problèmes dont il entendait à l'occasion parler dans les journaux de Londres, quand il avait assez d'énergie pour étudier sérieusement les reportages des pages intérieures. Dans l'*East African Standard* qu'il lisait régulièrement et, depuis la guerre, avec de plus en plus de plaisir, ce genre de choses qui dépassaient son univers mental n'apparaissaient heureusement que fort peu.

— Tu dois tout de même connaître ce Mr Barret, pour qu'il t'envoie un télégramme, insista-t-il sans plus prendre la peine de dissimuler sa mauvaise humeur. En tout cas, il ne doit pas s'imaginer que tu vas pouvoir rentrer chez toi cinq jours avant les vacances. Tu sais que cela est tout à fait contraire au règlement de l'école.

— Oh, sir, je n'en demande pas tant. Avoir reçu un télégramme me suffit largement. C'est exactement comme chez Dickens, sir. Là aussi, les pauvres gens, un jour, ont subitement de la chance. Enfin, de temps en temps.

— Tu peux t'en aller, dit Mr Brindley, et Regina eut l'impression que sa voix avait failli lui manquer.

— Est-ce que je peux garder le télégramme, sir ? demanda-t-elle timidement.

— Pourquoi pas ?

Arthur Brindley soupira quand Regina referma la porte. Ses yeux s'étant mis à larmoyer, il se dit qu'il avait à nouveau pris froid. Il se faisait l'effet d'un idiot sentimental et sénile s'encombrant de problèmes absolument incongrus, tout cela parce qu'il ne gardait pas une raison suffisamment claire et qu'il ne barricadait pas son cœur. Ce n'était pas bon de se préoccuper d'une enfant plus que nécessaire et, d'ailleurs, cela ne lui était jamais arrivé auparavant ; mais les dons de Regina, sa soif inextinguible de lecture et, chez lui, un amour de la littérature qui n'avait pas eu son compte pendant une longue et monotone carrière professionnelle s'étaient combinés pour le rendre prisonnier d'une passion en tous points grotesque, mais qui était une véritable drogue.

Dans ses moments de méditation, il se demandait ce qui se passait en Regina quand il lui remplissait la tête d'ouvrages qu'elle était encore hors d'état de comprendre ; après chaque conversation, il se promettait de ne plus faire appeler l'enfant. Le fait qu'il ne respectait jamais sa décision lui paraissait aussi gênant qu'indigne, de la part d'un homme qui n'avait jamais eu que mépris pour la faiblesse de caractère ; mais la vieillesse venue, la solitude, dont il n'avait même pas pris conscience durant ses jeunes années ou à l'âge mûr, avait pris le dessus sur sa force de volonté, et lui-même était devenu aussi sensible aux états d'âme que ses os à l'air humide du lac alcalin.

Regina plia le télégramme en un carré si petit qu'il aurait pu servir de matelas à sa fée et elle le glissa dans la poche de son uniforme. Elle fit de gros efforts pour ne pas y penser, au moins pendant la journée, mais elle n'y arriva pas. Chaque geste provoquait des froissements de papier, parfois si forts qu'elle se figurait que chacun entendait ces bruits indiscrets et la regardait. Le télégramme au grand tampon noir était pour elle comme le message d'un roi inconnu dont elle était certaine qu'il se manifesterait à condition qu'elle croie assez fort à lui.

Dès qu'il fut temps de verrouiller la serrure de son imagination, elle fouetta son souvenir aussi impitoyablement qu'un tyran ses esclaves pour découvrir si elle avait jamais entendu ce nom. Mais très vite elle comprit qu'il était vain de chercher le *sergeant* Martin Barret dans les histoires racontées par ses parents. Il ne faisait pas de doute que le roi venu de l'étranger avait un nom anglais, mais, à part Mr Gibson, l'actuel patron de papa, et Mr Morrisson, le patron de Rongai, ses parents ne connaissaient pas un seul Anglais. Il y avait bien sûr aussi le Dr Charters, responsable de la mort du bébé parce qu'il ne voulait pas soigner les Juifs, mais Regina trouvait qu'il n'entrait de toute façon pas en ligne de compte pour un événement heureux.

Elle espérait et redoutait en même temps que le directeur l'interroge à nouveau à propos du *sergeant*, mais, bien qu'elle ait traîné, à chaque minute libre de ce mercredi, dans le couloir menant au bureau de Mr Brindley, elle ne le rencontra pas. Le jeudi était le jour préféré de Regina, car il y avait du courrier d'Ol'Joro Orok et ses parents étaient du petit nombre de ceux qui écrivaient même la semaine précédant les vacances. Les lettres étaient distribuées après le déjeuner. Regina fut appelée elle aussi, mais au lieu de lui remettre une enveloppe, l'enseignante qui était de surveillance à midi lui ordonna de se rendre aussitôt chez Mr Brindley.

Dès le parterre de roses et plus encore entre les deux colonnes rondes, la fée fit savoir à Regina que son heure de chance était venue. Dans le bureau du directeur se tenait le roi, celui qui envoyait des télégrammes à des princesses inconnues. Il était très grand, portait un étrange uniforme kaki tout froissé; ses cheveux étaient comme du froment ayant reçu trop de soleil et ses yeux brillaient d'un bleu vif avant de devenir soudain aussi clairs que le pelage de dik-diks dans la chaleur de midi.

Les yeux de Regina trouvèrent le temps et le calme pour remonter des bottes noires luisantes à la casquette, posée légèrement de biais sur la tête. Son inspection terminée, elle donna raison à son cœur qui battait la chamade : jamais encore on n'avait vu plus bel homme. Il regardait le directeur sans crainte, comme s'il avait eu affaire à quelqu'un de tout à fait normal, quelqu'un qui ne serait pas coupé en deux, et comme si ses deux moitiés pouvaient aussi facilement se mettre à rire qu'Owuor quand il chantait : *J'ai perdu mon cœur à Heidelberg*.

Il n'y avait pas le moindre doute : Mr Brindley laissait voir trois de ses dents; cela signifiait, chez lui, qu'il riait.

— Voici le *sergeant* Barret, dit-il, et, comme je viens de l'apprendre, c'est un très vieil ami de ton père.

Regina savait qu'il lui fallait à présent dire quelque chose, mais pas un mot ne sortit de sa gorge. Elle se contenta d'opiner de la tête et fut heureuse que Mr Brindley continue sans attendre :

— Le *sergeant* Barret, dit-il, arrive d'Afrique du Sud et sera au front dans deux semaines. Il voudrait revoir tes parents et t'amener dès aujourd'hui chez toi, pour les vacances. Cela me met dans une situation très inhabituelle. On n'a encore jamais fait d'exception dans cette école et nous respecterons cette règle à l'avenir ; mais nous sommes tout de même en guerre et, tous, nous devons apprendre à consentir des sacrifices personnels.

Il était facile, en présence d'une telle phrase, de regarder bravement Mr Brindley tout en appuyant fermement le menton contre la poitrine. C'est ainsi que les enfants devaient se tenir pour manifester leur enthousiasme patriotique chaque fois qu'il était question de sacrifices. Regina était néanmoins aussi désemparée que si elle s'était aventurée sans lampe dans la forêt, juste à la tombée de la nuit. Premièrement, elle n'avait jamais entendu Mr Brindley tenir de propos d'une telle longueur et, deuxièmement, les sacrifices exigés par la guerre – dès qu'on apprenait par exemple la triste nouvelle du naufrage d'un navire anglais – étaient généralement l'explication donnée à l'absence de cahiers, de crayons, de confiture au petit déjeuner ou de pudding au dîner. Regina réfléchit, cherchant à percevoir en quoi un soldat d'Afrique du Sud venant la chercher pour partir en vacances quatre jours avant la fin du trimestre représentait un sacrifice, mais, à nouveau, il ne lui vint rien d'autre à l'esprit que la nécessité de tenir le menton appuyé sur la poitrine.

— Je ne saurais rejeter le souhait de l'un de nos soldats de t'emmener dès aujourd'hui à Ol'Joro Orok, trancha Mr Brindley.

— Regina, tu ne remercies pas ton directeur ?

Comprenant aussitôt combien il lui fallait être prudente, elle contracta les muscles de son visage, en dépit de sa quasi-certitude qu'elle avait dans la gorge une plume de bébé flamant. La seule chose qu'elle parvint à faire au tout dernier moment fut de ravaler un rire inopportun qui aurait mis fin à l'enchantement. Le roi-soldat d'Afrique du Sud écorchait aussi horriblement l'anglais qu'Oha et, de toute la phrase, un seul mot avait été prononcé correctement, et c'était précisément son nom à elle.

— Merci, sir. Merci beaucoup, sir.

— Va, maintenant, et dis à Miss Chart de t'aider à faire tes bagages, Little Nell. Il ne faut pas que nous fassions attendre trop longtemps le *sergeant* Barret. À la guerre, le temps compte beaucoup. Nous le savons tous.

Une heure plus tard à peine, Regina put enfin lâcher l'air de ses poumons, l'aspirer de nouveau et libérer son nez de l'odeur exécrée de savon caustique, de poireau, de viande de mouton et de sueur qui, pour elle, faisait partie des menaces de l'école tout comme les larmes qu'un enfant ravale avant de les sentir se transformer en grains de sel au coin des yeux. Tandis qu'elle défaisait le nœud de sa cravate d'uniforme et qu'elle relevait sa jupe pour que ses genoux prennent le soleil, le vent ne cessait d'inventer des jeux avec ses cheveux. Dès que le fin voile noir devant ses yeux s'écartait un peu, elle pouvait voir l'école blanche, sur la montagne, s'assombrir peu à peu. Quand les nombreux petits bâtiments finirent par s'estomper et ne furent plus que des ombres lointaines et sans contours, son corps devint aussi léger que celui d'un jeune oiseau qui se sert de ses ailes pour la première fois.

Regina n'osait toujours pas dire un mot et, par peur de voir le roi d'Afrique du Sud se changer à nouveau en un simple rêve, en un simple leurre pour son cœur et sa tête, elle se forçait à ne pas regarder Martin. Elle ne se permit qu'un coup d'œil sur ses mains qui tenaient si fermement le volant que les jointures ressemblaient à des pierres précieuses blanches.

— Pourquoi ce vieux bonhomme t'appelle-t-il Little Nell? demanda Martin quand, à la sortie de Nakuru, il engagea la jeep sur la route poussiéreuse qui grimpait en direction de Gilgil.

Regina se mit à rire quand elle entendit le roi parler allemand, et avec le même accent que son père.

— C'est une longue histoire, dit-elle. Est-ce que tu comprends quelque chose aux fées?

— Évidemment. À ta naissance, il y en avait une auprès de ton berceau.

— C'est quoi, un berceau?

— Écoute, tu vas me raconter tout ce que tu sais des fées. Et ensuite je t'expliquerai ce qu'est un berceau.

— Et est-ce que tu me diras aussi pourquoi tu as menti quand tu as dit que tu étais un ami de papa?

— Je n'ai pas triché. Ton papa et moi, nous sommes de très vieux amis. Nous avons passé notre jeunesse ensemble. Et ta mère n'était pas beaucoup plus âgée que toi quand je l'ai vue pour la première fois.

— J'ai cru que tu voulais me kidnapper.

— Pour t'emmener où?

— Là où il n'y a ni écoles ni chefs. Et pas non plus de gens riches qui n'aiment pas les pauvres. Et pas de lettres d'Allemagne, énuméra Regina.

— Je suis désolé de t'avoir déçue. Mais j'ai tout de même un peu triché. Envers ton directeur. Parce qu'en fait, j'arrive de la ferme. Nous avons passé de merveilleuses journées, tes parents, moi, Kimani et Owuor. Rummler aussi, bien entendu. Et je n'ai pas voulu partir sans t'avoir vue.

— Pourquoi?

— Je dois réellement m'en aller dans trois jours. À la guerre. Tu sais, je t'ai connue quand tu étais encore très petite.

— C'était dans mon autre vie et je ne peux pas m'en souvenir.
— Pour moi aussi, c'est une autre vie. Malheureusement, je m'en souviens.
— Tu parles comme papa.

Martin était étonné de constater combien il était aisé de converser avec Regina. Il avait préparé dans sa tête les questions qu'un adulte pose d'ordinaire quand il n'a pas l'habitude des enfants. Mais elle parlait de l'école d'une façon qui le fascinait parce qu'il retrouvait l'humour de Walter dans ses jeunes années et parce que, en même temps, il se trouvait confronté avec un sens de l'ironie ahurissant chez une enfant de onze ans. Bientôt, il se sentit si à l'aise dans le passage incessant de l'imaginaire au réel qui l'avait tout d'abord dérouté qu'il n'eut plus aucune peine à la suivre d'un monde dans l'autre. Entre chaque histoire, Regina observait de longs temps d'arrêt et, quand elle perçut l'irritation de Martin devant ces silences, elle lui expliqua pourquoi, comme s'il avait été l'enfant et elle la maîtresse :

— C'est Kimani qui me l'a appris ; ce n'est pas bon pour la tête quand la bouche reste trop longtemps ouverte.

Entre Thomson's Falls et Ol'Joro Orok, là où la route devenait de plus en plus étroite, escarpée et caillouteuse, Regina déclara :

— Attendons ici jusqu'à ce que le soleil devienne rouge. Voici mon arbre. Quand je le vois, je sais que je suis bientôt chez moi. Peut-être que les singes vont venir. Alors nous pourrons faire un vœu.

— Un singe, chez toi, c'est un peu comme une fée ?

— Les fées, ça n'existe pas. Je fais seulement semblant d'y croire. Ça m'aide, même si papa dit que seuls les Anglais ont le droit de rêver.

— Donc, rêvons tous les deux. Ton papa est un sot.

— Mais non, le contredit-elle en croisant les doigts, c'est un *refugee*.

Elle avait parlé à voix très basse.

— Tu l'aimes beaucoup, n'est-ce pas ?

— Beaucoup, approuva Regina. Maman aussi, ajouta-t-elle aussitôt.

Elle vit que Martin, appuyé contre le gros tronc de son arbre, fermait les yeux ; elle fit de même. Ses oreilles captèrent les premières *schauri* racontées par les tambours et sa peau sentit le vent qui se levait alors que l'herbe ne bougeait pas encore. Le bonheur de rentrer à la maison lui chauffait le corps. Elle ouvrit son corsage pour libérer de petits soupirs et elle fut heureuse d'entendre ces manifestations de contentement dont elle avait été si longtemps privée.

Des bruits pareils à des sifflements tirèrent Martin de sa léthargie. Il regarda Regina un peu trop longtemps et s'aperçut trop tard de l'émoi qui s'emparait de lui. Un bref instant, il tenta de croire que son trouble était dû au poids de la solitude qu'il n'avait jamais aussi vivement ressentie, aux bruits qu'il ne savait pas interpréter et à la forêt aux silhouettes gigantesques et sombres, puis il se rendit compte que c'étaient des souvenirs qu'il pensait oubliés depuis longtemps qui le harcelaient.

Quand les chiffres de sa montre ne furent plus qu'un cercle noir lançant des étincelles violettes qui lui blessaient les yeux, il céda enfin à l'envie grisante de refaire en pensée le chemin qui était derrière lui. Ce fut d'abord son nouveau nom anglais qui se défit en syllabes qu'il ne parvint pas à rassembler, puis, immédiatement après, il se retrouva à Breslau, rencontrant Jettel pour la première fois. Il s'étonna un peu qu'elle soit nue, mais de voir ses boucles brunes danser la ronde l'apaisa. Sa raison fut néanmoins plus forte que sa mémoire. Avant que les images lui aient définitivement déclaré une guerre impitoyable, il se rappela les histoires étranges que les gens venus d'Europe se racontaient sur l'Afrique. Tous redoutaient le moment où le passé les paralysait et les privait du sens du temps.

— Maudits tropiques ! jura Martin.

Il prit peur quand sa voix rompit le silence, mais, seul un oiseau lui ayant répondu, il comprit qu'il n'avait pas du tout parlé à haute voix ; pendant un instant qu'il n'aurait pu mesurer, il se contenta de jouir du soulagement de s'être ainsi sorti d'embarras.

Regina ne ressemblait pas à sa mère et était loin d'être aussi jolie qu'elle au même âge, mais elle n'était pas une enfant. Martin sentit les battements de son cœur quand l'idée se fit jour en lui que certaines histoires ne cessent de recommencer depuis le début. C'était grâce à Jettel qu'il avait un jour pris conscience qu'il était un homme. Regina éveillait aujourd'hui en lui le désir de l'avenir et non celui du passé.

— Viens, dit-il, repartons. Tu as certainement hâte d'être chez toi.

— Mais je suis déjà chez moi.

— Tu aimes la ferme, n'est-ce pas ?

— Oui, mais c'est mon *secret*. Il ne faut pas que mes parents le sachent. Ils aiment l'Allemagne, eux.

— Tu veux me promettre quelque chose ? Si un jour tu dois quitter la ferme, il ne faudra pas être triste.

— Pourquoi est-ce qu'il faudrait que je la quitte ?

— Peut-être que ton père sera un jour soldat lui aussi.

— Ce sera chouette quand il aura un uniforme comme le tien. Et Mr Brindley dira : il ne faut pas faire attendre les soldats. Et les autres m'envieront. Comme aujourd'hui.

— Tu as oublié, dit Martin en souriant, de promettre que tu ne seras jamais triste.

Regina se rendit compte à nouveau que Martin était plus qu'un homme ordinaire. Il savait quelle bonne chose c'était de prononcer plus d'une fois les paroles importantes. Elle prit son temps avant de demander :

— Pourquoi veux-tu que je ne sois pas triste ?

— Parce que je reviendrai te voir après la guerre. Tu seras alors une femme. Mais, auparavant, il faut que j'aille au front. Et là-bas, le monde n'est pas aussi beau qu'ici. Là-bas, j'aimerais au moins m'imaginer que tu es aussi heureuse qu'à présent. Est-ce que ce sera très difficile ?

— Non, dit Regina, il me suffira d'imaginer que tu es bien un roi. Le mien. Ça ne t'embête pas ?

— Absolument pas, fit-il en riant ; on apprend à rêver dans ces patelins du bout du monde.

Il se baissa, souleva Regina par les épaules et, quand il toucha sa peau, le temps se brouilla de nouveau. Il se crut d'abord jeune et insouciant puis, lorsqu'il entendit la peine qu'il avait à respirer, vieux et détraqué. Il se préparait à écraser la mélancolie, mais la voix de Regina devança sa tentative pour reprendre ses esprits :

— Mais qu'est-ce que tu fais ? pouffa-t-elle, ça chatouille.

12

Début décembre 1943, le colonel Whidett reçut un ordre qui gâta radicalement la joie qu'il éprouvait à la pensée de ses prochaines vacances de Noël, un séjour soigneusement préparé dans la maison très fermée du Mount Kenya Safari Club. De toute sa carrière militaire, jamais il n'avait eu à relever un défi aussi délicat : le ministère de la Guerre de Londres lui confiait la responsabilité de l'opération « J », qui entraînerait la restructuration des forces armées stationnées au Kenya.

La colonie, avec effet immédiat, devait suivre l'exemple de la mère patrie et des autres pays du Commonwealth, et donc incorporer dans les armées de Sa Majesté les volontaires n'ayant pas la nationalité britannique, « dans la mesure où ils font montre de sympathie pour la cause des alliés et ne représentent pas un danger pour la sécurité intérieure ». La suite – « pour ce qui est des *refugees* entrant dans ce cadre, il conviendra au préalable de s'assurer sans conteste possible de leurs opinons anti-allemandes » – renforça le colonel Whidett dans la conviction qu'il s'était forgée au cours de deux guerres mondiales : le bon sens britannique n'était pas la première condition mise à l'embauche au sein du ministère de la Guerre anglais.

Une disposition secondaire d'une longueur exorbitante indiquait de surcroît qu'il fallait absolument prendre en compte les milieux de l'émigration allemande. C'est précisément cet aspect que le colonel ressentait comme déconcertant, superflu et schizophrène. Il gardait un souvenir trop présent et trop précis des consignes qui avaient prévalu lors du déclenchement de la guerre. À l'époque, seuls les réfugiés originaires d'Autriche, annexée à l'Allemagne contre son gré, de Tchécoslovaquie, victime d'une brutale agression, et de Pologne, la malheureuse, s'étaient vu reconnaître la qualification de *friendly*, tandis que les réfugiés d'Allemagne étaient indifféremment considérés comme des *enemy aliens*. Depuis – du moins de l'avis unanime des chefs militaires du Kenya – absolument rien ne s'était produit qui justifiât de malmener des principes ayant fait leurs preuves.

Le colonel Whidett commença par envoyer sa famille en vacances à Malindi, renonçant à contrecœur à ses propres congés ; puis, avec une certaine amertume mais aussi la discipline qu'il n'avait jamais sacrifiée à la nonchalance coloniale, en dépit de toutes les tentations bien naturelles, il se prépara à l'exercice de bouleversement mental que l'on exigeait manifestement de lui. Avec une clairvoyance dont il ne faisait généralement pas preuve concernant des sujets excédant son champ conceptuel familier, il se rendit compte aussi rapidement qu'au début de la guerre que le milieu des *refugees*, toujours suspect à ses yeux, posait des problèmes dont on ne pourrait venir à bout grâce à la routine militaire habituelle.

Whidett ressentait cet ordre venu de Londres comme la remise en cause quasi inacceptable d'une situation jusqu'ici en tout point satisfaisante. À la faveur de cette situation, la colonie avait tout de même pu mettre soigneusement à l'écart, dans les fermes des hautes terres, la majorité des gens du continent. Ils n'y faisaient pas courir le moindre risque à la sécurité du pays et ils apportaient, de surcroît, une aide véritable aux fermiers britanniques qui servaient dans l'armée, sans que des officiers comme Whidett aient dû au préalable se soucier de leurs opinions ou de leur passé.

Appeler ce genre de personnes au service de Sa Majesté, dans un pays aussi vaste que le Kenya, dont le système des transports n'avait au surplus pas été adapté aux temps de guerre, était certainement, pour les responsables, une tâche considérablement plus compliquée qu'on avait pu se le figurer dans les bureaux de la mère patrie. Au mess des officiers de Nairobi, où Whidett, contrairement à son habitude de ne pas y discuter de problèmes de service, avait fait part de ses soucis, le bon mot *Germans to the Front* ne tarda pas à faire fureur. Le colonel ressentait ce trait d'esprit non seulement comme un défi jeté à son sens on ne peut plus britannique de l'humour, mais aussi comme une perfidie qui mettait effrontément à nu son désarroi. Il ne savait comment prendre contact avec les *fucking Jerries* et n'avait pas la moindre idée de la manière dont il pourrait sonder leurs convictions.

Sa mémoire qui, dans une affaire comme celle-là, fonctionnait malheureusement trop bien, ne lui laissait aucun doute sur le fait qu'il s'agissait, dans l'immense majorité des cas, de gens ayant connu une existence extrêmement compliquée, circonstance qui lui avait déjà empoisonné les premiers mois de la guerre. Dans des cercles très intimes, il avouait sans détour que le début de la guerre, au moins sous cet aspect, n'avait été qu'un « léger exercice de doigté » en comparaison du dilemme qu'il n'avait toujours pas résolu en février 1944, soit deux mois pleins après l'ordre venu de Londres.

— En 1939, observait Whidett avec ce sens aigu du sarcasme qui faisait l'admiration de tous, on vous apportait encore ces gaillards sur des camions et nous avons réussi à les loger dans des camps. Maintenant, Mr Churchill attend manifestement de nous que nous

nous rendions dans les fermes et vérifiions en personne s'ils bouffent encore de la choucroute en criant *Heil Hitler*.

D'étrange manière, ce furent justement les souvenirs nostalgiques du début du conflit qui inspirèrent au colonel le moyen d'échapper à ses tourments. Au moment opportun, la famille Rubens lui revint en mémoire : ces gens extraordinaires qui avaient plaidé avec tant d'énergie en faveur de la libération des *refugees* internés. L'étude minutieuse des dossiers permit aussi au colonel de retrouver les noms dont on avait malheureusement une nouvelle fois besoin.

Par une lettre qu'il ne rédigea pas sans un certain malaise, habitué qu'il était à commander et non à solliciter, Whidett prit contact avec le clan Rubens ; au bout de deux semaines à peine, une entrevue tout à fait décisive se tint dans son bureau de fonction. À sa grande stupéfaction, le colonel apprit que quatre des fils de la famille Rubens – famille qu'il continuait à trouver par trop démonstrative mais qui, en revanche, faisait la preuve de sa réelle utilité – étaient dans l'armée. L'un était en Birmanie, pays qui ne pouvait pas véritablement passer pour le paradis des planqués, un deuxième combattait dans l'*Air force* en Angleterre ; Archie et Benjamin étaient provisoirement stationnés à Nairobi ; David vivait chez son père : Whidett avait donc deux conseillers supplémentaires.

— Je crois, dit Whidett aux quatre hommes, dont il trouvait, comme lors de leur première rencontre, qu'ils conféraient à sa salle de conférence une allure un peu trop étrangère, je crois qu'à Londres on n'a pas assez mûrement réfléchi à cette affaire. Je ne vois pas pourquoi, reprit-il non sans embarras parce qu'il ne savait pas vraiment comment exprimer ses réserves, pourquoi quelqu'un d'ici irait volontairement dans cette foutue *army* si rien ne l'y oblige. La guerre est tout de même loin.

— Pas pour les gens qui ont eu à souffrir des Allemands.

— Il y en a ici ? interrogea Whidett, intéressé. Autant que je m'en souvienne, la plupart d'entre eux étaient déjà là quand la guerre a éclaté.

— En Allemagne, on n'a pas eu à attendre la guerre pour avoir à souffrir des Allemands, répondit le vieux Rubens.

— Certes non, se hâta de confirmer Whidett tout en réfléchissant pour savoir si la phrase pouvait être chargée de plus de sens qu'il n'en avait perçu.

— Pourquoi, à votre avis, sir, mes fils se sont-ils engagés ?

— Je me casse rarement la tête, vieil homme que je suis, à chercher à savoir pourquoi les gens s'engagent dans l'armée. Je ne me demande pas non plus ce qui m'a poussé à endosser ce misérable uniforme.

— Vous devriez vous le demander, colonel. Nous le faisons, nous. Pour les Juifs, la lutte contre Hitler n'est pas une guerre comme les autres. Très peu d'entre nous ont eu le loisir de choisir de combattre ou non. La plupart ont été massacrés sans pouvoir se défendre.

Le colonel se permit un petit soupir de désapprobation. Même s'il n'en laissa rien paraître, il se souvint que l'homme irascible assis devant son bureau avait aussi eu tendance, lors de leur première rencontre, à user d'expressions peu ragoûtantes. Mais l'expérience et la logique lui soufflèrent alors que les Juifs étaient en général mieux en mesure de résoudre eux-mêmes leurs problèmes que des profanes pas tout à fait impartiaux.

— Comment vais-je pouvoir atteindre vos gens dans ce foutu pays, demanda-t-il, et leur faire savoir que l'*Army* s'intéresse brusquement à eux ?

— Laissez-nous faire ! dirent Archie et Benjamin.

Ils rirent bruyamment quand ils s'aperçurent qu'ils avaient répondu d'une même voix et, comme si aucun des deux n'avait pu parler seul, ils proposèrent une nouvelle fois à l'unisson :

— Si vous êtes d'accord, nous nous rendrons dans les fermes pour informer les hommes concernés.

Le colonel approuva avec un soupçon de bienveillance. Il ne fit pas non plus d'efforts démesurés pour dissimuler son soulagement. Il n'appréciait certes que modérément les solutions non conventionnelles, mais il n'avait jamais été homme à s'opposer à la spontanéité quand elle lui apparaissait utile. En moins d'un mois, il reçut de Londres l'autorisation officielle de libérer Archie et Benjamin de leurs obligations de service régulières et de les charger de cette indispensable mission spéciale. Il écrivit au père une lettre amicale dans laquelle il le priait de continuer à l'aider – lettre rendant superflue une nouvelle rencontre qui, de l'avis de Whidett, aurait été de nature trop personnelle pour les deux parties.

Le vendredi soir suivant, après l'office religieux, le vieux Rubens prononça une petite allocution dans laquelle il parla du devoir qu'avaient les jeunes hommes juifs d'exprimer leurs remerciements au pays qui les avait accueillis ; par ailleurs, il prit sans perdre davantage de temps les mesures d'organisation nécessaires. David fut chargé de prendre contact avec les *refugees* vivant entre Eldoret et Kisumu, Benjamin de parcourir la côte et Archie de visiter les hautes terres.

— Je vais commencer par l'homme de Sabbatia, décida ce dernier, je ne me mettrai pas en route sans interprète.

— Veux-tu dire que nos coreligionnaires ne savent toujours pas l'anglais ? l'interrogea son frère.

— On rencontre des cas vraiment extravagants. Depuis deux ans, il y a dans notre régiment un drôle de Polonais qui ne parle pour ainsi dire pas un traître mot d'anglais, rapporta Archie.

— Une chose pareille, rétorqua son père, ne serait bien entendu jamais arrivée à mes fils s'ils avaient dû s'exiler, eux qui sont si malins. Dans leurs fermes, les Kikuyu leur auraient à tous appris le pur anglais d'Oxford.

La petite saison des pluies n'ayant pas encore commencé à Ol'Joro Orok, la ferme Gibson fut l'une des premières visitées par Archie au cours de sa tournée. Si bien qu'en mars 1944 les débuts de la guerre ressurgirent dans la mémoire de Walter, comme ç'avait été précédemment le cas du colonel Whidett. Une nouvelle fois, ce fut Süsskind qui lui annonça ce tournant décisif de son existence.

Tard l'après-midi, il était arrivé à la ferme en compagnie d'Archie – en uniforme de *sergeant major* – et, à peine descendu de la jeep, il s'était écrié :

— Ça y est ! Si tu veux, tu peux te mettre à compter les jours qui te restent à passer ici. Ils veulent enfin de nous.

Puis il courut au-devant de Jettel et tournoya autour d'elle en riant :

— Tu seras la plus jolie épouse de soldat de tout Nairobi. J'en mets ma main au feu.

— Qu'est-ce que tu nous chantes là ? demanda-t-elle.

— Je te le donne en mille, dit Walter.

La ferme était sur le point de prendre congé du jour. Kimani, à cause du vent assez fort, tapait plus fort que d'habitude sur la citerne avec sa barre de fer. Rebondissant sur la montagne, l'écho retentissait gravement. Les vautours s'envolaient des arbres avec des cris perçants et revenaient aussitôt se nicher dans les branches qui tremblaient au vent.

Rummler, lourd et haletant, grimpa dans la jeep d'Archie, et entreprit, la langue pendante, de réchauffer son pelage humide contre les sièges. Kamau, vêtu d'une chemise qui faisait penser à un carré d'herbe jeune, portait dans la cuisine le bois pour le fourneau. On entendait distinctement, venant de la forêt, les sourds roulements de tambour du soir. L'air avait conservé du soleil couchant la chaleur et la douceur, mais les premières perles de la rosée du soir lui prêtaient déjà leur humidité. On allumait le feu devant les huttes et les chiens des *schambaboy*, flairant les hyènes qui entonnaient leurs hurlements, se mirent à aboyer.

Walter s'aperçut qu'il avait les doigts gourds et la gorge sèche. Ses yeux le brûlaient. Il avait l'impression de voir ce tableau pour la première fois et de n'avoir jamais entendu auparavant ces bruits familiers. L'affolement de son cœur le remplit d'incertitude. Bien que tentant de s'en défendre, il sentit la douleur de la séparation qui risquait de s'emparer de lui, douleur haïe, aiguë, inexplicable.

— Comme Faust, dit-il trop fort et trop soudainement, deux âmes en moi.

— Comme qui? fit Süsskind.

— Oh, rien. Tu ne le connais pas, ce n'est pas un *refugee*.

— Tu ne voudrais pas leur expliquer, enfin? demanda Archie.

Sa voix avait l'impatience des gens de la ville. Il s'en aperçut et sourit au chien près de lui, mais Rummler sauta de la voiture et se mit sur la défensive, grondant entre ses crocs.

— Ce n'est pas nécessaire, le tranquillisa Süsskind, ils sont déjà au courant. Cela fait des mois que nous autres, dans notre brousse, ne pensons à rien d'autre.

— Vous êtes donc si pressés de quitter vos fermes? Ou bien avez-vous peur que la guerre se termine avant d'avoir pu jouer les héros?

— Nous avons de la famille en Allemagne.

— Je suis désolé, bafouilla Archie en suivant Süsskind dans la maison.

Il avait la même sensation désagréable dans les genoux que jadis, quand son père le réprimandait pour une remarque impertinente, et il eut besoin de s'asseoir. Mais avant de prendre une des chaises, il leva la tête et regarda autour de lui. Il contempla, d'abord fortuitement, puis avec une attention qui le mit en joie, un dessin représentant l'hôtel de ville de Breslau. Le papier jaune était dans un cadre noir.

Archie n'avait pas l'habitude de voir d'autres tableaux que le portrait de son grand-père dans la salle à manger et les photos de son enfance et des safaris avec ses cousins de Londres, mais le bâtiment, ses nombreuses fenêtres, son entrée imposante devant laquelle on apercevait des hommes en hauts-de-forme et son toit qui lui parut très beau, tout cela le fascinait et l'irritait en même temps. Cette photo lui semblait faire partie d'un monde qu'il connaissait aussi peu que les boys paternels connaissaient les fêtes juives.

Il trouva la comparaison grotesque. Tout en tirant sur la manche de son uniforme, ornée d'une couronne au-dessus de trois galons de tissu blanc, il se demanda si la *Royal Air Force* avait déjà bombardé la ville au bâtiment imposant, et si son frère Dan avait participé au raid. Il s'étonna un peu que cette idée lui soit désagréable et son mécontentement l'irrita. Il était déjà trop tard pour repartir vers une autre ferme.

Jettel dit à Owuor qu'il fallait faire du café ; Archie fut étonné de l'entendre parler aussi couramment le swahili. Il se demanda pourquoi il ne s'y attendait pas et il se sentit idiot de ne pas trouver de réponse. Il lui fit un sourire et s'aperçut qu'elle était jolie et bien différente des femmes qu'il connaissait à Nairobi. Tout comme l'image dans son cadre noir, elle lui paraissait venir d'un autre monde.

Dorothy, sa propre femme, n'aurait certainement pas porté une robe dans une ferme, mais des pantalons, ses pantalons à lui très vraisemblablement. Les carreaux rouges sur le tissu noir de la robe de Jettel, profondément décolletée, commencèrent à se désagréger sous les yeux d'Archie et, quand il se détourna et regarda à nouveau l'hôtel de ville, il eut l'impression que les nombreuses petites fenêtres s'étaient élargies. Il se rendit compte qu'il était sur le point de succomber à une de ses crises de maux de tête ; il demanda s'il pourrait avoir un whisky.

— Ici, il n'y a pas d'argent pour ça, dit Süsskind.
— Que dit-il ? voulut savoir Walter.
— Votre tableau lui plaît, expliqua Süsskind.
— C'est l'hôtel de ville de Breslau, dit Jettel.

Il lui vint à l'esprit qu'Archie avait à nouveau dit *sorry* et ce fut elle, cette fois, qui lui sourit, mais les lampes n'étaient pas encore allumées et elle ne put voir s'il lui rendait son regard. Elle prit conscience que cet échange de petits signes anodins aurait peut-être été, dans sa jeunesse, le début d'un flirt, mais se rendit compte, avant même que fût venu le temps de l'émoi, qu'elle avait désappris la coquetterie.

Au dîner, on servit du riz avec des oignons frits et des bananes séchées.

— S'il te plaît, explique donc à notre hôte, s'excusa Jettel, que nous ne nous attendions pas à avoir de la visite.
— En outre, nous ne mangeons plus de viande depuis que Regina a eu l'outrecuidance de ne plus rentrer dans ses chaussures, dit Walter.

Il tenta par un sourire de rendre son ironie plus enjouée.

— C'est un vieux plat national allemand, traduisit Süsskind en se promettant de chercher dans le dictionnaire, à la première occasion, comment la Silésie se disait en anglais.

Pour Archie, s'empêcher de fourgonner dans son assiette représenta presque un effort physique. Il se prit à penser que, au cours de sa troisième année à la *boarding school*, il était parfois arrivé en retard à l'heure du repas et que, en guise de punition, il avait dû apprendre par cœur une poésie inepte où il était question d'une fillette niaise qui n'aimait pas le pudding au riz. Il ne se souvenait plus que du premier vers, aussi essaya-t-il, mais en vain, de se remémorer le deuxième. La diversion fut de toute façon de trop courte durée.

Il décida d'avaler le riz, et surtout les bananes salées, sans mâcher, afin de moins sentir leur goût. Il y arriva plus facilement qu'à vaincre la honte qui l'envahissait. Au début, il crut que seul le malaise provoqué en lui par le repas inhabituel et l'atmosphère insolite expliquait son hypersensibilité. Puis, très vite – ce qui lui fut désagréable –, il trouva qu'il était peu supportable de devoir s'avouer que sa famille et les autres Juifs établis depuis longtemps à Nairobi avaient certes fait preuve de beaucoup de complaisance pour venir en aide, par de l'argent et de bons conseils, aux exilés, mais qu'ils ne s'étaient jamais inquiétés de leur passé, de leur existence, de leurs soucis et de leurs états d'âme.

À cela s'ajoutait la gêne de plus en plus grande qu'éprouvait Archie à adresser à Süsskind, pour qu'il traduise, chacun des propos destinés à ses hôtes. Il avait un besoin quasi dément de whisky, et en même temps il avait l'impression que son estomac à jeun en avait englouti trois doubles. Il avait l'impression d'être retombé en enfance et de s'être fait surprendre à écouter aux portes. Il avait fallu un bon bout de temps avant qu'on réussisse à lui faire passer cette habitude. Ce soir-là, il finit par renoncer au combat pour son self-control et déclara qu'il était fatigué. Il accepta avec soulagement la proposition de se retirer dans la chambre de Regina.

Süsskind gardait les yeux tournés vers le feu. Jettel gratta les derniers restes de riz du plat et en fourra une bouchée dans la gueule de Rummler. Walter faisait tourner un couteau autour de son axe. On aurait dit que tous les trois n'attendaient qu'un signe pour se replonger dans l'insouciance joyeuse qui caractérisait habituellement les visites de Süsskind, mais le silence était trop grand ; rien ne vint les délivrer de leur gêne. Tous le sentirent, même Süsskind, et il s'étonna qu'ils aient désappris à accepter les changements. La seule possibilité que la vie puisse suivre d'autres rails leur faisait peur. Il était devenu plus facile de supporter des liens que de les couper. Des larmes dont elle ne savait même pas qu'elles étaient au bord de ses paupières jaillirent des yeux de Jettel.

— Comment peux-tu nous faire ça ? s'écria-t-elle. Tomber à la guerre, tout simplement, après tout ce que nous avons traversé ? Que deviendrons-nous, Regina et moi ?

— Jettel, ne commence pas une de tes scènes ! L'*Army* ne m'a même pas encore enrôlé.

— Mais ça va se faire. Je ne vois pas pourquoi la chance devrait un jour me sourire.

— J'ai quarante ans, dit Walter, et je ne vois pas non plus pourquoi la chance devrait un jour me sourire. Je n'arrive pas à croire que les Anglais n'attendaient plus que moi pour gagner enfin la guerre.

Il se leva et voulut caresser Jettel, mais il ne sentit pas de chaleur dans ses mains ; il laissa retomber les bras et alla à la fenêtre. D'un seul coup, l'odeur familière qui montait des murs de bois humides lui parut douce. Son regard ne rencontrait que l'obscurité et, pourtant, il pressentait la beauté à laquelle, en temps ordinaire, seuls les yeux de Regina prenaient plaisir. Comment allait-il pouvoir lui annoncer la nouvelle ? Il s'aperçut trop tard qu'il avait parlé tout haut.

— Tu n'as pas besoin de te faire du souci pour Regina, dit Jettel en pleurant, elle prie tous les soirs pour que tu puisses partir à l'armée.

— Depuis quand ?

— Depuis la visite de Martin.

— Je ne savais pas.

— Et tu ne sais certainement pas non plus qu'elle est amoureuse de lui ?

— Foutaises !

— Elle n'a pas oublié ce que Martin lui a dit. Elle s'accroche à chaque mot. Tu as certainement demandé à Martin de la préparer à l'idée de quitter la ferme. Vous avez toujours été de mèche, tous les deux.

— À propos de mèche, je pourrais aussi la vendre : c'est quand même toi qui rejoignais Martin sous cette fameuse couverture noire. Martin aussi était fin noir, d'ailleurs. Crois-tu vraiment que j'ai oublié ce qui s'est passé à l'époque, à Breslau ?

— Il ne s'est rien passé du tout. Tu étais simplement une nouvelle fois jaloux, sans raison. Comme toujours.

— Allons, les enfants, ne vous disputez pas ! Cette fois, au moins, il s'est produit quelque chose d'heureux, intervint Süsskind. Archie m'a raconté comment ça va se passer. Tu seras appelé devant une commission et tu devras dire pourquoi tu veux t'engager. Et ne te conduis pas comme un idiot. Les Anglais ne veulent certainement pas t'entendre dire que, tous les deux, vous crevez dans cette ferme.

— Mais je ne veux pas du tout quitter la ferme, sanglota Jettel. La ferme, c'est ma maison.

Elle était très satisfaite d'avoir pu, sans trop d'effort, faire passer dans sa voix et sur son visage le mensonge, la candeur et l'entêtement ; mais, ensuite, elle vit bien que Walter avait percé à jour son petit jeu habituel.

— Jettel a passé toute la durée de notre exil à regretter le bon vieux temps, dit Walter en ne regardant que Süsskind. Bien sûr que je veux quitter la ferme, mais ce n'est pas la seule raison. Pour la première fois depuis des années, j'ai le sentiment qu'on attend quelque chose de moi, qu'on me demande si je veux faire quelque chose ou non. J'ai l'impression de pouvoir enfin agir en fonction de mes convictions. Mon père aurait voulu que j'aille à l'*Army*. D'ailleurs, lui aussi a fait son devoir comme soldat.

— Je croyais que tu n'aimais pas les Anglais, objecta Jettel. Pourquoi veux-tu mourir pour eux ?

— Grand Dieu, Jettel, je ne suis pas encore mort ! Et puis, ce sont les Anglais qui ne m'aiment pas. Mais s'ils veulent bien de moi, je veux alors être des leurs. Peut-être pourrai-je me regarder à nouveau dans la glace sans avoir en face de moi le dernier des bons à rien. Si tu veux savoir, j'ai toujours rêvé d'être soldat. Depuis le premier jour de la guerre. Owuor, qu'est-ce que tu fais ? Pourquoi mets-tu un si gros morceau de bois dans le feu ? Nous n'allons pas tarder à aller au lit.

Owuor avait enfilé sa robe d'avocat. Sifflotant, il mit encore quelques branches dans la cheminée, fit passer de l'air chaud de ses poumons à sa bouche et nourrit le feu avec douceur. Puis il se releva très lentement, comme s'il avait dû rappeler ses membres à la vie, les uns après les autres. Il attendit patiemment que, pour lui aussi, fût venu le temps de parler.

— Bwana, dit-il en jouissant d'avance du grand étonnement que, depuis la venue du *bwana askari*, il brûlait de provoquer, Bwana, répéta-t-il, riant comme une hyène qui a trouvé une proie, si tu pars de la ferme, je viens avec toi. Je ne veux pas de nouveau avoir à te chercher comme le jour où tu as quitté Rongai pour un safari. La *memsahib* aura besoin d'un cuisinier si tu vas chez les *askari*.

— Qu'est-ce que tu dis ? Comment as-tu compris ?

— Bwana, je peux sentir l'odeur des paroles. Et aussi celle des jours qui ne sont pas encore arrivés. Tu l'avais oublié ?

13

Le matin du 6 juin 1944, Walter était assis dans la cantine vide de la troupe, deux heures avant que sonne le réveil. La fraîcheur vivifiante d'une nuit illuminée par une lune jaune coulait à travers les fenêtres ouvertes et s'insinuait dans les parois de bois qui, pour de brefs instants d'un plaisir inespéré, avaient l'odeur des cèdres d'Ol'Joro Orok. Ses insomnies offraient à Walter le bonheur de vivre le bref intervalle entre nuit et aurore : c'était le moment idéal pour démêler pensées et images, écrire des lettres et écouter les informations en langue allemande, à l'abri des regards méfiants des soldats qui avaient la chance d'être nés dans le bon pays et trop peu d'imagination pour l'apprécier à sa juste valeur. Il fourrait dans son pantalon la grossière chemise kaki – beaucoup mieux adaptée à la guerre dans l'hiver européen qu'aux journées caniculaires de la rive sud du lac de Nakuru – et il accédait enfin à un état de profonde satisfaction qui était la conséquence la plus heureuse de la sécurité dont il jouissait désormais.

Au bout de quatre semaines à l'armée, il n'était pas encore assez habitué à l'eau courante, à la lumière électrique et à la plénitude des journées pour ne pas en profiter, en toute conscience, comme d'autant de bienfaits dont il avait longtemps été privé. Durant ses instants de loisir, il éprouvait une joie d'enfant à se rendre au bureau de compagnie pour y contempler l'appareil téléphonique. Parfois même, il prenait en main le combiné pour avoir le plaisir d'entendre le signal «libre».

C'était chaque jour une joie renouvelée d'écouter la radio sans avoir à s'inquiéter de ménager les batteries. Quand le dentiste de la compagnie lui arracha avec rudesse et maladresse deux dents qui le tourmentaient depuis les premiers jours passés à Ol'Joro Orok, même la douleur fut pour lui comme la preuve du chemin parcouru : il n'avait pas besoin de se soucier de la note. Sitôt que son épuisement physique et, depuis quelques jours, de violentes crises de transpiration le lui permettaient, il s'offrait le plaisir de tirer avec une certaine prétention le bilan du nouveau et brutal tournant de son existence.

En un mois, Walter avait plus écouté, parlé et même ri qu'en cinq années de vie à la ferme, à Rongai, puis à Ol'Joro Orok. Il faisait quatre repas gratuits par jour, dont deux avec de la viande, on lui fournissait le linge, les chaussures et plus de pantalons qu'il ne lui en fallait, il pouvait acheter ses cigarettes au tarif réduit des hommes de troupe et avait droit à une ration hebdomadaire d'alcool qu'il avait déjà bradée à deux reprises à un Écossais moustachu, en échange de trois bourrades amicales dans le dos. Avec sa solde de *Private* de la *British Army*, il pouvait payer l'école de Regina et même envoyer une livre à Jettel, à Nairobi. Elle touchait en outre une allocation mensuelle de l'armée. Mais, surtout, Walter vivait sans craindre que chaque lettre soit l'annonce qu'on le congédiait d'un emploi qu'il n'aimait pas, l'annonce d'un échec dévastateur.

Dans une armoire, il y avait du papier et des enveloppes, un encrier entre des bouteilles vides et des cendriers pleins et, à côté, un porte-plume. À l'idée qu'il n'avait qu'à se servir et que l'armée, de surcroît, affranchirait et expédierait son courrier, il se sentait aussi comblé qu'un mendiant affamé devant une montagne de bouillie au sucre au pays de cocagne.

Une photo jaunie de George VI était accrochée au mur. Walter fit un sourire à l'intention du roi dont le visage reflétait tant de sérieux. S'apprêtant à diluer l'encre desséchée, sifflant l'air du *God Save the King*, il compta les gouttes du robinet qu'il fit tomber dans le petit récipient rouillé.

« Ma Jettel chérie », écrivit-il, reposant aussitôt le porte-plume sur la table, un peu effrayé, comme s'il venait de provoquer le destin et de s'exposer ainsi à la jalousie des dieux. Il lui vint à l'esprit qu'il n'avait rien dit de semblable à sa femme depuis des années – ni rien ressenti non plus. Il réfléchit un moment pour savoir s'il devait se réjouir de cette tendresse qui l'avait envahi si naturellement ou s'il devait en avoir honte, mais il ne trouva pas de réponse.

Il fut toutefois assez satisfait du reste de sa lettre : « Tu as tout à fait raison, écrivit-il, sa plume griffant le papier jaune, nous nous réécrivons des lettres comme dans le temps, quand tu attendais à Breslau de pouvoir émigrer. Sauf que nous pouvons à présent attendre tous les trois en sécurité et en toute tranquillité de savoir ce que la vie nous réserve. Et je trouve, contrairement à toi, que nous devons en éprouver une vive reconnaissance et ne pas nous plaindre d'avoir été obligés de changer nos habitudes. Il est vrai, aussi, qu'entre-temps nous avons eu tout loisir de nous entraîner à cet exercice.

« Parlons de moi à présent. Je déploie toute la journée une activité folle et je n'arrive pas à m'imaginer comment les Anglais avaient réussi à se débrouiller sans moi. Ils nous donnent une instruction militaire aussi approfondie que s'ils n'attendaient plus que nous, les *bloody refugees*, pour pouvoir enfin passer à l'attaque. Je crois qu'ils veulent faire de moi une espèce de croisement entre taupe et spécialiste du combat rapproché. L'entraînement terminé, j'ai l'impression d'avoir de nouveau la malaria, mais espérons que ça finira par s'arranger. En tout cas, je rampe toute la journée dans la gadoue et le soir, je ne sais parfois plus si je suis encore en vie. Mais ne t'inquiète pas ! Ton vieux tient bien le coup et, hier soir, j'ai même eu l'illusion que le *sergeant* m'avait adressé un clin d'œil. En vérité, il louche comme le vieux Wanja à Sohrau. Peut-être avait-il l'intention de me décorer, car il faut savoir que je résiste à ce traitement avec des ampoules plein les pieds. Mais, bien sûr, il est incapable de prononcer mon nom et il en est resté là.

« Au cas où tu serais étonnée par cette histoire d'ampoules, sache aussi qu'ils m'ont attribué des bottes trop étroites et que je ne parle pas assez bien l'anglais pour le leur dire. Je me suis toutefois juré de ne pas demander à un autre *refugee* de mon *unit* (ça veut dire unité) de me servir d'interprète. Peut-être que, comme ça, j'arriverai enfin à apprendre l'anglais. En outre, les instructeurs n'aiment pas qu'on parle allemand. Ils ont au moins remarqué d'eux-mêmes que ma casquette était trop grande et me glissait sans arrêt de la tête. Depuis deux jours, j'ai donc de nouveau la vue libre quand je suis en uniforme. Comme tu le vois, les soldats ont aussi leurs petits soucis. Sauf que ce ne sont pas les mêmes qu'avant.

« À ce propos, il me vient à l'esprit que nous devons absolument attirer l'attention de Regina sur le changement le plus important de son existence. Elle n'a plus besoin d'implorer dans ses prières du soir que je ne perde pas mon emploi et elle peut donc concentrer ses demandes à Dieu sur la victoire des alliés. Elle ne se doute bien entendu pas que je suis en garnison à Nakuru. Tu auras certainement remarqué que le courrier militaire ne porte pas de tampon indiquant son origine. De toute façon, je ne voudrais pas la mettre dans la même situation que jadis, lors de ta grossesse.

« Je suis certain, en tout cas, que nous avons pris la bonne décision. Un jour, tu me donneras raison. De même que tu as dû reconnaître, depuis, que nous avons bien fait d'émigrer au Kenya et pas en

Hollande. J'ai d'ailleurs fait ici la connaissance d'un type très sympathique qui avait un magasin d'appareils de radio à Görlitz. Bien entendu, il s'entend beaucoup mieux que moi à faire fonctionner ces appareils et il est très bien informé. Il m'a rapporté qu'il n'y a plus d'espoir non plus pour les Juifs hollandais. Mais ne parle pas de ça chez tes hôtes. Si ma mémoire est bonne, Bruno Gordon avait un frère qui s'était réfugié à Amsterdam après 1933.

« J'espère que tu ne vas pas tarder à trouver où loger à Nairobi et peut-être même dénicher un travail qui te convienne ; ce serait une aide pour nous tous. Qui sait si nous n'arriverons pas un jour à mettre de l'argent de côté pour après la guerre ! (On n'aura plus besoin de soldats, mais nous, nous aurons toujours besoin d'assurer notre avenir.) Quand tu ne seras plus obligée d'habiter chez les Gordon et que tu pourras vivre à ta guise, tu te plairas à coup sûr à Nairobi. Tu as toujours tellement aimé avoir du monde autour de toi ! C'est précisément ce que je savoure ici, malgré la vie de chien qu'on nous fait mener.

« Les Anglais de notre unité sont tous de très jeunes garçons et ils sont en vérité fort sympathiques. Ils ne comprennent certes pas qu'un homme de la même couleur de peau qu'eux puisse ne pas savoir leur langue, mais quelques-uns d'entre eux me donnent des bourrades amicales dans le dos. Sans doute parce que je suis vieux comme Mathusalem à leurs yeux. Pour moi, c'est en tout cas la première fois depuis mon départ de Leobschütz que je ne me sens pas un être humain de deuxième catégorie, bien que je suspecte mon *sergeant* de n'être pas précisément philosémite. Il est parfois préférable de ne pas connaître la langue du pays.

« Kimani me manque beaucoup. Je sais que ça peut paraître idiot, mais je n'arrive pas à me consoler de n'avoir pas réussi à le trouver, à notre départ de la ferme, et à lui dire quel bon ami il avait été pour moi.

Sois heureuse d'avoir Owuor et Rummler auprès de toi, même si Owuor se querelle avec les boys des Gordon. À Ol'Joro Orok aussi, il ne s'entendait avec personne, nous exceptés. Pour nous, il est un morceau de patrie. C'est surtout ça que Regina verra quand elle passera ses premières vacances à Nairobi. Tu vois, je deviens sentimental sur mes vieux jours. Mais l'armée anglaise a remporté de tels succès ces derniers temps qu'elle peut se permettre d'avoir dans ses rangs un soldat sentimental. Lequel a même appris quelques jurons anglais et attend avec impatience ton prochain courrier. Ne tarde pas à écrire à ton vieux Walter. »

Mais, quand Walter pensait à Regina, sa nouvelle confiance en soi recommençait à se lézarder. La peur de n'avoir pas été à la hauteur le tourmentait alors aussi impitoyablement qu'à l'époque la plus désespérée. Il n'arrivait pas à s'imaginer sa fille à Nairobi, elle pour qui la patrie, c'était Ol'Joro Orok. Il se torturait à l'idée qu'il l'avait coupée de ses racines et qu'il exigeait d'elle un sacrifice dont elle ne pouvait comprendre la nécessité.

La situation sans issue et sans espoir qu'ils avaient précédemment connue n'avait pas autant brisé sa fierté que son départ pour l'armée, qui l'avait fait passer pour un lâche aux yeux de sa fille. Il avait dû lui annoncer par écrit qu'ils quittaient la ferme. C'était la première souffrance qu'il infligeait consciemment à Regina. Dans la lettre qu'il lui avait adressée à l'école, il avait tenté de dépeindre la vie à Nairobi comme une succession de journées joyeuses et insouciantes, remplies de distractions et de nouvelles amitiés, mais, en écrivant, il n'arrivait à penser à rien d'autre qu'à son propre départ de Sohrau, de Leobschütz et de Breslau, et ne trouvait pas les mots qui convenaient. Regina avait répondu sur-le-champ, mais sans évoquer, fût-ce d'un mot, la ferme qu'elle ne reverrait jamais. Elle avait écrit en capitales soulignées de rouge : *England expects every man to do his duty. Admiral Nelson.*

Quand Walter eut terminé de traduire la phrase, à l'aide du petit dictionnaire qui était son unique lecture depuis son premier jour d'armée, et qu'il eut constaté qu'il avait déjà rencontré cette maxime en première, au lycée, il ne parvint pas à démêler si c'était le destin ou sa fille qui se moquaient de lui. L'une et l'autre éventualités lui déplaisaient tout autant.

Ce qui le tourmentait, c'était de ne pas savoir si Regina était effectivement déjà assez adulte, patriote et surtout assez anglaise pour arriver à cacher ses sentiments, ou si elle n'était qu'une enfant blessée qui en voulait à son père. Quand il en était là de ses ruminations, il n'était plus certain que d'une chose : il connaissait trop peu sa fille pour interpréter correctement sa réaction. Même s'il ne doutait pas de son amour, il ne se faisait pas d'illusions. Sa fille et lui n'avaient plus de langue maternelle commune.

Tout en se fermant encore aux bruits du jour naissant, Walter s'imagina un instant qu'il ne parlerait plus jamais allemand avec Regina lorsqu'il aurait appris l'anglais. Il avait entendu dire que de nombreux exilés agissaient ainsi afin d'assurer à leurs enfants un enracinement solide dans leur nouveau milieu de vie. Il se vit alors balbutier avec honte et embarras des mots qu'il n'arrivait pas à prononcer, parler avec les mains pour se faire comprendre, et ce tableau, dans la demi-lumière de l'aube, prenait des contours si distincts qu'ils en étaient grotesques.

Walter entendit Regina rire, doucement d'abord, puis bruyamment, sur un ton provocateur. On aurait dit le hurlement honni des hyènes. L'idée qu'elle puisse se moquer de lui sans qu'il lui soit possible de se défendre le plongea dans la panique. Comment ferait-il pour expliquer à sa fille, dans une langue étrangère, les événements qui avaient fait d'eux à jamais des gens en marge ? Comment parler en anglais d'un pays qui tourmentait encore son cœur ?

Au prix d'un grand effort, il parvint à se forcer au calme dont il aurait besoin durant la journée. Avec avidité, il tourna les boutons de la radio pour se débarrasser des fantômes qu'il avait lui-même invoqués. S'apercevant qu'une sueur froide lui coulait de la nuque dans le dos, il comprit avec horreur que le passé l'avait rattrapé. C'était la première fois depuis son arrivée à l'armée que ce sentiment refoulé s'emparait de lui. Son état d'apatride était inscrit sur son front en traces indélébiles. Sa vie durant, il serait un étranger parmi des étrangers.

Des mots sans suite parvinrent à l'oreille de Walter. Bien que la radio ne fût pas ouverte à fond, ils étaient prononcés avec force, avec une excitation qui confinait par moments à l'hystérie. Dans un premier temps, ils apaisèrent pourtant ses sens en plein désarroi. Il s'aperçut bientôt que la voix du speaker n'avait pas la même intonation que d'ordinaire. Walter s'efforça de rassembler les diverses syllabes de manière à former des mots, mais n'y parvint pas. Il alla chercher une nouvelle feuille de papier dans l'armoire et se força à transcrire en lettres chacun des sons captés par son oreille. Leur juxtaposition ne lui fournit aucun sens et, pourtant, il remarqua que deux mots revenaient à de brefs intervalles et qu'il s'agissait vraisemblablement des mots « Ajax » et « Argonaute ». Il s'étonna d'avoir reconnu ces deux noms familiers, en dépit de leur prononciation anglaise nasalisée. L'image du professeur Gladisch rendant les compositions de grec, le visage impassible, à l'École des princes de Pless, passa devant ses yeux, mais il n'eut pas le temps de se raccrocher au passé : des sons nouveaux, des pieds martelant le plancher de bois, venaient de retentir dans la pièce.

Le *sergeant* Pierce fit son apparition en même temps que le soleil se levait. Son pas avait la puissance lui conférant habituellement un port altier, mais il était visible que le reste du corps luttait encore contre la nuit, indifférente au talent avec lequel il forçait ses inférieurs à se plier à son univers étriqué, derrière le rempart de ses jurons et de son intransigeance. Nonchalant, déconcentré, il passa la main dans sa tignasse épaisse, bâilla à plusieurs reprises comme un chien resté trop longtemps couché au soleil, boucla lentement son ceinturon et lança autour de lui un regard interrogateur. Il semblait dans l'attente d'un signe bien précis avant de commencer sa journée.

Il était là, muet, fixant Walter de ses yeux pas encore bien ouverts, et il ressemblait à une statue depuis longtemps dépassée par le cours de l'histoire ; mais, avec une soudaineté inattendue, la vie se mit à couler dans ses membres. Il fit quelques bonds grotesques, puis courut à la radio sans que ses lourdes bottes paraissent toucher le sol. Poussant des râles très brefs mais violents, il régla l'appareil au maximum de son volume sonore. Une rougeur insolite chez cet homme au teint pâle trahissait un ahurissement tout aussi insolite. Le sergent Pierce, laborieusement, se redressa de toute sa taille, posa ses deux mains sur la couture de son pantalon, vida ses poumons et s'écria d'une voix perçante :

— *They've landed*.

Walter sentit aussitôt qu'il s'était produit quelque chose d'extraordinaire et que le sergent attendait de lui une réaction, mais il n'osa même pas le regarder, gardant les yeux fixés sur le papier portant son écriture.

— Ajax, finit-il par dire tout en étant certain que Pierce le prenait pour un crétin.

— *They've landed*, cria une nouvelle fois le sergent, *you bloody fool, they've landed!*

Il asséna à Walter un violent coup sur les épaules, bourrade qui, en dépit de l'impatience qu'elle manifestait, n'était pas dépourvue d'amabilité, il le souleva de son siège et le poussa jusqu'à la carte du monde mal imprimée qui était accrochée entre le portrait du roi et une invitation à ne pas dévoiler inconsidérément des secrets militaires.

— *Here*, hurla-t-il.

— *Hier*, répéta Walter en allemand, heureux d'avoir au moins une fois attrapé au vol le même son que Pierce.

Perplexe, il suivait des yeux l'index charnu du sergent qui glissait sur la carte et finit par s'arrêter en Norvège.

— *Norway*, lut Walter à haute voix et avec empressement, tout en réfléchissant intensément pour savoir si, en anglais, la Norvège se terminait effectivement par le son « aïe » et déterminer ce qui avait bien pu se produire dans ce pays.

— *Normandy, you damned fool*, rectifia Pierce avec irritation.

Il déplaça l'index d'abord vers l'est, jusqu'à la Finlande, puis vers le sud, arrivant en Sicile, et enfin, comme Walter restait muet, il tapota au hasard du plat de sa main tatouée sur la carte de l'Europe. Pour terminer, il lui vint l'idée, saugrenue pour un homme disposant d'un organe vocal aussi puissant, de se servir du porte-plume. Avec des gestes maladroits, il écrivit le mot *Normandy*. Il dévisagea Walter d'un air d'attente anxieuse, puis, comme un enfant peureux, il lui tendit la main.

Walter la prit, toujours sans rien dire, et posa doucement l'index tremblant du *sergeant* Pierce sur la côte de la Normandie. Lui-même n'apprit toutefois qu'au petit déjeuner, de la bouche du marchand de radios de Görlitz, que les alliés venaient d'y débarquer. En remplacement de la marche en rase campagne, avec équipement complet, prévue pour les nouvelles recrues, le *sergeant* Pierce mit Walter de service de jour dans le bureau de compagnie. Bien que l'expression de son visage n'ait pas été différente de celle des autres jours, Walter se figura qu'il avait voulu lui faire une faveur.

Au dîner, on servit du rôti de mouton avec de la sauce à la menthe, des haricots verts pas trop cuits pour une fois et un pudding digne du miracle intervenu dans la lointaine France, en d'autres termes un pudding du Yorkshire bien gras et très consistant – premier festin du genre depuis le débarquement des alliés en Sicile. Dans la cantine richement décorée de petits *Union Jacks*, on chanta, avant le repas, le *God Save the King*, suivi du *Rule Britannia*, puis, quand on apporta la salade de fruits accompagnée d'une crème à la vanille chaude, on entonna le *Keep the Homefires Burning*. L'enthousiasme fut à son comble lorsque résonna *It's a Long Way to Tipperary*.

Des larmes mélancoliques tombèrent dans le premier brandy, servi dans des verres à eau. Le *sergeant* Pierce était d'excellente humeur et, dans les temps morts entre les chants, il jouissait de l'admiration de ses hommes rayonnants de bonheur et des félicitations unanimes que lui valait le fait d'avoir été le premier à apprendre ce tournant heureux de la guerre. Mais son sens bien connu du fair-play était tout aussi intact que sa mémoire. Il étouffa dans l'œuf tout soupçon qu'il fût homme à se parer des plumes du paon.

Pendant le repas déjà, puis avant le résumé des nouvelles qui renouvela l'enthousiasme, il insista pour que Walter reçoive une petite ovation, lui qui avait aussitôt su où se trouvait cette *bloody Normandy*. Pierce veilla en personne à ce que le verre de Walter ne soit jamais vide. Il ne cessait de lui verser tour à tour du brandy et du whisky et son humeur, déjà au beau fixe, devint plus radieuse encore quand l'étrange type muet venu d'Europe eut enfin appris à dire *Cheers*, et ce avec le bel accent cockney qui passait pour l'une des marques distinctives du sergent.

Walter ressentait le brandy comme un bienfait pour son estomac en rébellion depuis plusieurs jours déjà, tandis que le whisky lui paraissait la boisson idéale pour répartir également dans sa bouche la graisse de mouton, froide et répugnante, même s'il éprouvait de plus en plus de difficultés, après chaque gorgée, à se concentrer sur une conversation qu'il ne comprenait pas, de toute façon. Certes, il se sentait la tête lourde, mais le sifflement, dans ses oreilles, était agréable et lui rappelait l'époque heureuse où il était étudiant ; il fut pour lui synonyme de béatitude jusqu'au moment où il s'aperçut qu'il commençait à grelotter. Dans un tout premier temps, ce fut une sensation pas trop déplaisante, parce qu'elle rafraîchissait ses esprits embrumés par l'épaisse atmosphère d'alcool, de tabac et de sueur et qu'elle rendait supportables les palpitations douloureuses de ses tempes.

Puis, les premiers, les meubles se mirent à tanguer devant ses yeux, les gens aussi, peu après. Le *sergeant* Pierce commença à grandir à une vitesse ahurissante. Sa figure ressemblait à un de ces ballons effrontément rouges que Walter avait vus pour la dernière fois à bord de l'*Ussukuma*, à l'occasion d'une fête. Il trouva tout à fait puéril, et surtout extravagant, que les alliés aient utilisé des ballons aussi bon marché pour débarquer en Normandie ; et cela d'autant plus qu'ils éclataient beaucoup trop vite, libérant de petites croix gammées qui, avec impudence, chantaient à tue-tête le *Gaudeamus igitur*.

Dès que les chants se taisaient et que l'assaut des images cessait un instant, Walter se rendait compte qu'il était le seul à ne pas supporter l'alcool. Cela l'ennuyait et il essaya, pressant son dos contre le dossier du siège et serrant les dents, de se tenir aussi droit que possible malgré ses suées abondantes. Quand il découvrit que la graisse de mouton froide s'était transformée dans sa bouche en sang bouillant, il aurait aimé se lever, mais il se dit que ce n'était pas le moment, pour un *refugee* comme lui, de se faire remarquer inutilement. Il demeura donc assis et enfonça ses ongles dans le rebord de la table.

De nouveaux bruits le harcelèrent encore plus douloureusement qu'avant ; ils étaient si violents qu'ils le paralysaient. Walter entendit rire Owuor, puis, immédiatement, son père l'appeler, mais il ne put distinguer leurs voix assez longtemps pour les empêcher de se muer en un gémissement terrifié. Walter fut néanmoins infiniment soulagé de savoir son père en sécurité en Normandie ; il était seulement un peu chagrin de ne plus se souvenir du nom de sa sœur. Il se dit qu'il fallait à tout prix éviter de la vexer si elle se mettait à l'appeler elle aussi, mais l'effort qu'il fit pour retrouver son nom à temps et, après une si longue absence, se justifier auprès de son père de les avoir laissés seuls à Sohrau, lui et sa fille, fit fondre son corps dans l'atmosphère torride. Walter savait que c'était la toute dernière occasion de remercier le vieux Rubens de s'être porté garant pour Regina et Jettel et de les avoir sorties de l'enfer. Il était agréable de ne plus sentir de froid à l'intérieur de soi. D'un seul coup, il lui fut aisé de se lever et d'aller à la rencontre de son sauveur.

Walter se réveilla trois jours plus tard, pour un bref instant, non pas dans son baraquement militaire mais au General Army Hospital de Nakuru. Le hasard voulut que soit présent le caporal Prudence Dickinson, une infirmière que la majorité des patients admiraient beaucoup pour l'enviable mobilité de ses hanches ; ils l'appelaient simplement Prue. Elle n'était toutefois pas disposée à converser avec un homme qui – cela ne faisait aucun doute – avait parlé allemand durant ses fâcheuses crises de délire et avait ainsi plus gravement blessé son oreille patriotique que l'ennemi n'aurait jamais pu le faire.

Cela ne l'empêcha pas d'essuyer la sueur du front du malade, de lisser du même geste absent son oreiller et la chemise vert olive de l'hôpital, de lui glisser un thermomètre entre les dents et, contrairement à ses habitudes quand elle avait affaire à un patient qui lui déplaisait, de prononcer une phrase entière. Avec une ironie qui ne correspondait certes ni à sa mentalité ni à son sens de l'humour, mais qui était la seule arme lui permettant de surmonter le dégoût que lui inspirait son travail dans la misérable colonie, Prue se dit qu'elle aurait pu s'épargner cette peine. Walter s'était en effet déjà rendormi et avait provisoirement manqué sa première occasion d'apprendre que ni le whisky, ni le brandy, ni même le rôti de mouton n'étaient responsables de son état. Il avait la fièvre hématurique, une forme de malaria.

Il avait sauvé sa peau grâce à la vitesse de réaction du *sergeant* Pierce qui, en tant que soldat, avait trop d'expérience en matière d'alcool et, en tant qu'enfant du *slum* londonien, avait trop vu trop de gens délirer sous l'effet de la fièvre pour se méprendre sur l'état de Walter au cours de la grande fête de la victoire. Quand Pierce vit ce drôle de zèbre du continent s'effondrer dans la cantine, il ne se laissa pas un seul instant induire en erreur par ses camarades en goguette qui proposaient de plonger Walter dans un baquet d'eau froide. Pierce fit en sorte que Walter fût transporté sans délai à l'hôpital. La rumeur porta son exploit jusqu'à Nairobi : ne témoignait-il pas de l'extraordinaire talent d'organisation d'un soldat de valeur, capable de dégotter, le jour du débarquement en Normandie, un chauffeur n'ayant pas bu ?

Bien qu'ayant de bonnes raisons de se consacrer à ses propres affaires – il avait eu vent de bruits évoquant sa promotion au grade de sergent-major –, il se tenait quotidiennement au courant de l'évolution de la maladie de Walter. Il parlait aussi peu que possible de ce comportement, bizarre à ses propres yeux ; il ressentait le fait de s'intéresser à un de ses hommes en particulier comme quelque chose de pas très convenable et, surtout, comme un traitement de faveur indigne de lui. Ce dernier point le préoccupait. Il n'arrivait à s'expliquer un aussi étrange écart, une telle intrusion dans la sphère privée, que par le hasard qui lui avait fait apprendre « le truc en Normandie » en compagnie justement de ce *funny refugee*. On le taquinait à l'occasion pour sa nouvelle propension à employer fréquemment le terme de *funny* et à ne plus dire *bloody* qu'à de rares exceptions, mais Pierce se montrait peu enclin à analyser plus avant ces finesses linguistiques et ne voyait par conséquent aucune raison de se corriger.

Au bout d'une semaine, il rendit visite à Walter à l'hôpital et il fut effrayé de le voir si apathique dans son lit, les lèvres bleues et la peau jaune. La joie de Walter en le voyant émut Pierce. Son émotion grandit encore en l'entendant le saluer d'un *Cheers* prononcé, en prime, avec un magnifique accent cockney. Pourtant, après cette prise de contact si prometteuse, les deux hommes ne purent que se regarder sans rien dire ; lorsque les silences se prolongeaient trop, le *sergeant* disait *Normandy* et Walter riait ; sur quoi, presque immanquablement, Pierce battait des mains sans jamais se trouver ridicule. Lors de sa visite du début de deuxième semaine, il amena avec lui Kurt Katschinsky, le marchand de radios de Görlitz, et c'est alors qu'il prit conscience, pour la première fois de sa vie, de l'importance de la compréhension entre les êtres.

Le véritable envoyé du ciel que se révéla le dénommé Katschinsky, un homme bien nourri et affublé de culottes kaki, se montra en réalité avare de paroles ; il était surtout sur le point d'avoir oublié sa langue maternelle. Néanmoins, il expliqua à Walter l'histoire de la fièvre hématurique, le délivrant du même coup des reproches qu'il ne cessait de s'adresser et de la torture qu'il s'infligeait par la même occasion, puisqu'il croyait jusque-là s'être conduit comme un imbécile en s'empoisonnant à l'alcool. Au *sergeant* qui était dans l'obligation de faire venir l'épouse du patient en cas de maladie grave, mais qui ne possédait pas l'adresse de Jettel, Katschinsky révéla que Walter avait une fille de douze ans dans l'école de Nakuru, éloignée de quelques kilomètres seulement. Dès le lendemain, Pierce fit son apparition en compagnie de Regina.

Quand Walter vit sa fille entrer sur la pointe des pieds, il eut la certitude d'avoir rechuté et d'être la proie d'un nouvel accès de fièvre. Il se dépêcha de fermer les yeux pour garder en tête la belle image avant qu'elle apparaisse comme un leurre. Durant les premiers jours de sa maladie, il n'avait pas cessé de découvrir son père et Liesel assis près de son lit et de les voir se transformer en êtres sans corps dès qu'il leur adressait la parole ; il ne fallait en aucun cas répéter cette erreur fatale avec Regina. Walter se rendait compte que sa fille était encore trop jeune pour comprendre ce qui arrivait aux *refugees* qui ne voulaient pas oublier. Mieux valait pour l'un et l'autre ne pas entrer en contact, s'ils étaient ensuite condamnés à se séparer à nouveau. Regina lui en serait reconnaissante un jour. Prenant conscience qu'elle ne voulait pas accepter les leçons de son expérience, il se protégea la figure de ses mains.

— Papa, papa, tu ne me reconnais pas ? l'entendit-il dire.

Sa voix lui parvenait de très loin, de si loin qu'il n'arrivait pas à savoir si sa fille l'appelait depuis Leobschütz ou depuis Sohrau, mais il sentit qu'il n'y avait pas de temps à perdre s'il voulait la mettre en sécurité. Elle était en danger de mort si elle restait au pays, comme une enfant en tous points semblable aux autres. Or Regina était trop âgée pour nourrir des rêves que les êtres hors la loi ne peuvent se permettre. Walter fut furieux qu'elle ne veuille rien apprendre de lui, mais la colère lui redonna en même temps de l'énergie et il comprit qu'il devait se forcer à la frapper au visage pour la sauver. Il réussit à se redresser dans le lit et à lancer ses deux bras en arrière. C'est alors qu'il sentit la chaleur du corps de sa fille contre le sien ; Regina parlait si près de son oreille qu'il sentait la vibration de chaque son.

— Enfin, papa. Je croyais que tu n'allais plus te réveiller.

Walter était tellement abasourdi par la réalité qui se dévoilait lentement à lui qu'il n'osa pas prononcer un seul mot. Il ne s'aperçut pas non plus que le sergent Pierce se tenait à la tête de son lit.

— Tu t'as blessé ? demanda Regina.

— Mon Dieu, j'avais oublié que tu ne sais plus parler correctement l'allemand.

— Tu t'as blessé ? insista Regina.

— Non, ton papa n'est qu'un soldat très bête qui a attrapé la fièvre hématurique.

— Mais il est soldat, s'entêta-t-elle avec fierté.

— *Cheers*, dit Pierce.

— *Three cheers for my daddy*, s'écria Regina tout haut.

Elle leva les bras au-dessus de la tête et vit alors ce drôle de soldat, ce type qui parlait un anglais si étrange qu'elle avait beaucoup de peine à ne pas rire, lever à son tour le bras droit et lancer avec elle, en chœur et merveilleusement fort, un *Hipp, hipp, hurrah* !

Beaucoup plus tard, Walter proposa à sa fille :

— Dis-lui qu'il doit découvrir pourquoi le dragon qui fait office d'infirmière ne peut pas me sentir.

Le *sergeant* Pierce écouta avec attention tandis que Regina lui rapportait avec animation ce qu'elle venait d'apprendre ; il fit ensuite venir le caporal Prudence Dickinson. Il lui posa d'abord quelques questions polies, puis, très soudainement, se planta devant elle, les poings sur les hanches, et, à la grande stupéfaction de Regina, traita l'infirmière Prue de *nasty bitch*, sur quoi elle quitta la salle sans un mot, sans onduler des hanches et le visage plus rouge qu'un feu de brousse qui n'a pas à craindre la pluie.

— Dis à ton père que cette femme est un âne bâté, déclara Pierce. Ce qui l'a mise hors d'elle, c'est d'entendre ton père parler allemand dans son délire. Mais je crois que tu ne devrais le lui raconter qu'une fois guéri.

— Il y a encore une chose qu'il voudrait savoir, dit-elle très bas.

— Vas-y, demande.

— Il veut savoir s'il ne pourra plus être soldat maintenant.

— Pourquoi donc ?

— Parce qu'il est si vite tombé malade.

Pierce sentit quelque chose bouger dans sa gorge et dans sa bouche et il dut se racler le gosier. Il sourit, bien que cela ne lui ait pas paru tout à fait de circonstance. Cette petite lui plaisait, d'une certaine façon. Elle n'avait certes pas de tresses, elle n'était pas rousse et n'avait pas non plus de taches de rousseur, mais elle lui rappelait l'une de ses sœurs, sans qu'il sache bien laquelle. Toutes les cinq, sans doute. Il ne se souvenait pas à quelle occasion. Cela faisait certainement trop longtemps qu'il ne les avait pas revues. En tout cas, l'enfant au foutu accent d'Oxford – l'accent plein de morgue des gens riches – ne manquait pas de courage. Il le sentait et cela lui plaisait.

— Explique à ton père, dit-il, que l'*Army* a encore besoin de lui.

— Il a dit que tu pouvais garder ton emploi, murmura-t-elle.

Elle donna un rapide baiser à son père, sur les deux yeux, afin que le *sergeant* ne remarque pas qu'il pleurait.

14

Le Hove Court Hotel – avec ses palmiers desséchés, des deux côtés du lourd portail d'entrée en fer forgé, ses citronniers aux fruits verts ou d'un jaune lumineux, ses buissons de mûriers exubérants, ses cactus géants, ses rosiers grimpants dans le grand jardin, ses bougainvilliers aux fleurs d'un violet profond, avec aussi ses maisonnettes basses et blanches entourant une pelouse au gazon ras – avait presque le même âge que la ville de Nairobi elle-même. Quand, en 1905, ces spacieuses installations furent édifiées par un architecte futuriste, originaire du Sussex, elles servirent de premier hébergement aux fonctionnaires récemment arrivés dans la colonie, jusqu'à ce que leurs familles les aient rejoints et qu'ils se soient installés dans leurs propres maisons.

Depuis que Mr Malan était devenu propriétaire de l'hôtel, le sûr instinct alliant distinction et libéralité qui, à l'époque des farouches fondateurs de la jeune cité, avait présidé au maintien d'une enclave très anglaise ne régnait plus en ces lieux. Quand il avait commandé de nouvelles enseignes et renoncé, après des calculs serrés, au mot « hôtel », il avait mis toute sa minutie et sa diligence à ce que le Hove Court perde son statut d'établissement réservé à des gens sachant tenir leur rang. Le commerçant originaire de Bombay avait su, avec l'œil du spécialiste expérimenté, déceler les exigences d'une époque nouvelle. On n'avait plus à loger des fonctionnaires nostalgiques de la vieille patrie, ni des participants à des safaris qui, avant le départ pour la grande aventure, éprouvaient un besoin impérieux d'élégance et de confort, mais des réfugiés venus d'Europe. Malan, qui devait sa fortune à un flair acéré pour les vicissitudes de l'existence, trouvait qu'avec ces gens-là les rapports étaient aisés. Il leur fallait redémarrer dans la vie et, quoique pleins de zèle et d'ardeur, ils étaient aussi économes et faciles à contenter que ses propres compatriotes qui, eux aussi, tentaient un nouveau départ au Kenya.

Des réfugiés qui ne pouvaient s'offrir le luxe de la nostalgie accordaient beaucoup plus d'importance à la modicité des tarifs qu'à la tradition des vieux manoirs anglais. Dès le milieu des années trente, les premiers émigrés continentaux commençant à arriver dans le pays, Malan avait fait transformer les grandes pièces en petits meublés et les salles communes – ainsi que les petites cuisines et les salles de bains – en chambres individuelles avec une table de toilette derrière un rideau ; il avait fait aménager des W-C collectifs et n'avait laissé en leur état d'origine, dans les espaces libres derrière le grand jardin, que les petites huttes malpropres, aux toits en tôle ondulée, réservées au personnel noir. Cette unique concession aux mœurs locales n'avait pas tardé à se révéler un coup de maître.

Même si les locataires de Malan étaient d'une pauvreté et d'une modestie inhabituelles pour des Blancs et si leurs logements étaient presque aussi rudimentaires et étriqués que ceux de ses parents de Bombay, ils pouvaient néanmoins, grâce à ce trait de génie, héberger sur place le personnel qui, en fonction de lois non écrites, était obligatoire pour les couches blanches supérieures et, par la même occasion, nourrir l'illusion d'être en route vers l'intégration et d'avoir un niveau de vie identique à celui des riches Anglais habitant les maisons à la périphérie de la ville. Ceux qui, au terme d'une attente anxieuse et, souvent aussi, après paiement d'une importante rallonge au moment du premier loyer, trouvaient à se caser au Hove Court s'installaient pour une longue durée. Nombre de familles y habitaient depuis des années.

Mr Malan n'avait qu'une vague idée de la géographie européenne et ne nourrissait pas les préjugés qu'il aurait pourtant pu s'autoriser compte tenu de sa fortune ; il privilégia en conséquence, dans le choix de ses locataires, les *refugees* d'Allemagne. Ils étaient par exemple beaucoup plus réservés que les Autrichiens, ces gens si sûrs d'eux, et bien plus propres que les Polonais. Surtout, ils s'acquittaient ponctuellement de leur dû et, à la différence des autochtones blancs et arrogants, ils ne prenaient pas une mine affligée quand ils entendaient son accent étranger. Bien entendu, du fait de leurs difficultés linguistiques, ils n'avaient pas non plus tendance à le contredire, chose qu'il avait en horreur.

Il avait découvert que les Allemands – contre qui, au demeurant, il n'avait rien, même après le déclenchement de la guerre, ne serait-ce que parce que lui-même haïssait les Anglais – avaient peur des changements : plus que la plupart des gens, ils préféraient vivre entre eux. Cela faisait son affaire. Une rotation trop rapide des locataires au Hove Court, avec les rénovations qu'elle aurait nécessairement entraînées, eût été pure dilapidation. Alors que, à procéder comme il le faisait, il voyait son compte en banque augmenter chaque année, en même temps que l'estime dont il jouissait, y compris en dehors du petit groupe des hommes d'affaires indiens. Que son commerce florissant fût jaugé selon de tout autres critères que les hôtels distingués de la ville était le cadet de ses soucis.

Malan faisait trois apparitions hebdomadaires au Hove Court, essentiellement afin de signifier aux personnes ayant des réclamations à formuler qu'elles vivaient désormais dans un pays libre et avaient le droit de déménager de chez lui à tout moment pour s'installer ailleurs. Il ne se souciait pas de hiérarchie à l'intérieur du Hove Court. Le meublé le plus beau, celui qui avait devant la fenêtre un eucalyptus très fourni et un minuscule jardin planté d'œillets roses, rouge sang et jaune vanille, était habité par la vieille Mrs Clavy et son chien Tiger, un boxer brun, très âgé, qui manifestait une certaine aversion envers la trop grande dureté des sonorités allemandes. Mrs Clavy elle-même, dont le fiancé était décédé de la malaria six semaines après son arrivée à Nairobi, bien avant la Première Guerre mondiale, passait pour une personne aimable. Elle ne jugeait pas les enfants en fonction de leur langue maternelle et leur souriait sans discrimination aucune.

Lydia Taylor, jadis serveuse au Savoy de Londres, était l'autre Anglaise. Elle aussi supportait de partager la vie de personnes de langue étrangère avec un flegme qui, pour les *refugees*, n'allait absolument pas de soi. Son troisième époux était un *captain* qui n'était nullement disposé à fournir à son épouse et à trois enfants, dont un seul était de lui, plus que le loyer mensuel donnant droit à deux pièces au Hove Court.

Ses précieuses robes de soie, amplement décolletées, datant de la brève époque de son mariage avec un commerçant en textiles de Manchester, ses trois boys et une *aja* âgée, qui, sitôt le soleil levé, poussait un landau à travers le jardin en chantant à tue-tête, alimentaient les conversations. Mrs Taylor était enviée pour sa terrasse. Le jour, elle y donnait le sein à son bébé et, la nuit tombée, y recevait de nombreux jeunes amis en uniforme, à la voix tonitruante. Ils lui assuraient son prestige social depuis que, à son grand soulagement, son mari avait été muté en Birmanie.

Les immigrants de la première heure n'étaient pas mal logés, eux non plus, presque toujours du côté ombragé du jardin, si convoité, et souvent avec de simples et minuscules avant-corps devant leurs fenêtres, juste assez larges pour recevoir des pots de fleurs avec de la ciboulette qui prospérait en ces lieux. Ils suscitaient une très forte jalousie chez les réfugiés arrivés après eux. De leur côté, ils traitaient ces derniers avec la condescendance bienveillante que, dans l'ancienne patrie, on estimait devoir manifester aux parents pauvres.

Cette élite immigrée favorisée par le destin comptait en ses rangs les vieux Schlachter, de Stuttgart, que rien ne pouvait convaincre de dévoiler leurs recettes des spécialités souabes de rissoles et de pâtes, les *Maultaschen* et les *Spätzle* dont ils vivaient ; le peu aimable ébéniste Keller qui était venu d'Erfurt avec sa femme et son fils, adolescent effronté, et qui avait si bien fait son chemin qu'il dirigeait aujourd'hui une scierie ; et enfin Leo Slapak, de Cracovie, qui vivait avec sa femme, sa belle-mère et trois enfants. Slapak gagnait certes pas mal d'argent avec sa boutique d'articles d'occasion, mais il n'était pas disposé à le dépenser pour mieux se loger.

Elsa Conrad passait aussi pour une résidente de longue date au Hove Court, à tort certes, mais en raison du prestige que lui valait sa manière impériale d'en user avec Mr Malan. Bien qu'ayant emménagé après le début de la guerre, elle disposait de deux grandes pièces et d'une terrasse presque aussi grande que celle de Mrs Taylor. Le vieux professeur Siegfried Gottschalk, âgé de quatre-vingts ans, faisait, lui, effectivement partie des premiers locataires de Mr Malan. Pourtant, même les malchanceux logeant dans d'étroits cagibis le trouvaient sympathique : il était le seul à ne pas se réclamer du statut de l'immigré de la première heure, à ne pas jouer les êtres clairvoyants ayant décelé à temps les signes avant-coureurs de la catastrophe.

Durant la Première Guerre mondiale, il avait sacrifié à son empereur la mobilité de son bras droit avant de mettre le même élan joyeux à servir sa ville natale en tant que professeur de philosophie. Un jour du printemps 1933 qui restait vivace dans son souvenir – d'abord à cause de la douceur de l'air, ensuite en raison de la tempête qui s'était levée dans son cœur – des étudiants de l'université de Francfort, hurlant comme des déments, l'avaient jeté dans la rue – alors que jusqu'à cette heure fatale, ils l'avaient tenu pour un mentor extraordinaire, lui exprimant sans retenue un amour qui l'avait fait se bercer de douces illusions.

Rompant avec l'usage général au Hove Court, Gottschalk évoquait rarement l'éclat des jours heureux. Tous les matins, il se levait à sept heures et, coiffé du casque colonial qu'il avait acheté en prévision de l'exil, vêtu du costume foncé et de la cravate grise qui provenaient aussi de sa ville natale, il se rendait jusqu'à la petite colline, derrière les huttes des boys qu'il s'entêtait à appeler des *adlati*. Même en pleine chaleur de midi, il ne s'autorisait pas de tenue plus légère et n'observait pas non plus la sieste traditionnelle en ce pays.

« Notre professeur » – comme l'appelaient même ceux qui n'avaient pas eu l'occasion de connaître la vie universitaire dans leur première existence et qui le tenaient donc pour un original distrait – était en fait le père de Lilly Hahn. Il n'avait jamais accepté la proposition de sa fille de venir s'installer chez elle et Oha, dans la ferme de Gilgil ; chaque fois il expliquait son refus en ces termes :

— J'ai besoin d'êtres humains autour de moi et pas de bœufs, pas d'abrutis.

Depuis près de dix ans, il s'interrogeait et interrogeait ses livres, soucieux de tirer au clair pourquoi il lui avait été donné, à lui précisément, d'assister à la chevauchée des cavaliers de l'Apocalypse et de continuer à vivre ; mais il ne se plaignait jamais. Un jour arriva une lettre de sa fille qui, au moins pour deux ou trois jours, le stimula et l'agita tout à la fois. Lilly demandait à son père de rendre visite à Jettel chez les Gordon et d'intercéder auprès de Malan en sa faveur, pour qu'elle et sa fille puissent trouver un toit au Hove Court.

Bien que placé par cette mission devant le problème le plus difficile qu'il ait eu à résoudre depuis son arrivée dans le port de Kilindini, le vieil homme fut heureux à la perspective de passer un tout petit peu de son temps en compagnie d'autres hommes que Sénèque, Descartes, Kant ou Leibniz. Le dimanche suivant, à huit heures du matin, tout guilleret, une petite bouteille d'eau potable dans la poche de sa veste, il franchit le portail en fer du Hove Court. Il n'osa pas prendre le bus parce qu'il était incapable d'indiquer sa destination au chauffeur en anglais ou en swahili, et il parcourut à pied les trois kilomètres le séparant de la maison des Gordon.

À sa grande joie, ceux-ci étaient originaires de Königsberg où, jeune garçon, il passait souvent ses vacances chez un oncle. Le teint pâle de Jettel, ses yeux noirs, l'expression enfantine du visage et des boucles brunes qui évoquaient pour lui un charmant tableau jadis accroché dans son bureau l'émurent et rendirent d'autant plus pénible son incapacité à lui venir en aide.

— La seule chose que je puisse faire, dit-il après sa troisième tasse de café, c'est de vous accompagner, malheureusement pas d'intercéder en votre faveur. Je n'ai pas appris l'anglais depuis mon arrivée.

— Ah, monsieur Gottschalk! Lilly m'a dit tellement de bien de vous! Je me sentirai plus à l'aise rien que d'aller voir Malan en votre compagnie. C'est que je ne le connais pas du tout.

— J'ai entendu dire qu'il n'était pas un philanthrope.

— Vous me porterez chance, dit Jettel.

— Cela faisait longtemps qu'une femme ne m'avait pas dit une chose pareille, sourit Gottschalk, et jamais une femme aussi belle. Demain, je commencerai par vous montrer notre Hove Court et peut-être nous viendra-t-il à l'esprit ce que nous pouvons faire.

« Ce fut, écrivit-il deux jours plus tard à sa fille, la meilleure idée que j'aie jamais eue dans ce pays maudit. » À dire vrai, ce ne fut pas lui, mais le hasard et

Elsa Conrad qui mirent les choses en branle. Gottschalk était en train d'attirer l'attention de Jettel sur les tendres fleurs d'ibiscus poussant le long d'un mur au milieu d'une nuée de papillons jaunes, quand Elsa Conrad versa ce qui restait d'eau dans son arrosoir sur le boxer de Mrs Clavy en le traitant de « saloperie de clébard ». À sa longue robe de chambre fleurie et à son turban sur la tête, Jettel reconnut aussitôt sa compagne impétueuse des premiers jours de la guerre.

— Mon Dieu, Elsa, du Norfolk, s'écria-t-elle tout excitée, tu ne te rappelles donc pas ? Nous y avons été internées ensemble en 1939 !

— Crois-tu, demanda Elsa, indignée, qu'on peut passer une vie entière dans un bar et ne pas se rappeler les visages ? Allez, entre. Vous aussi, monsieur Gottschalk. Je me souviens très bien. Ton mari était avocat. Et tu as une enfant mignonne et un peu farouche. Vous étiez bien dans une ferme ? Que fais-tu à Nairobi ? T'es-tu enfuie de chez ton mari ?

— Mon mari est à l'armée, dit Jettel avec fierté. Et moi, poursuivit-elle, je ne sais pas du tout que faire. Je ne sais où loger et Regina sera bientôt en vacances.

— Ce ton désespéré me rappelle quelque chose. Es-tu toujours l'épouse d'avocat aux manières si raffinées que j'ai connue ? En tout cas, tu n'es pas devenue plus adulte. Ça ne fait rien. Elsa a toujours rendu service quand elle l'a pu. Surtout aux héros de la guerre. Tu as besoin de quelqu'un pour t'accompagner chez Malan. Sans vouloir vous offenser, mon cher professeur, vous n'êtes pas l'homme de la situation. Nous irons le trouver dès demain. Et ne te mets surtout pas à pleurer. Cet Indien dégoûtant est insensible aux larmes.

Malan refoula sa colère et ses soupirs quand Elsa, ayant pris son bureau d'assaut, lui présenta Jettel comme une courageuse épouse de soldat qui avait un besoin immédiat de logement. Elle exigeait bien entendu un loyer absolument dérisoire : même le frère préféré de Malan n'aurait pas osé demander pareille faveur. Trop d'expériences douloureuses lui avaient appris qu'il était vain de résister à cette femme. Il se contenta donc de lui lancer des regards qui auraient ramené à la raison tout individu normalement constitué. Il se dit aussi – et ce lui fut d'un certain réconfort – que cette personne bruyante et dotée de la force d'un taureau furieux ressemblait de plus en plus aux bateaux de guerre que, depuis le débarquement en Normandie, on voyait en photo même dans les journaux indiens les plus obstinément anti-anglais.

Aucune des ficelles habituelles de son interlocuteur ne réussit à réduire Mrs Conrad au silence. Elle avait une voix beaucoup plus perçante que la sienne. De surcroît, cette redoutable femelle avait tendance à user d'arguments auxquels il ne savait que répondre, pour la bonne raison qu'elle agrémentait ses tirades de violentes injures proférées dans une langue inconnue de lui. Et que Malan devait malheureusement se soucier du sort de sa très nombreuse famille et veiller à ne pas perdre les bonnes grâces de ce diabolique volcan.

Ce géant femelle au turban provocant, surmonté du ridicule œillet, qui, comble d'ironie, venait de son propre jardin, savait en effet qu'il gardait le plus souvent une chambre libre en réserve au Hove Court, en prévision de problèmes particuliers. Comble de malchance, cette bonne femme était *manageress* au Horse Shoe. Ce petit bar était, à Nairobi, en raison de l'intimité qu'il offrait, de sa glace à la vanille et de ses plats au curry, le rendez-vous préféré des soldats originaires d'Angleterre et on y employait exclusivement du personnel indien en cuisine, presque toujours des membres de la laborieuse parentèle de Mr Malan.

Comme à l'accoutumée, la négociation fut donc brève, même au sujet de cette épouse de soldat qui attendrissait étrangement Malan parce que ses yeux lui rappelaient les merveilleuses vaches de sa jeunesse ; d'ailleurs, à sa grande satisfaction, il s'avéra qu'elle était une de ces *refugees* d'Allemagne qu'il prisait tant. Jettel se vit octroyer la fameuse chambre de réserve et obtint l'autorisation d'amener avec elle son chien et son boy. Le plus jeune frère de la femme de Malan, un homme à qui manquaient deux doigts à la main droite et qui était, pour cette raison, particulièrement difficile à caser, reçut à titre provisoire la surveillance des toilettes messieurs du Horse Shoe.

Tout ce que le Hove Court comptait de gens de poids sut que la nouvelle locataire était sous la protection d'Elsa Conrad. Aussi Jettel se vit-elle épargner les nombreuses petites tracasseries que les arrivants de fraîche date devaient habituellement supporter sans broncher s'ils ne voulaient pas être étiquetés pour toute éternité comme des mauvais coucheurs autour desquels les personnes convenables décrivaient un grand cercle. Jettel se contenta désormais de se plaindre de l'inhabituelle lourdeur de l'air à Nairobi, de l'étroitesse des lieux après une « vie de merveilleuse liberté dans notre ferme » et du fait qu'Owuor était obligé de préparer les repas sur une minuscule plaque électrique. Plaintes auxquelles Elsa Conrad coupait court, à chaque occasion par cette simple remarque :

— N'importe quel teckel était avant la guerre un saint-bernard. Tu ferais mieux de te chercher du travail.

Lorsque Regina débarqua au Hove Court pour ses premières vacances à Nairobi, Jettel s'était déjà habituée à sa nouvelle existence, et surtout au nombre incroyable de personnes avec qui elle pouvait parler et se lamenter, au point qu'elle promettait quotidiennement à sa fille :

— Tu auras vite oublié la ferme ici.

— Je ne veux pas oublier la ferme, répliquait Regina.

— Même pas pour faire plaisir à ton cher papa ?

— Papa me comprend. Lui aussi ne veut pas oublier son Allemagne.

— Ici, tu ne t'ennuieras jamais et tu pourras te

rendre tous les jours en bus à la bibliothèque, emprunter autant de livres qu'il te plaira. C'est gratuit pour les membres des forces armées. Mme Conrad est déjà heureuse à l'idée que tu lui rapporteras des livres.

— Et à qui je pourrai bien raconter ce que j'ai lu puisque papa n'est pas là ?

— Ce ne sont pas les enfants qui manquent ici !

— Parler de livres à des enfants ?

— Parles-en à ta niaise de fée, alors ! répondit Jettel sur un ton d'impatience.

Regina croisa les doigts derrière son dos pour éviter de dévoiler tout ce que sa mère ignorait. Dès le premier jour de ses vacances à Nairobi, elle avait installé sa fée dans un goyavier aux branches puissantes, à l'odeur enivrante. Il lui était facile de la rejoindre dans l'arbre aux fruits verts. Le feuillage lui offrait un abri et la possibilité de passer la journée en rêvant, comme à la maison, à Ol'Joro Orok. Il lui fut en revanche plus pénible de s'habituer à son nouvel environnement. C'étaient surtout les femmes qui lui inspiraient de la crainte quand elles faisaient un tour dans le jardin, tard dans l'après-midi, avec leur rouge à lèvres criard et leurs longues robes qu'elles appelaient des *housecoats*. Dès que Regina descendait de son arbre, elles lui adressaient la parole.

Mrs Clavy habitait en face de la petite pièce sombre que Jettel, Regina et Rummler devaient se partager, pièce meublée de deux lits, d'une cuvette, de deux chaises et de la table portant la plaque électrique. Mrs Clavy plaisait à Regina, parce qu'elle lui souriait sans dire un mot, caressait Rummler et lui donnait à manger les restes de son chien Tiger. La régularité des échanges de sourires et de viande finement hachée se transforma très rapidement en une habitude à laquelle Regina, dans ses rêves, donna les dimensions d'une grande aventure.

Durant ces journées qui ne voulaient jamais finir, elle s'imagina que Rummler et Tiger s'étaient métamorphosés en chevaux et qu'elle avait regagné Ol'Joro Orok juchée sur leurs dos. Mais il suffit d'un seul assaut à Diana Wilkins, qui habitait à côté de Jettel, dans un meublé de deux grandes pièces, pour faire tomber les murs de l'étrange forteresse de Regina.

Regagnant son arbre après le déjeuner, un jour où l'air était aussi torride et sec qu'au beau milieu d'un feu de brousse bien nourri, elle avait trouvé Diana juchée sur une branche. La gracile jeune femme aux yeux bleus, aux longs cheveux blonds et à la peau qui luisait comme un pâle reflet de lune au milieu du feuillage, portait une robe de dentelle blanche et transparente qui descendait jusqu'à ses pieds nus. Elle s'était mis un rouge à lèvres d'un rose tendre, et sur sa tête resplendissait une couronne d'or dont chacune des dents était ornée de petites pierres multicolores.

Durant un instant, le cœur battant, Regina resta interdite, pensant avoir réussi à faire apparaître une fée à laquelle elle avait depuis longtemps cessé de croire. Elle n'osait plus respirer, mais quand Diana dit : « Si tu ne viens pas à moi, j'irai à toi », son corps fut secoué d'un rire si éclatant que la honte lui brûla la peau. L'anglais que parlaient les *refugees* et qui, aux oreilles de Regina, hurlait comme un vent luttant contre une forêt pleine de géants, n'était qu'un doux murmure à côté du rude accent rocailleux de Diana.

— Je ne t'avais encore jamais vue rire, constata Diana avec satisfaction.

— Je n'avais pas encore ri à Nairobi.

— La tristesse rend laid. Ah, tu vois, tu ris à nouveau !

— Es-tu une princesse ?

— Oui. Mais les gens d'ici ne le croient pas.

— Moi, oui, dit Regina.

— Les bolcheviks m'ont volé ma patrie.

— À mon père aussi ils ont volé sa patrie.

— Mais pas les bolcheviks !

— Non, les nazis.

Diana Wilkins était originaire de Lettonie ; jeune fille encore, elle avait fui, passant par l'Allemagne, la Grèce et le Maroc, et si elle s'était fixée au Kenya dans les années trente, c'est qu'on lui avait annoncé l'ouverture d'un théâtre à Nairobi. Elle avait été danseuse et demeurait convaincue que l'avenir s'ouvrait devant elle. Elle devait son nom de famille anglais et une pension de veuve – deux attributs que les résidents du Hove Court lui enviaient plus encore que sa beauté – à un très bref mariage avec un jeune officier abattu par un rival jaloux.

Quand elle fit visiter pour la première fois son logement à Regina, elle lui montra avec fierté les gouttes de sang séché sur le mur. Certes, elles provenaient de moustiques écrasés, mais Diana avait encore plus soif de romantisme que de whisky et elle trouvait trop triste l'idée que le défunt lieutenant Wilkins ait pu ne laisser d'autres traces dans sa vie que son nom.

— Tu étais là quand il a été tué ? demanda Regina.
— Mais bien sûr. Avant de mourir, il a eu le temps de me dire : « Tes larmes sont comme la rosée. »
— Je n'avais jamais encore entendu quelque chose d'aussi beau.
— Attends un peu. Un jour, toi aussi, tu vivras des choses extraordinaires. As-tu déjà un ami ?
— Oui. Il s'appelle Martin et il est soldat.
— Ici, à Nairobi ?
— Non, en Afrique du Sud.
— Et est-ce que c'est ton vœu le plus cher de l'épouser ?
— Je ne sais pas, hésita Regina. Je n'y ai pas encore réfléchi. J'ai encore plus envie d'avoir un frère.

Elle prit peur quand elle s'entendit. Depuis qu'elle avait quitté Martin, à la ferme, Regina n'avait évoqué son nom que dans son journal intime. D'avoir ainsi parlé tout d'un coup non seulement de lui mais aussi du bébé mort la troubla au plus haut point, déclenchant dans sa tête une danse sauvage qui lui sembla un sortilège étrange, capable de faire mourir de soif la tristesse comme les rivières tarissent à la saison sèche.

Depuis que Regina et Diana partageaient leurs secrets, les journées s'enfuyaient aussi vite que des bœufs tournant en rond sous l'effet du délire. Ses oreilles devenaient sourdes aux pleurnicheries de sa mère et plus encore aux ordres d'Elsa Conrad, l'une et l'autre décidées à ce que Regina se trouve une amie de son âge.

— Tu n'aimes pas Diana ?

— Si, répondait Jettel en hésitant, mais tu sais que ton papa est parfois drôle.

— Comment ça ?

— C'est un homme.

— Tous les hommes aiment Diana.

— C'est bien là qu'est le problème. Il a quelque chose contre les femmes qui dorment avec tous les hommes.

— Diana a dit, déclara Regina le lendemain, qu'elle ne dort pas avec tous les hommes. Elle ne va avec eux que sur le canapé.

— Tu expliqueras ça à ton père !

Les seuls êtres mâles que Diana aimait véritablement étaient Reppi, le minuscule chien qu'elle portait sur le bras lors de ses promenades dans le jardin et qui – comme Regina était seule à le savoir – était en réalité un prince de Riga victime d'un sort, et son boy Chepoi, un Nandi de grande taille. Il avait les cheveux gris, des marques de petite vérole sur la figure et des mains délicates qui dissimulaient une très grande force et plus de douceur encore. Avec l'air d'un père soucieux, il veillait sur Diana qu'il avait en quelque sorte reçue en héritage sacré de son *bwana,* lequel l'avait un jour sauvé des cornes d'un buffle pris de folie.

La nuit, quand avait sonné l'heure du départ pour le dernier galant, Chepoi ressortait de sa minuscule hutte, à l'arrière des quartiers du personnel, il se glissait dans la tanière de Diana, tout empuantie de fumée et d'effluves d'alcool, il enlevait la bouteille de la main de sa *memsahib* et il la portait dans son lit. Au Hove Court, la rumeur courait qu'il lui fallait même parfois la déshabiller et qu'il calmait les nerfs à vif de la dame en chantant. Mais Chepoi n'était pas homme à parler. Il lui suffisait d'être le protecteur de sa jolie *memsahib* et il ne pouvait le rester que s'il ne parlait pas avec des gens dont les langues étaient aussi méchantes que les oreilles.

Regina devint l'exception à cette règle. Malgré les réserves initiales de Jettel et les hauts cris jaloux d'Owuor, Chepoi l'emmenait très souvent avec lui au marché où il achetait de la viande et où, au terme de vives disputes et de marchandages acharnés, il choisissait d'énormes choux afin de pouvoir préparer les seules nourritures susceptibles de rendre des forces à la *memsahib* après ses efforts de la nuit.

Un monde nouveau s'ouvrit à Regina au marché du centre de Nairobi. Des mangues d'un orange éclatant côtoyant des papayes vertes, des régimes de bananes rouges, jaunes et vertes, des ananas rebondis, couronnés de dards d'un vert sombre et brillant, les fruits de la passion découpés en quartiers, avec leurs noyaux ressemblant à des perles de verre d'un gris légèrement lumineux, tout enchantait ses yeux. Le parfum des fleurs, du café fortement torréfié et des épices fraîchement mixées, la puanteur du poisson pourri et de la viande dégoulinante de sang enivraient ses narines. Le spectacle de cette exubérance, de cette beauté, de ce monde primitif et écœurant finit d'étouffer en elle la douleur et le regret des jours définitivement enfuis. Il y avait de hautes tours de corbeilles en sisal tressé, appelées *kikapu* et porteuses de plus de couleurs qu'un arc-en-ciel, d'élégantes sculptures en ivoire et des guerriers en bois noir poli, avec leurs longues lances, leurs ceintures garnies de perles colorées et des tissus dont les motifs racontaient l'histoire d'hommes ensorcelés et d'animaux sauvages que seule l'imagination avait permis de dompter. Des Indiens aux yeux noirs et aux mains agiles proposaient des peaux de serpent couvertes d'écailles, des peaux de léopard et de zèbre, des oiseaux empaillés au bec jaune, des cornes de buffle, des coquillages géants de Mombasa, de gracieux bracelets en poil d'éléphant et des chaînes couleur d'or avec des pierres bariolées.

L'air était lourd et le concert des voix était aussi puissant que le fracas des cascades de Thomson's Fall. Des poules caquetaient, des chiens aboyaient. Entre les étals se pressaient des Anglaises d'un certain âge, à la peau très pâle, plus fine que du papier, avec leurs chapeaux de paille jaunis et leurs gants blancs. Leurs boys les suivaient, portant de lourds *kikapu* comme des chiens bien dressés. Des Goans agités parlaient à toute allure, pareils à des singes jacassant, et les Indiens, enturbannés de couleurs gaies, passaient, très attentifs et à pas lents, devant les monceaux de marchandises.

On voyait de nombreux Kikuyu en pantalons gris et en chemises de couleur qui se donnaient des airs de citadins à l'aide de lourdes chaussures et des Somali taciturnes dont beaucoup semblaient s'apprêter à partir dans des guerres de l'ancien temps. Des mendiants épuisés et à la forte odeur de pus, souvent mangés par la lèpre, demandaient l'aumône, les yeux éteints; des mères, le visage impassible, étaient accroupies et allaitaient leurs nourrissons.

C'est au marché que Regina tomba amoureuse de Nairobi et de Chepoi. Elle fut d'abord son associée en affaires, puis sa confidente. Comme elle connaissait le kikuyu, elle se débrouillait mieux que lui, le Nandi réduit au seul swahili, pour marchander avec les hommes des étals. Avec l'argent qu'elle permettait ainsi d'économiser, Chepoi lui achetait souvent une mangue ou un épi de maïs grillé au merveilleux goût de bois brûlé; un jour, le plus beau des vacances, il lui offrit même, après s'être entendu avec sa *memsahib*, une ceinture garnie de minuscules perles de couleur.

— Chaque pierre renferme un charme, promit-il en ouvrant grands les yeux.

— D'où tu le sais ?

— Je le sais. Ça suffit.

— Je souhaite avoir un frère, dit Regina.

— Tu as donc un père ?

— Oui. Il est *askari* à Nakuru.

— Alors, commence par souhaiter qu'il vienne un peu à Nairobi, recommanda Chepoi.

Quand il riait, ses dents jaunes s'éclaircissaient et sa gorge rauque se réchauffait.

— J'aime bien te sentir, constata Regina en se frottant le nez.

— Et je sens comment ?

— Bon. Tu sens comme un homme intelligent.

— Toi non plus tu n'es pas sotte, dit Chepoi, tu es jeune. Mais les choses ne restent pas comme ça.

— La première pierre a déjà agi, se réjouit Regina. Tu ne m'avais encore jamais dit une chose pareille.

— Je l'ai dit souvent déjà. C'est que tu n'entendais pas. Je ne parle pas toujours avec la bouche.

— Je sais. Tu parles avec les yeux.

Quand ils rentrèrent au Hove Court en passant devant les cactus géants recouverts d'une fine terre rouge, l'heure la plus assoiffée de la journée jetait un feu d'une force terrible, mais elle n'avait pas encore chassé les gens au fond de leurs trous noirs, contrairement à l'habitude. Le vieux M. Schlachter regardait par la fenêtre en suçant un cube de glace. Il avait le cœur faible et il ne fallait pas qu'il boive beaucoup. Tout le monde le savait, ce qui n'empêchait pas le réfrigérateur des Schlachter de susciter l'envie générale.

Regina passa un moment à observer le vieil homme fatigué, aux yeux ternes et au ventre rond, prendre des cubes de glace l'un après l'autre dans un petit récipient couleur d'argent et les mettre délicatement dans sa bouche. Elle se demanda avec beaucoup de sérieux si elle devait utiliser une perle pour souhaiter avoir elle aussi un cœur malade et beaucoup de cubes de glace, mais la manière dont le vieux Schlachter la regarda et lui dit « Moi aussi, j'aimerais pouvoir encore sauter comme ça » la jeta dans le trouble.

Le bébé rose en barboteuse bleu clair tétait le sein de Mrs Taylor, spectacle qui chassa dans l'esprit de Regina son envie de glace, capable de dévorer la tranquillité en moins de temps que n'en mettent les grosses fourmis voyageuses pour dévorer un petit morceau de bois. Pour vider sa tête trop pleine, elle observa Mme Friedländer en train de battre le manteau de fourrure à boucles noires qu'elle s'était acheté pour partir en exil et qu'elle n'avait jamais mis.

Mrs Clavy était dans son jardin et expliquait à ses œillets rouges qu'elle ne pourrait leur apporter de l'eau qu'après le coucher du soleil. Regina se lécha les lèvres pour arriver à lui sourire mais, avant d'avoir réussi à faire venir l'humidité dans sa bouche, elle aperçut Owuor sous un citronnier assoiffé, en compagnie de Rummler. Elle appela le chien, mais celui-ci, nonchalant, ne bougea qu'une oreille et elle se rendit compte, avec remords, qu'elle ne s'était pas occupée de lui de la journée. Elle se demanda si elle pouvait montrer sa ceinture à Owuor sans le rendre jaloux de Chepoi. Elle vit alors ses lèvres s'agiter et un feu brûler dans ses yeux. Elle se mit à courir vers lui et sa voix vint à sa rencontre à toute allure :

— *J'ai perdu mon cœur à Heidelberg*, chantait-il à tue-tête, comme s'il avait oublié qu'il n'y avait pas d'écho à Nairobi.

Regina ressentit la douleur perçante de l'attente qu'elle avait si longtemps et en vain espéré retrouver un jour.

— Owuor, Owuor, il est arrivé ?
— Oui, le *bwana* est arrivé, répondit Owuor en

riant. Le *bwana askari* est arrivé, confirma-t-il avec fierté.

Il souleva Regina comme le jour où le charme avait opéré pour la première fois et il la serra contre lui. Un bref instant de béatitude, sa figure fut si près qu'elle put voir le sel qui collait à ses cils.

— Owuor, tu es si intelligent, dit-elle à voix basse, est-ce que tu te rappelles l'arrivée des sauterelles ?

Ivre de joie et de souvenirs, elle attendit que le claquement de sa langue s'éloigne de ses oreilles ; puis elle ôta ses chaussures et les jeta au loin afin de pouvoir traverser plus rapidement la pelouse ; elle courut, n'y tenant plus, jusqu'au meublé dont elle ouvrit la porte avec violence, comme s'il lui avait fallu percer un trou dans le mur.

Ses parents, assis côte à côte sur le lit étroit, se séparèrent d'un mouvement si brusque que la petite table, devant eux, vacilla un instant. Leurs visages avaient la couleur du plus vif des œillets de Mrs Clavy. Regina entendit que Jettel respirait fort et vite et elle vit aussi que sa mère n'avait sur elle ni corsage, ni jupe. Elle n'avait donc pas oublié sa promesse d'avoir un autre bébé quand les jours seraient meilleurs. Les bons jours étaient-ils donc déjà en plein safari ?

Regina perdit de son assurance en constatant que ses parents ne disaient rien et qu'ils étaient aussi raides, muets et sérieux que les personnages en bois du marché. Elle sentit sa peau rougir, elle aussi. Il lui fut difficile de desserrer les dents.

— Papa, dit-elle enfin, et les mots qu'elle avait voulu enfermer surgirent alors de sa bouche comme de lourdes pierres, est-ce qu'ils t'ont renvoyé ?

— Non, dit Walter en attirant Regina sur ses genoux nus et en éteignant d'un sourire le feu qui brûlait dans ses yeux. Non, répéta-t-il, King George est très satisfait de moi. Il m'a demandé tout exprès de te le dire.

Il tapota légèrement la manche de sa chemise kaki amidonnée. Deux galons de lin blanc y brillaient.

— Tu es passé caporal, s'étonna Regina.

Elle toucha l'une des petites pierres de sa nouvelle ceinture et, avec toute la force qui lui venait d'avoir surmonté la peur, elle lécha le visage de son père, ainsi que le faisait Rummler quand la joie lui secouait le corps à chacune des retrouvailles.

— *Corporal is bloody good for a fucking refugee*, dit Walter.

— *You are speaking english, daddy*, pouffa Regina.

À cette dernière phrase, un remords qui l'emplit de dégoût et de culpabilité s'empara de sa tête. Son père pouvait-il se douter qu'elle avait longtemps souhaité avoir un *daddy*, un père comme les autres, parlant anglais et n'ayant pas perdu sa patrie ? Elle eut très honte d'avoir été une enfant.

— Est-ce que tu te souviens du *sergeant major* Pierce ?

— Du *sergeant*, le corrigea Regina, heureuse d'avoir pu ravaler sa tristesse sans qu'elle l'étouffe.

— *Sergeant major* ! Même les Anglais ont de temps en temps de l'avancement. Et devine un peu ce que je lui ai appris ! Maintenant il sait chanter *Lilli Marleen* en allemand.

— Moi aussi, je veux l'apprendre, dit Regina.

Et il lui suffit d'une fraction de seconde pour donner au mensonge, dans sa bouche, cette douceur dont Diana prétendait qu'elle était le seul et véritable goût du grand amour.

15

Si la radio, le 8 mai 1945, commença tous ses bulletins d'information du jour par la phrase « Pas d'événements particuliers en vue », la faute en incomba au temps qui, de Mombasa au lac Rudolf, fut extraordinairement stable et chaud pour la saison. Par égard pour les fermiers – c'était justement l'époque de la première récolte après les grandes pluies – auxquels on ne voulait pas infliger heure après heure les lointains fracas du monde avant de passer aux détails d'un véritable intérêt, les informations météorologiques avaient toujours eu la priorité à Radio Nairobi.

Ni la mort de George V, l'abdication d'Edouard VIII ou le couronnement de George VI, ni même le déclenchement de la Deuxième Guerre mondiale n'avaient été considérés comme des raisons suffisantes pour rompre avec cette tradition. C'est pourquoi le rédacteur responsable estima que la capitulation inconditionnelle des Allemands ne méritait pas non plus de faire exception. La colonie n'en tomba pas moins dans une ivresse victorieuse qui ne le cédait en rien à la liesse que connut la mère patrie, laquelle avait tant souffert.

À Nakuru, Mr Brindley donna l'ordre de pavoiser l'école entière, ce qui mit à l'épreuve comme jamais le talent d'improvisation des enseignants et des élèves. On possédait un seul *Union Jack* passablement défraîchi, qui battait en temps normal au-dessus du bâtiment principal. On se tira d'affaire en recyclant des draps de lit hors d'usage et les costumes que portaient des singes rouges lors du dernier spectacle donné par les élèves, collant et cousant tout cela à la hâte pour confectionner des drapeaux. Pour se procurer le bleu des fanions, on découpa des uniformes scolaires et des vêtements de scouts donnés par les enfants fortunés à la garde-robe bien fournie, lesquels eurent ensuite toutes les peines du monde à ne pas afficher avec ostentation leur fierté d'avoir su consentir avec joie pareils sacrifices.

Regina ne fut pas fâchée de posséder une seule tenue scolaire et un seul uniforme d'éclaireur, aux couleurs passées de surcroît, et de devoir se contenter d'un rôle de figurante dans cette très patriotique bataille de ciseaux. Le destin lui réservait un rôle plus prestigieux. En effet, non seulement Mr Brindley dispensa tous les enfants de militaires de devoirs pour le lendemain, mais il les incita, sur un ton de commandement inhabituellement amical, à écrire à leurs pères une lettre digne de l'événement afin de les féliciter pour cette victoire, eux qui étaient dispersés sur les divers et lointains théâtres d'opération d'un monde ayant soudain si merveilleusement recouvré la paix.

Cette tâche commença par faire problème pour Regina. Elle se creusa la tête pour déterminer si Ngong, qui n'était éloigné de Nairobi que de quelques kilomètres et où son père était stationné depuis trois mois, pouvait vraiment être considéré, au sens où l'entendait Mr Brindley, comme un théâtre d'opération lointain. À cela s'ajoutait la honte de n'avoir pas du tout voulu que son père sacrifie sa vie au *British Empire*. En présence de la victoire, il ne lui apparaissait plus convenable du tout d'avoir éprouvé un tel soulagement – elle avait même remercié Dieu pour cela – quand la demande de son père pour combattre en Birmanie avait été rejetée.

Elle n'en commença pas moins sa lettre par les mots « Mon héros, mon père », la concluant par ce vers : «*Theirs but to do and die*» emprunté à son poème préféré. Elle présumait certes que son père ne saurait apprécier à sa juste valeur la beauté de la langue et que ses connaissances quant à la fameuse bataille de Balaklava et à la guerre de Crimée seraient un peu courtes, mais, dans un moment si décisif pour l'histoire universelle, elle ne put se résoudre à renoncer à célébrer la bravoure anglaise.

Pour ménager néanmoins à son père une joie particulière, en cette heure de gloire pour l'Angleterre, elle lui fit l'offrande de sa propre langue, ajoutant en caractères minuscules, dans un allemand approximatif : «Pientôt nous alons à Leobschutz», phrase que Mr Brindley, en dépit de sa méfiance envers ce qu'il ne comprenait pas, ignora avec magnanimité. Il lut en revanche avec bienveillance la citation célèbre, marquant par deux hochements de tête successifs son approbation, puis pria Regina d'aider des camarades moins douées pour l'expression écrite à rédiger leurs lettres.

Certes, de manière très peu anglaise, il humiliait ainsi les mauvaises élèves, mais cela n'empêcha pas Regina d'avoir l'impression qu'on venait d'exaucer un de ses vieux rêves et de la décorer de la *Victoria Cross*. Quand, pour finir, le directeur invita les enfants des combattants à prendre le thé dans son bureau, elle se fit rendre sa lettre pour y ajouter le récit de l'honneur qui lui était fait. Par chance, Mr Brindley ne s'aperçut pas que l'hommage au héros qu'il avait publiquement lu et loué se terminait désormais par cette remarque : «*Bloody good for a fucking refugee.*» Si quelqu'un savait combien il exécrait la vulgarité, c'était justement Regina.

À Nairobi, la fin de la guerre en Europe fut fêtée avec autant d'enthousiasme que si la victoire avait été le fait exclusif de la colonie. La Delamare Avenue se métamorphosa en une mer de fleurs et de drapeaux et la photo de George VI se retrouva partout flanquée de photos hâtivement dénichées de Montgomery, Eisenhower et Churchill – jusque dans ces boutiques bon marché, aux vitrines minuscules, où les Blancs n'achetaient pour ainsi dire jamais rien. À l'image exacte de ce qu'on avait vu aux actualités cinématographiques, à l'occasion de la libération de Paris, des gens qui ne se connaissaient ni d'Ève ni d'Adam se tombaient dans les bras en exultant ou embrassaient des hommes en uniforme. Et dans l'euphorie générale, on vit même en de rares occasions des Indiens à la peau particulièrement claire bénéficier de ce genre de manifestations d'affection.

Des chœurs masculins se constituèrent sur-le-champ et entonnèrent *Rule Britannia* et *Hang out your Washing on the Siegfried Line*; des dames qui n'étaient plus de la première jeunesse nouèrent des rubans rouge-blanc-bleu autour de leurs chapeaux et au cou de leurs petits chiens; des enfants kikuyus qui poussaient des cris perçants enfoncèrent par-dessus leurs cheveux bouclés des casquettes de papier qu'ils s'étaient confectionnées à partir de l'édition spéciale de l'*East African Standard*. Les réceptions du New Stanley Hotel, du Thor's et du Norfolk durent clore dès midi les réservations pour leurs fêtes et leurs *dinners* de la victoire. Un grand feu d'artifice fut prévu pour la soirée et une parade triomphale pour les jours suivants.

Au Hove Court, Mr Malan, dans un transport de patriotisme qui le déconcerta davantage encore que ses locataires, fit arroser les cactus terreux près du portail, ratisser les allées autour du rond-point aux rosiers et hisser l'*Union Jack* au sommet du vieux mât qu'on avait dû réparer tout exprès pour la circonstance. Il n'avait plus servi depuis que Malan avait repris l'hôtel. L'après-midi, Mrs Malan, vêtue d'un sari des jours de fête, rouge et or, fit installer une table en acajou et des chaises tendues de soie sous l'eucalyptus aux branches tombantes et but le thé avec quatre de ses filles adolescentes ; elles ressemblaient toutes à des fleurs tropicales et balançaient la tête en étouffant des rires fréquents, pareilles à des roses soûlées de vent.

Les protestations furieuses de Chepoi ne purent dissuader Diana de s'élancer en chemise de nuit transparente à travers le jardin, pieds nus, une bouteille de whisky à demi pleine à la main, en hurlant tour à tour « *To Hell with Stalin* » et « *Damned Bolsheviks !* ». Un major, un invité de Mrs Taylor, lui fit remarquer d'un ton rude que les Russes avaient pris une grande part à la victoire, au prix de sacrifices admirables. Quand Diana s'aperçut que même son chien refusait de croire qu'elle était la fille cadette du tsar, alors qu'elle le lui jurait sur sa tête, elle fut prise d'une telle détresse qu'elle se jeta en pleurant au pied d'un citronnier. Chepoi accourut pour la calmer et réussit enfin à la ramener dans son meublé. Il la portait dans ses bras comme un enfant en fredonnant la triste chanson du lion qui a perdu ses forces.

Durant les derniers mois, le professeur Gottschalk avait beaucoup maigri et il était devenu très taciturne. Il marchait comme si chaque pas lui occasionnait des douleurs, il ne plaisantait plus avec les bébés dans leurs landaus, ne caressait plus que rarement un chien et il ne faisait plus qu'exceptionnellement des compliments aux dames. Des personnes bien renseignées croyaient savoir que son déclin avait commencé à l'époque où les alliés s'étaient mis à déverser quotidiennement leurs bombes sur les villes allemandes ; mais le professeur si estimé ne s'était jamais montré disposé à aborder le sujet. Et, en ce jour d'un triomphe éclatant, il était assis, le visage blafard, sur une vieille chaise de cuisine devant son meublé et au lieu de lire, comme à son habitude, il fixait les arbres, absorbé dans ses pensées, et il murmurait de temps en temps pour lui-même : « Mon beau Francfort... »

De nombreux *refugees* éprouvèrent comme lui une peine plus grande qu'ils ne l'escomptaient à manifester dans des formes convenables leur soulagement de voir arriver la fin de la guerre qu'ils attendaient depuis des jours et des jours. Certains avaient depuis longtemps renoncé à parler allemand et croyaient vraiment avoir oublié leur langue maternelle. Mais ils furent obligés de constater, en ce moment de grand bonheur, que leur anglais était absolument impuissant à exprimer les sentiments que cette issue heureuse venait de libérer. Avec une amertume qu'ils n'arrivaient pas à s'expliquer, ils enviaient ceux qui pleuraient sans aucune gêne. En revanche, ces larmes de délivrance faisaient naître chez leurs voisins britanniques le soupçon que les *refugees* avaient tout de même été secrètement du côté de l'Allemagne et qu'ils portaient à présent le deuil de la victoire anglaise pourtant si méritée.

Jettel n'éprouva qu'un regret fugitif de n'avoir pu passer avec Walter cette soirée extraordinaire comme il aurait été normal pour l'épouse d'un combattant. Mais elle avait à ce point pris l'habitude du rythme bihebdomadaire de ses visites et elle trouvait le temps qu'ils passaient ensemble si agréablement mesuré qu'elle souhaitait en fait que rien ne change, même en un jour si plein de promesses. Elle était en outre de trop bonne humeur pour laisser sa conscience la tourmenter plus que nécessaire par des reproches. Cela faisait trois mois jour pour jour qu'elle travaillait au Horse Shoe et qu'elle s'entendait tous les soirs confirmer – après avoir été si longtemps privée de ce plaisir – qu'elle était encore une femme jeune et désirable.

Le Horse Shoe était le seul établissement de Nairobi à employer des Blanches derrière son comptoir en forme de fer à cheval. On n'y servait certes pas d'alcool, mais cet établissement public et accueillant, aux murs rouges et au mobilier blanc, passait pour un bar et était très apprécié de sa clientèle essentiellement masculine parce qu'on y était servi par des femmes et non par des garçons indigènes. Les jeunes officiers venus d'Angleterre qui fréquentaient assidûment le

Horse Shoe avaient en permanence le mal du pays et une soif insatiable de contacts et de flirts. Rien ne les rebutait, ni le rude anglais d'Elsa Conrad, claironné avec un effroyable accent berlinois, ni la pitoyable pauvreté du vocabulaire de Jettel. C'était justement cette pauvreté qui plaisait aux clients : ils pouvaient déployer tous leurs charmes sans devoir recourir à trop de mots. L'offrande était réciproque. Jettel leur donnait le sentiment d'une importance qu'ils n'avaient pas et, pour elle, l'amabilité et l'humeur joyeuse qu'elle faisait naître étaient comme le remède apportant, au terme d'une très grave maladie, une guérison qu'on n'attend plus.

Quand Jettel se maquillait, tard dans l'après-midi, qu'elle essayait de nouvelles coiffures ou tentait seulement de se rappeler un compliment particulièrement excitant que lui avait adressé l'un de ces jeunes soldats qui, curieusement, s'appelaient tous John, Jim, Jack ou Peter, elle tombait chaque fois amoureuse de l'image que lui renvoyait le miroir. Certains jours, elle en arrivait à croire aux fées de Regina. Le contraste entre sa peau claire, qui était toujours jaune ou grise à la ferme, et ses cheveux noirs avait retrouvé son ancienne beauté ; ses yeux brillaient comme ceux d'un enfant qu'on couvre de louanges, et une rondeur naissante du visage conférait à l'apparente insouciance de son être une féminité attirante.

Au Horse Shoe, Jettel pouvait oublier durant trois ou quatre heures que Walter et elle étaient toujours des *refugees* aux maigres revenus et, en définitive, rien d'autre que des proscrits ayant peur de l'avenir. La joie, bienfaisante, l'aidait à refouler la réalité. Elle s'imaginait être redevenue la jeune fille si entourée à qui il était impossible de passer une seule danse à chacun des bals étudiants de Breslau. Même quand c'était Owuor qui claquait de la langue en l'appelant sa « jolie *memsahib* », Jettel était heureuse.

S'il n'y avait pas eu Elsa Conrad pour lui dire chaque soir : « Si tu trompes ton mari une seule fois, je te romprai tous les os du corps », Jettel se serait abandonnée à son enivrante coquetterie sans plus de retenue qu'elle ne le faisait dans ses rêves d'avenir épisodiques, ces rêves où Walter devenait capitaine et bâtissait une maison dans le meilleur quartier de Nairobi, et où elle recevait l'élite de la société, qui tombait bien entendu sous le charme de son léger accent et la prenait pour une Suissesse.

Il était évident pour Jettel qu'on célébrerait également la victoire au Horse Shoe et qu'il était de son devoir patriotique absolu de se mettre sur son trente et un pour des combattants retenus si loin de leur patrie. Quand coururent les premières rumeurs d'une capitulation allemande, elle avait aussitôt inscrit son nom dans la liste des candidats au bain et, après une altercation violente avec Mme Keller qui, en ce jour si important pour Jettel, entendait conquérir avant son tour un bain pour son mari, elle s'était emparée dès midi du local des lavabos. Après mûre réflexion, elle se décida – non sans mettre par là une légère sourdine à sa bonne humeur – pour la longue robe du soir qu'elle n'avait encore jamais mise et qui, depuis leur arrivée à Rongai, fournissait un motif toujours renouvelé aux disputes avec un Walter qui n'était pas disposé à oublier sa glacière.

Il lui fallut plus de temps qu'escompté pour faire passer sur sa poitrine et ses hanches la robe de lourd taffetas bleu, avec son corsage à rayures jaunes et blanches, ses manches bouffantes et ses minuscules boutons dans le dos. Et il lui fallut plus de temps encore avant de retrouver dans le petit miroir fixé au mur la femme qu'elle recherchait, mais elle mit tant de patience et d'énergie à s'insuffler du courage et des illusions à grand renfort de sourires qu'elle finit par se déclarer satisfaite.

— J'ai toujours su que cette robe me serait nécessaire un jour, dit-elle en avançant le menton vers le miroir, mais la bravade qu'elle voulait savourer comme un simple jeu amusant, à la façon dont elle dégustait la glace à la vanille, la spécialité du Horse Shoe, se changea en un couteau qui lacéra le magnifique portrait de la jeune et jolie femme en pleine ivresse victorieuse.

Avec une brutalité qui la fit haleter, elle revit la ferme de Dongai et son toit qui ne protégeait ni de la pluie, ni de la chaleur, elle revit Walter, déçu, se pencher sur la caisse venue de Breslau et tempêter : « Ce truc, tu ne le porteras jamais. Tu n'as pas idée du tort que tu nous occasionnes ! »

Elle tenta aussitôt de refouler les deux phrases d'un léger rire, mais sa mémoire lui barra la route de la retraite, et ces mots, d'un coup, lui parurent symboliser les années qui avaient suivi.

Les larges rayures blanches et jaunes qui barraient sa poitrine rétrécirent, se transformant en minces anneaux de fer, trop solides pour qu'elle puisse les rompre. Comme armés d'un fouet, ils la ramenèrent aux souvenirs qu'elle avait eu tant de peine à refouler. Avec une précision inhabituelle et cruelle, elle revécut le jour où, à Breslau, était arrivée la lettre de Walter annonçant que les cautions pour l'exil de Regina et d'elle-même étaient débloquées. Dans l'ivresse de la délivrance, elle avait acheté la robe avec sa mère. Mon Dieu, qu'elles avaient ri, toutes les deux, en imaginant l'ahurissement de Walter lorsqu'il découvrirait la robe en lieu et place d'une glacière !

L'idée que sa mère ne riait de si bon cœur avec personne d'autre qu'elle réconforta Jettel un bref instant. Mais, impitoyable, l'image du dernier adieu s'imposa à elle. Sa mère venait à peine de dire : « Sois gentille avec Walter, il t'aime tant ! » que déjà elle n'était plus qu'une silhouette en pleurs agitant la main dans le port de Hambourg, silhouette de plus en plus minuscule.

Jettel s'aperçut que le temps allait lui manquer pour revenir au présent. Elle comprit qu'elle ne devait pas penser à sa mère, à sa tendresse, à son courage et à son altruisme, et surtout pas à l'affreuse dernière lettre, si elle voulait sauvegarder son rêve de bonheur. Trop tard !

Elle se sentit d'abord la gorge sèche, puis une douleur violente lui déchira le corps, l'empêchant de retirer sa robe avant de s'effondrer sur le lit, secouée de petits sanglots. Elle tenta d'appeler sa mère, puis Walter, et ensuite, telle était sa détresse, Regina, mais elle ne parvenait plus à desserrer les dents. En rentrant de la Delamare Avenue et de son animation, Owuor, suivi de Rummler, trouva le corps de sa *memsahib* gisant sur le lit comme une peau que l'on fait sécher au soleil.

— Il ne faut pas pleurer, dit-il à voix basse tout en caressant le chien.

La satisfaction coulait dans la gorge d'Owuor. Depuis quelque temps déjà, il souhaitait avoir une *memsahib* semblable à une enfant, une *memsahib* comme celle de Chepoi quand il arrachait Diana aux griffes de l'angoisse et que la fierté lui agrandissait et lui lissait le visage. Vivre à Nairobi était excitant pour Owuor mais, s'il se remplissait souvent les yeux, il n'en avait pas moins la tête vide. Il arrivait trop rarement que les plaisanteries de son *bwana* lui chatouillent la gorge et, pendant ses vacances, la petite *memsahib* parlait et riait trop avec Chepoi. Owuor se faisait l'effet d'un guerrier qu'on a envoyé au combat mais à qui on a volé ses armes.

Quand il voyait Chepoi porter sa *memsahib* à travers le jardin, il était comme brûlé par un feu jaune, transpercé par un éclair éblouissant. La jalousie mettait le désordre en lui. Ce n'était pas qu'il aurait eu envie de voir Jettel couchée ivre ou à demi nue au pied d'un arbre, avec des yeux ne voulant plus rien retenir – et il ne doutait pas que le *bwana* aurait, à ce spectacle, subi un coup propre à abattre un arbre.

Mais un homme comme Owuor devait sans cesse sentir sa force s'il ne voulait pas redevenir quelqu'un comme les autres.

Jettel était allongée sur le lit dans la robe qui avait volé la couleur du ciel et du soleil ; elle ressemblait à l'enfant dont Owuor avait envie, mais le trouble continuait à lui écorcher la tête de ses griffes acérées. La bouche peinte en rouge de la *memsahib* faisait penser à l'écume sanglante tachant le museau d'une jeune gazelle qui, mortellement touchée à la nuque, se relève une dernière fois. La peur qui suintait du corps inerte couché sur le lit avait l'odeur du dernier lait d'une vache empoisonnée. Puis Owuor ayant ouvert la fenêtre, Jettel eut un gémissement.

— Owuor. Je voulais ne plus jamais pleurer.
— Il n'y a que les animaux qui ne pleurent pas.
— Pourquoi ne suis-je pas un animal ?
— Mungo ne nous demande pas ce que nous voulons être, Memsahib !

Owuor parlait d'une voix calme et si pleine de sympathie et d'assurance que Jettel se redressa et, sans qu'il ait rien dit, vida le verre d'eau qu'il lui tendait. En lui calant un coussin dans le dos, il toucha sa peau. Pendant un bref instant de répit, Jettel eut l'impression que les doigts frais d'Owuor avaient d'un seul coup effacé en elle la honte et le désespoir, mais la délivrance ne dura pas. Les images qu'elle ne voulait pas voir et les mots qu'elle ne voulait pas entendre l'oppressèrent avec plus de force encore.

— Owuor, souffla-t-elle, c'est la robe. Le *bwana* avait raison. Elle ne vaut rien. Tu te rappelles ce qu'il a dit la première fois qu'il l'a vue ?
— On aurait dit un lion qui a perdu la trace de sa proie, dit Owuor en riant.
— Tu t'en souviens donc ?
— C'était bien avant le jour où les sauterelles sont arrivées à Rongai. C'était l'époque, se rappela Owuor, où le *bwana* ne savait pas encore que je suis intelligent.

— Tu es un homme intelligent, Owuor.

Owuor ne prit que le temps qu'il fallait à un homme pour enfermer dans sa tête de si douces paroles. Puis il ferma la fenêtre, tira le rideau, caressa à nouveau le chien qui dormait et dit :

— Enlève la robe, Memsahib.

— Pourquoi ?

— C'est toi qui l'as dit. Ce n'est pas une bonne robe.

Jettel toléra qu'Owuor défasse les nombreux petits boutons du dos et elle toléra aussi de trouver une nouvelle fois son contact agréable et de sentir qu'il était la force lui apportant le salut. Elle sentait son regard et savait que l'intimité de cette situation inédite aurait dû la troubler, mais elle n'éprouva rien d'autre que la chaleur agréable de l'apaisement. Il y avait dans les yeux d'Owuor la même douceur que le jour, bien des années auparavant, où il avait pris Regina dans l'auto, l'avait serrée contre son corps et l'avait ensorcelée à jamais.

— Tu as entendu, Owuor ? demanda Jettel, étonnée de chuchoter, la guerre est finie.

— Tout le monde le dit en ville. Mais ce n'est pas notre guerre, Memsahib.

— Non, Owuor, c'était ma guerre. Où vas-tu ?

— Chez la *memsahib monemu mingi*, pouffa-t-il, car il savait que Jettel riait chaque fois qu'il nommait ainsi Elsa Conrad qui disait davantage de paroles que ne pouvait en retenir la plus grande des oreilles. Je vais lui dire que tu n'iras pas au travail aujourd'hui.

— Mais ce n'est pas possible. Il faut que j'aille travailler.

— Il faut d'abord que la guerre soit finie dans ta tête, décréta Owuor. Le *bwana* le dit d'ailleurs toujours : il faut d'abord que la guerre soit finie. Est-ce qu'il va venir nous voir aujourd'hui ?

— Non. La semaine prochaine seulement.

— Et ce n'était pas sa guerre ? demanda Owuor en donnant un léger coup de pied à la porte.

Pour lui, les jours sans son *bwana* étaient comme des nuits sans femmes.

— C'était sa guerre, Owuor. Reviens vite. Je ne veux pas rester seule.

— Je veillerai sur toi, Memsahib, jusqu'à ce qu'il arrive.

La guerre, dans la tête de Walter, fit irruption au sein du paysage paisible de Ngong au moment où il s'attendait le moins à éprouver des émotions violentes. À seize heures, il se tenait à la fenêtre de la chambrée et regardait sans tristesse la plus grande partie de la *Tenth Unit* du *Royal East Africa Corps* monter dans les jeeps pour aller arroser la victoire à Nairobi. Il s'était porté volontaire pour le service de nuit et les soldats de son unité, en pleine effervescence, et même le lieutenant MacCall, un Écossais peu loquace, l'avaient remercié d'un bref mais énergique « *a jolly good chap* ».

Walter n'avait pas le cœur à la fête. La nouvelle de la capitulation n'avait éveillé en lui ni allégresse ni sensation de libération. Le caractère contradictoire de ses sentiments, qu'il éprouvait comme une ironie de l'histoire particulièrement perverse, le mettait à la torture et, au fil de la journée, il tomba dans un abattement qui aurait pu faire penser que la fin de la guerre scellait sa destinée. Il trouva symptomatique que renoncer à une nuit en dehors du baraquement n'ait pas été un sacrifice pour lui. Le besoin de se retrouver seul en un jour qui avait tant d'importance pour les autres et qui, pour lui, n'en avait pas assez était trop fort pour qu'il l'échange contre les désagréments d'une visite inopinée à Jettel.

Peu après sa mutation au camp de Ngong et le début du travail de Jettel au Horse Shoe, Walter avait pris conscience des changements qui se dessinaient dans leur couple. Jettel, qui lui avait écrit à Nakuru des lettres pleines d'amour et, parfois même, de désir, ne tenait guère, à Nairobi, à ce qu'il fasse des apparitions inattendues. Il la comprenait. Un mari aux galons de caporal sur la manche, maussade et muet au comptoir tandis que son épouse travaillait, jurait avec la vie d'une femme entourée d'un joyeux essaim de galants en uniformes d'officier. Paradoxalement, dans un premier temps, la jalousie l'avait plus stimulé que torturé. Elle lui avait rappelé, souvenir doux et romantique, l'époque où il était étudiant. Durant ce répit beaucoup trop court, Jettel était redevenue la jeune fille de quinze ans vêtue de sa robe de bal à carreaux lilas et verts, joli papillon en quête d'admiration ; lui avait de nouveau dix-neuf ans, étudiant de premier semestre assez optimiste pour croire que la vie, un jour ou l'autre, saurait aussi récompenser ceux qui avaient la sagesse de patienter. La monotonie de la routine militaire et, surtout, le malaise qu'il éprouvait durant ses permissions avaient changé la jalousie nostalgique et les plaisantes images idéalisées de Breslau en touffeur africaine. Son hypersensibilité, dont il avait cru que les années d'exil l'auraient dissipée comme elles avaient dissipé ses rêves de jours meilleurs, se réveillait.

Quand Walter, au Horse Shoe, devait attendre que Jettel ait fini son travail, il sentait en elle de la nervosité et même un mouvement de rejet à son égard. Ce qui l'humiliait plus encore, c'étaient les regards hautains et méfiants de Mrs Lyons, qui désapprouvait les visites à caractère privé que recevaient ses employés et dont les tressaillements de sourcils semblaient tenir le compte des glaces que Jettel servait à son mari pour qu'il reste d'humeur calme et sereine jusqu'à ce qu'ils puissent rentrer ensemble à la maison.

Le seul fait de penser à Mrs Lyons, à son Horse Shoe et à l'atmosphère qui devait y régner en cette soirée de fête patriotique éveilla en Walter un besoin de querelle et de fuite, un besoin qui mettait sa fierté à mal. Furieux, il referma la petite fenêtre de la chambrée. Il continua un instant à regarder fixement à travers le carreau recouvert de mouches mortes, se demandant avec dégoût comment il pourrait tuer à la fois le temps, sa méfiance et son pessimisme renaissant. L'idée lui vint alors qu'il n'avait pas écouté les informations en langue allemande depuis plusieurs jours et que les conditions se prêtaient à présent à un nouvel essai ; cela l'apaisa. La cantine de la troupe, avec son excellent poste de radio, serait vide. Il n'y aurait donc pas de tempête de protestations si l'appareil émettait des sonorités ennemies, le soir de la grande victoire de surcroît.

Ceux qui s'insurgeaient le plus fort contre les émissions en langue allemande étaient en fait les rares *refugees* de l'unité : les Anglais, eux, ne perdaient qu'exceptionnellement leur calme. Ceux-ci d'ailleurs ne reconnaissaient généralement pas la langue qu'ils entendaient quand il ne s'agissait pas de la leur. Walter avait observé ce phénomène à maintes reprises, le plus souvent sans que cela l'émeuve mais, cette fois, l'ardeur maniaque des *refugees* à passer inaperçus, loin de lui paraître ridicule, lui sembla une preuve enviable de leur capacité à se libérer de leur passé. Lui cependant était resté un homme en marge.

Tout en se dirigeant vers la cantine, dans le bâtiment principal, il tenta une nouvelle fois d'échapper à la mélancolie qui, chez lui, tournait invariablement à la dépression. Tel un enfant qui apprend ses leçons par cœur sans chercher à en comprendre le sens, il ne cessa de se répéter, parfois même à haute voix, que c'était un jour heureux pour l'humanité. Il ne ressentait pourtant que vide et épuisement. Avec une nostalgie qu'il se reprocha, y voyant le symptôme d'un sentimentalisme particulièrement niais, Walter se remémora le début de la guerre, le jour où Süsskind, depuis le haut du camion, lui avait annoncé qu'ils allaient être internés et qu'il lui fallait quitter Rongai.

Ce souvenir, avec une rapidité humiliante pour son amour-propre, accrut son désir de reparler enfin avec

Süsskind. Il n'avait pas revu depuis longtemps celui qui avait protégé ses premiers pas en Afrique, mais le contact n'avait jamais été rompu. Contrairement à Walter que l'armée avait trouvé trop âgé pour l'engager sur le front, on avait envoyé Süsskind en Extrême-Orient où il avait été légèrement blessé. Il était à présent stationné à Eldoret. Sa dernière lettre datait de cinq jours à peine.

« Il est vraisemblable que nous allons bientôt perdre notre merveilleux emploi auprès de King George, écrivait-il, mais peut-être, par gratitude, nous procurera-t-il un travail grâce auquel nous redeviendrons voisins. C'est un grand roi qui a des obligations envers les anciens combattants. » Ce que Süsskind disait sous forme de plaisanterie – et qu'il avait d'ailleurs compris ainsi – lui apparut, en cet après-midi solitaire du 8 mai, comme l'annonce cruelle et fatale d'un avenir qu'il s'était refusé à envisager depuis le jour où il avait endossé l'uniforme. Il eut encore l'énergie de raidir les épaules et de secouer la tête, mais il s'aperçut qu'il se mettait à traîner les pieds.

Il restait à peine deux heures jusqu'au coucher du soleil. Pour Walter, le poids de son désarroi était comme une douleur physique. Il savait que ses ruminations étaient en train de se changer en ces fantômes auxquels il n'arrivait plus à échapper et dont les assauts étaient sans pitié. Épuisé, il s'assit sous un acacia feuillu, sur une grosse pierre dont la surface avait été polie par le vent. Son cœur battait très fort. Il tressaillit en s'entendant dire : « Walther von der Vogelweide[1]. » Ébahi, il se demanda qui cela pouvait bien être, mais le nom ne lui dit rien. La situation lui parut si grotesque qu'il éclata de rire. Il voulut se lever mais resta assis. Il n'était pas encore conscient d'avoir commencé à laisser ses yeux s'ouvrir à l'idylle d'un

---

1. Célèbre poète lyrique allemand du Moyen Âge *(N.d.T.)*.

paysage contre lequel ils s'étaient si longtemps obstinément défendus.

Les douces collines de Ngong, d'un bleu vif, s'élevaient au-dessus de l'herbe sombre et s'étiraient en direction d'un ruban de fins nuages que le vent naissant faisait déjà dériver. Des vaches, avec leur grosse tête et la bosse qui leur donnait l'apparence d'animaux préhistoriques, se dirigeaient vers l'étroite rivière, soulevant des nuages de poussière rouge. On entendait distinctement les cris aigus des bergers. On pouvait apercevoir au loin, au travers d'une grille de lumière blanche et noire, un fort troupeau de zèbres dont beaucoup étaient de jeunes bêtes.

Non loin d'eux, des girafes au long corp presque immobile dépouillaient les arbres de toutes leurs feuilles. Walter se surprit à penser qu'il enviait les girafes – animaux qu'il n'avait encore jamais vus avant son séjour à Ngong – parce qu'elles ne pouvaient vivre autrement que la tête haute. Il fut troublé de voir tout à coup ce paysage comme un paradis d'où il allait être chassé. Il constata n'avoir plus éprouvé une sensation pareille depuis son départ de Sohrau et ce fut un choc pour lui.

La fraîcheur de la nuit lui cingla les bras et lui fouetta les nerfs. L'obscurité qui tombait d'un ciel à l'instant encore clair l'empêcha de regarder à nouveau la chaîne de collines et cela le désorienta. Walter voulut une fois encore se représenter Sohrau avec plus de détails, mais il ne vit ni la place du Marché, ni sa maison, ni les arbres devant elle ; il ne vit que son père et sa sœur sur un grand terrain vide. Walter avait de nouveau seize ans et Liesel quatorze ; son père ressemblait à un chevalier du Moyen Âge. Il revenait de la guerre, montrait ses décorations et voulait savoir pourquoi son fils avait laissé sa patrie en plan.

— *I am a jolly good chap*, dit Walter.

Il fut confus en s'apercevant qu'il parlait anglais à son père.

Il ne revint que lentement au présent et se vit dans une ferme, en train de compter les heures entre le lever du jour et le coucher du soleil. La colère lui brûla la peau.

— Je n'ai pas survécu pour cultiver du lin ou enfoncer la main dans le cul des vaches, dit-il.

Il avait parlé calmement, à voix basse ; pourtant, le chien blanc avec une tache noire au-dessus de l'œil droit qui venait tous les jours aux baraquements, jusqu'ici occupé à fouiller dans un seau rouillé rempli d'ordures malodorantes, l'entendit et agita les oreilles. Il aboya d'abord pour chasser ce son inattendu, puis, le museau levé, il écouta un moment pour voir s'il se reproduirait ; il s'approcha enfin de Walter et se pressa contre son genou.

— Tu m'as compris, dit Walter, je le vois bien. Un chien, d'ailleurs, n'oublie pas et retrouve toujours sa maison.

Étonné de cette tendresse inhabituelle, le chien lécha la main de Walter. Les poils fins, autour du museau, se mouillèrent, ses yeux s'agrandirent. La tête fit un petit mouvement vers le haut et se poussa entre les jambes de Walter.

— Tu as remarqué quelque chose ? Eh oui, je viens de parler de maison. Je vais t'expliquer, mon ami. Très exactement. Aujourd'hui, ce n'est pas seulement la fin de la guerre. Ma patrie a aussi été libérée. Ce n'est pas la peine de me regarder avec cet air stupide. Moi aussi, l'idée ne m'en est pas venue tout de suite. On en a fini avec les assassins, mais l'Allemagne est toujours là.

La voix de Walter n'était plus qu'un frémissement, mais la découverte qu'il venait de faire lui redonnait vie et force. Formaliste comme il l'était, il essaya de s'expliquer son changement d'humeur, mais n'arriva pas à mettre ses pensées en ordre. Il était habité d'un sentiment de libération trop fort. Il sentit qu'il était important qu'il se confronte à nouveau avec une vérité qu'il avait si longtemps refoulée.

— Je n'en parlerai pour l'instant à personne d'autre qu'à toi, dit-il au chien qui dormait maintenant, mais je rentrerai chez moi. Je ne peux pas faire autrement. Je ne veux plus être un étranger parmi des étrangers. À mon âge, un homme doit avoir sa place quelque part. Et devine un peu où est ma place ?

Le chien s'était réveillé et pleurnichait comme un jeune animal s'étant risqué pour la première fois dans une herbe trop haute sans sa mère. Ses yeux brun vif luisaient dans la pénombre.

— Viens avec moi, espèce de *son of a bitch*. Dans la cuisine, le Polonais est en train de faire une soupe au chou. Tu sais, lui aussi a le mal du pays. Peut-être aura-t-il un os pour toi. Tu l'as bien mérité.

Dans la cantine, Walter tourna tous les boutons de la radio mais ne trouva rien d'autre que de la musique. Ensuite, avec le Polonais qui parlait l'anglais encore plus mal que lui il vida une bouteille de whisky à moitié pleine. Il eut l'estomac aussi brûlant que la tête. Le Polonais versa la soupe dans deux assiettes et éclata en larmes quand Walter lui dit *dziekuje*. Walter décida d'apprendre au chien, qui ne l'avait plus quitté depuis le début de la soirée, le texte et l'air de la *Lorelei*.

Puis ils s'endormirent tous les trois, le Polonais et Walter sur un banc, le chien dessous. À vingt-deux heures, Walter se réveilla. La radio était encore allumée. On entendait l'émission en langue allemande de la BBC. La récapitulation des informations relatives à la capitulation du IIIe Reich allemand fut suivie d'un reportage spécial consacré à la libération du camp de concentration de Bergen-Belsen.

16

Dans le filet au-dessus des sièges en velours marron clair, Regina posa soigneusement le chapeau qui avait été bleu foncé à l'époque où elle était la proie de l'angoisse et du cafard et, d'un geste longuement exercé, elle en lissa le feutre rêche. Quand elle se laissa tomber dans les coussins, elle fut obligée de presser fortement la bouche et le nez contre le petit carreau de la fenêtre pour ne pas éclater de rire. L'habitude qu'elle avait prise de s'occuper de son chapeau avant de s'occuper d'elle-même lui apparaissait comique au regard des changements qui l'attendaient. Au terme du voyage, le chapeau en question, qui était trop petit pour elle depuis des années et dont la couleur avait passé sous l'effet du soleil et de l'air salé du lac, ne serait plus qu'une coiffure comme les autres.

Son mince ruban à rayures bleues et blanches, avec le blason portant la devise *Quisque pro omnibus* était, lui, presque neuf. L'inscription, brodée en solide fil doré, brillait, agaçante, dans la petite tache de soleil qui pénétrait le compartiment. Regina avait l'impression que la devise se moquait d'elle. Elle tenta de se réchauffer le cœur en se concentrant sur sa joie à l'idée des vacances, mais elle s'aperçut rapidement que ses pensées lui échappaient et elle en fut troublée.

Pendant des années, elle avait en vain souhaité pouvoir porter le ruban de la Nakuru School pour ne plus être en marge d'une communauté qui jugeait les gens en fonction de leurs uniformes et les enfants en fonction des revenus de leurs parents. On lui avait finalement remis le ruban pour son treizième anniversaire, presque trop tard. Dès que la locomotive entrerait en gare de Nairobi, Regina n'aurait plus besoin ni de chapeau, ni de ruban. La Nakuru School, qui avait englouti le salaire de son père comme les monstres voraces des légendes grecques dévoraient leurs victimes sans défense, n'était son école que pour quelques heures encore.

À la fin des vacances, Regina irait à la Kenya Girls'School de Nairobi et elle savait parfaitement qu'elle détesterait tout autant la nouvelle école que l'ancienne. Les petites tracasseries dont l'accumulation provoquait chaque soir une grande souffrance allaient recommencer : les enseignantes et les camarades n'arriveraient pas à prononcer son nom et grimaceraient comme si chacune des infimes syllabes leur causait une douleur intense ; ses efforts pour jouer correctement au hockey, ou au moins en retenir les règles, et pour faire semblant – elle qui était nulle en sport – d'accorder une importance extrême au fait que la balle entrait dans un but et non dans l'autre demeureraient vains ; elle connaîtrait encore la gêne de se retrouver parmi les meilleures de la classe ou, pire encore, d'être une nouvelle fois classée première ; le plus accablant resterait néanmoins d'avoir et d'aimer des parents dont l'accent ne laissait pas la moindre chance à leur enfant de devenir un membre à part entière de la communauté scolaire, quelqu'un à qui il soit donné de passer inaperçu.

Encore heureux, se dit Regina, les yeux fixés sur le cuir griffé de sa valise, qu'Inge, l'unique amie qu'elle se soit faite – et qu'elle ait accepté de se faire – en cinq années passées à Nakuru, entre, elle aussi, dans cette école de Nairobi. Inge ne portait plus le *dirndl*, le costume autrichien traditionnel ; elle prétendait sans rougir ne plus parler qu'une seule langue, l'anglais, et elle avait honte de porter un nom allemand.

Mais cela ne l'empêchait pas de continuer à préférer le fromage fondu que sa mère lui envoyait pour le thé aux biscuits au gingembre dont les enfants anglais raffolaient en dépit de leur goût si piquant et de persister, au terme d'une longue séparation, à embrasser ses parents plutôt que de signifier par un geste discret qu'elle demeurait maîtresse de ses sentiments. Le plus important, finalement, était qu'Inge ne demandait jamais bêtement pourquoi Regina n'avait pas de famille en dehors de son père et de sa mère, et pourquoi, pendant la prière du soir dans la salle des fêtes, elle ne fermait jamais les yeux, pas plus qu'elle n'ouvrait la bouche.

Penser à Inge lui fit pousser un soupir de soulagement dans le rideau marron de la fenêtre. Effrayée, elle regarda autour d'elle pour voir si quelqu'un s'en était aperçu. Mais les autres filles de l'école qui partaient comme elle passer leurs vacances à Nairobi étaient en priorité soucieuses de leur avenir ; sous l'effet de l'excitation, elles parlaient d'une voix aiguë, et leurs récits reflétaient la grande assurance que leur donnaient leurs origines familiales et leur langue maternelle. Regina n'enviait plus ses camarades de classe. De toute façon, elle ne les reverrait plus. Pam et Jennifer étaient inscrites dans une école privée de Johannesburg, Helen et Daphne devaient partir pour Londres, et Janet, qui avait échoué à l'examen de fin d'études de la Nakuru School, était attendue par une tante fortunée qui possédait un élevage de chevaux dans le Sussex. Regina s'accorda, cette fois avec plaisir, un nouveau soupir de soulagement.

La clarté éblouissante, dans le compartiment, l'avertit que le train avait quitté l'ombre du bâtiment plat de la gare. Elle fut heureuse d'être assise près de la fenêtre et de pouvoir contempler une dernière fois, sans éprouver de gêne, son ancienne école. Elle se faisait certes l'effet d'un bœuf épuisé à qui on aurait ôté le joug trop tard, mais elle ressentait néanmoins le besoin de prendre longuement congé. Pas comme à Ol'Joro Orok, où elle avait quitté la ferme sans se douter de rien et où ses yeux n'avaient pu prendre leur temps pour faire provision en vue des innombrables journées qui allaient suivre.

Le train roulait lentement mais à grand bruit. Dans la légère brume de la chaleur naissante, les bâtiments blancs de l'école qui l'angoissaient quand elle avait sept ans – au point que, longtemps, elle eut pour seule envie de disparaître dans un grand trou comme Alice au pays des merveilles – étaient autant de taches lumineuses sur la colline de sable rouge. Les maisonnettes aux toits en tôle ondulée et même le bâtiment principal, avec ses épaisses colonnes, lui parurent plus petits que la veille encore, plus bienveillants aussi, tant ils lui étaient devenus familiers.

Bien que sachant pertinemment que sa tête se nourrissait de pures chimères, elle crut distinguer la fenêtre du bureau de Mr Brindley et même l'apercevoir en chair et en os, en train d'agiter un drapeau fait de mouchoirs blancs. Depuis plusieurs mois déjà, elle avait pressenti avec inquiétude qu'il lui manquerait, mais elle ne s'était pas doutée que son chagrin grandirait aussi vite, tel le lin après la première nuit des grandes pluies. La veille des vacances, le directeur l'avait convoquée une dernière fois dans son bureau. Il n'avait presque rien dit, la regardant comme à la recherche d'un mot précis qui lui échappait. Ce fut la bouche de Regina qui ne put se contrôler. À présent, se revoyant saccager ce beau silence par ses balbutiements, elle sentit à nouveau la chaleur lui monter au visage :

— Je vous remercie, sir, je vous remercie pour tout.

— N'oublie rien, avait dit Mr Brindley et on aurait dit que c'était lui et non pas elle qui partait pour le safari sans retour.

Puis il avait encore murmuré « Little Nell ». Et elle s'était dépêchée de répondre parce qu'elle avait déjà de la peine à avaler sa salive :

— Je n'oublierai rien, sir.

Sans le faire vraiment exprès, elle avait ajouté :
— *No*, Mr Dickens.

Ils avaient tous les deux ri, mais, en même temps, elle avait été prise d'une quinte de toussotements. Mr Brindley, qui aimait toujours aussi peu les enfants pleurnichards, n'avait heureusement pas remarqué que Regina avait les larmes aux yeux.

La soudaine certitude de ne plus avoir à l'avenir personne – ni Mr Brindley ni personne d'autre – à qui parler de Nicholas Nickleby, de la Petite Dorrit ou de Bob Cratchitt, et assurément pas davantage de Little Nell, lui irrita la gorge comme l'aurait fait un os de poulet avalé par mégarde. C'était le même sentiment qui lui martelait la tête quand elle pensait à Martin. Le nom lui était venu trop soudainement à l'esprit. À peine fut-il arrivé à ses oreilles que le brouillard, devant ses yeux, se déchira de mille trous d'où partirent de petites flèches acérées.

Regina se rappela avec beaucoup trop de précision comment Martin était venu la chercher en uniforme à l'école, comment ils étaient tous les deux partis en jeep pour rejoindre la ferme et comment ils s'étaient allongés par terre, sous un arbre, peu avant d'arriver. Etait-ce à ce moment ou plus tard qu'elle avait décidé d'épouser ce prince blond ensorcelé ? Martin se rappelait-il qu'il s'était engagé à l'attendre ? Elle, pour sa part, avait tenu sa promesse et ne pleurait jamais quand elle pensait à Ol'Joro Orok. En tout cas, elle ne versait pas de larmes.

C'était la première fois que Regina faisait l'expérience qu'une nouvelle grande tristesse pouvait dévorer la précédente, mais ce n'était pas une expérience désagréable. Le balancement du train finit par engourdir ses sens, elle entendait encore des mots isolés, mais n'arrivait plus à les associer en une phrase. Elle était en train d'expliquer à Martin qu'elle ne s'appelait pas Regina mais Little Nell, ce qui le fit partir de ce rire qui, après tout le temps écoulé, lui brûlait toujours les oreilles comme du feu, quand la locomotive entra en haletant dans la station de Naivasha. La vapeur recouvrit d'un voile humide et blanc la petite maison jaune clair du chef de gare. Même l'ibiscus, contre le mur, en perdit ses couleurs.

De vieilles femmes kikuyus décharnées, le ventre gonflé sous les étoffes blanches, les yeux sans éclat et le dos courbé sous de lourds régimes de bananes frappaient aux fenêtres. Le battement de leurs ongles faisait songer à de la grêle s'abattant sur une citerne vide. Si elles ne voulaient pas s'en retourner bredouilles, il leur fallait vendre leurs bananes avant le départ du train. Elles murmuraient d'un ton implorant, comme si elles avaient cherché à distraire un serpent de sa proie. Regina eut un geste ample du bras droit signifiant qu'elle n'avait pas d'argent, mais les femmes ne la comprirent pas. Elle baissa la vitre et leur lança en kikuyu :

— Je suis pauvre comme un singe.

Les femmes se mirent à rire en se tenant les côtes et en hurlant comme hurlaient les hommes, la nuit, assis seuls devant leur hutte. La plus âgée, petite silhouette malmenée par les intempéries et la vie, la tête couverte d'un fichu bleu vif, la bouche complètement édentée, fit glisser les courroies de cuir de ses épaules, posa sur le sol le lourd régime et en détacha une grosse banane verte qu'elle tendit à Regina.

— Pour le singe, dit-elle, et tous ceux qui l'entendirent éclatèrent en hennissements.

Les cinq autres filles du compartiment examinèrent Regina avec curiosité, puis échangèrent un sourire, se comprenant sans avoir besoin de parler. Elles se trouvaient trop adultes pour manifester leur réprobation autrement que par des regards.

Quand la femme lui tendit la banane par la fenêtre, ses doigts rêches touchèrent un bref instant la main de Regina. La peau de la vieille sentait le soleil, la sueur et le sel. Regina essaya de conserver le plus longtemps possible dans son nez l'odeur familière qui lui manquait tant, mais à l'arrêt du train à Nyeri, il ne restait de ce doux souvenir des jours heureux que le sel aux grains acérés qui piquaient l'œil comme les minuscules *dudu* suceurs de sang sous les ongles des orteils.

En gare de Nyeri grouillait une foule de voyageurs lourdement chargés et enveloppés dans des couvertures bariolées ; ils portaient des paniers de sisal d'où débordaient des cornets de papier marron remplis de farine de maïs, de quartiers de viande saignante et de peaux de bêtes non tannées. Nairobi était à une heure de train.

Les voix n'avaient déjà plus rien de la douceur mélodieuse des hautes terres. Bien que fortes, elles étaient difficilement compréhensibles. Même les hommes qui, tels leurs pères et grands-pères, une poule à la main, poussaient devant eux, comme du bétail, leurs femmes chargées de fardeaux, avaient des chaussures aux pieds et portaient des chemises si bariolées qu'on aurait cru qu'ils avaient découpé un bout d'arc-en-ciel après l'orage. Quelques hommes jeunes avaient à leur poignet des montres couleur d'argent, beaucoup tenaient un parapluie à la main plutôt que l'habituel bâton. Ils avaient des yeux de bêtes traquées, mais ils marchaient d'un pas régulier et énergique.

Des Indiennes qui portaient une tache rouge sur le front et dont les bracelets luisaient dans l'ombre comme des étoiles dansantes firent hisser leurs bagages dans le wagon par des Noirs silencieux, alors que seule la seconde classe leur était accessible. Des soldats à la peau claire, en uniforme kaki, croyant encore, en dépit des années passées en Afrique, que les trains partaient à l'heure, se ruèrent sur les voitures de première classe. Ils chantaient la marche à la mode en ce lendemain de guerre, *Don't Fence*

Me In. Le jeune contrôleur indien leur ouvrit la portière sans les honorer d'un regard. À l'instant de partir, la locomotive poussa un sifflement strident.

Sous le soleil jaune de l'après-midi, qui projetait de longues ombres, les hautes montagnes entourant Nyeri semblaient des géants au repos. Des hardes de gazelles couraient à grands bonds vers des trous d'eau scintillant d'une lumière grise. Des babouins escaladaient des falaises brunes, couleur de terre. Les chefs mâles, au derrière d'un rouge vif, poussaient de grands cris. Des jeunes s'agrippaient à la peau du ventre de leur mère. Regina les observa avec envie, tentant de s'imaginer qu'elle était, elle aussi, un enfant singe, avec une famille nombreuse, mais le jeu merveilleux de son enfance avait perdu son pouvoir magique.

Comme chaque fois qu'elle apercevait les premières maisons de Ngong, elle se demanda si sa mère aurait le temps de venir la chercher à la gare ou bien s'il lui faudrait aller travailler au Horse Shoe et envoyer Owuor à sa place. Quand sa mère réussissait à se libérer, Regina avait l'impression de recevoir un précieux cadeau, mais elle aimait aussi, après une séparation de trois mois, échanger avec Owuor les regards, les plaisanteries et les jeux de mots qu'ils ne pouvaient partager avec personne d'autre. Elle avait pourtant eu un peu honte, au début des vacances précédentes, quand seul le boy à tout faire était venu l'accueillir. Elle avala une pleine bouchée de plaisir en songeant que, cette fois, tout serait différent et que, une fois le train arrivé à Nairobi, elle ne reverrait plus ses anciennes camarades de classe.

Regina savait parfaitement que sa mère, pour son retour, allait la régaler de boulettes de Königsberg et dire :

— On ne trouve pas de câpres dans ce pays de singes !

Jamais son plat préféré n'apparaissait sur la table sans être accompagné de cette récrimination, Regina n'oubliant jamais non plus de demander :

— C'est quoi, les câpres ?

Ces rites étaient partie intégrante du sentiment qu'elle avait d'être chez elle. À chaque retour au foyer, ses yeux et ses oreilles puisaient avidement les preuves que rien n'avait changé dans sa vie. Penser à ses parents qui veillaient toujours à ce que sa venue ne soit pas un jour comme les autres l'émut cette fois plus qu'à l'ordinaire. Elle eut l'impression de sentir déjà la caresse de la tendresse qui l'attendait. Elle se souvint que sa mère, dans sa dernière lettre avant les vacances, avait écrit : « Tu vas être étonnée, nous te réservons une grande surprise. »

Pour faire durer le plaisir, Regina s'était interdit de penser à la surprise avant d'avoir aperçu le premier palmier, mais le train parcourut la dernière partie du trajet à plus vive allure que les fois précédentes et arriva à Nairobi plus rapidement qu'elle ne s'y attendait. Elle n'eut pas le temps, contrairement à son habitude, de se mettre debout contre la fenêtre. Elle fut la dernière à prendre sa valise et dut attendre que les autres filles du compartiment soient descendues du train pour chercher des yeux qui était venu l'accueillir. L'espace d'un instant, moment très bref mais qui lui parut durer une éternité, elle resta indécise sur le quai, n'apercevant devant elle qu'un mur de peaux blanches. Elle entendit des appels pleins d'excitation mais pas la voix que guettaient ses oreilles. Sans respecter l'intervalle voulu entre impatience et peur, l'éternelle inquiétude vint la secouer : sa mère aurait-elle oublié qu'elle arrivait pour les vacances ou bien Owuor serait-il parti trop tard ?

Prise d'une panique dont elle eut honte parce qu'elle lui parut exagérée et inconvenante mais dont elle crut qu'elle allait lui arracher le cœur, elle songea soudain qu'elle n'avait pas d'argent pour le bus du Hove Court. Déçue, elle s'assit sur sa valise et lissa sa jupe d'uniforme à petits gestes précipités. Bien qu'ayant perdu tout espoir, elle se força à regarder une nouvelle fois au loin. Elle découvrit Owuor. Il attendait paisiblement à l'autre extrémité du quai, presque au niveau de la locomotive, haute silhouette familière, hilare, drapée dans la robe noire d'avocat. Regina savait qu'Owuor allait venir à sa rencontre, mais elle se précipita tout de même vers lui.

Elle était arrivée à sa hauteur, la plaisanterie qu'il attendait déjà placée entre sa langue et ses dents, quand elle s'aperçut qu'il n'était pas seul. Walter et Jettel, cachés jusqu'ici derrière une pile de planches, se redressèrent lentement et se mirent à lui faire signe, de plus en plus frénétiquement. Regina trébucha et faillit s'étaler sur sa valise ; elle l'envoya promener, continua à courir, les bras écartés, se demandant qui elle allait embrasser en premier ; elle décida de pousser très fort Walter et Jettel l'un contre l'autre de manière à ne former plus qu'un à eux trois. Quelques mètres seulement la séparaient de ce vieux rêve, si vieux qu'elle y avait renoncé. Elle remarqua soudain que ses pieds prenaient racine. Stupéfaite, elle s'immobilisa. Son père était maintenant sergent et sa mère était enceinte !

L'immense bonheur ne paralysa que momentanément les jambes de Regina, mais il engourdit ses sens au point qu'elle percevait, pour chacune de ses inspirations, une mélodie distincte. Il lui sembla qu'il lui serait impossible de garder les yeux ouverts un instant de plus sans détruire ce spectacle enchanteur. L'obscurité se fit dans sa tête tandis qu'elle rejoignait Owuor. Elle appuya la tête contre l'étoffe de la robe qui, d'avoir été trop portée, était devenue rêche et râpée. Elle apercevait la peau d'Owuor à travers les nombreux et minuscules trous du tissu, humant cette odeur qui la ramenait à sa petite enfance. Elle entendit battre le cœur de son ami et elle fondit en larmes.

— Ça, tu peux être sûre que je m'en souviendrai, dit-elle quand elle put à nouveau bouger les lèvres.

— Je te l'avais promis ! répondit Jettel en riant.

Elle portait la même robe qu'à Nakuru quand elle attendait le bébé qui n'allait pas vivre. Comme à l'époque, la robe tirait sur sa poitrine.

— Mais je croyais que tu avais oublié, avoua Regina en secouant la tête.

— Comment aurais-je pu ? Tu ne m'as pas lâchée une seconde.

— J'y suis aussi pour quelque chose !

— Je le sais, *sergeant* Redlich, dit Regina en riant doucement.

Elle se coiffa cérémonieusement du chapeau resté par terre, levant trois doigts de sa main droite pour un salut scout.

— Ça date de quand ?

— D'il y a trois semaines.

— Tu te payes ma tête ! Maman est déjà très grosse.

— Il y a trois semaines, c'est ton père qui a été nommé sergent. Ta mère en est à son quatrième mois.

— Et vous ne me l'avez pas écrit ? Comme ça, j'aurais pu commencer à prier !

— On voulait te faire la surprise, dit Jettel.

— Nous voulions d'abord être certains et, pour ce qui est des prières, nous avons déjà commencé, ajouta Walter.

Tandis qu'Owuor claquait des mains en contemplant, étonné, le ventre de la *memsahib*, comme s'il venait à l'instant d'apprendre la belle *schauri*, tous les quatre se regardaient sans rien dire, chacun sachant à quoi les autres songeaient. Puis trois paires de bras s'enlacèrent enfin, fondant Walter, Jettel et Regina en un seul bloc de gratitude et d'amour. Ce n'était donc pas un rêve d'enfant.

Auprès du portail en fer du Hove Court, les palmiers étaient encore pleins de la sève apportée par les dernières grandes pluies. Owuor prit un chiffon rouge dans son pantalon et banda les yeux de Regina. Elle dut grimper à califourchon sur son dos et passer les bras autour du cou qui, même si les cheveux s'étaient assouplis, avait gardé la vigueur des jours depuis si longtemps engloutis. Owuor émit des claquements de langue tentateurs, dit à voix basse « *Memsahib kidogo* » et la porta, pareille à un sac très lourd, à travers le jardin et le long du parterre de roses qui échangeait un peu de la chaleur de la journée contre la première fraîcheur de l'après-midi finissant.

Sous le chiffon qui la remplissait d'une attente fiévreuse et l'aveuglait à la fois, Regina put sentir l'arbre aux goyaves odorantes ; elle entendit sa fée jouer très doucement l'air de l'étoile qui brille dans la nuit comme un diamant. Elle n'apercevait rien en dehors des étincelles qui illuminaient le ciel de son imagination, mais elle savait que la fée portait une robe faite en fleurs d'ibiscus rouges et qu'elle avait aux lèvres une flûte d'argent.

— Je te remercie, lui cria Regina en passant, du haut de sa monture au galop, mais elle le dit en jaluo et Owuor fut le seul à rire.

Avec le gémissement d'un âne qui n'a pas trouvé d'eau pendant des jours, il finit par faire glisser Regina de son dos et par lui enlever le bandeau des yeux : elle se retrouva devant un petit fourneau, dans une cuisine inconnue qui sentait la peinture fraîche et le bois humide. Regina ne reconnut que la casserole en émail bleu, où des boulettes de Königsberg, plus rondes et plus grosses que jamais, nageaient dans une sauce épaisse, aussi blanche que la bouillie sucrée du conte de Grimm. Rummler fit irruption en glapissant, venant d'une pièce voisine, et il sauta sur elle, haletant de toutes ses forces.

— Ce meublé est maintenant le nôtre. Deux pièces avec cuisine et un lavabo rien que pour nous, dirent Walter et Jettel d'une seule voix.

Regina croisa les doigts pour montrer à la chance qu'elle n'ignorait pas ce qui se faisait en pareille circonstance.

— Comment ça s'est passé? demanda-t-elle en risquant une esquisse de pas dans la direction d'où Rummler était venu à l'instant.

— Les meublés qui se libèrent doivent être attribués en priorité à des soldats, expliqua Walter.

Il débita la phrase que les journaux avaient reproduite et qu'il avait apprise par cœur, dans un anglais si heurté et si rapide que sa langue s'empêtra dans ses dents. Mais Regina pensa à temps qu'elle ne devait pas rire.

— Hourra! cria-t-elle après avoir fait redescendre jusqu'à ses genoux ce qui lui serrait la gorge, maintenant nous ne sommes plus des *refugees*.

— Si, la modéra Walter en riant malgré tout, nous restons des *refugees*. Mais pas aussi *bloody* qu'auparavant.

— Notre bébé, lui, ne sera pas un *refugee*, papa.

— Un jour, aucun d'entre nous ne sera plus un *refugee*. Je te le promets!

— Toujours est-il que ce n'est pas le cas aujourd'hui, jeta Jettel, hors d'elle. Vraiment pas.

— Tu n'iras pas au Horse Shoe ce soir?

— Je ne travaille plus. Le médecin me l'a interdit.

La phrase fusa à travers la tête de Regina, remuant les souvenirs qu'elle y avait enfouis sous forme d'une glaise visqueuse, faite de peur et d'impuissance. De petits points se mirent à danser devant ses yeux qui se mirent à brûler quand elle demanda :

— Est-ce que cette fois c'est un bon docteur? Il soigne aussi les Juifs?

— Mais oui, la tranquillisa Jettel.

— Il est juif, expliqua Walter en accentuant chacun des trois mots.

— Et si bel homme, roucoula Diana.

Elle se tenait dans l'encadrement de la porte, vêtue d'une robe jaune clair qui lui faisait une peau très pâle, comme si, déjà, la lune avait été dans le ciel. Regina, d'abord, ne distingua que les fleurs d'ibiscus qui brillaient dans ses cheveux blonds si bien que, le temps d'un battement de cils et d'un éblouissement de joie, elle crut réellement que sa fée était descendue de l'arbre. Puis il lui apparut que le baiser de Diana avait le goût du whisky et pas des goyaves.

— J'ai la cervelle toute tourneboulée, pouffa Diana quand elle voulut caresser les cheveux de Regina en oubliant de faire descendre son chien de ses bras, nous allons avoir un bébé ! Tu as entendu ? Nous allons avoir un bébé ! Je n'en dors plus la nuit.

Owuor servit le dîner en long *kanzu* blanc, avec, à la ceinture, l'écharpe rouge et sa broderie dorée. Il ne disait mot, comme il avait appris à le faire chez son premier *bwana*, à Kisumu, mais il était hors d'état de donner à ses yeux la sérénité lourde qui était de mise dans une ferme anglaise. Il avait les pupilles aussi dilatées que le soir où il avait chassé les sauterelles.

— On ne trouve pas de câpres dans ce pays de singes, se lamenta Jettel en transperçant une boulette de sa fourchette.

— C'est quoi, les câpres ? mâchonna Regina, comblée.

Elle savoura la douce magie d'une nostalgie apaisée. Pour la première fois, cependant, elle ne prit pas le temps de faire glisser jusqu'à son cœur la réponse à sa question.

— Comment s'appellera notre bébé ? demanda-t-elle.

— Nous avons écrit à la Croix-Rouge.

— Je ne comprends pas !

— Nous essayons d'apprendre ce que sont devenus tes grands-parents, Regina, expliqua Walter en plongeant la tête sous la table, alors que Rummler se tenait derrière lui et qu'il n'avait de toute façon rien dans la main à lui donner. Tant que nous ne le saurons pas, nous ne pourrons pas, en souvenir d'eux, prénommer le bébé Max ou Ina. Tu sais que, chez nous, on ne peut pas donner à un enfant le nom d'un parent encore vivant.

Regina ne garda qu'un infime instant l'espoir de n'avoir pas compris ces derniers mots pleins de dards empoisonnés, d'être restée aussi sourde à leur signification que Diana, qui susurrait des mots doux à l'oreille de son chien tout en le gavant de boulettes de riz. Elle vit l'air sérieux de son père se transformer en une expression de douleur, comme sous l'effet d'une brûlure sourde. Sa mère avait les yeux humides. Regina ne savait qui, de la colère ou de la peur, l'emporterait dans sa tête et elle envia Inge qui, chez elle, pouvait dire : « Je déteste les Allemands ! »

Lente comme un vieux mulet, la force grandit en elle de se concentrer sur cette seule question : pourquoi les boulettes de Königsberg se changeaient-elles, dans sa gorge, en une petite montagne de sel aussi piquant ? Pour finir, et faute de mieux, elle réussit tant bien que mal à regarder son père comme si elle avait été l'enfant réclamant de l'aide, et non pas lui.

17

Après la guerre, même dans les milieux conservateurs de la colonie, la tolérance et le cosmopolitisme furent considérés comme des valeurs inséparables de l'époque nouvelle pour laquelle l'Empire avait consenti tant de sacrifices. Cependant, les tenants de la tradition étaient unanimes à estimer que seul le robuste sens britannique de la mesure était susceptible de prévenir des excès imputables à la précipitation et donc, fatalement, tout à fait déplacés. C'est ainsi que Janet Scott, la directrice de la Kenya Girls'High School de Nairobi, à l'occasion d'entretiens avec des parents soucieux, signalait incidemment que l'internat de son établissement, à l'inverse de l'externat qui lui était annexé et dont le prestige social était considérablement moindre, n'accueillait qu'un pourcentage infime d'enfants de *refugees*. La réputation de cet internat de haut niveau, qui sacrifiait sans réserve aux idéaux traditionnels, eut tôt fait de se répandre spontanément en des temps de bouleversements sociaux qui portaient davantage à miser sur le sentiment que sur la raison.

Mrs Scott, en rougissant légèrement, ce qui, chez elle, trahissait une légitime fierté, laissait parfois entendre – mais dans le seul cercle très limité et fermé des personnes partageant ses opinions – qu'elle avait su résoudre d'élégante manière ce délicat problème : l'internat si recherché n'accueillait de jeunes filles résidant à moins de cinquante kilomètres que sur demande expresse de leur famille et en raison de circonstances très particulières. Les autres n'étaient admises qu'en qualité de *day scholars*, et ni le corps enseignant, ni les internes ne les traitaient en membres à part entière de la communauté scolaire.

N'entraient en ligne de compte, pour bénéficier d'une admission hors norme, que les jeunes filles dont les mères avaient elles-mêmes été élèves de l'établissement ou dont les pères étaient connus pour être de généreux donateurs. Ces précautions suffisaient à garantir le maintien de cet équilibre si apprécié des traditionalistes convaincus. Pour les gens dans le secret, la solution retenue, qui permettait de se plier à la réalité nouvelle sans perdre de vue l'essence de l'élément conservateur, témoignait d'un grand sens diplomatique et pratique.

— Il est étrange, avait coutume de faire remarquer Mrs Scott, d'une voix de stentor admirée pour ce qu'elle trahissait d'intrépidité, que les *refugees* aient justement tendance à s'agglutiner en ville et donc à ne pouvoir prétendre, au moins pour l'immense majorité d'entre eux, à une place en internat. Sans doute ces pauvres diables, compte tenu de la grande susceptibilité qui est la leur, se sentent-ils plus ou moins l'objet d'une discrimination, mais qu'y faire ?

Dans les seuls moments où la directrice se sentait vraiment dans l'intimité, parmi les siens, à l'abri de tout fâcheux malentendu susceptible d'être provoqué par un effet de mode, elle ravissait ses auditeurs en leur confiant avec une agréable objectivité, dénuée de tout vain sarcasme, le fond de sa pensée : à l'évidence, la vie avait heureusement mieux préparé certaines gens que d'autres à s'accommoder de ces prétendues discriminations.

En deux mois d'école en qualité de *day scholar*, sans le prestige social qui, dans la vie scolaire de la colonie, pesait plus lourd que n'importe où ailleurs, Regina n'avait aperçu Janet Scott qu'une fois, et de loin par-dessus le marché. Cela s'était produit dans la salle des fêtes, à l'occasion de la cérémonie d'action de grâces pour la capitulation du Japon. Si l'on savait passer inaperçu – qualité particulièrement prisée chez les externes –, il n'y avait pratiquement aucune raison d'entrer en contact direct avec la directrice.

Cette distance imposée ne diminuait en rien l'estime que Regina portait à Mrs Scott. Au contraire. Elle savait un gré infini à une directrice qui n'exigeait d'elle qu'un maintien modeste et réservé – ce à quoi elle était de toute façon accoutumée – d'avoir édicté un règlement la préservant d'une nouvelle condamnation à une vie d'interne qu'elle haïssait.

Owuor lui aussi était redevable de quelque chose à cette Mrs Scott qu'il ne connaissait pas : une bonne humeur permanente. Chaque journée nouvelle lui offrait le plaisir d'une visite au marché avec deux *kikapu* au lieu d'un sac minuscule ; il n'avait plus à rougir devant les boys des riches *memsahib*, il cuisinait à nouveau dans de grandes casseroles et, surtout, comme aux jours heureux de la ferme, il pouvait prêter l'oreille à ce que trois personnes racontaient de leur journée. Le soir, avant de porter le repas depuis la petite cuisine jusqu'à la pièce avec la table ronde et le hamac où dormait la petite *memsahib*, il déclarait avec la profonde satisfaction d'un guerrier ayant fait bonne chasse :

— Nous ne sommes plus des gens fatigués, toujours en safari.

À peine Regina sentait-elle dans son palais le goût de la première bouchée de nourriture qu'elle offrait à la tête d'Owuor et à son propre cœur le plaisir grisant, toujours renouvelé, de répéter cette si jolie phrase, avec les vibrations qui convenaient exactement à l'expression de la satisfaction. La nuit, dans son étroit lit-balançoire, six jours par semaine, elle étayait le miracle intervenu dans sa vie en adressant de longs remerciements au dieu Mungo qui, après tant d'années de regrets et de désespoir, avait enfin fait preuve de clémence et exaucé ses prières. Ses deux heures de bus, avant et après les cours, lui semblaient un prix bien léger à payer contre la certitude de ne plus être séparée de ses parents durant trois longs mois.

Avant le lever du soleil, avant même que ne s'allument les premières lampes dans les maisonnettes plates du personnel, elle grimpait avec son père dans le bus bondé menant à la Delamare Avenue. Là, elle prenait un autre bus, venant de la ville, plus bondé encore et emprunté presque uniquement par les indigènes. Après s'être adressé par écrit à de multiples reprises au *captain* McDowell – un homme dont les quatre enfants étaient restés à Brighton, laissant en lui des souvenirs de famille bien nostalgiques, un responsable militaire qui n'avait de surcroît jamais assez de place à Ngong pour loger tous ses hommes – Walter avait fini, au sixième mois de la grossesse de Jettel, par obtenir l'autorisation d'habiter chez lui.

Tous les jours, il allait prendre son service à la section « Information et courrier » de son unité et ne rentrait au Hove Court que tard le soir ; la seule exception étant le vendredi, jour où il revenait en général assez tôt pour accompagner Regina à la synagogue. Voyant son père renouer ainsi avec la tradition de son enfance, comme si cela était allé de soi et comme si, dans le désespoir de l'exil, il n'y avait pas renoncé à jamais, Regina avait d'abord cru qu'il entendait seulement prier pour la santé du bébé dans un lieu approprié.

— Non, c'est de toi qu'il s'agit, lui avait-il dit, il faut tout de même que tu retrouves tes racines. Il est grand temps.

Elle n'avait pas osé demander des explications, mais elle avait en tout cas cessé, le vendredi, ses conversations nocturnes avec Mungo.

Un vendredi de décembre, avant même d'avoir atteint les citronniers, et juste avant les palmiers,

Regina entendit son père parler d'un ton de grande excitation. Elle était si loin encore qu'elle ne pouvait même pas sentir l'odeur du bouillon de poule ni celle, plus douceâtre, du poisson, qui venaient des meublés dont les habitants, de même qu'ils ne parlaient pas exclusivement anglais entre eux, ne s'étaient pas encore décidés à sacrifier le sabbat à leur volonté d'intégration. Certes, un retour aussi hâtif de son père à la maison était inhabituel, mais pas sans précédent ; aussi n'avait-elle pas de raison particulière d'être inquiète.

Cela ne l'empêcha pas, cependant, de traverser le jardin en courant beaucoup plus vite que d'ordinaire et, au tout dernier moment, de couper au plus court, entre les fourmilières, pour rejoindre le meublé familial. La peur fut pourtant plus rapide encore que ses jambes et, passant brutalement de sa tête à son estomac, elle mit devant les yeux de Regina des images qu'elle se refusait à voir jusque-là.

Au sortir de l'épaisse haie épineuse à travers laquelle elle s'était faufilée par un petit trou, elle vit que la porte de la cuisine était ouverte. Elle trouva ses parents dans un état qu'elle n'avait certes jamais personnellement connu, mais dont elle savait tout. Après le véritable brasier qu'avait été la journée, l'après-midi était encore brûlant et, dans cette touffeur humide, chaque geste était, pour sa mère, plus pénible encore que de coutume. Regina eut pourtant l'impression que ses parents venaient de danser.

Une seconde, instant de désir absolu, Regina crut que le grand miracle d'Ol'Joro Orok s'était renouvelé et que Martin était arrivé tout aussi inopinément qu'à l'époque où il était encore un prince. Son cœur se mit aussitôt à s'affoler, et son imagination s'envola vers un avenir aussi lumineux qu'un ciel constellé d'étoiles d'or, entourées de rubis étincelants. Puis elle vit sur la table ronde une mince enveloppe jaune surchargée de tampons. Elle essaya de lire ce qui était écrit, entre les oblitérations en forme de vagues, mais aucun des mots qu'elle déchiffra n'eut de sens pour elle, bien qu'ils aient tous été écrits en anglais. Elle s'aperçut en même temps que son père parlait d'une voix perçante, pareille au cri d'un oiseau sentant les premières gouttes de pluie sur ses pattes.

— C'est notre première lettre d'Allemagne ! s'écria Walter.

Il avait le visage rouge, mais sans une ombre de peur, le regard clair et les yeux pleins de minuscules étincelles.

C'étaient les autorités de la zone d'occupation britannique qui avaient expédié la lettre par le courrier militaire ; elle était adressée à Walter Redlich, *Farmer in the Surrounding of Nairobi*, et elle émanait de Greschek. Owuor l'avait ramenée de l'administration du Hove Court, déclenchant sans le savoir un débordement de joie qui brûlait encore, des heures plus tard, comme un feu de brousse. Il arrivait déjà à si bien prononcer le nom de Greschek que c'était à peine si sa langue collait encore entre ses dents.

— Greschek, dit-il en riant ; puis, posant la lettre dans le hamac, il regarda attentivement la mince enveloppe se balancer comme l'un de ces petits bateaux que, jeune homme, il avait vus à Kisumu. Greschek, répéta-t-il en laissant sa voix chanceler elle aussi.

— Ce vieux Josef, il a réussi son coup, exultait Walter, et Regina s'aperçut alors que ses larmes avaient déjà coulé jusqu'à son menton. Il a sauvé sa peau. Il ne m'a pas oublié. Sais-tu seulement qui est Greschek ?

— Greschek contre Krause, répondit Regina, heureuse.

Enfant, elle avait considéré ce bout de phrase comme le plus grand enchantement du monde. Il lui suffisait alors de le prononcer pour voir rire son père. C'était un jeu merveilleux mais, un jour, elle s'était aperçue que son père, en dépit de son rire, avait un air de chien battu. Après quoi, elle avait enfoui dans sa tête ces trois mots dont le sens lui avait de toute façon échappé.

— J'ai oublié, poursuivit-elle avec embarras, ce que ça veut dire. Mais c'est ce que tu disais tout le temps à Rongai : Greschek contre Krause.

— Peut-être que tes professeurs ne sont pas si bêtes que ça. Tu me parais effectivement une enfant intelligente.

Le compliment, caresse apaisante, chatouilla l'oreille de Regina. Elle chercha avec plaisir comment, sans paraître vaniteuse, elle pourrait transformer en une riche récolte cette première graine.

— Il t'a accompagné jusqu'à Rome, finit-elle par trouver, quand tu as dû quitter le pays.

— Jusqu'à Gênes, Rome n'est pas un port. On ne vous apprend donc rien à l'école ?

Walter tendit la lettre à Regina. Elle vit que sa main tremblait et elle comprit qu'il attendait qu'elle soit saisie de la même excitation que celle qui lui brûlait le corps. Mais quand elle découvrit les fines lettres pleines d'arrondis et de pointes évoquant pour elle l'écriture des Mayas qu'elle avait récemment vue dans un livre, elle ne parvint pas à réprimer à temps un éclat de rire.

— Tu écrivais aussi comme ça quand tu étais allemand ? pouffa-t-elle.

— Je suis allemand.

— D'où pourrait-elle connaître l'écriture gothique ? le gronda Jettel en effaçant d'une caresse sur le front la gêne qui s'était emparée de sa fille.

Sa main était chaude, son visage rayonnait et la boule, dans son ventre, roulait d'un côté puis de l'autre.

— Le bébé aussi est tout excité, Regina, il gigote comme un fou depuis l'arrivée de la lettre. Mon Dieu ! Qui aurait cru qu'une lettre de Greschek me mettrait un jour dans un tel état. Tu ne peux pas t'imaginer quel drôle de type c'était. Un des rares types convenables dans tout Leobschütz, en tout cas. Greschek, pour moi, c'est sacré. Il nous a envoyé sa Grete pour m'aider à faire les bagages quand je ne savais plus où j'avais la tête. Ça, je ne l'oublierai jamais.

Plongés dans un passé qu'une seule lettre avait soudain fait revivre, Walter et Jettel se retiraient dans un monde où il n'y avait de place que pour eux deux. Ils étaient assis l'un tout contre l'autre sur le canapé, se tenant par la main tandis qu'ils égrenaient des noms, soupiraient et se laissaient gagner par la mélancolie. Leurs mains étaient toujours enlacées quand ils engagèrent une dispute pour savoir si la boutique de Greschek était dans la Jägerndorfer Strasse et son logement dans la Tropauer, ou bien si c'était le contraire. Walter n'arriva pas à convaincre Jettel, pas plus qu'elle ne parvint à le convaincre ; mais leurs voix étaient toujours aussi douces et joyeuses.

Ils finirent par se mettre d'accord sur le fait que le Dr Müller avait en tout cas son cabinet dans la Tropauer Strasse. Mais, à cause de ce même Dr Müller, les flammes de la bonne humeur menacèrent un instant de se transformer en l'habituel brasier de colère, alimenté par des vexations jamais oubliées : Jettel prétendait qu'il avait été responsable de sa mastite après la naissance de Regina et Walter, outré, répliquait :

— Tu ne lui as pas laissé la moindre chance en faisant aussitôt appel à un médecin de Ratibor. J'en ai honte aujourd'hui encore. Müller était tout de même un camarade de corporation à l'université !

C'était à peine si Regina osait respirer. Elle savait que le Dr Müller pouvait aussi aisément déclencher une guerre entre ses parents que le vol d'une vache chez les Massaïs. Mais elle constata avec soulagement que, cette fois, le combat était mené avec des flèches non empoisonnées. Il n'était d'ailleurs pas aussi désagréable qu'elle le redoutait et il devint même captivant quand Walter et Jettel entamèrent une discussion pour savoir s'il s'agissait d'une journée assez favorable pour aller chercher la dernière bouteille de vin de Sohrau, conservée dans l'attente d'une occasion particulière. Jettel était pour et Walter contre, puis Jettel changea d'avis et Walter aussi. Avant d'en arriver à ouvrir les vannes de la colère, tous les deux dirent cependant d'une seule voix :

— Il vaut mieux attendre un peu, peut-être y aura-t-il une occasion meilleure encore.

On envoya Owuor à la cuisine préparer le café. Comme il l'apportait, dans la fine cafetière blanche avec des roses rose sur le couvercle, il cligna de l'œil gauche, ce qui signifiait toujours qu'il était au courant de choses dont il ne pouvait parler. Sitôt que le *bwana* et la *memsahib* s'étaient réjouis comme des enfants en apercevant la lettre, Owuor avait préparé la pâte à levain pour les petits pains que seules ses mains savaient faire aussi ronds que les enfants d'une pleine lune.

La *memsahib* n'oublia pas de s'extasier quand il apporta l'assiette contenant les minuscules pains chauds, et le *bwana*, au lieu de se contenter d'un « *sente sana* » accompagné de trois rapides battements de paupières, lui dit :

— Viens, Owuor, nous allons lire la lettre à la *memsahib kidogo*.

Comblé par un tel honneur, qui lui réchauffait le ventre sans qu'il ait besoin de manger et qui lui échauffait encore davantage la tête, Owuor s'assit dans le hamac. Il entoura ses genoux de ses bras, chanta « Greschek » et, dans le dernier rayon de soleil, nourrit ses oreilles du rire du *bwana* dont le visage avait la douceur d'une peau de jeune gazelle.

— « Cher docteur Redlich, lut Walter, j'ignore totalement si vous êtes encore en vie. À Leobschütz, la rumeur a couru qu'un lion vous avait dévoré. Je ne l'ai jamais vraiment cru. Dieu ne sauverait pas un homme comme vous pour nourrir un lion. J'ai survécu à la guerre. Grete aussi. Mais nous avons dû quitter Leobschütz. Les Polonais nous ont accordé un délai d'un jour seulement. Ils étaient encore pires que les Russes. Nous vivons maintenant à Marke. C'est un village minable dans le Harz. Encore plus petit qu'Hennerwitz. Ici, ils nous appellent les « polaks » ou la « racaille orientale » et ils pensent que nous seuls avons perdu la guerre. Nous n'avons pas de quoi manger à notre faim, mais nous avons néanmoins plus que d'autres parce que nous travaillons davantage. Nous avons en effet tout perdu et voudrions bien redémarrer dans la vie. C'est ce qui irrite tant les gens d'ici. Vous connaissez votre Greschek. Grete récupère de la ferraille et je la revends. Est-ce que vous vous rappelez ce que vous disiez toujours : « Greschek, ce n'est pas convenable votre manière de traiter Grete » ? Alors, je l'ai épousée pendant notre fuite et j'en suis encore tout content aujourd'hui.

« Jusqu'à ce qu'éclate cette maudite guerre, je me suis souvent rendu à Sohrau et j'ai apporté des vivres, la nuit, à monsieur votre père et mademoiselle votre sœur. Les choses allaient très mal pour eux. Grete priait pour eux tous les dimanches à l'église. Moi, ça m'était impossible. Si Dieu voit tout ça et ne fait rien, il ne peut non plus entendre les prières. La SA a tabassé M. Bacharach dans la rue et l'a emmené, peu de temps après votre départ de Breslau. Nous n'avons ensuite plus entendu parler de lui.

« J'espère que cette lettre arrivera en Afrique. J'ai procuré un casque en acier à un soldat anglais. Ils sont tous fous de ce genre de choses. Cet homme parlait quelques mots d'allemand et il m'a promis de vous expédier cette lettre. Qui sait s'il tiendra parole. Nous n'avons en effet pas encore le droit d'envoyer du courrier.

« Allez-vous à présent rentrer en Allemagne ? Ce jour-là, à Gênes, vous m'avez dit : "Greschek, je reviendrai quand ces porcs seront partis." Qu'est-ce que vous faites encore chez les Nègres ? Vous êtes quand même avocat ! Les gens qui n'ont pas été nazis obtiennent maintenant de bons emplois et ils sont plus vite relogés que d'autres. Si vous revenez, Grete aidera de nouveau madame votre épouse à emménager. Les gens de l'Ouest, ici, ne savent pas travailler comme nous. Ce ne sont que des flemmards. Et ils ne sont pas malins non plus. Si vous avez un moment, écrivez-moi, je vous prie. Et donnez le bonjour de notre part à madame le docteur et à l'enfant. A-t-elle encore peur des chiens ? Très respectueusement, votre vieil ami Josef Greschek. »

La lecture de la lettre terminée, seuls les ronflements réguliers de Rummler écornèrent un silence aussi épais que la brume d'une forêt trempée de pluie. Owuor avait toujours l'enveloppe à la main et s'apprêtait à demander au *bwana* pourquoi un homme envoyait des paroles effectuer un si grand safari au lieu de dire tout de suite à son ami les choses que son oreille attendait depuis si longtemps. Mais il remarqua que seul le corps du *bwana* était dans la pièce, et pas sa tête. Le soupir qu'Owuor poussa quand il se leva lentement pour préparer le dîner réveilla le chien.

Walter déclara beaucoup plus tard :

— Voilà, le charme est rompu. Peut-être n'allons-nous pas tarder à avoir d'autres nouvelles du pays... Mais il ajouta d'une voix lasse : Nous ne reverrons jamais notre Leobschütz.

Tous, comme si cela avait été l'usage le vendredi et non l'inverse, allèrent se coucher avant même que se soient tues les voix des femmes dans le jardin. Pendant un moment, Regina entendit ses parents parler de l'autre côté de la cloison, mais elle comprenait trop peu de choses pour les suivre dans le monde des noms étrangers et des rues inconnues. L'image de l'étrange écriture de Greschek la tira de son premier sommeil et elle eut ensuite l'impression que les mots qui lui parvenaient de la pièce contiguë avaient eux aussi des pointes et des arrondis et qu'ils se jetaient sur elle. Ne pouvoir se défendre la mit en colère et, bien qu'on fût un vendredi et que sa bonne conscience dût avaler des pierres, elle eut encore un long entretien avec Mungo.

Dès le lendemain, la chaleur suffocante qui régnait à Nairobi occupa la première place des informations. Elle faisait rage comme un lion blessé. Elle grillait l'herbe, les fleurs et même les cactus, enlevait aux arbres leur vigueur et faisait taire les oiseaux. Les chiens devenaient méchants et les gens perdaient tout courage. Ils n'arrivaient même pas à supporter la chaleur dans les meublés spacieux, pourtant protégés par de coûteux rideaux ; ils se pressaient dans les petits coins d'ombre, sous les grands arbres et, avec honte mais aussi une mélancolie qui les déconcertait autant qu'elle les envoûtait, ils exhumaient de leurs albums photographiques ou de leur mémoire des images de paysages hivernaux allemands, enfouies depuis longtemps.

Le dernier jour de l'année 1945 fut si chaud que beaucoup d'hôtels attiraient l'attention des clients sur le nombre des ventilateurs dans la salle du restaurant avant même de vanter l'abondance de leur menu de réveillon. Ngong connaissait les feux de brousse les plus importants de ces dernières années ; au Hove Court, l'eau était rationnée ; on cessa d'arroser les fleurs. Même Owuor, dont l'enfance s'était pourtant écoulée dans la fournaise de Kisumu, devait souvent essuyer la sueur de son front quand il faisait la cuisine. Il était désormais certain que la petite saison des pluies ne s'était pas produite et qu'il ne fallait pas s'attendre à une amélioration avant juillet.

Jettel était trop épuisée pour se plaindre. À partir du huitième mois de sa grossesse, elle se condamna à un retrait total de la vie et elle devint sourde aux consolations comme aux bons conseils. Elle ne voulut pas démordre de l'idée que l'air libre était plus supportable que celui de pièces closes et, dès huit heures du matin, elle se réfugiait sous le goyavier de Regina. En dépit des mises en garde du Dr Gregory qui, après chaque examen, trouvait qu'elle avait trop grossi et qu'elle avait besoin de mouvement, elle ne bougeait pas, des heures durant, de la chaise qu'Owuor lui portait dans le jardin et qu'il recouvrait soigneusement de linges blancs, comme s'il avait voulu lui ériger un trône.

Les femmes du Hove Court admiraient tellement la trouvaille d'Owuor qu'elles rendaient visite à Jettel, sous son arbre, avec la régularité de mise pour une reine n'accordant audience à son peuple qu'à certaines heures de la journée. Très rares étaient celles, à vrai dire, qui avaient la patience d'écouter ses fantasmes sur le climat hivernal si sain de Breslau ; la plupart avaient au contraire l'habitude – épreuve intolérable pour les sens exacerbés de Jettel – de fuir le plus rapidement possible dans leur propre passé. Il lui était encore plus difficile de supporter le poids de vies étrangères que la crainte permanente de voir la chaleur nuire au bébé dans son ventre et la faire accoucher à nouveau d'un enfant mort-né.

— Je n'arrive plus à me concentrer quand quelqu'un me parle, se plaignit-elle un jour auprès d'Elsa Conrad.

— Tu dis des sottises, tu es trop paresseuse pour écouter, voilà tout. Réveille-toi, enfin ! Tu n'es pas la seule à attendre un enfant.

— Je n'arrive même plus à me disputer vraiment, rapporta Jettel le soir même à Walter, qui la consola :

— Ne t'en fais pas trop, ça reviendra. C'est quelque chose que tu n'as oublié dans aucune circonstance de la vie.

Jettel n'émergeait de cet état intermédiaire entre un désespoir à demi éveillé et un sommeil profond qu'au retour de Regina de l'école, quand celle-ci venait s'asseoir sous l'arbre, auprès d'elle. Son univers de fées et de désirs exaucés, dont elle ne voulait pas démordre malgré les moqueries de son père dès qu'elle en parlait, mais aussi l'enthousiasme avec lequel elle décrivait la vie future avec le bébé parvenaient seuls à libérer Jettel du sentiment de malaise que lui procurait son corps lourdaud et à recréer entre la mère et la fille un attachement très fort, à l'image de ce qui s'était produit à Nakuru, lors de la grossesse malheureuse.

Ce fut le dernier dimanche de février qui ramena Jettel à la réalité, avec une violence qu'elle ne devait plus oublier le reste de sa vie. Le matin, rien n'avait distingué la journée de la veille. Après le petit déjeuner, Jettel s'était affalée en gémissant sous son arbre, tandis que Walter était resté dans le meublé pour écouter la radio. À midi, Owuor, qui ne s'éloignait jamais beaucoup de sa *memsahib* en temps ordinaire, ne répondit à aucun de ses appels. Contrariée, Jettel envoya Regina lui chercher un verre d'eau à la cuisine, mais celle-ci ne revint pas non plus. Sa soif se transforma alors en une brûlure si vive que Jettel finit par se lever. Elle s'aperçut bien que sa mauvaise volonté lui raidissait les membres, mais c'est en vain qu'elle lutta contre cette léthargie qui lui paraissait pourtant aussi inconvenante que ridicule.

Elle n'avança pas à pas qu'avec une extrême lenteur, espérant à tout instant qu'Owuor ou Regina finiraient par apparaître et lui épargneraient le reste du chemin. Mais elle ne vit ni l'un ni l'autre et, épuisée par une colère qui l'éprouvait davantage que le petit trajet en plein soleil, le long de la haie d'épineux roussis, elle supposa qu'elle allait surprendre Owuor et Regina absorbés par l'une de leurs nombreuses conversations à propos de la ferme, conversations qui lui semblaient toujours une trahison à l'égard de son état pitoyable.

En même temps qu'elle ouvrit la porte, elle vit Owuor. Il était debout dans la cuisine, la tête penchée très bas ; il parut ne pas remarquer la présence de Jettel et se contenta de dire deux ou trois fois « Bwana », d'une voix très basse, comme s'il venait de longuement parler tout seul. Dans le salon, les rideaux étaient tirés. L'atmosphère lourde et la faible lumière donnaient aux rares meubles l'apparence de souches d'arbres dans un paysage désolé. Walter et Regina, tous deux extraordinairement pâles et les yeux rouges, étaient assis sur le canapé et se tenaient enlacés comme des enfants égarés.

La frayeur de Jettel fut telle qu'elle n'osa pas leur adresser la parole. Son regard se figea. Elle se rendit compte que le froid s'emparait d'elle et, en même temps, elle eut conscience que la fraîcheur tant désirée lui piquait la peau aussi douloureusement que des aiguilles.

— Papa le savait depuis longtemps, sanglota Regina, mais ses pleurs se muèrent aussitôt en une faible plainte.

— Tais-toi. Tu as promis de ne rien dire. Il ne faut pas faire d'émotions à maman. Il sera bien temps quand le bébé sera là.

— Qu'est-il arrivé ? demanda Jettel.

Sa voix était ferme et, bien que prise d'une honte qu'elle ne parvenait pas à s'expliquer, elle se sentit plus forte que depuis des semaines. Elle se pencha même vers le chien sans que son dos lui fasse mal et elle posa la main sur son cœur, sans toutefois parvenir à le sentir battre. Elle allait répéter sa question quand elle vit Walter tenter de glisser furtivement, mais avec beaucoup de maladresse, une feuille de papier dans la poche de son pantalon.

— C'est la lettre de Greschek ? interrogea-t-elle sans grand espoir.

— Oui, mentit Walter.

— Non, cria Regina, non.

Ce fut Owuor qui força sa langue à dire la vérité. S'appuyant contre le mur, il annonça :

— Le père du *bwana* est mort. Sa sœur aussi.

— Mais que se passe-t-il ? Qu'est-ce que tout cela veut dire ?

— Owuor vient de te le dire. Je n'en avais parlé qu'à lui.

— Depuis quand le sais-tu ?

— La lettre est arrivée quelques jours seulement après celle de Greschek. On me l'a remise au camp. J'ai été très soulagé que, venant de Russie, elle ait dû passer par la censure militaire, car cela me dispensait de vous en parler. Je n'ai pas pleuré. Pas jusqu'à aujourd'hui. Et il a fallu que Regina me surprenne à cet instant précisément. Je lui ai lu la lettre. Je ne voulais pas, mais elle m'a harcelé. Mon Dieu, j'ai tellement honte quand je pense à elle.

— Fais voir, dit Jettel tout bas, il faut que je sache.

Elle alla à la fenêtre et déplia le papier jauni, découvrant les caractères d'imprimerie. Elle ne chercha d'abord qu'à déchiffrer le nom et l'adresse de l'expéditeur.

— C'est où, Tarnopol ? demanda-t-elle, mais n'attendit pas la réponse.

Elle avait l'impression de pouvoir éviter l'horreur qui s'avançait sur elle si elle ne se laissait pas le temps de bien saisir ce qui s'était passé.

Elle prononça encore à haute voix les mots « Cher docteur Redlich », puis se réfugia dans le réconfort du silence et, saisie d'une impuissance qui la fit frissonner d'horreur, elle comprit que ses yeux ne pouvaient espérer aucune pitié.

« J'étais avant la guerre professeur de langue allemande à Tarnopol, lut-elle, et j'ai aujourd'hui le pénible devoir de vous faire connaître la mort de votre père et de votre sœur. J'ai bien connu M. Max Redlich. Il avait confiance en moi parce qu'il pouvait s'entretenir avec moi en allemand. J'ai essayé de lui venir en aide autant qu'il était en mon pouvoir. Une semaine avant sa mort, il m'a donné votre adresse. J'ai alors compris qu'il voulait que je vous écrive au cas où il lui arriverait quelque chose.

« Après avoir affronté de nombreux dangers et d'effroyables privations, votre père et votre sœur ont pu arriver jusqu'à Tarnopol. Durant les premiers temps de l'occupation allemande, il y avait encore de l'espoir pour lui et Mme Liesel. Ils pouvaient rester cachés dans une cave de l'école et ils avaient l'intention de passer en Union soviétique dès qu'une occasion se présenterait. Puis, le 17 novembre 1942, deux SS ont assassiné votre père en pleine rue. Il est mort sur le coup et ses souffrances se sont arrêtées là.

« Un mois plus tard, on est venu chercher Mme Liesel dans l'école et on l'a déportée à Belzec. Nous n'avons rien pu faire pour elle et nous n'avons plus entendu parler d'elle. C'était le troisième convoi qui partait à Belzec. Aucun n'en est revenu. J'ignore si vous savez que Mme Liesel avait épousé un Tchèque pendant sa fuite. M. Erwin Schweiger était conducteur de poids lourds et l'armée russe l'a enrôlé de force. Il lui a donc fallu abandonner votre père et Mme Liesel.

« Votre père était très fier de vous et parlait souvent de vous. Il avait toujours sur lui, dans la poche intérieure de sa veste, la dernière lettre que vous lui avez écrite. Combien de fois l'avons-nous lue ensemble en imaginant la vie agréable et sûre que vous et votre famille meniez à la ferme. M. Redlich était un homme courageux et il a jusqu'au bout fait confiance à Dieu pour que vous vous retrouviez un jour. Que Dieu ait son âme en pitié! J'ai honte pour l'humanité entière d'être obligé de vous écrire une telle lettre, mais je sais que, dans votre religion, le fils dit une prière pour son père le jour anniversaire de sa mort. La plupart de vos frères n'en auront pas la possibilité. Si seulement j'avais la certitude que c'est pour vous une consolation de pouvoir le faire, mon devoir me serait plus aisé.

« Votre père disait toujours que vous aviez bon cœur. Dieu puisse-t-il vous le conserver ! Ne me répondez pas à Tarnopol. Recevoir des lettres de l'étranger expose ici à des ennuis. Je vous englobe, vous et votre famille, dans mes prières. »

Attendant les larmes qui la libéreraient, Jettel replia la lettre avec précaution, mais ses yeux restèrent secs. Elle était bouleversée de ne pouvoir ni crier, ni même parler ; elle avait l'impression d'être un animal qui ne ressent que la douleur physique. Avec gêne, elle s'assit entre Walter et Regina, lissant sa blouse mouillée de sueur. Elle fit un petit geste comme pour les caresser l'un et l'autre, mais elle ne put lever la main assez haut et elle se contenta de la passer sur son ventre, interminablement.

Elle se demanda si ce n'était pas un péché de donner la vie à un enfant qui, dans quelques années, poserait des questions à propos de ses grands-parents. Regardant Walter, elle sut qu'il sentait sa révolte car il secoua la tête. Ce geste de réconfort, dans son impuissance, fut malgré tout une consolation, car elle dit, sans que le désespoir affaiblisse sa voix :

— Il faut que ce soit un garçon puisque nous avons à présent un nom pour lui.

18

Au Hove Court, durant la longue nuit du 5 au 6 mars 1946, très nombreux furent les gens épuisés à ne pas trouver un repos qu'ils défendaient avec une plus grande passion encore que leurs biens personnels en ces temps de canicule exceptionnelle. Dans la plupart des chambres et des meublés, les lampes brûlaient dans l'attente du lever du soleil; les bébés réclamaient en hurlant leur *aja* ou leur biberon jusqu'à près de minuit; des boys perdaient leur sens du droit, du devoir et de l'ordre et mettaient à chauffer l'eau pour le thé matinal avant même que les oiseaux aient commencé à gazouiller; des chiens aboyaient contre la lune, les ombres, les arbres desséchés et les gens énervés. Rauques de fureur, ils engageaient les uns avec les autres des querelles qui se terminaient inévitablement par des conflits acharnés entre leurs propriétaires; les radios assénaient leurs airs à la mode avec autant de force qu'à l'occasion de la fin de la guerre en Europe; même Miss Jones, presque sourde pourtant, fit son apparition en chemise de nuit devant les bureaux administratifs fermés pour signaler qu'elle avait entendu des bruits de nature à perturber le repos public.

Owuor, qui était seul avec la *memsahib kidogo*, ne rentra dans son logement ni pour manger, ni pour y retrouver la jeune femme qu'il avait fait venir de Kisumu une semaine plus tôt. Trois heures après le coucher du soleil, il battit toutes les couvertures et tous les matelas, nettoya ensuite à la brosse les planchers et le chien, et finit par se faire les ongles avec la lime de la *memsahib*, chose que celle-ci n'aurait jamais autorisée si elle avait été à la maison.

Un poids très lourd dans la poitrine et dans le ventre, il calma son épuisement en se balançant dans le hamac de Regina, sans parvenir toutefois à trouver un sommeil suffisant pour effacer les images dans sa tête. De temps en temps, il essayait de chanter la chanson mélancolique de la femme qui cherche son enfant dans la forêt et qui n'entend jamais que sa propre voix, mais l'air resta trop souvent bloqué dans sa gorge et il finit par devoir éliminer son impatience en toussant.

Vêtue du corsage blanc de l'école et de la fragile jupe grise qui réclamait plus de ménagements encore qu'un poussin fraîchement éclos, Regina était couchée sur le lit de ses parents. Elle avait décidé de lire *David Copperfield* de la première à la dernière page sans se relever, même pour boire un verre d'eau mais, dès les premiers paragraphes, les lettres s'étaient emboîtées les unes dans les autres, passant à folle allure devant ses yeux, tels des cercles rouge vif. Elle avait les mains moites à force de caresser les perles de couleur de la ceinture enchantée ; sa langue reculait devant la peine qu'allait coûter la formulation précise et correcte du seul vœu qu'elle demanderait désormais au destin d'exaucer et devant l'effort à fournir pour convaincre Mungo, le dieu silencieux, qu'il lui fallait cette fois être de son côté et pas du côté de la mort, comme à l'époque des larmes ravalées.

Depuis le départ de Walter et Jettel au beau milieu du dîner, dans la voiture de Mr Slapak, avec, pour seuls bagages, une petite valise et l'odeur de chiens fous furieux qu'ils exhalaient, Regina luttait contre la peur qui avait plus d'énergie mauvaise qu'un serpent affamé. L'incertitude lui fouaillait les entrailles, semblable à une cascade furieuse après la tempête.

Il fallut que la montagne rocheuse qui était dans sa gorge menace de glisser entre ses dents pour qu'elle coure rejoindre Owuor, qu'elle tâte du bout des doigts les rondeurs familières de ses épaules et qu'elle lui demande :

— Est-ce que tu crois que cette journée sera bonne ?

Owuor ouvrit alors aussitôt les yeux et, comme s'il n'avait de toute sa vie appris à prononcer que cette phrase, il déclara :

— Je sais que cette journée sera bonne.

Dès que ces paroles sortaient de sa bouche, tous deux, Owuor et la *memsahib kidogo*, regardaient toujours par terre, car ils avaient l'un et l'autre une tête incapable d'oublier. Et ils savaient l'un et l'autre que, par les temps qui couraient, une bonne mémoire était pire qu'un coup de bâton vengeur sur la peau nue d'un voleur pris sur le fait.

À trois heures du matin, Elsa Conrad entreprit d'arroser les camélias devant sa fenêtre en se traitant si bruyamment de vieille folle que Mrs Taylor sortit sur son balcon comme une furie, réclamant le silence à grands cris. On évita néanmoins le conflit car, à l'instant précis où Elsa venait de trouver les injures voulues, en anglais, avec leur prononciation correcte, elle aperçut le professeur Gottschalk. Un chapeau sur la tête et, à la main, le petit plat en porcelaine dans lequel il mangeait sa bouillie de flocons d'avoine du matin, il déambulait à travers le jardin obscur. Ils se crièrent l'un à l'autre :

— Voilà où nous en sommes ! en se frappant le front de l'index pour indiquer qu'ils doutaient d'avoir toute leur raison.

Beaucoup plus tôt dans la nuit, Chepoi avait dû renvoyer deux officiers restés sur leur faim, car les jeunes hommes n'avaient pas eu le loisir d'évaluer, ne serait-ce que du regard, les charmes de la célèbre Mrs Wilkins. Diana en personne était encore à sa fenêtre au point du jour. Elle avait sur la tête la couronne dorée, aux pierres de couleur serties, qui, lors de son unique apparition sur scène à Moscou, lui avait fait miroiter un brillant avenir resté lettre morte. Au cours d'un des brefs temps de repos qu'elle s'accordait sur son fauteuil, elle arrosa si abondamment son chien de son parfum préféré que, avec une témérité inhabituelle, il lui mordit le doigt pour sauvegarder son odorat.

De son côté, Diana vexa son chien, déjà accablé, en le traitant de « saleté de Staline ». Pleurant de douleur et de colère, torturée par une vague répugnance envers tout ce que, à jeun, elle aurait très clairement pu qualifier de « bolchevik », elle céda enfin aux efforts de Chepoi pour la calmer. Au terme d'une lutte inhabituellement brève, il réussit à lui arracher la bouteille de whisky et à la porter dans son lit après lui avoir promis de la réveiller s'il y avait du nouveau.

Cependant, sans que le moindre signe ait révélé au Hove Court l'importance de l'instant, à cinq heures une, Max Ronald Paul Redlich vint au monde, à huit kilomètres de là, à l'Eskotene Nursing Home. Son premier cri fut recouvert par un grondement du ciel, soudain et sourd, évoquant la fuite effrayée d'un troupeau de gnous. Quand sœur Amy Patrick posa l'enfant sur le pèse-bébé et qu'elle nota sur un papier son poids de cinq livres et quatre onces ainsi que son nom, interminable et dur à épeler, un soupçon de vie vint illuminer ses yeux ternes et elle parla d'un miracle.

Ni le sourire – exagéré pour une circonstance aussi banale – arboré par une sage-femme exténuée par sa troisième nuit blanche, ni l'invocation euphorique d'un pouvoir surnaturel ne s'adressaient à l'enfant, et encore moins à la mère enfin délivrée, dont seul l'accent si désagréable à des oreilles sensibles avait paru à Amy un handicap extrême dans le contexte d'une naissance difficile. L'enthousiasme spontané d'Amy Patrick n'avait exprimé qu'un étonnement bien naturel de voir enfin une petite pluie libérer Nairobi du cauchemar d'une canicule sans précédent, sans que le bulletin météorologique de la veille en ait même évoqué l'hypothèse. La sage-femme se sentit si soulagée que, en dépit de l'absence regrettable d'auditeurs à la hauteur, elle donna libre cours à son humour britannique, à haute et intelligible voix. En enveloppant le nouveau-né dans son bandage ombilical, elle dit avec une pointe de satisfaction :

— Grand Dieu ! Le bonhomme crie aussi fort qu'un petit Anglais !

Le don du ciel fut d'une inhabituelle mesquinerie pour une saison des pluies venue après l'heure. Il permettrait tout au plus d'alimenter les conversations pendant une semaine et, à la rigueur, de nettoyer de leur poussière les plumes de tout petits oiseaux, les toits en tôle ondulée et les branches supérieures des acacias. Mais tous les hommes de bonne volonté qui avaient volontairement sacrifié leur repos de la nuit se trouvèrent confirmés par cette pluie dans leur certitude : la naissance de Max Redlich était un événement extraordinaire et l'enfant pourrait même porter haut les espoirs des *refugees* de la deuxième génération.

Regina et Owuor, tout d'abord, ne s'aperçurent pas du retour de Walter. Ils n'entendirent ni la vigoureuse poussée d'épaule qu'il appliqua à la porte d'entrée qui coinçait, ni son juron quand il trébucha sur le chien endormi. Ils ne s'éveillèrent en sursaut de leur état de somnolence – mais alors comme deux soldats recevant un ordre de mission soudain – qu'en entendant de retentissants haut-le-cœur dans la cuisine. Owuor donna à la porte ouverte un coup de pied avec lequel, même jeune homme, il n'aurait pas osé inciter au travail un âne récalcitrant. Son *bwana* était agenouillé devant un seau rouillé qu'il tenait à deux mains.

Regina courut vers son père et essaya de le ceinturer par-derrière avant que la déception et le désespoir la paralysent. Walter, sentant ses bras sur sa poitrine, se redressa comme un arbre qui a éprouvé la soif jusque dans ses racines mais qui sent juste à temps les gouttes salvatrices sur ses feuilles.

— Max est arrivé, dit-il, pantelant. Cette fois, le bon Dieu nous a été clément.

Le silence se prolongea jusqu'à ce que la figure de Walter, de grise qu'elle était, ait recouvré le brun qui s'accordait à son uniforme. Regina avait trop longtemps gardé dans son oreille les paroles de son père pour pouvoir faire davantage qu'obliger sa tête à de petits mouvements réguliers. Il lui fallut trente longues secondes avant de sentir couler des larmes bienfaisantes. Quand elle put enfin ouvrir les yeux, elle vit que son père pleurait aussi ; elle pressa longuement son visage contre le sien, pour partager avec lui la bouillie de la joie, chaude et salée.

— Max, fit Owuor, les yeux brillant comme des bougies neuves dans une pièce obscure. Maintenant, dit-il dans un rire, maintenant nous avons un *bwana kidogo*.

Tout le monde se tut à nouveau. Puis Owuor répéta le nom qu'il prononça aussi distinctement que s'il l'avait toujours connu et le *bwana* lui tapa alors sur l'épaule, riant comme le jour où les sauterelles s'étaient enfuies. Il l'appela son *rafiki*.

Ce mot, lisse et doux, qu'Owuor pouvait savourer avec fierté quand le *bwana* le lui disait d'une voix basse et un peu rauque, voleta jusqu'à ses oreilles comme un papillon par une chaude journée. Les syllabes lui mirent de la chaleur dans la poitrine et effacèrent la peur de la longue nuit, cette peur taillée par un couteau trop aiguisé.

— Tu as déjà vu l'enfant ? demanda-t-il. A-t-il deux bons yeux et dix doigts ? Un enfant doit ressembler à un petit singe.

— Mon fils est plus beau qu'un singe. Je l'ai déjà tenu dans mes mains. Cet après-midi, la *memsahib kidogo* ira le voir. Owuor, j'ai demandé si je pouvais t'amener, mais les infirmières et le médecin de l'hôpital ont dit que non. J'aurais voulu que tu sois là.

— Je sais attendre, Bwana. Tu l'as oublié ? J'ai attendu quatre saisons des pluies.

— Tu te rappelles si précisément quand l'autre enfant est mort ?

— Tu te le rappelles aussi, Bwana.

— J'ai parfois le sentiment qu'Owuor est mon seul ami dans cette maudite ville, dit Walter lorsqu'ils furent en route pour l'hôpital.

— Un ami, c'est assez pour toute une vie.

— Où es-tu encore allée pêcher ça ? Auprès de ton idiote de fée anglaise ?

— Auprès de mon idiot de Dickens anglais, mais Mr Slapak est aussi un peu ton ami. Il t'a tout de même prêté son auto. Sinon, on aurait dû prendre le bus.

Regina tira un petit morceau de bourre des coussins râpés et chatouilla le bras de son père avec les poils de cheval raides et effilés. Elle se rendit compte qu'elle ne l'avait encore jamais vu au volant d'une voiture et qu'elle ignorait totalement qu'il savait conduire. Elle s'apprêtait à le lui dire quand elle pressentit, sans réussir à s'expliquer sur-le-champ pourquoi, que sa remarque risquait de le blesser. Elle se contenta donc d'un :

— Tu conduis bien.

— Je conduisais déjà, avant que personne ne pense à toi.

— À Sohrau ? demanda-t-elle, obéissante.

— À Leobschütz. Je conduisais l'Adler de Greschek. Mon Dieu, si Greschek savait quelle journée nous vivons !

La Ford bringuebalante grimpait la côte en gémissant, laissant d'épais nuages de fin sable rouge derrière elle. La voiture n'avait de vitres ni du côté gauche, ni à l'avant ; dans son toit rouillé béaient de gros trous à travers lesquels on voyait briller le soleil. La chaleur aux ailes rapides et le vent brûlant de la vitesse grattaient la peau et la faisaient rougir. Regina se sentait comme dans la jeep avec laquelle Martin était venu la chercher pour les vacances. Elle revit soudain, avec une netteté disparue depuis longtemps, les forêts d'Ol'Joro Orok, puis une tête avec des cheveux blonds et des yeux clairs qui lançaient au loin de petites étoiles.

Elle savoura un bon moment le passé avec la même joie que le présent, mais une soudaine brûlure dans la nuque ramena le regret douloureux qu'elle avait cru englouti à jamais par les interminables jours de l'attente. Elle happa de l'air pour libérer ses yeux des images qu'elle ne devait plus voir et délivrer son cœur d'une tristesse qui ne s'accordait pas avec le bonheur qui la transportait maintenant.

— Je t'aime beaucoup, chuchota-t-elle.

L'Eskotene Nursing Home était un bâtiment blanc, bâti à chaux et à sable, avec des fenêtres aux vitres bleu clair et, autour de la monumentale porte d'entrée, de minces colonnes sur lesquelles grimpaient des rosiers dont les fleurs avaient la couleur du ciel au coucher du soleil. Il était situé dans un parc, avec un étang où l'on voyait des poissons dorés sauter parmi les nénuphars et une pelouse à l'herbe verte et épaisse fraîchement tondue. Après la pluie du matin, les grands cèdres fumaient encore ; des merles métalliques, sur les grosses branches, faisaient bouffer leurs plumes, formant de petits éventails d'un bleu vif. Devant le portail de la grille en fer, se tenait un *askari* large d'épaules, en uniforme bleu marine, tenant à deux mains une solide matraque en bois. À ses pieds dormait un chien-loup irlandais couleur café, au museau encadré de longs poils gris.

Une des principales raisons pour lesquelles le Dr Gregory rendait visite deux fois par jour à ses patientes était que l'Eskotene se trouvait sur le trajet du terrain de golf et que, depuis son plus jeune âge, cet homme témoignait d'un talent particulier pour concilier devoirs et inclinations. Il se trouvait précisément auprès de Jettel quand Walter fit son apparition, en compagnie de Regina. En l'apercevant, ils demeurèrent tous deux à la porte, interdits. Leur gaucherie, l'embarras du père qui se transforma sur-le-champ en une servilité accablée, la fille, au corps d'enfant mais au visage marqué par l'expérience trop précoce des rudesses de l'existence, tout cela émut le médecin.

Saisi d'une légère honte qui l'irrita plus qu'il ne l'aurait voulu, il se demanda s'il n'aurait pas dû se préoccuper davantage de ce qu'avait été la vie de cette petite famille : l'attachement qui unissait visiblement ses membres et qui lui semblait grotesque et démodé lui rappelait en même temps les récits de son grand-père. Cela faisait des années qu'il n'avait plus pensé au vieil homme, à son petit logement humide de l'East End londonien, et à sa fâcheuse habitude d'invoquer des racines dont l'ambitieux étudiant en médecine cherchait justement à se détacher avec énergie. Mais cet élan du cœur fut trop fugitif pour qu'il s'y abandonne.

— *Come on !* s'écria-t-il donc de la voix un peu trop forte qu'il avait délibérément adoptée à l'intention de ces gens du continent avides de cordialité ; puis, sous l'effet d'un sentiment de solidarité qu'il ne put attribuer qu'à une certaine sensiblerie de sa part, il ajouta, beaucoup plus bas et même un peu timidement : *Massel tow*.

Il donna une tape dans le dos de Walter et caressa d'un air un peu absent la tête de Regina, sa main glissant même jusque sur sa joue, puis il se hâta de quitter la pièce.

Regina n'aperçut la tête minuscule et sa couronne de duvet noir dans le creux des bras de Jettel que lorsque le médecin eut refermé la porte derrière lui. Elle entendit, comme dans un brouillard qui étouffe tous les sons, le souffle de son père et, immédiatement après, un léger vagissement du nouveau-né, puis, enfin, les quelques sons d'une douceur infinie par lesquels Jettel apaisa l'enfant. Regina eut envie de rire tout haut ou, au moins, de pousser des cris d'allégresse comme ses camarades d'école quand elles avaient remporté un match de hockey, mais elle ne réussit qu'à émettre une espèce de gargouillis qui lui parut en tout point misérable.

— Approche, lui dit Jettel, nous t'attendions tous les deux.

— Tiens-le bien, recommanda Walter en déposant l'enfant dans ses bras, nous ne pouvons pas nous en offrir un autre à présent. Voilà ton frère, Max, dit-il d'une voix solennelle qu'elle ne lui connaissait pas, je l'ai déjà entendu pleurer ce matin. Il sait très bien ce qu'il veut. Quand il sera grand, il veillera sur toi. Mieux que moi sur ma sœur.

Max avait ouvert les yeux. Ils étaient d'un bleu brillant dans un visage qui avait la couleur des jeunes épis de maïs de Rongai ; sa peau avait l'odeur douce du *poscho* qu'on vient de cuire. Regina toucha de son nez le front de son frère pour prendre possession du parfum. Elle eut la certitude absolue de ne plus jamais connaître dans son existence un tel bonheur, une telle ivresse. À cet instant, elle dit un dernier adieu à sa fée qu'elle n'aurait plus à importuner de ses prières à l'avenir. Ce fut une séparation brève, sans douleur et sans hésitation.

— Tu ne lui dis rien ?

— Je ne sais pas dans quelle langue il faut que je lui parle.

— Ce n'est pas encore un véritable *refugee* et il n'aura pas honte d'entendre sa langue maternelle.

— *Jambo*, murmura Regina, *jambo, bwana kidogo*.

Elle eut peur en s'apercevant que le bonheur avait endormi sa vigilance à l'égard des mots qui inquiétaient son père. Le remords fit battre son cœur trop fort. Embarrassée, elle demanda :

— Il est vraiment à moi ?

— Il est à nous tous.

— Et à Owuor aussi, dit Regina en pensant à sa conversation de la nuit.

— Bien sûr, tant qu'Owuor pourra rester chez nous.

— Pas aujourd'hui, dit Jettel avec humeur, ce n'est vraiment pas le jour.

Regina ravala sans hésiter la question que la curiosité essayait de lui pousser dans la bouche.

— Ce n'est vraiment pas le jour, expliqua-t-elle à son nouveau frère, mais elle ne prononça qu'en pensée les paroles magiques et elle retint le rire qui lui chatouillait la gorge, ne laissant filtrer que quelques accents de joie un peu aigus, afin que ni son père, ni sa mère ne se rendent compte que leur fils était déjà en train d'apprendre la langue d'Owuor.

Ce dernier resta longtemps assis devant la cuisine, après le coucher du soleil, la tête entre les genoux et le sommeil sous les paupières, avant d'entendre arriver la voiture qui criait plus fort qu'un tracteur malmené par la boue et les cailloux. Le *bwana* devant encore ramener l'auto à ce filou de Slapak, il faudrait un peu de temps avant qu'Owuor ait fini d'attendre ; mais Owuor n'avait jamais compté les heures, il ne comptait que les jours heureux. Il remua lentement un bras, puis tourna un peu la tête en direction de la silhouette qui était appuyée contre le mur derrière lui et, rasséréné, il continua à sommeiller.

Slapak aimait lui aussi le goût de la joie. Il éprouvait justement le vif besoin d'un bonheur étranger parce que, ayant déjà eu quatre enfants dont le dernier commençait à peine à se traîner à quatre pattes, même la naissance d'un fils dans sa propre famille n'arrivait plus à le faire se départir du prosaïsme avec lequel il évaluait le stock de marchandises dans sa boutique d'occasions, qui, depuis la fin de la guerre, connaissait un essor exceptionnel. Quand Walter et Regina lui rapportèrent les clés de l'auto, il les fit entrer dans son étroit salon qui sentait les couches humides et la soupe au chou.

Si la plupart des résidents du Hove Court ne voyaient dans Leon Slapak que l'homme d'affaires roué capable de convertir sa propre mère en espèces sonnantes et trébuchantes s'il en escomptait le moindre avantage, il n'en était pas moins, au fond de lui-même, un homme pieux pour qui le bonheur d'autrui était la confirmation que Dieu était clément envers les gens de bien. Et ce soldat en uniforme étranger dont les yeux montraient qu'il n'avait pas subi ses blessures sur le champ de bataille mais dans les combats de l'existence, cet homme modeste et affable, lui avait toujours plu. Slapak saluait Walter quand il le rencontrait et il était heureux de la gratitude avec laquelle son salut lui était rendu; elle lui rappelait les hommes de sa patrie.

Ce Slapak ainsi méprisé de ses voisins remplit de vodka un verre qu'il essuya soigneusement avec un mouchoir, le mit dans la main de Walter, but lui-même une gorgée à même la bouteille et prononça toute une suite de mots auxquels Walter ne comprit quasiment rien. C'était l'habituel volapük des *refugees* de l'Est, un mélange de polonais, de yiddish et d'anglais qui, à mesure que Slapak le gratifiait de paroles venues du cœur et de vodka froide, rappelait de plus en plus à Walter son Sohrau, notamment parce que Slapak renonça d'abord à ses efforts en anglais, puis en yiddish, pour ne plus finalement parler que polonais. D'un autre côté, les quelques bribes de polonais que Walter avait retenues de son enfance firent grand plaisir à Slapak, un peu comme lorsqu'il venait de réaliser une bonne affaire imprévue.

Ce fut une soirée de bonne entente entre deux hommes à la poursuite de souvenirs qui, quoique provenant de deux mondes très différents, avaient pour racine commune la douleur; et entre deux pères qui ne pensaient pas à leurs enfants, mais aux devoirs filiaux qu'il ne leur avait pas été donné d'accomplir. Bien que son hôte eût le même âge que lui, Slapak prit congé de lui, peu avant minuit, en lui donnant l'ancienne bénédiction des pères. Puis il lui fit cadeau d'un landau dont il n'aurait lui-même besoin que dans un an au plus tôt, d'un paquet de langes déchirés et, pour Regina à qui il manquerait quinze bonnes livres et autant de centimètres pour qu'elle lui aille, d'une robe de velours rouge.

— J'ai fêté la naissance de mon fils avec un homme dont je ne comprends pas la langue, soupira Walter sur le court trajet du retour.

Il donna une poussée au landau. Les roues au caoutchouc fatigué crissèrent sur les pierres.

— Peut-être qu'un jour je pourrai en rire.

Il éprouvait le besoin d'expliquer à Regina pourquoi, malgré la chaleur bienfaisante de l'accueil, il ressentait cette visite comme le symbole de sa vie de marginal, d'exclu, mais il ne savait comment s'y prendre.

Regina était elle-même en train d'ordonner à sa tête de garder pour elle les pensées troublantes qu'il ne fallait pas exprimer tout haut, mais elle finit pourtant par dire :

— Je ne serai pas triste du tout si tu aimes maintenant Max plus que moi. Je ne suis plus une enfant.

— D'où sors-tu des bêtises pareilles ? Sans toi, je n'aurais pas tenu le coup toutes ces années. Crois-tu que je pourrais l'oublier ? Ah, on peut dire que j'ai été un fameux père. Je n'ai jamais été foutu de te donner autre chose que de l'amour.

— C'était *enough*.

Regina s'aperçut trop tard qu'elle n'avait pas trouvé à temps le mot allemand voulu. Elle courut à la poursuite du landau comme s'il avait été important de le rattraper avant qu'il arrive aux eucalyptus, le stoppa, revint en arrière et prit son père dans ses bras. L'odeur d'alcool et de tabac qui venait de son corps et le sentiment de sécurité qui bouillait dans le sien s'unirent en un vertige qui les laissa étourdis.

— Je t'aime plus que tous les autres gens sur Terre, dit-elle.

— Moi aussi. Mais nous ne le dirons à personne. Jamais.

— Jamais, promit Regina.

Owuor se tenait aussi droit devant la porte que l'*askari* à la matraque devant l'hôpital.

— Bwana, fit-il en emplissant sa voix de fierté, j'ai déjà trouvé une *aja*.

— Une *aja* ? Tu es un âne, Owuor. Qu'est-ce tu veux qu'on fasse d'une *aja* ? À Nairobi, ce n'est pas comme à Rongai. À Rongai, c'était le *bwana* Morrison qui payait l'*aja*. Elle habitait à la ferme. À Nairobi, c'est moi qui devrais payer une *aja*. Et je ne peux pas. J'ai juste l'argent suffisant pour toi. Je ne suis pas riche. Tu le sais.

— Notre enfant, répliqua Owuor avec colère, vaut les autres enfants. Aucun enfant ne peut rester sans *aja*. La *memsahib* ne peut pas se promener dans le jardin avec une vieille voiture comme ça. Et moi, je ne peux pas travailler chez un homme qui n'a pas d'*aja* pour son enfant.

— Tu es le grand Owuor, le railla Walter.

— Voici Chebeti, Bwana, déclara Owuor en nourrissant de patience chacun des trois mots ; tu n'as pas besoin de lui donner beaucoup d'argent. Je lui ai tout dit.

— Tu lui as dit quoi ?

— Tout, Bwana.

— Mais je ne la connais même pas.

— Moi, je la connais, Bwana. C'est suffisant.

Chebeti, qui était assise devant la porte de la cuisine, se leva. Elle était grande et mince, elle portait un ample habit bleu qui recouvrait ses pieds nus et qui pendait de ses épaules comme une cape nouée de manière lâche. Une étoffe blanche était enroulée autour de sa tête comme un turban. Elle avait les gestes gracieux et lents des jeunes femmes de la tribu des Jaluos et aussi leur fier maintien. En tendant la main à Walter, elle ouvrit la bouche mais ne parla pas.

Regina n'était pas assez près, dans l'obscurité, pour voir le blanc de ces yeux qu'elle ne connaissait pas, mais elle remarqua aussitôt que la peau de Chebeti et celle d'Owuor avaient la même odeur. Celle des dik-diks, à l'heure de midi, dans les hautes herbes.

— Chebeti sera une bonne *aja*, papa, dit Regina, Owuor ne dort qu'avec des femmes bonnes.

19

Le capitaine Bruce Carruthers se releva énergiquement, écrasa un cafard sur le plancher, broya ensuite contre la vitre un gros moucheron qu'il avait pris pour un moustique et se rassit sans entrain. Une chose augmentait sa contrariété avant son entretien avec ce sergent qui, en dépit de quelques préjugés difficilement explicables, ne lui était à vrai dire pas complètement antipathique, un sergent qui vous saluait toujours comme s'il avait affaire au roi en personne et qui parlait l'anglais comme un Indien pouilleux : il lui fallait au préalable trouver une lettre bien précise dans le tas de papiers empilés sur son bureau. Carruthers avait une aversion certaine contre toute forme d'indiscipline et, en tout cas, un dégoût maladif pour un désordre dont il était le seul responsable. Il se creusa la tête – trop longuement, comme il le constata avec humeur –, se demandant pourquoi lui incombait toujours, à lui qui exécrait plus encore les discussions que l'absurdité à l'armée, la tâche de dire à ses hommes des choses qu'ils ne souhaitaient pas entendre.

Alors qu'il ne désirait qu'une chose, pouvoir enfin flâner le long de la Princess Street par un matin d'automne brumeux et sentir sur sa peau la première promesse de l'hiver, personne ne l'avait informé que sa demande de démission de l'armée avait été « ajournée jusqu'à nouvel ordre ». Deux jours plus tôt, c'est lui-même qui avait découvert cette mauvaise nouvelle dans le courrier de la compagnie. Depuis, plus que jamais, le *captain* était persuadé que l'Afrique ne valait rien pour un homme qui, cinq années plus tôt, cinq trop longues années, avait dû laisser loin de son cœur, à Édimbourg, une très jeune femme qui était de plus en plus lente à répondre à ses lettres et se montrait incapable d'expliquer de manière satisfaisante pourquoi il en était ainsi.

C'était, pour le capitaine Carruthers, comme une double ironie du sort de devoir informer maintenant ce drôle de sergent aux yeux de colley dévoué que l'*Army* de Sa Majesté n'était pas intéressée par une prolongation de son temps de service.

— Pourquoi diable ce type veut-il aller précisément en Allemagne ? grommela-t-il.

— Je suis de là-bas, sir.

Le capitaine contempla Walter avec étonnement. Il ne l'avait pas entendu frapper à la porte et ne s'était pas non plus rendu compte qu'il avait parlé tout seul, habitude déplorable, qui, ces derniers temps, l'affectait de plus en plus souvent.

— Vous vouliez être versé dans l'armée d'occupation britannique ?

— Oui, sir.

— Ce n'était pas du tout une mauvaise idée. Je présume que vous parlez l'allemand. Vous devez être originaire de là-bas, ou quelque chose dans ce genre ?

— Oui, sir.

— Vous seriez pourtant bien l'homme de la situation pour faire le ménage chez ces *fucking Jerries*.

— Je pense que oui, sir.

— Les gens de Londres pensent différemment, dit Carruthers ; à supposer qu'ils soient capables de penser, ajouta-t-il en riant, avec ce soupçon de raillerie qui lui valait la réputation d'un officier avec qui on pouvait toujours s'entendre.

Quand il s'aperçut que sa plaisanterie était tombée à plat, il tendit la lettre à Walter sans un mot. Avec une impatience indépendante des circonstances, il regarda quelque temps Walter se casser la tête sur les formulations emberlificotées des arrogants bureaucrates londoniens.

— Là-bas, chez nous, dit-il avec une rudesse qui le peina un peu quand il en prit conscience, ils ne veulent pas prendre dans les troupes d'occupation quelqu'un qui ne soit pas en possession d'un passeport anglais. Au fait, vous vouliez faire quoi en Allemagne ?

— Je voulais rester en Allemagne quand on m'aurait démobilisé.

— Pourquoi ?

— L'Allemagne est ma patrie, sir, bafouilla Walter. *Sorry*, sir, de vous dire ça.

— Ça ne fait rien, répondit le capitaine, distrait.

Il eut clairement conscience qu'il n'avait nul besoin de s'engager plus avant dans la conversation. Son seul devoir était d'informer ses hommes de faits les concernant et de s'assurer qu'ils avaient bien compris le sens des décisions, mission qui, avec ces nombreux étrangers et ces maudits hommes de couleur que l'on rencontrait maintenant à l'armée, n'allait vraiment plus de soi, comme au bon vieux temps. Le capitaine chassa une mouche de son front. Il se rendait compte que, s'il ne mettait pas fin sur-le-champ à cet entretien, il allait inutilement s'impliquer dans une affaire qui ne le concernait en rien.

Mais une force qu'il ne put ultérieurement s'expliquer que par la rencontre fortuite du destin et de son humeur mélancolique l'obligea pourtant à trop retarder le bref signe de tête qui l'aurait débarrassé du sergent dans les formes habituelles, le libérant du même coup pour un combat qui s'annonçait imminent contre ces saloperies de moustiques. L'homme qui se tenait devant lui avait parlé de patrie et c'est précisément ce mot idiot, sentimental et galvaudé, qui, depuis des mois, n'arrêtait pas de tarauder la sérénité de Bruce Carruthers.

— Ma patrie est l'Écosse, dit-il, se figurant un instant qu'il parlait de nouveau tout seul, mais je ne sais quel imbécile, à Londres, s'est mis dans le crâne que je devais moisir dans ce foutu Ngong.
— Oui, sir.
— Connaissez-vous l'Écosse ?
— Non, sir.
— Un pays merveilleux. Le climat y est convenable, le whisky aussi, de même que les habitants, des gens à qui l'on peut encore se fier. Les Anglais n'ont pas la moindre idée de ce qu'est l'Écosse et du tort qu'ils nous ont causé en venant capturer notre roi et nous voler notre indépendance.

Le capitaine eut conscience qu'il était totalement ridicule de discuter de l'Écosse et de l'année 1603 avec un homme qui n'était manifestement guère capable de répondre autrement que par oui ou par non. C'est pourquoi il demanda :
— Que faites-vous dans le civil ?
— En Allemagne, j'étais avocat, sir.
— Vraiment ?
— Oui, sir.
— Je suis aussi avocat, dit le capitaine – il se souvint avoir prononcé cette phrase pour la dernière fois lors de son entrée dans l'armée. Comment, pour l'amour du ciel, demanda-t-il malgré le malaise que lui causa cette curiosité imprévue, avez-vous atterri dans ce pays de singes ? Un avocat a tout de même besoin de sa langue maternelle. Pourquoi n'êtes-vous pas resté en Allemagne ?
— C'est Hitler qui n'a pas voulu de moi.
— Pour quelle raison ?
— Je suis juif, sir.
— C'est exact. C'est inscrit ici. Et vous voulez retourner en Allemagne ? Vous n'avez donc pas lu ces reportages épouvantables sur les camps de concentration ? Il semble que Hitler ait réservé aux vôtres un traitement sacrément cruel.

— Les Hitler viennent et s'en vont, mais le peuple allemand demeure.

— Fichtre, vous parlez anglais d'un seul coup. Comme vous avez débité ça !

— C'est une phrase de Staline, sir.

Les années passées dans l'armée avaient enseigné au capitaine Carruthers à ne jamais faire plus que ce qu'on attendait de lui et, surtout, à ne pas prendre en charge les soucis des autres, mais la situation, bien que parfaitement grotesque, le fascinait. Il venait d'avoir sa première conversation raisonnable depuis des mois, et il fallait justement qu'elle l'ait mis en présence d'un homme avec lequel il ne pouvait pas mieux se comprendre qu'avec le mécanicien indien de la compagnie, pour qui le moindre morceau de papier écrit représentait une offense personnelle.

— Vous désirez certainement que l'armée paie votre traversée. Rapatriement gratuit. C'est ce que nous souhaitons tous.

— Oui, sir. C'est ma seule chance.

— L'armée, expliqua le capitaine, a le devoir de libérer chacun de ses soldats dans son pays d'origine avec sa famille. Vous êtes au courant ?

— Pardon, sir, je ne vous ai pas compris.

— L'armée doit vous ramener en Allemagne si c'est votre pays.

— Qui le dit ?

— Les dispositions en vigueur.

Le capitaine fouilla dans les papiers sur sa table, mais ne trouva pas ce qu'il cherchait. Finalement, il sortit de son tiroir une feuille jaunie, à l'écriture serrée. Bien que désespérant de voir Walter arriver à lire le papier, il lui tendit le décret ; il s'aperçut bientôt, avec ébahissement, mais aussi avec un peu d'émotion, que Walter semblait manifestement comprendre du premier coup un exposé des faits assez compliqué, en tout cas dans la mesure où ces faits le concernaient personnellement.

— Vous êtes un homme du verbe, dit Carruthers en riant.

— Pardon, sir, je ne vous ai à nouveau pas compris.

— Ça ne fait rien. Demain, nous rédigerons votre demande de démobilisation en Allemagne. M'avez-vous par hasard compris cette fois ?

— Oh oui, sir.

— Avez-vous de la famille ?

— Une femme et deux enfants. Ma fille va avoir quatorze ans et mon fils a huit semaines aujourd'hui. Je vous remercie infiniment, sir. Vous ne savez pas ce que représente ce que vous faites pour moi.

— Je crois que si, dit Carruthers pensivement, mais ne vous faites pas de trop grandes illusions, poursuivit-il avec une ironie qui ne lui vint pas aussi naturellement que d'ordinaire, dans l'armée, tout va très lentement. Comment disent déjà les foutus négros d'ici ?

— *Pole, pole*, se hâta de répondre Walter, heureux de connaître la réponse.

Il se faisait l'effet d'être Owuor en personne, en train de répéter très lentement les deux mots. Sur un signe de tête de Carruthers, il se dépêcha de quitter la pièce.

Dans un premier temps, il ne réussit pas à s'expliquer les fluctuations de ses sentiments. Sa démarche, qui exprimait jusque-là à ses yeux la clairvoyance d'un homme assez courageux pour s'avouer son échec, lui apparaissait d'un seul coup relever d'une insouciance irresponsable. Et, pourtant, il pressentait qu'une lueur d'espoir était née, que ni le doute ni la peur de l'avenir ne pourraient étouffer.

De retour au Hove Court, Walter était toujours la proie de ce mélange inquiétant d'euphorie et d'incertitude. Il s'arrêta au portail d'entrée, immobile au milieu des cactus, pendant un moment qui lui parut une éternité ; il compta les fleurs, essayant, en pure perte, de calculer la somme des chiffres de chaque nombre qu'il obtenait. Il lui fallut plus de temps encore pour résister à la tentation de passer d'abord chez Diana et de laisser l'humeur enjouée de la jeune femme et surtout son whisky le réconforter. Quand il reprit son chemin, il le fit à pas lents et étouffés, mais il aperçut alors Chebeti, assise avec le bébé sous l'arbre qui pendant sa grossesse avait offert à Jettel consolation, protection et ombre. Le spectacle lui dénoua les nerfs.

Son fils reposait à l'abri de la montagne de plis formés par la robe bleu clair de Chebeti. On ne voyait que le minuscule bonnet de lin blanc de l'enfant. Il touchait le menton de la femme et, sous la douce caresse du vent, on eût dit un bateau sur une mer tranquille. Regina, une couronne de feuilles de citronniers dans les cheveux, était assise dans l'herbe, les jambes croisées. Dans l'impossibilité de chanter, elle lisait à Aja et à son frère, d'une voix sourde et solennelle, une chanson enfantine où revenaient sans cesse les mêmes sons.

Un court instant, Walter fut contrarié de ne pas réussir à distinguer les mots ; puis, rapidement réconcilié avec lui-même et avec le destin, il comprit que sa fille traduisait instantanément l'anglais en langue jaluo. À peine Chebeti avait-elle perçu le premier son familier qu'elle s'était mise à battre des mains et à assouplir sa gorge d'un rire léger et très mélodieux. Son tempérament de feu s'étant déchaîné, les mouvements de son corps finirent par réveiller Max et on eut l'impression, avant qu'elle l'ait rendormi en le berçant, qu'il cherchait à imiter les bruits dont la douceur l'attirait.

Owuor était assis, très droit, sous un cèdre aux feuilles sombres, et il observait avec une attention soutenue le moindre geste du bébé. Il avait à côté de lui le bâton au pommeau en forme de tête de lion qu'il s'était offert le jour où Chebeti avait pris son travail. Il exerçait ses dents à l'aide d'un petit morceau de jeune canne à sucre qu'il mâchonnait vigoureusement et, à intervalles réguliers, il crachait sur les herbes à hautes tiges, lesquelles, dans le soleil du soir, finissaient par briller des mêmes couleurs vives que la rosée du petit matin. De sa main gauche, il caressait Rummler dont, même endormi, la respiration était assez forte pour chasser les mouches et les empêcher de l'importuner.

La scène, harmonieuse et pleine, rappelait à Walter les images des livres de son enfance. Il sourit un peu en songeant que les hommes du plein été européen n'étaient pas noirs et n'étaient pas assis au pied de cèdres et de citronniers. Mais, la conversation avec son capitaine continuant à hanter son esprit, il voulut interdire à ses yeux de s'imprégner de l'idylle offerte à sa vue ; ses sens, pourtant, ne supportèrent qu'un bref instant une telle violence. L'air avait beau être chargé d'humidité et de vapeur, il savourait chacune de ses inspirations. Il éprouvait un vague désir de conserver cette image qui le maintenait dans l'innocence et il fut heureux que Regina l'aperçoive et le libère de ses songes. Elle lui fit un signe et il fit signe en retour.

— Papa, Max a déjà un vrai nom. Owuor l'appelle *askari ja ossjeku*.

— Un peu exagéré pour un enfant si petit, non ?

— Mais tu sais bien ce que ça veut dire *askari ja ossjeku*, non ? Soldat de nuit.

— Tu veux dire veilleur de nuit ?

— C'est ça, répondit Regina avec impatience, parce qu'il dort toute la journée et qu'il est toujours éveillé la nuit.

— Il n'est pas le seul ! Au fait, où est ta mère ?

— Dedans.

— Que fait-elle donc à cette heure-ci dans le meublé étouffant ?

— Elle est énervée, pouffa Regina.

Il lui vint à l'esprit, mais trop tard, que son père ne savait interpréter ni les voix ni les regards et qu'elle était en train de lui voler sa tranquillité.

— Le journal, dit-elle très vite, pleine de remords, le journal parle de Max. Je l'ai déjà lu.

— Pourquoi ne pas l'avoir dit tout de suite ?

— Mais tu aurais dû me demander tout de suite où maman était. Chebeti dit qu'une femme doit tenir sa bouche fermée quand un homme envoie ses yeux en safari.

— Tu es pire que tous les Nègres réunis, grogna Walter, mais, s'il avait fait sa grosse voix, c'était sous l'effet d'une impatience joyeuse.

Il partit en courant en direction du meublé à si vive allure qu'Owuor, inquiet, se leva. Il se dépêcha de jeter par terre sa canne à sucre et son bâton et c'est à peine s'il prit le temps de secouer ses membres engourdis. Rummler se réveilla lui aussi et, la langue pendante, suivit Walter aussi vite que le lui permettaient ses pattes maladroites.

— Fais voir un peu, cria Walter tout en courant, je ne pensais pas que ça irait si vite.

— Tiens. Pourquoi ne m'en as-tu pas parlé ?

— Je voulais te faire une surprise. À la naissance de Regina, j'ai encore pu t'offrir la bague. Pour Max, j'ai juste eu de quoi payer une petite annonce.

— Mais quelle annonce ! J'ai été terriblement heureuse quand le vieux Gottschalk est arrivé tout à l'heure avec le journal. Il était très impressionné. Imagine un peu tous les gens qui vont pouvoir la lire !

— J'espère bien. C'était le but recherché. As-tu déjà trouvé quelqu'un qu'on connaisse ?

— Pas encore. Je voulais te laisser ce plaisir. C'est toujours toi qui as trouvé le premier.

— Mais toi, tu as toujours eu le chic pour dénicher les bonnes nouvelles.

Le journal était posé, ouvert, sur un petit tabouret à côté de la fenêtre. À chaque souffle de vent, le papier, très mince, faisait entendre un froissement, rappelant l'air familier et pourtant éternellement renouvelé de l'espoir et de la déception.

— Ce sont nos tambours, dit Walter.

— Je suis comme Regina, reconnut Jettel en penchant la tête de côté avec un reste de son ancienne coquetterie, j'entends des histoires qui n'ont pas encore été racontées.

— Jettel, tu deviens poète sur tes vieux jours.

Ils étaient debout devant la fenêtre ouverte et regardaient, heureux, la luxuriance des bougainvilliers dont le violet tranchait sur la blancheur du mur chaulé, sans remarquer combien leurs corps et leurs têtes s'étaient rapprochés ; ce fut l'un des rares instants de leur vie d'époux où chacun approuva les pensées de l'autre.

Le journal *Aufbau* n'était pas un journal comme les autres. Avant la guerre déjà, mais surtout depuis, cette feuille en langue allemande, éditée en Amérique, était davantage qu'un simple porte-voix pour les exilés du monde entier. Chacun des numéros, que les intéressés l'aient voulu ou non, nourrissait les racines du passé et entraînait le carrousel des souvenirs dans le grand vent de l'affliction. Quelques lignes suffisaient à forger une destinée. On ne lisait jamais en premier les éditoriaux et les reportages. Tout le monde commençait par les annonces familiales et les avis de recherche.

C'était ainsi que se retrouvaient des personnes ayant perdu tout contact depuis leur départ en exil. Les précisions relatives au pays d'origine pouvaient rappeler à la vie des gens présumés morts et, bien avant les organisations humanitaires officielles, révéler qui avait échappé à l'enfer et qui y avait succombé. Onze mois après la fin de la guerre en Europe, *Aufbau* était encore très souvent le seul moyen qu'avaient les survivants d'apprendre la vérité.

— Bon Dieu, l'annonce est gigantesque, s'étonna Walter, elle est même tout en haut de la page. Tu sais ce que je crois ? Ma lettre a dû atterrir entre les mains de quelqu'un qui nous a connus jadis et qui a voulu nous faire plaisir. Imagine un peu quelqu'un, à New York, lisant notre nom et s'apercevant tout d'un coup que nous sommes de Leobschütz. Pour lui, c'est comme la révélation que je n'ai pas été dévoré par un lion.

Walter se racla la gorge. Il lui vint à l'esprit qu'il le faisait toujours au moment d'entamer une plaidoirie, mais il refoula cette pensée avec un embarras qui lui parut l'aveu d'une culpabilité. Bien qu'il sût parfaitement que Jettel connaissait déjà le texte par cœur, il lut à haute voix les trois ou quatre lignes :

— « Le Dr Walter Redlich et son épouse Henriette née Perls (autrefois résidents de Leobschütz) font part de la naissance de leur fils Max Ronald Paul. P.O.B. 1312, Nairobi, colonie du Kenya, le 6 mars 1946. » Qu'est-ce que tu en dis, Jettel ? Ton vieux Walter est redevenu un monsieur le docteur. Pour la première fois depuis huit ans.

Tout en parlant, Walter songea que le hasard venait de lui donner l'occasion inattendue de parler à Jettel de sa conversation avec son capitaine et de la grande chance qui s'offrait à eux de rentrer en Allemagne aux frais de l'armée britannique. Il n'avait qu'à trouver les mots voulus et, surtout, le courage de lui apprendre avec les plus grands ménagements qu'il avait définitivement choisi la voie du retour. Bien que sachant parfaitement à quoi s'en tenir, il s'abandonna, durant un instant de pur désir, à l'illusion que Jettel le comprendrait et, peut-être même, admirerait sa clairvoyance, mais tout ce qu'il avait déjà vécu en ce domaine ne l'autorisa pas à se leurrer très longtemps.

Depuis le jour où il avait évoqué pour la première fois un retour en Allemagne, Walter savait qu'il ne pouvait compter sur l'assentiment de Jettel. Depuis, des discussions sans importance avaient de plus en plus souvent dégénéré en combats dénués de toute raison, de toute logique, en querelles pleines d'aigreur. Il enviait l'intransigeance de sa femme et cela l'humiliait. Combien de fois avait-il lui-même douté de sa capacité à surmonter une douleur dont les blessures étaient inguérissables ? Pourtant, chaque fois qu'il réexaminait les mobiles de sa décision, il en revenait à ce seul choix, dicté par son désir d'entendre parler sa langue, de retrouver ses racines et son métier. Il lui suffisait de s'imaginer vivre à nouveau dans une ferme pour être sûr de vouloir et de devoir rentrer en Allemagne, si douloureux que fût le chemin.

La démarche de Jettel était différente. Elle se trouvait bien au milieu de gens dont la haine de l'Allemagne était telle qu'ils ressentaient le présent comme le seul bonheur auquel des survivants aient droit. Elle n'avait qu'un désir : être assurée que d'autres pensaient comme elle ; elle s'était toujours opposée aux changements, de la même manière qu'elle s'était refusée à partir en exil en Afrique à une époque où tout retard pouvait être mortel.

Il suffisait à Walter de se rappeler les derniers mois à Breslau avant le départ pour ne plus avoir le moindre doute. Il entendait encore Jettel s'écrier : « Plutôt mourir qu'abandonner ma mère ! » ; il revoyait son visage d'enfant entêté derrière l'épais voile de ses larmes, aussi distinctement que s'il avait été assis sur le canapé en peluche de sa belle-mère. Ramené à la réalité et déçu, il comprit que rien, depuis, n'avait changé dans leur couple.

Jettel n'était pas femme à regretter ses erreurs. À chaque instant de son existence, elle s'était obstinée à les répéter. Et cette fois, pourtant, il ne disposait plus, pour convaincre son épouse, des arguments d'un homme résolu à sauver sa famille. Il était un proscrit abandonné de tous, que chacun avait le pouvoir de stigmatiser comme un homme sans opinions ni fierté. Il attendit que monte en lui la colère qu'il lui faudrait de toute façon dissimuler, mais il ne ressentit qu'un profond apitoiement sur lui-même et une grande fatigue.

Le cœur de Walter s'emballa quand il se racla une nouvelle fois la gorge pour conférer à sa voix une fermeté qui lui faisait défaut. Il sentit combien son énergie diminuait. Il était impuissant face à son indécision, face à sa peur de parler de la patrie et du retour. Les mots qui lui étaient venus si aisément dans une langue étrangère, en présence du capitaine, le fuyaient à présent, mais il ne voulut pas s'avouer si vite vaincu. Il lui parut simplement plus opportun et, en tout cas, plus diplomatique, d'utiliser l'expression anglaise qu'il avait lui-même entendue pour la première fois quelques heures auparavant.

— *Repatriation*, dit-il.

— Qu'est-ce que ça veut dire ? demanda Jettel à contrecœur.

Elle se demandait tout à la fois si elle avait des raisons de connaître le mot, si elle devait déjà faire rentrer Aja et l'enfant ou s'il valait mieux d'abord veiller à ce qu'Owuor mette l'eau sur le feu pour faire bouillir les langes. Elle poussa un soupir : avoir à prendre des décisions en fin d'après-midi la fatiguait davantage qu'avant l'accouchement.

— Oh, rien. Il m'est simplement passé par la tête un truc que m'a dit le capitaine aujourd'hui. Ce vieil abruti m'a fait chercher pendant des heures un décret qui était en fait sur son bureau.

— Ah, tu l'as vu ? J'espère que tu en as au moins profité pour lui faire comprendre qu'il pourrait bien te faire monter en grade. Elsa dit, elle aussi, que tu ne te montres pas assez énergique pour ce genre de choses.

— Jettel, il faudra que tu finisses par te mettre dans la tête que les *refugees* ne dépassent pas le grade de sergent dans l'*Army*. Crois-moi, pour sauter sur les chances qui se présentent, il n'y a pas meilleur que moi.

L'occasion de parler tranquillement de l'Allemagne avec Jettel ne se représenta plus. Par la faute de l'*Aufbau*. Six semaines après la parution de l'annonce arriva la première d'une longue série de lettres qui évoquaient à ce point le passé que Walter ne trouva pas le courage de dépeindre à Jettel un avenir qu'il ne parvenait que vaguement à s'imaginer, même quand il était d'humeur optimiste.

Cette première lettre était celle d'une vieille dame de Shanghai. « J'ai atterri ici, après avoir été chassée de mon beau Mayence, écrivait-elle, et j'ai le très mince espoir que, grâce à vous, cher docteur, j'apprendrai quelque chose sur ce qu'il est advenu de mon unique frère. Le dernier signe de vie que j'aie eue de lui date de janvier 1939. Il m'avait écrit depuis Paris qu'il allait chercher à émigrer en Afrique du Sud pour y rejoindre son fils. Je n'ai malheureusement pas l'adresse de mon neveu en Afrique du Sud et celui-ci ignore de son côté que je suis arrivée à Shanghai avec le dernier transport vers ce pays. Vous êtes l'unique personne que je connaisse en Afrique. Ce serait bien sûr un pur hasard que vous ayiez rencontré mon frère, mais nous tous qui survivons ne le devons qu'au hasard. Je vous souhaite beaucoup de bonheur, à vous et à votre fils. Puisse-t-il grandir dans un monde meilleur que celui qu'il nous a été donné de connaître. »

De nombreuses lettres suivirent, expédiées par des inconnus se raccrochant à la dernière lueur d'espoir d'obtenir des nouvelles de proches disparus, parce que ceux-ci étaient originaires de haute Silésie ou bien parce que leur dernière lettre avait été envoyée depuis ce pays. « Mon beau-frère a été assassiné à Buchenwald en 1934, écrivit un homme réfugié en Australie, et ma sœur est ensuite partie pour Ratibor avec ses deux petits enfants ; elle y a trouvé du travail dans une usine de tissage. En dépit de toutes nos recherches auprès de la Croix-Rouge, nous n'avons trouvé son nom et celui de ses enfants sur aucune liste de déportés. Je vous écris parce que ma sœur a un jour mentionné le nom de Leobschütz. Peut-être avez-vous rencontré ce nom ou peut-être êtes-vous en contact avec des Juifs de Ratibor ayant survécu. Je sais que ma demande est absurde, mais je n'en suis pas encore au point d'enterrer tout espoir. »

— Et moi qui pensais que personne ne connaissait Leobschütz, s'étonna Jettel quand, dès le lendemain, arriva une nouvelle lettre. Si seulement nous pouvions recevoir un jour une bonne nouvelle !

— Et moi, je ne remarque qu'aujourd'hui, répondit Walter avec abattement, combien le trajet était court entre la haute Silésie et Auschwitz. Ça m'obsède.

Un tel afflux de douleurs et d'espoirs insensés rouvrait ses propres blessures, mais sa violence était telle qu'elle engendrait aussi de l'apathie.

— Tu as fait du joli, déclara Walter à son fils.

Un vendredi de mai, c'est Regina qui prit le courrier dans le panier d'Owuor.

— Une lettre d'Amérique, annonça-t-elle, quelqu'un qui s'appelle Ilse.

Elle prononça le nom à l'anglaise et Jettel ne put s'empêcher de rire.

— Personne ne s'appelle comme ça en Allemagne, donne un peu.

À peine Regina avait-elle eu le temps de dire : « Ne détruis pas l'enveloppe, celles qui viennent d'Amérique sont tellement jolies », qu'elle s'aperçut que sa mère pâlissait et que ses mains tremblaient.

— Je ne pleure pas, pas du tout, sanglota Jettel, mais je suis si heureuse. Regina, c'est une lettre de mon amie de jeunesse Ilse Schottländer. Mon Dieu, elle est encore en vie !

Elles s'assirent côte à côte près de la fenêtre et Jettel se mit à lire tout haut la lettre, très lentement. On aurait dit qu'elle voulait que sa voix retienne chaque syllabe avant de prononcer la suivante. Il y avait beaucoup de mots que Regina ne comprenait pas et les noms inconnus tournoyaient autour de ses oreilles comme des sauterelles sur un champ de jeune maïs.

Elle eut beaucoup de peine à rire et à pleurer en même temps que sa mère, mais elle se força avec beaucoup d'énergie à tenir le choc dans cette tempête de tristesse et de joie. Owuor fit du thé bien que ce ne fût pas encore l'heure, alla chercher dans l'armoire les mouchoirs qu'il gardait pour les jours avec des timbres étrangers et s'assit dans le hamac.

Quand Jettel eut lu la lettre pour la quatrième fois, elle et Regina étaient épuisées au point de ne plus rien pouvoir dire, ni l'une ni l'autre. Elles ne furent capables de parler à nouveau, sans devoir au préalable aller chercher l'air au fond de leur poitrine, qu'à la fin du déjeuner qui, au grand chagrin d'Owuor, repartit intact à la cuisine.

Elles cherchèrent comment annoncer la lettre à Walter et décidèrent finalement de la passer sous silence et de la poser sur la table ronde, comme le courrier ordinaire. Mais, tôt dans l'après-midi, l'émotion et l'impatience chassèrent Jettel de la maison. Malgré la chaleur et l'absence de la moindre ombre sur le trajet, elle courut jusqu'à l'arrêt du bus avec Regina, Max dans son landau, Aja et le chien.

Walter sauta du marchepied en marche.

— Il est arrivé quelque chose à Owuor ? demanda-t-il, effrayé.

— Il est en train de faire cuire des petits pains, les plus petits de sa vie, chuchota Jettel.

Walter comprit sur-le-champ. Il eut l'impression d'être un enfant qui, pour savourer jusqu'à la dernière goutte la joie de recevoir un cadeau inattendu, se retient longtemps de s'en saisir. Il commença par embrasser Jettel, puis Regina, caressa son fils et se mit à siffler l'air de *Don't Fence Me In* que Chebeti aimait tant. C'est alors seulement qu'il demanda :

— Qui a écrit ?

— Tu ne le devineras jamais.

— Quelqu'un de Leobschütz ?

— Non.

— De Sohrau ?
— Non.
— Vas-y, dis-le, je n'y tiens plus.
— Ilse Schottländer. De New York. Je veux dire de Breslau.
— Les riches Schottländer ? Ceux de la Tauentzienplatz ?
— Oui, Ilse était dans la même classe que moi.
— Mon Dieu, ça fait des années que ces gens-là m'étaient sortis de l'esprit.
— À moi aussi, dit Jettel, mais elle ne m'a pas oubliée, elle.

Elle insista pour que Walter lise la lettre sur place. Il y avait deux acacias malingres au bord de la route. Chebeti les montra et, au dernier mot prononcé par la *memsahib*, elle prit dans le landau une couverture et l'étendit par terre sous le plus grand des deux arbres, tout en fredonnant la chanson du *bwana* qu'elle trouvait si jolie. Elle sortit Max du landau en riant, laissa un instant l'ombre danser sur sa figure avant de l'allonger entre ses jambes. Des étincelles vertes brûlaient dans ses yeux noirs.

— Une lettre, dit-elle, une lettre qui a traversé la grande eau à la nage.
— À haute voix, papa, lis à haute voix, implora Regina avec l'intonation d'une petite fille.
— Maman ne te l'a pas déjà lue x fois ?
— Si, mais elle pleurait tellement que je n'ai toujours pas compris ce qu'elle disait.
— « Ma chère, chère, très chère Jettel, lut Walter, quand ma petite maman est revenue hier à la maison avec l'*Aufbau*, j'ai cru devenir folle. Je suis encore toute bouleversée et j'ai de la peine à me figurer que c'est à toi que j'écris. Je vous félicite tous les deux du fond du cœur pour votre fils. Puisse-t-il ne jamais vivre ce que nous avons vécu. Je me rappelle très bien la visite que tu nous as rendue à Breslau avec ta fille. Elle avait trois ans et c'était une enfant très craintive.

C'est sans doute maintenant une jeune dame qui ne parle plus l'allemand. Les enfants de *refugees*, ici, ont tous honte de ce qu'on appelle leur langue maternelle. Ils ont de bonnes raisons.

« Je savais, bien sûr, que vous aviez émigré en Afrique mais, après, votre trace se perdait. Si bien que je ne sais pas du tout par où commencer. En tout cas, j'aurai vite fait de vous raconter notre histoire. Le 9 novembre 1938, les brutes ont détruit notre appartement et traîné dans la rue mon père, ce si brave homme, qui était au lit avec une pneumonie ; puis ils l'ont emmené. Nous ne l'avons pas revu. Il est mort en prison au bout de quatre semaines. Je ne peux pas penser à cette époque de notre vie sans ressentir encore l'impuissance et le désespoir qui jamais ne m'abandonneront. J'avais perdu l'envie de vivre, mais maman ne m'a pas laissée faire.

« Cette petite femme délicate qui, une vie durant, avait lu dans les yeux de mon père le moindre de ses désirs et qui n'avait jamais eu à prendre une décision quelconque, a monnayé tout ce qui nous restait. Elle a déniché en Amérique un cousin éloigné qui a eu la gentillesse de nous procurer les cautions nécessaires. J'ignore encore aujourd'hui qui, à Breslau, nous a protégées et comment nous avons pu obtenir des places sur un bateau. Nous n'avons osé parler de notre décision avec personne. Et, surtout, nous n'avons pas pris le risque de prendre congé de qui que ce soit (un jour, j'ai aperçu ta sœur Käte devant chez Wertheim, mais nous nous ne nous sommes pas rencontrées personnellement), car, s'il venait à se dire que quelqu'un envisageait d'émigrer, les difficultés ne faisaient qu'augmenter. Nous sommes arrivées en Amérique par le dernier bateau et, excepté quelques souvenirs sans valeur, nous ne possédions strictement plus rien. L'un de ces souvenirs, le livre de recettes de notre chère vieille Anna, cette perle de femme que même la Nuit de cristal n'a pas réussi à dissuader de nous rendre visite en cachette, s'est révélé un trésor insoupçonné.

« Dans une pièce équipée de deux plaques électrique, nous avons entrepris – ma mère et moi qui avions eu toute notre vie à notre service des cuisinières et des bonnes – de tenir table ouverte, à midi, pour les *refugees*. Au début, nous ne savions même pas le temps de cuisson des œufs à la coque et, pourtant, nous sommes peu ou prou parvenues à préparer tous les plats qui, en des temps meilleurs, étaient servis sur la table si raffinée des Schottländer. Quelle chance que mon père ait raffolé de la cuisine bourgeoise ! Mais ce ne sont en définitive pas nos talents de cuisinières qui nous ont permis de nous maintenir à flot, mais l'indestructible optimisme et l'imagination de ma petite maman.

« Au dessert, elle avait toujours à offrir les commérages de la bonne société juive de Breslau. Tu ne peux t'imaginer combien ces gens qui avaient tout perdu avaient soif d'histoires pourtant si dérisoires et absurdes à une époque où chacun devait, pour survivre, mener un combat auquel même les valets et les bonnes, chez nous, n'avaient pas été contraints. Aujourd'hui encore, nous vendons des confitures, des gâteaux, des cornichons à la moutarde et des harengs marinés de notre fabrication, quoique, entre-temps, j'aie fait un bon bout de chemin. Je suis vendeuse dans une librairie et, même si je ne parle pas encore un anglais très correct, j'arrive au moins à le lire et à l'écrire, ce qui est très apprécié ici. J'ai depuis longtemps oublié que je voulais dans le temps devenir écrivain et que j'avais déjà obtenu de premiers et modestes succès. Si mon rêve de jeunesse me revient aujourd'hui, c'est uniquement parce que je t'écris, à toi que je devais en permanence aider quand nous avions des rédactions à faire.

« Nous avons gardé le contact avec quelques personnes originaires de Breslau. Nous rencontrons régulièrement les deux frères Grünfeld. La famille avait un grand magasin de textile près de la gare, qui fournissait la moitié de la Silésie. Wilhelm et Siegfried sont arrivés à New York, avec leur femme, dès 1936. Leurs parents n'ont pas voulu émigrer et ont été déportés. Les Silbermann (il était dermatologue mais il n'a jamais pu passer ici l'examen de langue exigé et il est portier dans un petit hôtel) et les Olschewski (il était pharmacien et, à part un enfant de sa sœur, il n'a rien pu sauver) habitent dans notre quartier, qu'on appelle généralement le IVe Reich. Maman a besoin du passé, pas moi.

« Jettel, je n'arrive pas du tout à t'imaginer en Afrique. Toi qui avais toujours peur de tout. Même des araignées et des abeilles. Et, si ma mémoire est bonne, tu détestais toute espèce d'occupation qui ne t'aurait pas permis de porter les habits les plus fins. Je me souviens très bien de ton mari qui avait si belle allure. Je dois t'avouer que je t'ai toujours enviée à cause de lui. Comme je t'enviais pour ta beauté. Et pour le succès que tu connaissais auprès des hommes. Comme tu me l'avais prédit à l'occasion d'une dispute quand nous avions douze ans, je suis effectivement demeurée vieille fille et même si quelqu'un avait été assez aveugle pour me demander en mariage, j'aurais refusé.

« Après tout ce que ma petite maman a fait pour moi, je n'aurais jamais pu la laisser seule.

« Il y a autre chose encore que je dois te raconter. Te souviens-tu de Barnowsky, le vieux concierge de notre école ? Au printemps, à l'occasion, il donnait un coup de main à notre jardinier et, les jours de lessive, à notre Gretel. Mon père a payé les études de son fils aîné qui était si doué. Papa se figurait que nous ne le savions pas. J'ignore comment ce bon Barnowsky a appris que nous allions émigrer mais, le dernier soir, il a fait subitement son apparition à la porte de notre appartement, nous apportant une saucisse cuite, pour le voyage. Il avait les larmes aux yeux, ne cessait de secouer la tête ; par sa faute, je ne pourrai jamais haïr tous les Allemands.

« Mais il me faut tout de même maintenant terminer ma lettre. Je sais que tu n'as jamais aimé écrire, mais j'espère beaucoup que tu me répondras. Il y a tant de choses que je désirerais apprendre. Et maman est morte d'impatience de savoir s'il y a au Kenya quelqu'un d'autre qui soit originaire de Breslau. Moi, les histoires anciennes ont pour seul effet de m'attrister. À la mort de mon père, une partie de moi-même est morte aussi. Mais se plaindre serait monstrueux. Aucun des survivants que nous sommes n'a pu sauver son âme. Donne bientôt de tes nouvelles à ton amie Ilse. »

Les ombres étaient longues et noires quand Walter mit la lettre dans la poche de sa chemise. Il se mit debout, releva Jettel assise sur le sol, et il sembla un moment que tous les deux allaient dire quelque chose en même temps, mais ils se contentèrent de secouer légèrement la tête de concert. Durant le court trajet entre la station de bus et le Hove Court, on n'entendit que Chebeti. Fredonnant des bribes d'un air très doux et mélodieux, elle réussit à apaiser le bébé qui, affamé, commençait à se fâcher et elle se mit à rire gaiement quand elle s'aperçut que sa chanson faisait aussi merveille pour assécher les yeux de la *memsahib* et du *bwana*.

— Demain, dit-elle d'un ton satisfait, il arrivera une autre lettre. Demain sera une bonne journée.

20

Le jour même de ses six mois, Max mit fin, avec une détermination inattendue, à la rumeur qui prétendait que la douceur de Chebeti l'avait amolli et rendu aussi indolent que les enfants de sa tribu, qui tétaient encore leur mère à l'âge de marcher. Le petit *askari* de Chebeti, passant outre le pessimisme et l'expérience des mères allemandes, s'assit en effet dans son landau par ses propres moyens. Cela se passait un dimanche matin. À cette heure-là, le jardin du Hove Court n'était pas le cadre idéal offrant à un bébé corpulent le moyen d'attirer l'attention sur ses performances physiques.

Bien qu'avec un peu de honte parce que cela ne correspondait plus – depuis le succès croissant du mot *brunch* – aux usages locaux, la plupart des femmes demeuraient fidèles au rituel européen d'un plantureux déjeuner dominical. Elles étaient occupées à surveiller leur personnel aux fourneaux et à se lamenter sur la qualité de la viande, pas assez rassise à leur goût. Les hommes se cassaient la tête sur le *Sunday Post* qui, avec ses finesses linguistiques, ses ambitions littéraires et ses reportages difficiles sur la vie de la bonne société londonienne, demandait généralement de tels efforts aux *refugees* qu'il leur fallait, pour se sentir en mesure d'affronter les fatigues de la lecture, s'accorder de longs temps de repos et étouffer dans l'œuf l'idée que tout était affaire de volonté.

Si Owuor, comme à son habitude, avait regardé par la fenêtre à intervalles réguliers, il aurait pu voir l'objet de sa fierté assis bien droit dans son landau, ce petit que, en dépit des nuits de moins en moins agitées, il s'obstinait à appeler *Askari*. Mais, en cet instant crucial, Owuor fulminait dans la cuisine, tel un jeune Massaï participant à sa première chasse, car les pommes de terre, avant la récolte, avaient reçu trop de pluie et se défaisaient dans l'eau. Ces pommes de terre, qui, après cuisson, ressemblaient aux nuages au-dessus de la grande montagne d'Ol'Joro Orok, provoquaient régulièrement chez Owuor un sentiment d'échec et creusaient sur le visage du *bwana* un fossé de colère entre le nez et la bouche.

Chebeti repassait les couches, ce qu'Owuor ressentait comme une attaque sournoise contre sa virilité : seule la lessive relevait des tâches d'une *aja*, à l'exclusion du maniement du fer chauffé au charbon de bois, qui lui était réservé. Jettel et Walter avaient ajourné leur querelle de la veille au soir sous l'effet d'un épuisement qui mettait fin prématurément à toutes leurs conversations depuis le jour où Jettel avait compris la signification du mot *repatriation* et tout ce que cela impliquait.

Walter et elle étaient en visite chez le professeur Gottschalk. Celui-ci s'était foulé le pied et, depuis trois semaines, était obligé de compter sur ses amis pour se nourrir et pour recevoir les nouvelles du monde, un monde avec lequel il n'entrait en contact ni par la radio ni par les journaux, mais uniquement par le biais de conversations personnelles.

Regina fut donc le seul témoin du moment où son frère, d'une impulsion énergique accompagnée d'un piaillement vigoureux, se ménagea une position existentielle nouvelle. En moins de temps qu'il n'en faut à un oiseau pour déployer ses ailes en cas de danger, Max abandonna son état de bébé réduit à la vue du ciel et contraint d'attendre qu'on le soulève pour élargir son horizon et se transforma en un être plein de curiosité, capable de regarder à tout instant les autres humains dans les yeux et de contempler la vie, à son gré, depuis un poste d'observation plus élevé.

Le landau était à l'ombre du goyavier où la fée anglaise avait jadis élu domicile. Depuis que cette dame à la forte conscience de classe n'avait plus compétence pour les désirs et chagrins d'un enfant unique de *refugees*, Regina ne se réfugiait dans son imagination qu'aux instants où le soleil violent et impitoyable lui faisait rechercher l'ombre, la ramenant ainsi au passé.

Quand Max abandonna la protection de son oreiller avec un étonnement qui lui fit ouvrir des yeux aussi ronds qu'une pleine lune, sa sœur venait de faire une découverte très irritante. Pour la première fois avec une telle netteté, elle constatait qu'il suffisait d'une seule odeur familière pour réveiller les souvenirs, pourtant soigneusement enfouis, qui suscitaient dans sa tête tourments et confusion. Le doux et mélancolique parfum des jours enfuis lui chatouillait les narines. Surtout, Regina n'arrivait pas à décider si elle souhaitait ou non le retour de sa fée. Devoir choisir entre ces diverses possibilités lui faisait perdre son assurance.

— Non, décida-t-elle finalement, je n'ai plus besoin d'elle. Je t'ai maintenant. Au moins, toi, tu souris quand on te raconte quelque chose. Et, avec toi, je peux aussi bien parler anglais qu'avec la fée autrefois. En tout cas quand nous sommes seuls. Ou bien préfères-tu entendre le swahili ?

Regina ouvrit un bec aussi large qu'un oiseau nourrissant sa couvée, fit pénétrer de la fraîcheur dans sa gorge et se mit à rire sans troubler le calme ambiant pour autant. Avec la même jouissance que le jour où ce miracle s'était produit pour la première fois, elle savourait le plaisir de faire éclore, par la magie d'un sourire, la joie sur la figure de son frère. Max, comblé, gargouillait, et les sons qui étaient en lui s'ordonnèrent en un jaillissement d'allégresse qui éleva Regina au rang d'*aja*.

— Que surtout papa n'entende pas ça de toi ! pouffa-t-elle. Il perdrait la tête si son fils prononçait son premier mot en swahili. Il veut parler avec toi dans sa langue et parler de sa patrie. Essaie un peu de dire Leobschütz. Ou au moins Sohrau.

Regina s'aperçut trop tard qu'elle s'était comportée avec autant de naïveté qu'un très jeune vautour attirant ses congénères par des cris prématurés et se condamnant à partager sa proie avec eux. Son imagination l'avait entraînée dans un ravin d'où elle ne pourrait remonter sans se blesser. Le vieux et joli jeu avec un auditeur ne répondant jamais – et donnant donc toujours la réponse souhaitée – s'était transformé en un présent à la face grimaçante et grinçante qui lui rappelait les disputes de ses parents, disputes qui revenaient maintenant aussi régulièrement que les hurlements des hyènes dans les nuits d'Ol'Joro Orok.

Très tôt déjà, Regina avait su combien le mot « Allemagne », sitôt que son père en prononçait la première syllabe, appelait de contrariétés et de chagrins. Mais, depuis quelque temps, l'Allemagne représentait pour chacun une menace plus grande que la force concentrée de tous les mots incompréhensibles qu'elle avait appris à redouter dans son enfance. Quand ses oreilles ne parvenaient pas à se fermer à temps à la guerre impitoyable que se livraient ses parents, elles entendaient sans cesse parler d'un départ que Regina s'imaginait beaucoup plus douloureux encore que celui de la ferme, abandon qu'elle n'arrivait pas à oublier malgré ses efforts et la promesse faite à Martin.

La peur de Regina ne venait pas seulement des méchancetés par lesquelles ses parents se torturaient l'un l'autre, mais davantage encore du sentiment qu'on attendait d'elle une décision terrible, choisir de donner raison à sa tête ou à son cœur. Sa tête était du côté de sa mère, son cœur battait pour son père.

— Tu sais, Askari, dit Regina à son frère dans la douce et belle langue jaluo qu'Owuor et Chebeti utilisaient dès qu'ils étaient seuls avec l'enfant, il t'arrivera exactement la même chose qu'à moi. Nous ne sommes pas des enfants comme les autres. À eux, on ne leur dit pas tout ; à nous, si. Nous avons tous les deux des parents incapables de tenir leur langue.

Elle se leva, savoura un bref instant, comme s'il s'était agi d'un bain rafraîchissant, la piqûre des touffes d'herbe dure sous ses pieds nus, puis elle courut rapidement jusqu'à l'ibiscus et cueillit une fleur lilas au cœur de la végétation exubérante. Avec précaution, elle rapporta la fleur délicate au landau et en caressa le bébé jusqu'à ce qu'il se mît à pousser des piaillements stridents et à former dans sa gorge des sons monosyllabiques qui semblaient un mélange de jaluo et de swahili.

— Si tu ne le répètes à personne, murmura-t-elle à Max en le prenant sur ses genoux et en poursuivant en anglais, à voix un peu plus forte, je vais t'expliquer. Hier, maman a crié : « Personne ne me fera retourner dans le pays des assassins », et je n'ai pas pu faire autrement que pleurer avec elle. Je savais qu'elle pensait à sa mère et à sa sœur. Tu sais, c'étaient notre grand-mère et notre tante. Mais alors, papa a crié à son tour « Tous n'étaient pas des assassins » et il était si pâle et il tremblait tellement qu'il m'a vraiment fait de la peine. Et j'ai pleuré pour lui à ce moment-là. C'est toujours comme ça. Je ne sais pas pour qui je suis. Tu comprends pourquoi c'est avec toi que je préfère parler. Tu ignores encore que l'Allemagne existe.

— Eh alors, Regina, es-tu en train de bourrer ton frère de tes poèmes anglais ou bien lui rabâches-tu d'autres absurdités ? cria Walter de loin en surgissant de derrière le buisson de mûrier.

Regina souleva son frère, cachant son visage derrière le corps du petit. Elle attendit que la rougeur de l'embarras ait disparu de sa peau et elle se fit l'effet d'un chasseur pris à son propre piège. Cette fois, Owuor s'était trompé. Il prétendait qu'elle avait les yeux d'un guépard et elle n'avait pourtant pas vu son père arriver.

— Je croyais que tu étais chez le vieux Gottschalk, bafouilla-t-elle.

— Nous y étions. Il te donne le bonjour et dit qu'il faudrait que tu reviennes le voir un jour. Tu devrais le faire, Regina. Ce vieil homme est de plus en plus seul. Il faut accorder généreusement le petit secours que l'on peut apporter, car nous ne pouvons rien offrir d'autre que notre propre personne. Maman est rentrée directement au meublé. Je me figurais que mes enfants seraient heureux de me voir. Mais ma fille ressemble à un voleur de poules pris sur le fait.

La violence du regret qu'elle éprouva en sentant la déception de son père bouleversa Regina. Avec la gaucherie d'une vieille femme édentée et sans énergie, elle se leva, reposa Max dans ses coussins et, se dirigeant lentement et avec beaucoup d'hésitation vers son père, elle le serra dans ses bras avec force, comme si l'étreinte avait pu à elle seule annuler les pensées dont il ne devait rien savoir. Le tremblement du corps de son père trahissait, plus que ses traits, la grande agitation de la nuit écoulée. Une tristesse pesante pour sa conscience oppressa Regina malgré tous ses efforts ; elle chercha les mots capables de lui dissimuler sa compassion, mais il fut plus rapide :

— Tu n'as pas été très prudente dans le choix de tes parents, dit-il en s'asseyant sous l'arbre. Voilà qu'ils veulent une deuxième fois partir avec toi pour un pays inconnu.

— C'est toi qui le veux. Pas maman.

— Oui, Regina, je le veux et il le faut. Et tu dois m'aider.

— Mais je suis encore un enfant.

— Tu n'en es plus un, et tu le sais bien. Que toi, au moins, tu me facilites la tâche ! Je ne pourrais jamais me pardonner de te rendre malheureuse.

— Pourquoi faut-il que nous partions pour l'Allemagne ? Il y en a qui n'y sont pas obligés. Inge dit que son père deviendra anglais l'année prochaine. Toi aussi, tu pourrais le devenir. Tu es tout de même dans l'*Army* et pas lui.

— Tu as donc raconté à Inge que nous voulions rentrer en Allemagne ?

— Oui.

— Et qu'en dit-elle ?

— Je ne sais pas. Elle ne me parle plus.

— Je ne me doutais pas que les enfants pouvaient être impitoyables à ce point. Je ne voulais pas te faire ça, murmura Walter, essaie donc de me comprendre. Le père d'Inge obtiendra peut-être un passeport anglais, mais il ne deviendra pas un Anglais pour autant. Vas-y, à toi de dire : peux-tu t'imaginer qu'il sera invité dans des familles anglaises ? Par exemple chez madame ta directrice ?

— Chez elle ? Jamais !

— Chez les autres, ce sera pareil. Vois-tu, je ne veux pas être un homme doté d'un nom qui n'est pas le sien ; il faut que je sache enfin à nouveau où est ma place. Je ne peux pas être plus longtemps un *bloody refugee* que personne n'admet vraiment et que la plupart méprisent. Ici, je ne serai jamais que toléré et je serai toujours en marge. Peux-tu te figurer ce que cela signifie ?

Regina se mordit la lèvre inférieure, mais cela ne l'empêcha de répondre aussitôt :

— Oui, dit-elle, je le peux.

Elle se demanda si son père se doutait de ce qu'elle avait vécu et appris durant toutes les années passées à l'école, à Nakuru d'abord, et maintenant aussi à Nairobi.

— Ici, lui expliqua-t-elle, c'est encore pire. À Nakuru, je n'étais qu'allemande et juive ; maintenant, je suis allemande, juive et une *bloody day scholar*. C'est pire qu'une simple *bloody refugee*. Crois-moi, papa.

— Tu ne nous as jamais parlé de ça !

— Je n'y arrivais pas. D'abord, je n'avais pas assez de mots dans la tête et, plus tard, je n'ai pas voulu te rendre triste. Et en plus, ajouta-t-elle après une longue pause durant laquelle les images de sa solitude l'oppressèrent, ça ne me fait rien. Plus rien.

— Max vivra la même chose quand il ira à l'école. Espérons qu'il aura autant de courage que toi et ne reprochera pas à son père d'être un raté.

À l'instant où l'amour d'un enfant se transforma en une admiration de femme, Regina se tut, mais elle sut que ses yeux la trahissaient. Son père n'était pas un doux rêveur sans énergie, contrairement à ce que pensait sa mère. Il n'était pas lâche et ne fuyait pas les difficultés comme elle le prétendait à chaque dispute. Le *bwana* était un lutteur plein de force et il était intelligent, comme seul pouvait l'être un homme sachant ne pas ouvrir la bouche quand l'heure de le faire n'était pas encore venue. D'ailleurs, seul un gagnant savait à quel moment il lui fallait choisir sa meilleure flèche ; et il savait évaluer avec précision là où les gens qu'il devait atteindre étaient vulnérables. Le redoutable *bwana* venait de lui toucher le cœur, avec la force du dieu Amour et la ruse d'Ulysse. Regina se demanda s'il lui fallait rire ou pleurer.

— Tu combats avec des mots, constata-t-elle.

— C'est la seule chose que j'ai jamais apprise. Je veux recommencer à le faire. Pour vous tous. Il faut que tu m'aides. Je n'ai que toi.

Savoir le poids de la charge dont son père l'accablait n'était pas aisé à supporter. Regina tenta une nouvelle fois de se rebeller mais, simultanément, elle eut l'impression, après s'être perdue en forêt, d'apercevoir soudain une clairière salvatrice. Le bras de fer qui déchirait son cœur venait de prendre fin. Son père l'avait emporté définitivement.

— Promets-moi, dit Walter, que tu ne seras pas triste quand nous rentrerons à la maison. Promets-moi de me faire confiance.

Son père ne s'était pas encore tu que déjà les souvenirs venaient frapper Regina avec la force d'une hache aiguisée s'attaquant à un arbre malade. Elle sentit l'odeur de la forêt d'Ol'Joro Orok, elle se revit allongée dans l'herbe, sentit le feu d'une émotion inattendue puis, aussitôt après, une douleur aiguë.

— C'est aussi ce que disait Martin. Autrefois. Quand il était encore un prince et qu'il était venu me chercher à l'école. « Il ne faut pas que tu sois triste si tu dois un jour quitter la ferme », m'avait-t-il dit. Il avait voulu que je le lui promette. Tu le savais ?

— Oui. Un jour, tu auras oublié la ferme. Je te le promets. Une chose encore, Regina, oublie Martin ! Tu es trop jeune pour lui et il n'est pas assez bien pour toi. Martin n'a jamais aimé que lui-même. Il a déjà tourné la tête à ta mère. Elle était à peine plus âgée que toi aujourd'hui. T'a-t-il jamais écrit ?

— Il le fera, s'empressa de dire Regina.

— Tu es comme ton père. Un pauvre ballot qui croit tout ce qu'on lui dit. Qui sait si Martin redonnera un jour de ses nouvelles ? Il restera en Afrique du Sud. Il faut que tu l'oublies. Le premier amour ne donne jamais rien dans la vie, et c'est bien ainsi.

— Maman a pourtant été ton premier amour. C'est elle-même qui me l'a dit.

— Et ça a donné quoi ?

— Max et moi, répliqua Regina.

Elle regarda son père jusqu'à ce qu'elle ait réussi à faire paraître un sourire sur ses lèvres.

— Si nous devons rentrer en Allemagne, demanda-t-elle tandis qu'ils retournaient au meublé, que se passera-t-il avec Owuor ? Pourra-t-il à nouveau nous suivre ?

— Cette fois, non. Cela nous arrachera un morceau de cœur et la blessure ne guérira jamais. Je regrette,

Regina, que tu ne sois plus une enfant. On peut mentir aux enfants.

Regina n'eut pas de peine, au déjeuner, à faire passer ses larmes pour la conséquence d'une douleur physique. Avec les pommes de terre qui n'avaient pas tenu à la cuisson, Owuor avait confectionné une bouillie épaisse, trop poivrée et beaucoup plus salée encore.

Le jeudi, Regina alla au marché avec Chepoi pour faire des achats en vue de l'anniversaire de Diana. Ensuite, il lui fallut beaucoup de temps et beaucoup de paroles, empruntées à un poème de Shakespeare et très librement traduites, pour apaiser la jalousie d'Owuor. Elle put alors enfin rendre visite au professeur Gottschalk. Pour la première fois depuis sa chute, il était de nouveau assis sur une chaise pliante, devant sa porte, vêtu de son épaisse veste noire en velours. Il y avait aussi, sur la couverture couvrant ses genoux, le livre habituel, mais la reliure rouge avec l'inscription dorée qui fascinait toujours Regina au point qu'elle n'arrivait pas à se concentrer sur les lettres était pleine de poussière.

Avec un sentiment d'oppression qui lui emplit la bouche du goût aigrelet de la peur et qu'elle ne sut identifier comme une douleur que le lendemain, elle s'aperçut que le vieil homme n'avait plus aucune envie de lire. Il avait expédié ses yeux en safari dans un monde où les citronniers sous lesquels il s'était si souvent promené quand il était en bonne santé ne portaient plus de fruits. Depuis la dernière visite de Regina, son chapeau noir était devenu plus grand et son visage, au-dessous, avait rapetissé ; mais c'est d'une voix toujours aussi énergique que le professeur lui dit :

— Tu es gentille d'être venue, il ne reste pas beaucoup de temps.

— Mais non, se dépêcha de le contredire Regina, avec une politesse complaisante, vertu scoute qu'elle avait mis si longtemps à assimiler, je suis en vacances.

— Moi aussi, jadis, j'ai eu des vacances.

— Mais vous êtes tout le temps en vacances.

— Non, c'est à la maison que j'étais en vacances. Ici, tous les jours se ressemblent. Année après année. Excuse-moi, Lilly, d'être si ingrat et de raconter n'importe quoi. Tu ne peux en effet pas du tout t'imaginer ce que je veux dire. Tu es encore assez jeune pour te nourrir de tout ce que ton œil perçoit de la beauté du monde.

Quand Regina prit conscience que le professeur l'avait confondue avec sa fille, elle fut tentée de le lui dire tout de suite, car cela n'apportait rien de bon qu'un être emprunte le nom d'un autre, mais elle ne sut comment expliquer une histoire si compliquée, sinon avec les mots et la langue d'Owuor.

— Mon père dit des choses analogues, murmura-t-elle.

— Il ne les dira bientôt plus ; son cœur est prêt aux adieux et à un nouveau départ dans la vie, dit le professeur, avec des yeux qui eurent un léger clignement mais pas d'éclair de joie.

Un bref instant, son visage redevint aussi grand que son chapeau.

— Ton père est quelqu'un de sage. Il a repris espoir. Et la voix intérieure ne saurait tromper l'âme qui espère.

Regina se demanda avec irritation pourquoi sa peau était devenue froide alors que l'ombre du mur ne pouvait l'atteindre. Puis elle comprit. Le rire du professeur, dans la pleine lumière du jour, rappelait le hurlement, dans les nuits obscures, des hyènes trop vieilles pour trouver des proies. Elle se demanda en même temps quel âge il pouvait bien avoir et pourquoi les vieilles personnes disaient si souvent des choses encore plus difficiles à déchiffrer que les mystérieuses énigmes des légendes antiques.

— Es-tu contente de rentrer en Allemagne ? l'interrogea le professeur.

— Oui, dit-elle en croisant rapidement les doigts comme Owuor le lui avait appris, enfant encore, afin de préserver le corps du poison d'un mensonge que la bouche n'a pas réussi à contenir plus longtemps.

Elle était maintenant tout à fait certaine que ce n'était pas avec elle que le professeur parlait, mais cela ne la troublait pas. N'avait-elle pas en permanence constaté, avec son père, qu'un homme avait besoin de quelqu'un qui l'écoute, même si cet ami n'avait pas les oreilles qu'il fallait ?

— Comme j'aimerais être à ta place. Imagine un peu ! Tu es chez toi, tu marches dans la rue et tout le monde parle allemand. Y compris les enfants. Tu n'as qu'à les interroger, ils te comprennent aussitôt et te répondent.

Regina ouvrit lentement la bouche et la referma plus lentement encore. Il lui fallait du temps pour découvrir si le professeur avait encore le moins du monde conscience qu'elle était assise par terre, à côté de sa chaise. Il avait un léger sourire comme si, sa vie durant, il avait parlé à des singes qui bâillaient d'ennui et n'étaient pas obligés, pour attirer l'attention sur eux, de commencer par brailler.

— Francfort était si beau, dit-il en écornant le silence bienfaisant de sa voix douce. Tu te rappelles ? Comment peut-on ne pas être de Francfort ? Petite fille encore, tu savais déjà le dire. Ça faisait rire tout le monde. Mon Dieu, que nous étions heureux alors ! Et stupides ! Salue la patrie de ma part quand tu la verras. Dis-lui que je n'ai pas réussi à l'oublier. Ce n'est pourtant pas faute d'avoir essayé.

— Je le ferai, dit Regina.

Elle avala son émoi trop rapidement et se mit à tousser.

— Et merci d'avoir pu venir à temps. Dis à ta mère de ne pas te gronder si tu arrives en retard à ton cours de chant.

Regina ferma les yeux, attendant que le sel, sous ses paupières, se soit asséché et transformé en petits grains. Il fallut plus de temps qu'elle ne l'aurait cru pour voir à nouveau distinctement les choses ; elle s'aperçut alors que le professeur s'était endormi. Sa respiration était si forte qu'on n'entendait plus le léger sifflement du vent ; le bord de son chapeau noir touchait son nez.

Regina était pieds nus et ses pas, sur la terre durcie, ne faisaient guère plus de bruit qu'un papillon se posant sur une feuille de rose sèche pour s'y reposer ; elle n'en veilla pas moins à ce que seuls ses orteils touchent le sol. Arrivée à mi-chemin, elle se retourna une nouvelle fois, car il lui parut soudain convenable et important que le professeur ne se réveille pas avant d'avoir retrouvé la force d'ordonner dans sa tête les formes et les couleurs.

Elle fut satisfaite et, d'une manière qu'elle ne put s'expliquer, heureuse de le voir dormir paisiblement. Sachant qu'il ne l'entendrait pas, elle céda au besoin soudain et violent de lui crier « *kwaheri* » plutôt qu'au revoir.

Le soir était tombé lorsque les résidents du Hove Court commencèrent à s'étonner que le professeur Gottschalk, qui éprouvait d'ordinaire une aversion certaine contre la fraîcheur brutale des nuits africaines, soit toujours assis tranquillement sur sa chaise. Mais ensuite, aussi rapidement que si l'annonce en avait été faite par des tambours dans la forêt aux échos magiques, le bruit se répandit qu'il était mort.

L'enterrement eut lieu dès le lendemain. Parce que c'était un vendredi et qu'il fallait mettre le mort en terre avant le shabbat, le rabbin, malgré tout ce qu'on put lui dire de la violence extraordinaire de la saison des pluies à Gilgil, refusa de repousser les obsèques au-delà de midi. Avec un soupçon de sourire et une quantité de gestes d'apaisement, il tenta de montrer qu'il comprenait l'émotion soulevée dans la communauté en deuil par sa volonté de respecter la loi divine ; il n'en demeura pas moins sourd à toutes les objections – y compris aux arguments exposés dans un anglais parfaitement audible – qui prétendaient faire valoir le droit du professeur à être accompagné par sa fille et son gendre lors de son dernier chemin sur cette Terre.

— S'il écoutait la radio au lieu de prier, il saurait que la route de Gilgil à Nairobi n'est qu'une immense flaque de gadoue, dit Elsa Conrad, ulcérée. On n'enterre pas un homme comme le professeur sans sa famille.

— Sans hommes aussi pieux que ce rabbin, il n'y aurait plus le moindre Juif, essaya de transiger Walter, le professeur l'aurait compris.

— Bon sang de bonsoir, faudra-t-il donc toujours que tu te montres compréhensif envers les autres ?

— Cela fait déjà une vie entière que je porte cette croix.

Lilly et Oscar Hahn arrivèrent au cimetière à l'heure où le soleil ne projetait pratiquement pas d'ombre et où un petit cercle d'amis désemparés et affligés se tenait au bord de la tombe. Après les prières, le rabbin avait prononcé une courte allocution en anglais, pleine de science et de sagesse, mais l'indignation et, surtout, l'insuffisance des connaissances en anglais de la plupart des personnes présentes n'avaient fait qu'accroître l'irritation.

Oscar, en pantalon kaki, vêtu d'une étroite veste sombre, ne portait pas de cravate ; des traces de glaise séchée maculaient son pantalon et son front, et il respirait avec peine. Il ne prononça pas un mot et sourit timidement en approchant de la tombe. Lilly avait sur elle le pantalon dans lequel elle nourrissait les poules le soir et, sur la tête, un turban rouge. Sa nervosité était telle qu'elle oublia de fermer la porte de la voiture à l'entrée du cimetière. Son caniche, qui, comme

Oscar, avait beaucoup vieilli, blanchi et grossi ces deux dernières années, bondit pour la suivre en haletant. Au-delà des grands arbres, Manjala, que Regina reconnut aussitôt à sa voix rauque, rappela le chien. Il le traita de fils de Rumuruti, serpent vorace, le menaçant tour à tour de sa colère et de celle de l'implacable dieu Mungo.

Regina s'obligea à ravaler le rire qui lui serra la gorge avec la violence d'une cascade en furie, comme on ravale des grains de poivre trop mûrs et mâchés par inadvertance ; en souvenir du professeur, elle s'efforça aussi de ne pas laisser paraître sa joie sur son visage quand elle aperçut Lilly et Oha. Elle se tenait entre Walter et Jettel sous un cèdre où un merle métallique en pleine parade nuptiale cherchait, en dépit de la chaleur de la mi-journée, à se faire remarquer en poussant des cris aigus et clairs. Quand Regina vit Lilly accourir avec, sur la figure, des rides creusées par l'effort, il lui vint à l'esprit que le professeur s'était inquiété de ce que sa fille pourrait arriver en retard à son cours de chant. Elle crut, dans un premier temps, qu'elle n'allait pas pouvoir s'empêcher de rire et, effrayée, elle se mordit les lèvres, puis elle sentit des larmes alors qu'elle avait encore les yeux secs.

À l'instant où Lilly arriva auprès de la tombe en soupirant de soulagement, le caniche flaira l'odeur de la peau de Regina et vint sauter sur elle avec des jappements joyeux ; puis il se blottit entre ses jambes. Elle le caressa pour le calmer et s'apaiser elle-même, attirant de la sorte l'attention du rabbin qui, les lèvres pincées, les regarda fixement, elle et le chien en train de pleurnicher.

N'ayant toujours pas repris son souffle, Oha se mit à réciter à voix très basse le kaddish des morts, mais ses parents étaient décédés depuis trop longtemps pour qu'il pût se souvenir assez vite du texte de la prière : il devait, à chaque pas, faire appel à un passé qui, en raison de son état d'épuisement et de son émotion, ne lui soufflait que des mots qui n'étaient pas les bons. Tout le monde remarqua combien il lui fut désagréable de devoir accepter l'aide d'un homme de petite taille, très empressé, inconnu de tous, qui avait surgi au moment propice de derrière une pierre tombale.

Cet étranger barbu, au haut chapeau noir, faisait son apparition à chaque enterrement dans le milieu des *refugees*, car, d'expérience, il savait qu'ils comptaient en leur sein très peu de Juifs orthodoxes, seuls capables de réciter d'un trait la prière des morts, et qu'avec la générosité de ceux qui ne peuvent s'offrir le luxe de donner, ils témoigneraient de la reconnaissance à celui qui leur venait en aide.

Oha ayant enfin prononcé en bafouillant la dernière parole de la prière, on combla la fosse à grands coups de pelle. Le rabbin semblait pressé lui aussi. Il s'était déjà éloigné de quelques pas quand Lilly se défit des bras de ceux qui la réconfortaient pour dire à voix basse, avec une timidité d'enfant, étrangère à sa nature ;

— Je sais, ce chant est déplacé lors d'un enterrement, mais mon père l'aimait. Je voudrais le chanter ici une dernière fois, pour lui.

Lilly était pâle, mais sa voix fut assez claire et vigoureuse pour éveiller plusieurs échos dans le bleu éclatant des montagnes de Ngong quand elle entonna le premier vers de la *Lorelei*. Beaucoup des gens présents fredonnèrent eux aussi l'air célèbre. Le silence qui suivit le dernier accord fut tellement solennel qu'il parut même impressionner le caniche : pour la première fois depuis des années, il dérogea à son habitude d'accompagner de ses glapissements le chant de sa maîtresse. Regina essaya d'abord de fredonner avec les adultes, puis de pleurer avec eux, mais elle ne parvint à faire ni l'un ni l'autre. Elle était ennuyée d'avoir oublié ce qu'elle devait dire à Lilly et à Oha, bien que son père lui ait fait répéter le matin même les trois mots en allemand qu'elle avait trouvés très beaux et parfaitement adaptés à la circonstance.

Jettel invita Lilly et Oha à dîner. Owuor, plein de fierté, leur montra le petit Max en leur expliquant avec force détails pourquoi il l'appelait Askari. Il fut encore plus fier de se souvenir comment la belle *memsahib* de Gilgil aimait les œufs au plat. Bien cuits, avec une croûte brune, et non pas, comme les voulait le *bwana*, mous et bordés d'un blanc translucide. Ce fut aussi Owuor qui raconta à Lilly que son père avait parlé avec Regina peu avant sa mort.

— Elle est partie avec lui pour le grand safari, dit-il.

Regina fut effrayée parce qu'elle avait pensé que sa dernière rencontre avec le professeur devait rester secrète, mais elle dut ensuite une nouvelle fois constater combien Owuor était intelligent, car Lilly lui dit :

— Je suis heureuse que tu aies été là, avec lui.

Plus tard, elle proposa :

— Peut-être accepteras-tu de me raconter ce que vous vous êtes dit ?

Jettel étant partie mettre Max au lit et les deux hommes étant sortis faire un tour dans le jardin, Regina extirpa de sa tête les paroles qu'elle y avait enfermées depuis la mort du professeur, y compris la phrase : « Comment peut-on ne pas être de Francfort ? »

Au début, Regina éprouva quelques scrupules à faire état de la confusion commise par le vieil homme, mais ce fut justement cette confusion qui s'imposa à elle avec violence, tout comme si elle n'avait attendu que l'occasion de sortir de captivité. Cet incident sembla être pour Lilly une consolation et elle rit pour la première fois depuis qu'elle avait bondi de l'auto au cimetière ; puis elle rit une nouvelle fois, beaucoup plus fort, quand Regina lui raconta l'histoire du cours de chant.

— C'est bien de lui, se souvint-elle, mon père avait toujours peur que j'arrive en retard.

— Te voilà à présent un peu comme la petite sœur que je n'ai pas eue, dit-elle en prenant congé, avec Oha, pour aller passer la nuit dans la chambre du professeur.

Le lendemain matin, au petit déjeuner, elle posa une question qui laissa Regina encore plus stupéfaite que la veille au soir :

— Que dirais-tu de venir avec nous dans notre Arkadia ? J'ai déjà demandé à tes parents. Ils sont d'accord.

— Ce n'est pas possible, objecta Regina.

Mais à peine avait-elle ouvert les lèvres qu'elle sentit, à la brûlure de sa peau, qu'elle avait certes contrôlé sa bouche, mais pas son corps, et elle eut honte car elle savait combien ses yeux exprimaient de désir.

— Pourquoi ? Tu es pourtant en vacances.

— J'ai une envie terrible de retourner dans une ferme, mais je veux aussi rester avec Max. Il y a si peu de temps que je l'ai !

— Max a déjà exprimé hier avec beaucoup de force qu'il souhaitait connaître Gilgil, dit Oha avec un sourire.

21

À Gilgil, les jours passèrent encore plus vite que les canards sauvages au cours de leur long safari vers le lac Naivasha. Regina ne se défendit contre la fuite du temps que durant les premiers jours. Quand elle s'aperçut dans quel état d'inquiétude la mettait la tentative de retenir le bonheur, elle commença à observer avec attention les voyageurs aux plumes d'un vert et d'un bleu brillants. Les oiseaux qui filaient en dessous des nuages tourbillonnants faisaient partie, pour elle, du charme unique d'Arkadia, la ferme aux trois énigmes insolubles.

Pas la moindre haie, pas le moindre fossé n'arrêtaient l'œil entre les immenses *schamba* de maïs, de pyrèthre ou de lin et les montagnes aux sommets déchiquetés par le vent et la chaleur. Dans cette plaine sans fin, le dieu Mungo régnait sur les gens de Gilgil d'une poigne plus ferme encore qu'à Ol'Joro Orok. Ils se satisfaisaient d'avoir assez à manger, eux et leur bétail. Ni les ordres des Blancs ni leur argent n'avaient réussi à les domestiquer ; ils savaient tout de la vie à la ferme ; ce que la ferme savait d'eux, c'est qu'ils existaient. Seul Mungo décidait de la vie ou de la mort de ces êtres fiers qui entendaient subvenir eux-mêmes à leurs besoins et ne laisser parvenir à leurs narines que les odeurs familières.

Les premiers troupeaux de moutons en train de paître, les chèvres sautant agilement entre de petits rochers recouverts de végétation, les vaches au repos remuant à peine la tête, tellement elles étaient repues et satisfaites, et l'entassement des huttes aux murs de pisé pleins de minuscules cailloux blancs signalaient l'entrée dans le pays où Mungo ne faisait entendre sa voix qu'avec le tonnerre de la pluie du petit matin ; sa puissance était pourtant partout perceptible. Dans cet univers d'images et de sons familiers, on trouvait de petits *schamba* appartenant aux boys des huttes.

Il y poussait de hauts plants de tabac, des touffes odorantes d'herbes médicinales dont seuls les sages vieillards connaissaient les vertus et des plants de maïs très bas, mais aux feuilles vigoureuses, qui chuchotaient à chaque souffle de vent. Le matin et l'après-midi, de jeunes femmes y travaillaient, la tête rasée, les seins nus, portant des nourrissons sur leur dos dans des tissus aux vives couleurs. Dès qu'elles posaient leur houe dans l'herbe pour donner le sein à leur enfant, les poules venaient jusque dans leurs pieds couverts d'une croûte de terre pour attraper de petits scarabées brillants. En travaillant, elles chantaient rarement comme les hommes ; quand elles coupaient de loin en loin leur long silence par des rires semblables à des rires d'enfants, elles parlaient souvent, avec des rires étouffés, de la *memsahib* et de son *bwana* qui aimaient tant, tous les deux, les paroles qui grattaient dans la gorge et sur la langue.

Lilly, avec sa voix qui s'envolait par-dessus les arbres pour atteindre sans peine les montagnes, devint pour Regina la jolie maîtresse d'un château blanc où elle recevait des messages venant de mondes inconnus. Ce château avait de grandes fenêtres qui emmagasinaient l'ardeur du jour jusque tard dans la nuit et faisaient paraître les moindres gouttes de pluie comme de grosses boules. Sous la surveillance de Manjala, deux jeunes garçons kikuyus astiquaient chaque jour les vitres jusqu'au moment où ils semblaient cracher sur leur propre visage et le soleil les irisait alors de plus de couleurs que dans n'importe quel autre paradis africain.

Dans le salon où la pierre de la large cheminée se colorait de rose pâle dès que le bois, en brûlant, commençait à crépiter, il montait de la pipe d'Oha un nuage qui avait la forme d'un roi débonnaire, au ventre rond. Ses os ployaient sous un poids que Regina n'arrivait pas à identifier, mais il était assez léger et malin pour grimper sur de minuscules collines de fumée grise et, de là-haut, souriant, gratifier la maison de beaux sons inconnus et étranges, éclats de rires ou douces et aimables mélodies.

Il y eut des jours où seules les hautes flammes éclairaient la pièce, la plongeant dans un rougeoiement vaporeux. Un parfum persistait jusque tard dans la soirée, un mélange subtil de cèdres ayant gardé l'odeur de la forêt et de *tembo* de canne à sucre, fraîchement distillé, qu'Oha buvait après le dîner dans de petites flûtes en verre coloré. Durant de telles nuits, les lutins silencieux avaient eux aussi quitté leurs demeures. Ils étaient sourds aux voix des humains dont ils prenaient pourtant un malin plaisir à envoyer les yeux dans des safaris sans début ni fin.

Alors, des hommes bien nourris, portant de larges écharpes orange, de hauts chapeaux noirs et des cols blancs faits d'une multitude de petits plis bien empesés, sortaient des cadres en bois sombre des tableaux pendus aux murs. Des femmes aux robes en lourd velours noir, qui portaient de petites coiffes en dentelle blanche et, autour du cou, des perles ayant la pâleur du premier clair de lune, les suivaient. Les enfants étaient vêtus d'habits de soie claire moulant les corps comme de la peau et de toques très ajustées, avec de minuscules perles aux coutures. Leur bouche riait, mais jamais leurs yeux.

Ces personnages, descendus de leurs repaires aux couleurs mystérieuses, s'installaient pour un bref instant dans la profondeur des moelleux fauteuils vert foncé. Avant de regagner leur place contre les murs de pierre avec un rire pas plus fort que le premier vagissement d'un enfant, ils chuchotaient d'une voix rauque, dans une langue aux mêmes accents gutturaux que celle des Boers.

Le soir, quand elle observait cette société raffinée fuyant les cadres étroits, Regina avait l'impression d'être la légendaire sirène rejetée sur la côte par la tempête, incapable de marcher, mais n'osant pas retourner à la mer. Mais si, en plein jour, juste après l'arrêt de la pluie, assise dans le grand fauteuil aux accoudoirs à tête de lion, à l'ombre du mur de la maison couvert de pois de senteur roses et blancs, elle contemplait la danse des nuages écumeux, elle se sentait la force d'Atlas portant sur le dos le globe terrestre.

L'idée de se trouver à l'exacte rencontre de trois mondes l'excitait. Même si Mungo en personne avait cherché à donner à chacun d'eux une forme singulière, ils n'auraient pu être plus différents les uns des autres. Ces trois mondes s'entendaient aussi bien entre eux que des hommes ne parlant pas la même langue et donc incapables de s'accorder même sur le mot querelle.

L'herbe qui, depuis la montagne aux reflets rougeâtres, descendait dans la vallée avait emmagasiné trop de soleil pour, à la saison des pluies, devenir aussi verte qu'ailleurs sur les hautes terres. Les grandes touffes de buissons donnaient à la lumière une teinte jaune, comme si les plantes asséchées devaient se protéger des regards. Cela conférait au paysage une douceur unique et permettait à l'œil de l'embrasser. Jusqu'à la chute du soleil, les larges rayures des zèbres luisaient sur leurs corps rebondis, et le pelage des babouins ressemblait à d'épaisses couvertures qui auraient été faites de terre brune.

Il y avait des journées très lumineuses où les singes se transformaient en boules immobiles et, dans cette lumière blanche qui laissait à peine place à l'ombre, l'œil ne parvenait à les distinguer des bosses des vaches broutant à proximité qu'au prix de nombreux et pénibles essais. Mais il y avait aussi les heures brèves n'appartenant pas plus au jour qu'à la nuit. C'était le moment où les jeunes babouins chez qui l'expérience et la prudence n'avaient pas encore chassé des visages la curiosité s'approchaient si près de la maison que chacun de leurs cris avait sa tonalité propre.

Avec ses cèdres aux couronnes si hautes qu'elles ne pouvaient plus voir les racines et ses acacias épineux de taille plus modeste, la forêt commençait derrière le dernier champ de maïs. Quand les tambours battaient, leur écho était si fort qu'il imposait un bref instant de silence et d'attente même au vent le plus violent. Ces bruits qui avaient tant manqué à Regina, à Nairobi, étaient ceux qui caressaient le plus agréablement ses oreilles. Ils transformaient les souvenirs qu'elle n'avait jamais réussi à ensevelir complètement en un présent qui la grisait comme le *tembo* grisait les hommes devant les huttes, les jours de fête. Chacun des coups de tambour lui ôtait la peur de n'être qu'une voyageuse sans destination, réduite à de courts moments de bonheur emprunté, et la confirmait dans l'idée qu'elle était en réalité Ulysse revenu pour toujours à la maison.

Quand sa peau recevait le vent, le soleil ou la pluie et que ses yeux s'accrochaient à l'horizon comme le chacal à sa première proie de la nuit, Regina avait la tête qui tournait sous l'effet d'une ivresse qu'elle n'avait encore jamais ressentie ; c'était l'ivresse du grand oubli qui estompait les frontières entre le familier et l'inconnu, entre l'imaginaire et la réalité, et lui enlevait la force de penser à l'avenir dans lequel son père s'était déjà engagé. Dans sa tête naissait un épais réseau d'histoires déconcertantes, venues d'un lointain pays, où Lilly se métamorphosait en une Schéhérazade.

Chaque fois que Chebeti apportait le biberon de lait chaud sur un petit plateau d'argent et que Regina le donnait à téter à son frère, une porte s'ouvrait sur un paradis dont seule la maîtresse du château possédait les clés. Chebeti s'asseyait par terre, cachant ses fines mains dans les grandes fleurs en tissu jaune de sa robe. Regina attendait les premiers bruits de succion de l'enfant pour, avec la même voix solennelle qu'elle prenait à l'école quand elle récitait les poésies patriotiques de Kipling, parler à Max et à Chebeti des choses dont Lilly avait abreuvé ses oreilles.

À Gilgil, même le lait était ensorcelé. Celui du matin était fourni par la brune Antonia qui n'avait pas le droit de chanter et qu'un violon entraîna dans la mort. Le repas de midi du petit *askari* était fourni par la blanche Cio-Cio-San qui était morte en chantant, le poignard de son père à la main et, sur les lèvres, le célèbre chant de *Madame Butterfly*, « Mourir dans l'honneur » ; le soir, Max s'endormait avec l'histoire de Constanze, tandis que Lilly chantait l'aria de *L'Enlèvement au sérail*, « *Traurigkeit ward mir zum Lose* ». Pendant ce temps, le caniche hurlait et Oha s'essuyait les yeux avec l'étoffe rugueuse de sa veste.

Dès les toutes premières journées à Gilgil, Regina avait compris que les héroïnes préférées de Lilly se dissimulaient derrière l'apparence de simples laitières n'ayant rien de commun avec les autres vaches. Chacune des syllabes de leur nom, que Lilly et Oha étaient les seuls à pouvoir prononcer, avait son importance. Ces noms qui sonnaient bien et qui, à peine Lilly ouvrait-elle la bouche, faisaient naître le chant dans sa gorge comme par enchantement, étaient pour tous les autres, à la ferme, un fardeau pour la tête et la langue. Pas une seule vache ne comprenait le swahili, le kikuyu ou le jaluo. Au cours de ses promenades en compagnie de Chebeti, avec Max dans son landau, Regina tentait souvent de s'entretenir avec Ariane, Aïda, Donna Anna, Gilda et Mélisande au sujet de leurs origines mystérieuses. Mais les vaches ensorcelées laissaient le soleil leur brûler l'arrière de la tête, comme si elles n'avaient pas eu d'oreilles. Elles ne pouvaient livrer leurs secrets que par la bouche de Lilly. Arabella était la dernière-née. Mais elle fut la première à faire pressentir à Regina que, dans le paradis de Lilly, le bonheur était aussi fragile que les fleurs du délicat ibiscus.

— Pourquoi, demanda Regina, parles-tu à Arabella comme à un bébé ?

— Ah, mon enfant, comment t'expliquer ? *Arabella* a été le dernier opéra qu'il m'ait été permis de voir. À l'époque, Oha et moi étions allés tout exprès à Dresde. Cela ne se reproduira plus jamais dans cette existence. L'opéra de Dresde est en ruine, comme mes rêves.

Au petit déjeuner, une heure plus tôt, Lilly avait dit : « Je ne rêve jamais. » Aussi Regina eut-elle la difficulté à saisir le sens de sa plainte ; pourtant, depuis l'histoire d'Arabella, elle savait que les vaches de Lilly n'étaient pas les seules à avoir leurs secrets. La maîtresse du château à la voix enchantée avait beau rire si fort avec sa bouche que son rire provoquait des échos même dans le petit cellier, ses yeux avaient souvent de la peine à retenir des larmes. La figure de Lilly se creusait alors de mille rides, telles de minuscules rigoles dans la terre sèche. Du coup, la bouche semblait trop rouge et la peau du visage aussi fine qu'une peau de bête tendue entre des pierres.

Oha semblait atteint du même mal. Bien sûr, il riait à gorge déployée et sa poitrine tremblait quand il appelait ses animaux, mais après avoir appris, grâce à Arabella, les secrets de Lilly, Regina découvrit rapidement qu'Oha n'était pas non plus toujours le doux géant débonnaire qu'elle aimait depuis qu'elle était enfant. Il était en réalité un Archimède réincarné qui ne voulait pas qu'on vienne déranger son monde familier.

369

Il avait donné des noms aux poules et aux bœufs. Il y avait les coqs Cicéron, Catalina et César ; même les pondeuses étaient des mâles pour Oha et elles venaient de Rome : les plus belles se nommaient Antoine, Brutus et Pompée. Quand Lilly donnait à manger aux poules, Oha s'asseyait souvent dans son fauteuil, prenait un livre sur le chambranle de la cheminée, toujours le même, et se mettait à lire en tournant les pages sans le moindre bruit. Un bref instant, il avait un rire de poitrine tonitruant ; dans sa gaîté, il semblait avoir avalé de travers. Pourtant, à force de l'observer attentivement, Regina pensait de plus en plus souvent à Owuor, qui avait été le premier à lui révéler que dormir les yeux ouverts rendait la tête malade.

Les bœufs portaient des noms de compositeurs. Chopin et Bach étaient les meilleures bêtes de trait ; le taureau s'appelait Beethoven et son dernier fils, le nouveau-né de quatre heures, Mozart. À sa naissance, au terme d'une longue nuit où Manjala avait dû faire appel à son frère en raison de l'insuffisance des contractions de Desdémone et de l'apparition de soudaines difficultés respiratoires, Lilly avait proposé d'une voix solennelle que Regina baptise le veau rescapé.

— Pourquoi Regina ? la contredit Oha, elle ne connaît pas nos habitudes. Un nom, ça engage toute une vie.

— Ne sois pas stupide, rétorqua Lilly, laisse donc ce plaisir à cette enfant.

Regina était trop occupée par le bonheur de Desdémone pour s'apercevoir que Lilly venait de lui attribuer une part du butin d'Oha. Elle posa la main sur la tête de la vache, ouvrant ses narines à l'odeur qui la comblait et sa tête à des souvenirs qui, trop vite, entreprirent de se combattre les uns les autres. Pensant en même temps au bébé décédé et à la naissance de son frère, elle oublia, à l'instant de prendre une décision aussi cruciale, qu'il fallait jeter au bétail de Gilgil un charme musical. Ce qui lui vint à l'esprit fut le sauvetage *in extremis* de ce veau si vigoureux.

— David Copperfield, lança-t-elle, heureuse.

Oha secoua la tête, renversa, d'un geste d'une violence inhabituelle chez lui, la lampe à paraffine que tenait Manjala et dit, avec un soupçon de méchanceté :

— N'importe quoi !

La lumière vacillante lui faisait de tout petits yeux ; ses lèvres étaient comme deux verrous blancs devant ses dents et Regina constata pour la première fois qu'Oha et Lilly se disputaient eux aussi – même si leurs querelles étaient beaucoup moins bruyantes et longues que celles de ses parents.

— Nous l'appellerons Iago, proposa Lilly.

— Depuis quand, demanda Oha d'un ton tranchant comme un couteau, est-ce toi qui baptises les taureaux ? Le nom de Mozart me plaisait énormément. Je ne te laisserai pas me priver de cette joie.

Le lendemain matin, Oha était redevenu un géant ventru et il n'avait plus sur lui l'odeur d'excitation et d'agitation provoquée par un accès de contrariété, mais seulement un doux parfum de tabac et de nonchalance débonnaire. S'efforçant de ne pas croiser le regard de Lilly, il se tourna vers Regina et lui dit :

— Je ne pensais pas à mal hier.

Il compta soigneusement les petites graines noires de sa papaye et poursuivit, comme s'il ne lui avait pas fallu un bon moment pour reprendre son souffle :

— Mais, tu sais, il paraîtrait étrange que nous donnions ici un nom anglais à l'une de nos bêtes. Vois-tu, dit-il avec un sourire, nous ne savons pas exactement qui est David Copperfield.

— Mais ça ne fait rien, répondit Regina en lui rendant son sourire.

La soudaine politesse dont elle venait de faire preuve la déconcerta et elle crut que la force de l'ha-

371

bitude l'avait amenée à exprimer en anglais des excuses dénuées de repentir réel.

— David Copperfield, expliqua-t-elle timidement, en s'apercevant trop tard qu'elle n'avait pas eu du tout l'intention d'ouvrir la bouche, est un vieil ami à moi, avant d'ajouter : Little Nell aussi.

Elle se demandait avec inquiétude s'il lui faudrait à présent continuer à parler et expliquer à Oha l'histoire de Little Nell, mais elle constata qu'il était absorbé dans ses pensées. Il ne répondit pas et Regina ravala son soulagement en se gardant d'éveiller son attention. Il n'était pas bon de parler de choses qui faisaient s'emballer le cœur quand celui-ci ne pouvait trouver d'aide auprès d'une bouche étrangère.

Manjala, qui était resté pendant tout ce temps à côté de la vitrine où trônaient les verres étincelants, les coupes entourées d'un filet d'or et les mignonnes danseuses en porcelaine blanche, remit son corps en mouvement et sortit les mains des longues manches de son *kanzu* blanc. Il ramassa les assiettes, lentement d'abord puis de plus en plus vite, faisant danser les couverts. Max s'assit dans son landau, accompagnant chaque son d'un battement de mains qui réchauffait les oreilles de Regina.

Chebeti repoussa le caniche de ses pieds nus, se leva, regarda Manjala les yeux à demi-ouverts, car il lui avait ravi son repos et dit en partant chercher le biberon :

— Le petit *askari* a soif.

Ses pas ne firent pas vibrer le plancher plus fort que le vent soudain arrêté au cœur d'un bosquet touffu.

Lilly sortit de la poche de son pantalon son miroir doré garni de minuscules pierres, et passa un long moment à se passer du rouge sur les lèvres ; à la fin de l'opération, celles-ci semblaient avoir été découpées dans son corsage. Faisant alors mine d'adresser un baiser à la ronde, elle déclara :

— Il faut que j'aille voir Desdémone.

— Et Mozart, dit Regina en riant.

Prenant conscience qu'elle avait enfin réussi à prononcer le nom sans accent anglais, elle eut un nouveau rire. Comme elle l'avait à l'instant vu faire à Lilly, elle mima un baiser sur la tête de son frère et constata que la lourdeur disparaissait de ses membres en même temps que s'enfuyaient de sa tête les pensées qui s'y étaient bousculées toute la nuit.

C'était un sentiment bienfaisant qui rassasiait autant que le *poscho*, le soir, dans les huttes. Elle entendit dans la forêt les premiers roulements de tambour de la journée. Derrière les larges fenêtres, le soleil donnait mille couleurs à la poussière. Regina plissa les paupières jusqu'à ce qu'elles ne forment plus qu'une étroite fente au travers de laquelle les images se transformaient. La silhouette des zèbres se réduisait à des rayures, le bleu du ciel à une petite tache de couleur, les acacias perdaient leur vert et les cèdres devenaient noirs.

Regina sortit Max de son landau, posa la tête de l'enfant sur son épaule et abreuva ses oreilles. Elle attendait avec impatience les sons clairs qui lui signaleraient que son frère était déjà assez futé pour prendre plaisir aux choses familières. Quand Chebeti entra avec le biberon et qu'elle mit la tétine dans la bouche du bébé, le silence rapetissa la grande pièce.

Le biberon était presque vide quand Oha décrivit des cercles avec la tête et dit :

— Je t'envie beaucoup pour ton David Copperfield.

Il avait avalé trop d'air en prononçant les deux derniers mots et Regina s'étrangla si longuement pour réprimer son envie de rire qu'elle n'eut plus le temps de la transformer en une toux opportune.

— *I'm sorry*, dit-elle.

Elle sut cette fois sur-le-champ qu'elle avait parlé anglais.

373

— Ne t'excuse pas, la tranquillisa Oha, je rirais aussi si j'étais à ta place et si je m'entendais baragouiner l'anglais. C'est pourquoi j'aimerais bien avoir David Copperfield comme ami.

— Pourquoi ?

— Pour me sentir ici un tout petit peu chez moi.

Regina commença par dissocier en syllabes chacun de ces mots avant de les assembler à nouveau. Elle les traduisit même dans sa langue, mais elle ne parvint pas à découvrir pour quelle raison Oha avait laissé sa gorge prononcer ces paroles.

— Mais tu es ici chez toi, dit-elle.

— On peut dire les choses comme ça.

— C'est pourtant bien ta ferme, insista Regina.

Elle sentait qu'Oha voulait lui dire quelque chose, mais il se contenta de glisser sa langue entre ses lèvres sans réussir à émettre un seul son. Elle répéta alors :

— Tu es ici chez toi. C'est ta ferme. Tout est si beau ici.

— *Pro transeuntibus*, Regina, tu comprends ?

— Non, papa dit que le latin que j'apprends à l'école, c'est du latin de cantine.

— De cuisine ! Tu demanderas à ton père ce que veut dire *pro transeuntibus* quand tu seras rentrée à Nairobi. Il saura te l'expliquer exactement. C'est un homme intelligent. Le plus intelligent de nous tous, mais personne n'ose l'avouer.

Ce furent sa voix et aussi ses yeux qui donnèrent à Regina la certitude qu'Oha, tout comme son père, parlait de racines, d'Allemagne et de patrie. Elle prépara ses oreilles à entendre les sons familiers qu'elle n'aimait pas.

Lilly fit son entrée à cet instant.

— Le veau, dit-elle en riant et en pointant si fort la bouche qu'elle ne forma plus qu'une petite boule rouge, le veau a déjà fait pleinement honneur à son nom.

Oha rit à son tour :

— Arrive-t-il déjà à meugler la *Petite Musique de nuit* ?

Lilly eut un léger rire, très musical, et ouvrit grand les yeux, mais elle ne s'aperçut pas que la gaîté, chez son mari, n'allait pas au-delà de la bouche. Elle frotta ses mains l'une contre l'autre comme si elle s'apprêtait à applaudir puis déclara :

— Il faut que je me fasse belle pour la cérémonie d'aujourd'hui.

— Absolument, approuva Oha.

Sans le vouloir, Regina le regarda et sut qu'il n'était pas encore revenu du safari dont Lilly ne soupçonnait pas l'existence. Sa peau devint trop froide, elle eut l'impression d'avoir mis l'oreille au trou d'un mur inconnu et d'avoir appris des choses qu'elle n'avait pas à savoir. Regina eut besoin de toutes ses forces pour résister au besoin de se lever et de consoler Oha comme elle le faisait pour son père quand des blessures venues de sa vie antérieure le tourmentaient. Durant un moment elle parvint bien à interdire tout mouvement à son corps, mais ses jambes ne la laissèrent pas en repos et finirent par vaincre sa volonté.

— Je sors avec Max, dit-elle.

Alors qu'il lui fallait d'ordinaire ses deux mains pour porter son frère, elle en libéra une pour une caresse légère sur la tête d'Oha.

Le soleil, qui ne projetait plus que des ombres très courtes, réchauffait les lions sculptés du fauteuil. Dehors, les cèdres avaient recueilli la pluie de la nuit dans leur tronc et leurs racines. Chaque fois qu'une branche bougeait, Regina cherchait à apercevoir un singe, mais elle n'entendait que les bruits lui indiquant que les mères appelaient leurs petits.

Pendant un moment, elle pensa à Owuor et à leurs belles disputes pour savoir si les singes étaient plus malins que les zèbres ou le contraire ; pourtant, quand son cœur se mit à battre plus fort, elle constata

375

que son père était en train de refouler Owuor dans ses pensées. Pour la première fois depuis son arrivée à Gilgil, elle éprouva une forte envie de rentrer à la maison. Elle se le dit à plusieurs reprises à voix basse, d'abord joyeusement en anglais, puis, avec réticence, en allemand. Dans les deux langues, les syllabes bourdonnaient comme une abeille saoule de colère.

Les deux jeunes bergers, qui connaissaient le langage des vaches mais pas celui des hommes, invitèrent le veau à venir sur l'herbe. Desdémone, de sa grosse tête, le poussa avec douceur devant elle ; elle s'arrêta dans une flaque de soleil et lécha son fils, le délicat pelage se couvrant alors de petites bouclettes marron clair. Un merle métallique se posa sur le dos de Desdémone. Le bleu éclatant de ses plumes rendait les yeux aveugles à toute autre couleur.

Lilly, vêtue d'une longue robe blanche qui ceignait son cou d'une montagne de ruchés, apparut derrière un buisson de roses jaunes. On aurait dit qu'elle avait déjà reçu de Mungo l'ordre de s'envoler vers le ciel ; elle ne bougea cependant pas avant que le veau ait commencé à téter. Alors, elle fit sortir l'air de ses poumons, leva la tête, joignit les mains et entonna l'aria de *La Flûte enchantée*, « *Dies Bildnis ist bezaubernd schön* ».

Les oiseaux se turent, et le vent même, incapable de résister au chant de Lilly, s'envola en compagnie des sons aériens, qui, plus rapidement que d'ordinaire, fuyaient en direction des montagnes. Avant même que le premier écho fût revenu à ses oreilles, Regina s'aperçut qu'elle s'était trompée. Elle n'était pas Ulysse rentré à bon port. À Gilgil, elle n'avait entendu que les sirènes.

22

Ministère de la Hesse
Le ministre de la Justice
Wiesbaden
Bahnhofstr. 18 à Monsieur le docteur
Walter Redlich
Hove Court
POB 1312
Nairobi
Kenya

Wiesbaden, le 23 octobre 1946

Objet : votre demande du 9 mai 1946 relative à un emploi dans les services judiciaires du Land de Hesse.

Monsieur le docteur Redlich,

Nous avons la grande joie de vous annoncer que votre demande du 9 mai de l'année en cours, relative à un emploi dans les services judiciaires de la Hesse, a été acceptée par une décision en date du 14 du mois en cours. Vous serez d'abord affecté comme juge au tribunal d'instance de la ville de Francfort. Veuillez vous présenter, dès votre retour, au Dr Karl Maass, président du Tribunal d'instance, qui a déjà été informé de cette décision par nos soins. Ayez l'obligeance de lui faire connaître la date arrêtée pour votre installation à Francfort. Les années postérieures à votre interdiction

d'exercer comme avocat à Leobschütz (haute Silésie), intervenue en 1937, seront prises en compte comme années de service pour le calcul de vos émoluments.
Le soussigné a été chargé de vous faire savoir que quelqu'un, au ministère de la Justice de la Hesse, vous connaît personnellement. On a ressenti ici votre désir de participer à la reconstruction d'une justice libre comme un signe d'espoir et d'encouragement particulièrement significatifs pour la jeune démocratie de notre pays.
En présentant dès aujourd'hui à vous et à votre famille tous nos vœux d'avenir, nous vous assurons de notre très haute considération.
Par délégation du ministre de la Justice auprès du ministère d'État de la Hesse

Le Dr Erwin Pollitzer

Owuor avait capté l'importance de l'heure avec les yeux, le nez, les oreilles et la tête d'un homme que l'expérience avait rendu intelligent et que l'instinct avait conservé souple comme un jeune guerrier. Il était semblable au chasseur veillant toute une nuit et n'atteignant la proie si longtemps attendue que grâce à des sens aiguisés en permanence. En ce jour qui avait commencé comme les autres, c'est lui qui avait rapporté la lettre, une lettre plus importante que toutes celles qui l'avaient précédée.

Les mains tremblantes du *bwana* et la soudaineté avec laquelle sa peau avait changé de couleur quand il avait ouvert l'épaisse enveloppe jaune auraient suffi à Owuor pour le comprendre. Mais l'odeur aigre de la peur qui émanait de deux corps et l'impatience qui brillait dans deux paires d'yeux, telle la flamme vacillante d'un feu ayant pris trop vite, étaient encore plus révélatrices. Dans cette même pièce où, sans excitation et sans hâte, Owuor avait compté les bulles dans le café bouillant avant d'aller chercher le courrier au bureau du Hove Court, le silence permettait à présent d'entendre respirer le *bwana* et la *memsahib*

378

avec autant de force que s'ils s'étaient fait coudre des tambours dans la poitrine.

Tandis qu'il apaisait les battements à l'intérieur de son propre corps en n'arrêtant pas de toucher des objets qu'il aurait pourtant pu reconnaître les yeux fermés, Owuor observait le *bwana* et la *memsahib* en train de lire. S'il se contentait d'ouvrir les yeux, sans ouvrir la boîte débordant des mille souvenirs de jours enfuis depuis longtemps, les êtres qui se tenaient devant lui, avec leur peau qu'une grande peur faisait pâlir, n'étaient pas différents de ce qu'ils avaient été en d'autres moments, en des temps où les lettres venues de très loin avaient allumé un feu vif, comme de la graisse brûlant dans une casserole trop petite. Et, cependant, son *bwana* et la *memsahib* étaient devenus des étrangers pour Owuor.

Dans un premier temps, ils restèrent assis sur le canapé, ne cessant d'ouvrir les lèvres sans montrer leurs dents, pareils à des malades torturés par la soif. Puis les deux têtes n'en firent plus qu'une et les deux corps finirent par former une montagne subitement figée, privée de toute vie. On aurait dit des dik-diks cherchant à se protéger de l'ardeur du soleil à son zénith en se serrant l'un contre l'autre, mais refusant de se séparer quand il n'y a plus assez d'ombre pour deux. L'image des dik-diks inséparables rendit Owuor nerveux. C'était une image qui brûlait les yeux et asséchait la bouche.

Il lui vint à l'esprit l'histoire instructive que Regina lui avait racontée à Rongai, il y avait bien des saisons des pluies de cela. C'était bien avant le jour merveilleux des sauterelles. Un garçon avait été transformé en chevreuil et sa sœur était impuissante contre le sortilège. Elle ne pouvait plus parler avec son frère dans le langage des hommes et craignait pour lui les chasseurs. Mais le chevreuil ne sentait pas la peur de sa sœur et bondissait hors des hautes herbes protectrices.

Depuis, Owuor savait que se taire trop longtemps pouvait être, chez les hommes, plus dangereux qu'un grand vacarme remplissant les oreilles comme des sacs bourrés à craquer. Owuor se libéra la gorge en toussant, bien qu'il ait eu le palais aussi lisse que le corps d'un voleur qu'on vient d'enduire d'huile. Il remarqua alors que le *bwana* n'avait pas perdu sa voix à jamais. C'était seulement que chaque son devait chercher à grand-peine son chemin entre la langue et les dents.

— Mon Dieu, Jettel, qu'il me soit encore donné de vivre ça. Ça ne peut pas être vrai. Je ne sais vraiment pas quoi dire. Dis-moi que je ne rêve pas, que je ne vais pas me réveiller brutalement. Peu importe ce que tu diras, mais ouvre au moins la bouche.

— Mes parents sont allés à Wiesbaden en voyage de noces, lui répondit Jettel en chuchotant. Maman m'a souvent parlé du restaurant du Schwarzer Bock ; elle m'a raconté que mon père s'était terriblement soûlé. Il ne supportait pas le vin et elle en avait été extrêmement contrariée.

— Jettel, reprends tes esprits. As-tu vraiment compris de quoi il retourne ? Saisis-tu ce que cette lettre signifie pour nous tous ?

— Pas tout à fait. Nous ne connaissons personne à Wiesbaden.

— Fais donc enfin un effort pour comprendre ! Ils veulent de nous ! Nous pouvons revenir. Nous pouvons revenir sans soucis. C'en est fini de Monsieur n'importe qui.

— Walter, j'ai peur, j'ai terriblement peur.

— Mais lis donc, Madame le docteur Redlich. Ils font de moi un juge. Moi, l'avocat et notaire de Leobschütz radié du barreau. Au Kenya, je suis le dernier des trous du cul et, chez nous, ils me nomment juge.

— Trou du cul, dit Owuor en riant, je n'ai pas oublié le mot, Bwana. Tu l'avais dit à Rongai.

Quand le *bwana* se mit à tonitruer, sans colère dans sa voix, et qu'il commença même à taper des pieds comme un danseur qui a rempli son ventre de *tembo* avant les autres, Owuor rit à nouveau ; il y avait plus d'aiguilles dans sa gorge que sur la langue d'un chat devenu enragé. Le *bwana* aux yeux sans reflets et aux épaules trop étroites qui se courbaient sous n'importe quel fardeau s'était métamorphosé en un taureau qui, pour la première fois de sa vie, sent la force de ses reins.

— Jettel, souviens-toi. Un fonctionnaire, en Allemagne, a ses vieux jours assurés. Et un juge à plus forte raison. Il peut marcher la tête haute. Personne ne se risquera à le licencier. Et, s'il tombe malade, il reste au lit et continue à recevoir son salaire. Un juge, on le salue dans la rue. Même quand on ne le connaît pas personnellement. Bonjour, Monsieur. Au revoir, Monsieur, mes hommages à madame votre épouse. Tu ne peux pas avoir oublié tout ça. Bon Dieu, dis quelque chose !

— Mais tu ne m'avais jamais parlé d'être juge. J'ai toujours cru que tu voulais redevenir avocat.

— Je pourrai toujours le redevenir. Si, déjà, je suis juge, notre nouveau départ dans la vie n'aura rien à voir avec ce qu'il aurait pu être. L'Allemagne a toujours été aux petits soins pour ses fonctionnaires. L'État va jusqu'à les loger. Ça nous facilitera bien des choses.

— Je croyais toutes les villes allemandes rasées par les bombes. Où prennent-ils donc les logements pour leurs juges ?

Cette réplique plut tellement à Jettel qu'elle s'apprêtait à la répéter. Il lui vint pourtant à l'esprit qu'il lui avait fallu bien du temps pour avoir le dernier mot et, déconcentancée, elle tira sur une de ses mèches de cheveux. Elle finit néanmoins par retrouver un peu de calme ; une confiance en elle semblable à celle de sa jeunesse lui rendit son énergie et fit monter une chaleur agréable à son front. Que sa mère avait donc raison quand elle disait : « Ma Jettel n'est pas super-diplômée mais, pour ce qui est de la vie pratique, elle ne craint personne ! »

Constatant qu'elle avait encore dans l'oreille le ton de voix exact de sa mère, elle eut un léger sourire. Elle se laissa aller un instant à la douce mélancolie du souvenir avant de s'abandonner à la certitude bienfaisante d'avoir, en une seule phrase, prouvé à son mari qu'il était un rêveur aveugle à ce qui comptait dans la vie. Toutefois, tournant les yeux vers lui, elle ne lut sur ses traits qu'une détermination qui la troublà avant de la rendre furieuse.

— Quand bien même nous devrions rentrer, objecta-t-elle en insistant sur chaque mot, pourquoi maintenant ?

— Je n'ai de chance de redevenir quelqu'un que si je suis là dès le début. La chance s'offre à toi uniquement quand un pays sombre ou quand il se relève de ses ruines.

— C'est de qui ? Tu parles comme un livre.

— Je l'ai lu dans *Autant en emporte le vent*. Tu ne te rappelles pas ce passage ? À l'époque nous en avions parlé ensemble. Il avait fait sur moi une forte impression.

— Ah, Walter, toi et tes rêves de retour ! Nous étions pourtant si heureux ici. Nous avons tout ce qu'il nous faut.

— Sauf que, si nous avons besoin d'un peu plus que du strict nécessaire pour survivre, nous en sommes réduits à compter sur la générosité d'autrui. Sans la Communauté juive, nous n'aurions pu nous payer ni le médecin, ni l'hôpital à la naissance de Max. Espérons que Mr Rubens sera aussi généreux si l'un de nous tombe un jour malade.

— Ici, au moins, il y a des gens qui nous aident. À Francfort, nous ne connaissons personne.

— Qui connaissais-tu lorsque nous avons dû partir pour l'Afrique ? Et à quel moment avons-nous été heureux ici ? Deux fois en tout et pour tout : quand j'ai touché ma première paye de l'armée et à la naissance de Max. Tu ne changeras jamais. Ma Jettel a toujours regretté le bon vieux temps. Mais, à la fin des fins, c'est moi qui ai eu raison à chaque fois.

— Je ne peux pas partir d'ici. Je ne suis plus assez jeune pour tout recommencer.

— C'est exactement ce que tu disais quand il nous a fallu émigrer. Tu avais trente ans et si je t'avais écoutée nous serions tous morts aujourd'hui. Si je ne résiste pas aujourd'hui, nous serons à jamais des sans-le-sou indésirables, dans un pays qui n'est pas le nôtre. Et King George ne m'entretiendra pas éternellement comme l'idiot de service à la compagnie.

— Tu dis ça parce que tu veux retourner dans ta maudite Allemagne. As-tu oublié ce qu'ils ont fait à ton père ? Pas moi. Ma dette envers ma mère m'interdit de fouler le sol où son sang a coulé.

— Arrête, Jettel. C'est péché de parler comme ça. Dieu ne pardonne pas à ceux qui utilisent abusivement les morts. Il faut que tu me fasses confiance. Nous y arriverons. Je te le promets. Cesse de pleurer. Un jour, tu me donneras raison, et beaucoup plus tôt que tu ne le penses aujourd'hui.

— Comment vivre au milieu d'assassins ? sanglota Jettel. Tout le monde, ici, dit que tu es fou et qu'on n'a pas le droit d'oublier. Crois-tu qu'il est agréable, pour une femme, d'entendre dire que son mari est un traître ? Tu pourrais trouver ici un travail comme les autres. Les gens qui sortent de l'armée reçoivent de l'aide. Tout le monde le dit.

— On m'a proposé du travail. Dans une ferme, à Djibouti. Tu as envie d'aller là-bas ?

— Mais je n'ai aucune idée de l'endroit où se trouve Djibouti.

— Tu vois bien ! Moi non plus je ne sais pas où c'est. Pas au Kenya en tout cas, mais à coup sûr en Afrique.

383

Le désir qui lui vint, désir si longtemps disparu, de prendre sa femme dans ses bras et de la délivrer de sa peur désarçonna Walter. Mais ce qui le fit le plus souffrir était de savoir que Jettel et lui étaient atteints des mêmes blessures. Lui aussi était sans défenses contre un passé qui, à tout moment, serait plus fort que sa foi en l'avenir.

— Nous n'oublierons jamais, dit-il en gardant les yeux tournés vers le sol. Si tu veux vraiment savoir, Jettel, notre destin est que nous serons partout un peu malheureux. Hitler y a veillé pour l'éternité. Nous, les survivants, ne pourrons plus jamais vivre normalement. Mais je préfère être malheureux là où on me respecte. L'Allemagne n'était pas Hitler. Toi aussi, tu le comprendras un jour. Ce seront à nouveau les gens honnêtes qui, un jour, reviendront aux commandes.

Bien que Jettel s'en défendît, la voix douce de Walter et son désarroi finirent par l'émouvoir. Elle vit qu'il cachait ses mains dans les poches de son pantalon et elle chercha quelque chose à dire, mais ne parvint pas à déterminer si elle avait envie de le blesser encore ou, pour une fois, de le consoler. Alors elle se tut.

Pendant un instant, elle observa Owuor en train de repasser. Les joues gonflées, il crachait sur le linge et, d'un geste ample, laissait tomber de haut le fer très lourd sur deux langes étalés devant lui.

— J'ai vécu si longtemps ici, soupira Jettel en regardant les petits nuages de vapeur montant vers le plafond ; ils lui parurent symboliser toute la quiétude qu'elle désirerait un jour retrouver. Comment ferai-je avec un petit enfant sans personnel pour m'aider ? Regina n'a pas tenu un balai de toute sa vie.

— Dieu merci, tu as retrouvé la forme. C'est ma Jettel tout craché. Chaque fois que, dans notre existence, nous avons dû faire un choix, tu as toujours eu peur de ne pas retrouver de bonne. Mais, ce coup-ci, tu n'as pas besoin de te faire du souci, Madame le docteur. L'Allemagne est pleine de gens trop heureux de trouver du travail. Je ne peux pas te dire aujourd'hui à quoi ressemblera notre vie mais, sur ce que j'ai de plus sacré, je te promets que tu auras une bonne.

— Bwana, demanda Owuor en empilant ce qu'il venait de repasser sur la montagne de linge parfumé érigée par ses soins, aussi parfaite que haute, faut-il que je lave les valises à l'eau chaude ?

— Pourquoi cette question ?

— Tu as besoin de tes valises pour le safari. La *memsahib* aussi.

— Qu'est-ce que tu sais au juste, Owuor ?

— Tout, Bwana.

— Depuis quand ?

— Depuis longtemps déjà.

— Mais tu ne nous comprends pourtant absolument pas quand nous parlons, elle et moi.

— Quand tu es arrivé à Rongai, Bwana, je n'entendais qu'avec mes oreilles. Ces jours-là ne sont plus.

— Merci, mon ami.

— Bwana, je ne t'ai rien donné et tu me dis merci.

— Si, Owuor, tu es le seul à m'avoir donné quelque chose, dit Walter.

La douleur – dont il eut honte – ne dura pas, mais assez pour qu'il comprenne qu'une blessure venait à l'instant de s'ajouter aux anciennes. Son Allemagne n'existait plus. Il rentrerait dans sa patrie retrouvée non pas comme un rapatrié ivre de joie, mais avec nostalgie et tristesse.

Quitter Owuor ne serait pas moins déchirant que les séparations antérieures. Il ressentit un fort désir d'aller vers Owuor et de le prendre dans ses bras, mais ce fut Jettel qu'il caressa en disant :

— Tout ira bien.

— Ah, Walter, qui va dire à Regina que les choses sérieuses commencent ? Elle est encore une enfant et elle est tellement attachée à tout, ici.

— Il y a longtemps que je le sais, dit Regina.

— D'où sors-tu ? Ça fait combien de temps que tu es là ?

— J'étais avec Max dans le jardin, mais j'entends avec les yeux, expliqua-t-elle.

Elle prit soudain conscience que son père ne comprendrait jamais combien pouvait se cacher d'ironie derrière l'imitation de la voix d'un autre.

— Tes parents, eux, rétorqua Walter, ne peuvent même pas en croire leurs yeux. Ou bien sais-tu toi, Jettel, qui peut bien connaître personnellement ton vieux ballot de mari au ministère de la Justice de la Hesse ? Je ne parviens pas à me sortir cette question de la tête.

Ce hasard inexplicable qui était en train de changer le cours de son existence le préoccupait et l'obsédait : il avait beau passer le passé et l'avenir inconnu au crible, à la recherche d'un fait qui lui aurait échappé, il lui était impossible de tirer l'affaire au clair.

Huit jours plus tard, Walter se présenta au *captain* Carruthers. Il avait traduit à grand-peine, avec l'aide de Regina, la lettre du ministère de la Justice, et il se faisait maintenant l'effet d'un étudiant se retrouvant devant un jury de concours après une solide préparation. La comparaison, qui ne lui serait pas venue à l'esprit deux semaines plus tôt, le réjouit.

Attendant que le capitaine ait fini de feuilleter son courrier d'un air morose, de bourrer soigneusement sa pipe et de lutter avec force gestes furieux contre la fenêtre qui coinçait, Walter se surprit même à constater avec satisfaction qu'il semblait aller beaucoup mieux que son capitaine.

Celui-ci nourrissait des pensées similaires. Avec un soupçon d'irritation qui était autrefois chez lui plutôt le prélude à une remarque ironique bien sentie que l'expression d'une soudaine mauvaise humeur, il dit :

— Vous n'avez pas tout à fait la même tête que la

386

dernière fois. Êtes-vous réellement la personne que j'attends, celle qui ne pige rien ?

Bien qu'ayant compris, Walter perdit son assurance.

— *Sergeant Redlich, sir*, confirma-t-il, crispé.

— Pourquoi est-ce que, tous tant que vous êtes, vous autres du continent, vous n'avez pas une once d'humour ? Pas étonnant qu'Hitler ait perdu la guerre.

— *Sorry, sir.*

— Ce coup-là, vous me l'avez déjà fait. Je m'en souviens très bien. Vous dites *sorry* et moi, je recommence mes bêtises, comme si de rien n'était, le réprimanda le capitaine en fermant les yeux un court instant. Quand, au fait, vous ai-je vu pour la dernière fois ?

— Il y a près de six mois, sir.

Le capitaine paraissait plus vieux et plus affecté par les contrariétés que lors de leur précédente entrevue. Il le savait. Les douleurs d'estomac au réveil et le malaise après le dernier whisky de la soirée n'étaient pas seuls en cause. Il sentait surtout, avec une mélancolie qui lui était désagréable, qu'il n'avait plus le robuste sens des proportions dont un homme de son âge avait besoin pour maintenir, dans son existence, un équilibre fragile. Même des riens insignifiants décontenançaient Bruce Carruthers plus que de raison. Par exemple, de n'arriver qu'au prix d'efforts vraiment humiliants à se souvenir du nom du sergent debout devant lui. Alors que, vraiment plus souvent qu'à son tour, il avait été obligé de recopier cette caricature de nom d'un formulaire idiot à l'autre. Ces problèmes de mémoire incongrus coûtaient plus d'énergie qu'il ne convenait à un homme de cette trempe.

Il s'ajoutait que Carruthers devait, jour après jour, faire l'amer constat que le sort avait cessé de lui être favorable. À la chasse, il avait de la peine à se concentrer et à penser à autre chose qu'à l'Écosse ; le golf lui apparaissait trop souvent comme une distraction tout

387

à fait stupide pour un homme qui, dans sa jeunesse, avait rêvé d'une carrière de scientifique. Et voilà que la lettre de sa femme, si longtemps attendue, lui arrivait, annonçant qu'elle ne supporterait plus la séparation et voulait divorcer ; sur ces entrefaites, il avait reçu de cette foutue *Army* l'ordre qui le maintenait dans son poste de Ngong.

Le capitaine sursauta en s'apercevant qu'il s'était égaré dans le labyrinthe de ses rêvolies. Cela aussi lui arrivait plus fréquemment qu'en des temps meilleurs.

— Je présume, dit-il avec découragement, que vous voulez toujours être démobilisé en Allemagne ?

— Oh oui, sir, se hâta de répondre Walter en rapprochant les pointes de ses bottes, c'est pour ça que je suis ici.

Carruthers éprouva une curiosité qui était étrangère à sa nature ; il la trouva inconvenante et – chose curieuse – fascinante aussi. Puis il comprit. Le type bizarre qui lui faisait face n'avait pas la même manière de répondre que la dernière fois. C'était surtout son accent qui avait changé. Un accent certes toujours pénible pour une oreille sensible, mais, d'une certaine façon, cet homme parlait mieux l'anglais. Au moins, on parvenait à le comprendre. On ne pouvait vraiment pas se fier à ces gaillards ambitieux venus du continent. À un âge où d'autres ne pensaient plus qu'à leurs affaires privées, ils se plongeaient encore dans les livres pour apprendre une langue étrangère.

— Avez-vous déjà la moindre idée de ce que vous allez faire en Allemagne ?

— Je vais être juge, sir, dit Walter en lui tendant la traduction de la lettre de Wiesbaden.

La stupéfaction du capitaine fut totale. Il partageait certes l'aversion de ses compatriotes pour la vanité et l'orgueil, mais cela ne l'empêcha pas de dire d'une voix calme et aimable, après l'avoir lue :

— Pas mal du tout !

— Oui, sir.

— Et vous escomptez à présent que la *British Army* va se charger du problème et veiller à ce que les *fucking Jerrys* s'offrent un juge à peu de frais.

— Pardon, sir, je ne vous ai pas compris.

— Vous espérez que l'armée paie votre traversée, n'est-ce pas ? C'est bien ce que vous vous êtes dit ?

— C'est vous qui en aviez eu l'idée, sir.

— Moi ? C'est intéressant. Eh bien, ne prenez donc pas tout de suite cet air effrayé ! N'avez-vous donc pas appris dans l'armée de Sa Majesté qu'un capitaine ne parle jamais à la légère ? Même quand il croupit dans ce pays abandonné de Dieu et qu'il ne laisse rien paraître de ses sentiments. Avez-vous la moindre idée de ce que vivre ici peut signifier d'abrutissement ?

— Oh oui, sir, j'en suis tout à fait conscient.

— Aimez-vous les Anglais ?

— Oui, sir. Ils m'ont sauvé la vie. Je ne l'oublierai jamais.

— Alors, pourquoi voulez-vous partir ?

— Ce sont les Anglais qui ne m'aiment pas.

— Ils ne m'aiment pas non plus. Je suis Écossais.

Tous deux se turent. Bruce Carruthers se creusait la tête pour découvrir en vertu de quoi un foutu sergent qui n'était même pas britannique allait retrouver son ancienne profession, et pas un capitaine originaire d'Édimbourg dont la grand-mère était native de Glasgow.

Walter eut aussitôt peur de voir le capitaine mettre fin à l'entretien sans évoquer le mot *repatriation*. Avec un luxe de détails angoissants, il s'imagina Jettel apprenant qu'il n'avait rien obtenu. Le capitaine feuilleta de la main droite une pile de papiers – tout en écrasant une mouche de la gauche – puis il se leva et, comme s'il n'avait rien eu d'autre en tête, gratta méticuleusement la mouche morte pour l'enlever du mur. Pour la première fois depuis le début de la conversation, il enleva sa pipe de sa bouche et demanda :

— Que pensez-vous de l'Almanzora ?

389

— Sir, je ne comprends pas.
— Nom de Dieu ! L'*Almanzora* est un navire. Il fait sans arrêt la navette entre Mombasa et Southampton pour rapatrier les troupes. Vous autres bons à rien, il n'y a apparemment que les beuveries et les femmes qui vous intéressent ?
— Non, sir.
— Je n'ai pas droit à un contingent sur le radiot avant le 9 mars de l'année prochaine. Mais, si vous êtes d'accord, je peux essayer pour mars. Au fait, quelle est votre situation, déjà ? Combien avez-vous de femmes et d'enfants ?
— Une femme et deux enfants, sir. Je vous remercie infiniment, sir. Vous n'avez pas idée de ce que vous faites pour moi.
— Je crois avoir déjà entendu ça quelque part, sourit Carruthers. Une chose encore que je voudrais savoir. Comment se fait-il que vous parliez anglais d'un seul coup ?
— Je l'ignore, *sorry*, sir. Je ne m'en étais pas aperçu.

23

Conscients que l'heure d'un nouveau départ culturel était venue, les *refugees* de Hove Court, pour une fois d'accord comme ils ne l'avaient jamais été, décidèrent, deux jours avant la Saint-Sylvestre, de faire une entrée collective dans l'année 1947. Nombreux étaient ceux qui espéraient devenir très vite des citoyens britanniques et s'exerçaient assidûment – même si les résultats étaient hélas souvent peu satisfaisants – à prononcer de manière à peu près correcte les mots *United Kingdom*, *Empire* et *Commonwealth*, si décisifs pour leur avenir. Durant les deux derniers mois, quatre couples et deux hommes célibataires avaient réussi, en se faisant naturaliser, à se défaire, du moins officiellement, de leur statut de *bloody refugees* et à se procurer des noms à consonance anglaise, bien plus importants pour l'image qu'ils se faisaient d'eux-mêmes que des biens matériels.

Les Wohlgemuth s'appelaient à présent Welles et les Leubuscher étaient devenus les Laughton. Siegfried et Henry Schlachter avaient saisi l'occasion de se séparer radicalement des origines sémantiques de leur nom. Ils avaient rejeté avec énergie les propositions ironiques de leurs voisins qui leur conseillaient de s'appeler désormais Butcher et avaient choisi de se rebaptiser Baker. Que les Schlachter aient été parmi les premiers à devenir de nouveaux *british subjects* provoqua une forte surprise. Ils éprouvaient en effet des difficultés très particulières à manier leur nouvelle

391

langue maternelle et ils n'avaient certainement pas œuvré davantage en faveur de leur patrie d'adoption que les nombreux autres *refugees* dont les autorités avaient rejeté les demandes sans explications. Les jaloux se consolaient en prétendant que les Schlachter avaient obtenu leur passeport britannique grâce à une erreur de l'employé chargé de leur faire passer le petit examen oral réglementaire : d'origine irlandaise, il avait confondu la pénible intonation souabe du vieux couple avec un accent celtique en voie de disparition.

On invita bien sûr à cette *New Year's Party* Mrs Taylor et Miss Jones, mais également un major originaire de Rhodésie que l'*Army* venait de libérer, un homme taciturne qui, dans le choix de son lieu de retraite, s'était laissé abuser par le nom anglais de la résidence. Ces trois personnes tombèrent toutefois malades le même jour, atteintes du même mal. Le comité organisateur des festivités s'efforça de faire bonne contenance, mais il ne fut pas possible, dans des délais aussi courts et sans l'appui d'une pratique séculaire, de surmonter avec le flegme britannique tant prisé la déception de voir des indispositions aussi soudaines venir entacher la première soirée de cette nature.

Au sein du comité, c'étaient les « Jeunes Anglais », comme on les appelait plaisamment, qui avaient voix au chapitre. Ils furent les premiers à ne pas considérer comme une compensation satisfaisante de cette regrettable et triple défection le fait que Diana Wilkins fût restée en bonne santé. Il était certes incontestable que, grâce à son mariage avec ce pauvre Mr Wilkins décédé dans des conditions aussi tragiques, elle possédait depuis des années la nationalité britannique, mais elle se montra totalement incapable d'apprécier à son juste prix l'honneur qui lui avait été ainsi conféré. Après avoir à peine absorbé le quart d'une bouteille de whisky, elle se mit à confondre les Anglais avec les Russes à qui elle vouait une haine obstinée.

Avec beaucoup plus d'indignation encore, on nota que Walter, dont les projets de réinstallation en Allemagne étaient de toute façon à l'origine de nombreuses injures et de nombreux conflits, avait eu l'impudence de parler de « maladie anglaise ». Seuls le fait qu'il portât encore l'uniforme du très vénéré roi anglais et la compassion qu'inspirait sa malheureuse épouse, dont chacun savait l'opinion qu'elle avait de l'Allemagne, préservèrent Walter de franches manifestations d'hostilité.

À défaut d'hôtes qui auraient assuré à la fête le prestige social qu'elle méritait, les responsables se sentirent tenus de respecter les traditions anglaises. Mais ne sachant pas trop comment concilier cette louable ambition avec leur connaissance par trop lacunaire de la vie dans la bonne société britannique, les *refugees* veillèrent avec un soin maniaque à ne négliger aucun des détails que de très régulières sorties au cinéma leur avaient permis d'enregistrer. Les récits des cérémonies organisées dans la Maison royale – festivités dont les actualités cinématographiques rendaient compte avec abondance en cette période de l'année – se révélèrent à cet égard d'une aide incommensurable. Au coucher du soleil, les dames se présentèrent en robes du soir amplement décolletées et longues à toucher le sol, dont le caractère désuet sautait aux yeux ; la plupart d'entre elles n'avaient pas été portées une seule fois de tout l'exil. Du fait de leur manque de perspicacité à l'heure d'émigrer, les hommes durent, à leur grand regret, renoncer au smoking que les fermiers des hautes terres, résidents de longue date, considéraient comme le *dinner dress* obligatoire, même en dehors de toute circonstance particulière. Les gentlemen allemands compensèrent cette absence par la grande dignité de leur maintien dans de sombres costumes étriqués. Un mot perfide d'Elsa Conrad fit toutefois le tour de la petite société avec beaucoup trop de promptitude.

— Je me demande comment vous osez sentir à ce point les boules de naphtaline allemandes, remarqua-t-elle, avec des reniflements effrontés à l'adresse d'Hermann Friedländer, un homme qui, justement, prétendait rêver déjà en anglais.

Avec un soin du détail très prussien, on accrocha, entre les piquants des cactus desséchés et menaçants, des papillotes à pétard qui, dans l'ancienne patrie, auraient servi à la rigueur d'accessoires décoratifs lors des anniversaires enfantins et sur lesquels, en dépit de tous les efforts de réorientation intellectuelle, pesait toujours une réputation de ridicule. Avec zèle, mais aussi avec la perplexité de ceux qui n'entretiennent pas avec les derniers engouements les rapports de familiarité qui s'imposent, on se procura les disques des chansons à la mode ; il ne fait pas de doute que, dans toute la colonie, aucune fête de Nouvel An n'entendit jouer aussi souvent *Don't Fence Me In* que ce ne fut le cas entre le coucher du soleil et minuit sur les pelouses jaunâtres du Hove Court. Le véritable whisky écossais, dont, malgré son prix exorbitant, le comité d'organisation avait décrété avec intransigeance qu'il serait la seule boisson convenant à la circonstance, fut à l'origine d'un petit incident.

À peine eut-on commencé à le consommer que, d'une manière impossible à reconstituer *a posteriori* mais qui n'en fut pas moins fort désagréable, il fit naître, en dépit de l'euphorie ambiante et de la chaleur paralysante, des souvenirs mélancoliques de punch et de crêpes berlinois. Il y eut même des querelles extrêmement confuses pour déterminer si les gâteaux de la Saint-Sylvestre, à une époque que l'on s'efforçait pourtant d'oublier avec énergie, étaient fourrés à la compote de pruneau ou à la gelée de groseille.

Le petit feu d'artifice fut en revanche tenu pour un succès et l'idée de chanter *Auld Lang Syne* sous le jacaranda recueillit plus d'assentiments encore. Spécialement répété en l'honneur des hôtes anglais malheureusement indisposés, le chant, émis par des gorges allemandes, souffrit certes d'accents inhabituellement durs. On eut beau former cercle dans la disposition prescrite et se tendre la main avec l'air absent des ladies victoriennes, cette nuit africaine n'évoqua que de fort loin la souplesse et la mélancolie écossaises.

Walter, à la cantine de sa compagnie, avait souvent eu l'occasion d'assister à de telles manifestations traditionnelles si bien que le fossé entre vouloir et pouvoir ne put échapper à sa perspicacité doublée en l'occurrence d'une joie maligne. Mais, pour l'amour de Jettel, il s'abstint de toute remarque ironique. On n'en enregistra pas moins son sourire avec autant de désapprobation que s'il avait proféré des critiques à haute et intelligible voix. Il fut plus désagréable encore, à peine le chant terminé, de l'entendre murmurer à sa femme, distinctement et sans aucune honte :

— L'année prochaine à Francfort !

Jettel, ne saisissant pas l'allusion à l'antique et nostalgique prière de la pâque juive, lui répliqua avec irritation :

— Pas aujourd'hui !

La honte d'une pareille ignorance des usages religieux et de la tradition juive fut ressentie comme la juste punition d'un blasphème et, surtout, comme l'occasion bienvenue de mettre la sourdine qui s'imposait au manque de tact et aux provocations de Walter.

Max fut réveillé par le bruit du feu d'artifice, alors que faisait rage une querelle – jugée d'une incroyable indignité par la majorité des participants à la fête – à propos du texte exact de « Nul beau pays en cette époque ». Il souhaita la bienvenue à la nouvelle année à la manière traditionnelle des bébés nés dans la colonie. Bien qu'âgé de moins de dix mois, il prononça son premier mot compréhensible. Pour être fidèle à la vérité, il faut avouer qu'il ne dit ni « maman », ni « papa », mais « Aja ». Chebeti, qui était assise dans la

395

cuisine et qui s'était précipitée vers le lit de l'enfant dès son premier gémissement, se mit à lui répéter inlassablement ce mot merveilleux qui lui réchauffait la peau plus agréablement encore qu'une couverture de laine durant les tempêtes glaciales de son pays montagneux. Son rire guttural finit de le réveiller et les brefs sons mélodieux qui lui chatouillaient les oreilles le fascinèrent ; alors, effectivement, il dit une deuxième fois Aja avant de répéter le mot sans s'arrêter.

Dans l'espoir que le miracle allait se renouveler à l'endroit propice, Chebeti porta son trophée gargouillant jusqu'à l'arbre en dessous duquel se tenait la fête. Elle fut récompensée au-delà de ses espoirs. La *memsahib* et le *bwana*, la bouche ouverte et le regard enflammé, furent ébahis ; puis ils lui prirent des bras le *toto* qui gigotait à qui mieux mieux et lui dirent tour à tour « papa » et « maman », d'abord tout bas et en riant, mais bientôt d'une voix beaucoup plus forte et avec une détermination qui les firent ressembler à des guerriers à l'heure du combat décisif. La plupart des hommes prirent parti en braillant « papa » ; ceux qui pensèrent à temps à leur récent passeport britannique tentèrent un « *daddy* ». Les femmes soutinrent Jettel à grand renfort de « maman » enjôleurs : on aurait cru voir à l'œuvre les poupées de leur enfance qui parlaient quand on leur appuyait sur le ventre. Il ne fut pourtant pas possible de tirer de Max un autre mot qu'Aja, jusqu'au moment où, épuisé, il se rendormit.

À dater de ce jour, Max Redlich connut un développement linguistique irrésistible. Il disait *kula* quand il avait faim, *lala* quand on le mettait au lit et, très correctement, *chai* en montrant la théière ; il appela *menu* sa première dent, nomma *toto* son reflet dans la glace et criait *bua* quand il pleuvait. Il réussit même à chiper le mot *kessu* qui signifiait à la fois demain, le futur et une unité de temps indéfinissable, concept déchiffrable et rationnel pour le seul Owuor.

Walter riait quand il entendait parler son fils et,

pourtant, la joie que lui procurait le babillage enfantin était gâtée par une susceptibilité qu'il tentait d'excuser à ses propres yeux en invoquant sa trop grande nervosité. Il trouvait certes puéril et même maladif d'accorder un tel poids aux mots, mais il n'en était pas moins tourmenté par l'idée que l'Afrique pouvait avoir déjà fait de son fils un étranger pour lui. Ce qui le faisait encore plus souffrir, c'était de soupçonner sa fille d'enseigner délibérément à son frère ces mots-là et de savourer l'émoi que suscitait chaque mot nouveau. Il se demandait, chagriné et surtout vexé, si sa fille ne voulait pas lui signifier par là qu'elle aimait l'Afrique et qu'elle désapprouvait sa décision de rentrer au pays. Regina, pourtant, avec une indignation que seul Owuor savait aussi imprimer à ses traits au moment opportun, contestait toute implication personnelle dans une évolution que Walter, dans les moments où il était le plus déprimé, avait l'habitude d'appeler un choc des cultures, sans toutefois jamais prononcer le mot tout haut. Il s'ajoutait à cela qu'au Hove Court le vocabulaire swahili du petit Max fournissait l'occasion de perpétuelles railleries. Même chez les quelques voisins compréhensifs et tolérants, cette richesse passait pour la preuve sans équivoque que l'enfant était plus intelligent que son irresponsable de père et que, dans son innocence, il donnait à entendre qu'il n'appréciait pas qu'on veuille le traîner en Allemagne. Quand Max finit par émettre un son à trois syllabes qu'avec beaucoup d'imagination on pouvait interpréter comme le nom d'Owuor, les nerfs de Walter craquèrent. Le visage écarlate et les poings serrés, il apostropha sa fille :

— Pourquoi fais-tu ton possible pour me faire de la peine ? Tu ne remarques pas que tout le monde ici se moque de moi parce que mon fils refuse de parler ma langue ? Et ta mère s'étonne encore que je veuille partir d'ici. J'avais toujours cru que toi au moins tu serais de mon côté.

Regina, horrifiée, comprit avec quelle perfidie son imagination l'avait trompée et entraînée à trahir sa parole et son amour. Le repentir et la honte lui brûlèrent la peau et enfoncèrent des couteaux dans son cœur. Elle s'était adonnée avec une telle ferveur à son rôle de fée maîtrisant la magie de la langue qu'elle était devenue sourde et aveugle aux sentiments de son père. Effrayée, elle chercha une excuse mais, dans son émotion, le seul fait de penser à la langue paternelle lui paralysait la langue.

S'apercevant que ses lèvres commençaient à former le mot *missuri* qui signifiait à la fois « bien » et « j'ai compris », elle secoua la tête. Lentement, mais avec une grande détermination, elle se dirigea vers son père et ravala sa tristesse. Puis elle lui enleva le sel des yeux en l'embrassant. Le lendemain, Max disait « papa ».

Lorsque, à la fin de la semaine, il dit aussi « maman », les oreilles de sa mère n'étaient toutefois plus en état d'accueillir le bonheur tant attendu, même si les larmes en cet instant précis lui coulaient jusqu'au menton. Max poussait déjà pour la deuxième fois le cri de « maman » et Chebeti battait des mains quand Walter entra dans la cuisine.

— *Nous avons obtenu des places sur l'Almenzora*, s'écria-t-il en lançant sa casquette sur le canapé avec une joie exubérante. Le navire appareille le 9 mars de Mombasa.

— Puttarken est sain et sauf, dit Jettel toujours en larmes.

— Qu'est-ce qui, par tous les diables, t'amène à parler d'un Puttarken ? Qui cela peut-il bien être ?

— Puttarken, Schützenstrasse, répondit Jettel.

Elle se leva, essuya rapidement ses larmes à la manche de son corsage et alla à la fenêtre, comme si elle avait attendu cet instant depuis longtemps. Puis elle posa ses doigts sur ses lèvres et, bien qu'il ne fût que dix-sept heures, elle ferma les rideaux.

Walter comprit immédiatement. Il demanda néanmoins, incrédule :

— Tu ne veux tout de même pas parler de notre Puttfarken, celui de Leobschütz ?

— De qui donc, si je ferme les rideaux en plein jour ? dit Jettel qui se mit alors à imiter une voix si longtemps oubliée et qui venait d'un seul coup de lui revenir en mémoire : Anna, fermez d'abord les rideaux. Il vaut mieux que personne ne me voie ici. Je suis fonctionnaire et je dois être prudent. Mon Dieu, Walter, est-ce que tu te souviens comme cela énervait notre Anna ? Elle le traitait toujours de lâche.

— Il ne l'était pas. Mais qu'est-ce qui t'amène à parler de lui ?

— Bwana, la lettre, intervint Owuor en montrant la table.

— Elle vient de Wiesbaden, expliqua Jettel. C'est à présent une grosse légume, un conseiller ministériel, lut-elle à haute voix mais en avalant de travers à chaque syllabe, au milieu de rires étouffés. Laisse-moi te la lire. Je m'en fais une fête depuis ce matin.

« Cher ami Redlich, commença-t-elle, seule une forte grippe (si tant est que vous sachiez encore ce que c'est dans votre paradis ensoleillé) m'offre enfin aujourd'hui le loisir de vous écrire. Vous aurez par conséquent déjà reçu la lettre du ministère. C'est l'inverse qui aurait dû se produire. Je m'imagine facilement votre perplexité quand vous avez dû vous demander par quel hasard quelqu'un vous connaissait à Wiesbaden. Nous savons ici, depuis un bon bout de temps, que le hasard est désormais le seul élément stable sur lequel on puisse encore compter, mais j'espère sincèrement que ce que vous avez vécu a été un peu meilleur à cet égard.

« Comment vous décrire mon ahurissement lorsque la lettre de M. le Dr Redlich sollicitant un emploi au ministère de la Justice de la Hesse a atterri précisément sur mon bureau ? Depuis la démission de

Bismarck, je suis sans doute le premier fonctionnaire allemand à avoir pleuré sur son lieu de travail. J'ai lu et relu votre demande un nombre de fois incalculable, sans arriver à me persuader que vous étiez encore en vie. À Leobschütz, peu après votre départ en exil, le bruit a couru que vous aviez été attaqué par un lion et aviez trouvé la mort en cette circonstance. Seules les précisions que vous donniez à propos de vos études et de votre activité en tant qu'avocat à Leobschütz m'ont donné la certitude que vous étiez bien l'ami des jours heureux, à jamais enfuis.

« Et puis j'ai eu de la peine à imaginer comment un homme ayant réussi à échapper à cette Allemagne voulait revenir dans ces ruines et parmi ces gens qui lui avaient réservé le sort qui fut le vôtre et celui de votre peuple. Que n'avez-vous pas dû supporter dans votre exil, quelle vie a dû être la vôtre pour que vous trouviez le courage d'une décision aussi lourde de conséquences ! Courage que, bien entendu, je salue bien bas. Ici, en Allemagne, nous avons démis les juges politiquement compromis, mais, du coup, ceux qui restent sont trop peu nombreux pour pouvoir reconstituer une justice. Préparez-vous donc à ne rester que brièvement conseiller auprès du tribunal d'instance et à bénéficier bientôt d'une promotion. Maass, le président du tribunal d'instance, vous plaira. C'est quelqu'un d'éminemment respectable que les nazis avaient chassé des services judiciaires et qui a eu toutes les peines du monde, durant ces années, à faire vivre sa famille.

« Le moment est venu d'évoquer aussi ma propre histoire. Il n'a servi à rien que votre Anna (m'a-t-elle depuis lors pardonné, cette chère âme ?) ait sans cesse dû fermer les rideaux quand je vous rendais visite, dans votre rue, l'Asternweg, afin que personne n'apprenne que j'entretenais encore des relations avec des Juifs. Peu après votre départ, j'ai été suspendu du service parce que ma femme était juive ; grâce à ce bon vieux Tenscher qui a intercédé en ma faveur, on m'a néanmoins confié une espèce de travail d'employé au cadastre.

« Au bout de quelques mois, à l'instigation du chef de district Rummler dont vous ne gardez, je l'espère, pas un souvenir aussi vif que moi, on m'a aussi chassé de cet emploi. On m'avait auparavant convoqué à trois reprises à Breslau, me faisant miroiter la perspective d'être aussitôt réengagé dans le service public au cas où je divorcerais d'avec mon épouse juive. Jusqu'à la déclaration de guerre, j'ai ensuite réussi à nourrir tant bien que mal ma famille grâce aux travaux occasionnels que me procurait l'avocat Pawlik et dont, bien sûr, personne ne devait entendre parler. Il ne m'a jamais été possible de m'acquitter de ma dette envers lui.

« Il est tombé en Pologne dès le premier mois de la guerre. Pour ma part, j'ai été déclaré "indigne du service armé" et contraint au travail forcé en 1939. Je vous parlerai de cette époque quand nous retrouverons. Ma plume se refuse à coucher noir sur blanc ce que nous avons vécu, bien que j'aie parfaitement conscience que cela aurait pu être pire encore.

« Nous avons fui la haute Silésie, Käthe, mon fils Klaus né la même année que votre fille, et moi-même, avec le premier treck de l'après-guerre. L'angoisse permanente d'être déportée avait altéré la santé de Käthe durant toutes ces années et, durant notre exode, elle fut de surcroît blessée à une jambe. Nous avons alors craint le pire. Bien que j'aie désappris à croire en Dieu, il faut lui être de même reconnaissant de nous avoir permis d'arriver tous les trois ici, à Wiesbaden, où un lointain parent nous a recueillis. Et, à présent, c'est précisément à Hitler que je dois une carrière dont je n'aurais jamais osé rêver à Leobschütz.

« Käthe a été saisie d'une forte émotion quand je lui ai parlé de votre demande. Mon fils n'en peut plus d'attendre de faire la connaissance d'un homme qui est allé jusqu'en Afrique. C'est un garçon renfermé, marqué par les événements des années tragiques, qui n'arrive à oublier ni l'angoisse de ses parents, ni les injustices ou les brimades dont il a eu à souffrir de la part de ses camarades ou de ses maîtres. Il n'a pas eu le droit d'entrer au lycée et il a aujourd'hui du mal à suivre à l'école. Il rêve d'émigrer, en une espèce d'obsession qui n'est pas de son âge. Je crois qu'il ne tardera pas à nous quitter.

« Je crains d'avoir été trop long, mais vous écrire m'a fait du bien. Le seul fait de songer que cette lettre va partir pour Nairobi, pour un monde libre et sans ruines, me bouleverse. Et, tout en écrivant, j'ai constamment l'impression d'être assis dans votre salon de Leobschütz, rideaux ouverts ! Je n'ose pas vous demander quel sort ont connu votre père et votre sœur, que j'ai rencontrés une fois chez vous. J'hésite tout autant à vous encourager à tenter ce nouveau départ dans la vie. Les Allemands ont non seulement perdu une grande partie de leurs territoires et de leurs villes, ils ont aussi perdu leur âme et leur conscience. Le pays est plein de gens qui n'ont rien vu, rien su ou qui prétendent avoir été "toujours contre". Et on recommence déjà à diffamer les quelques Juifs qui sont restés après avoir échappé à l'enfer. Ils reçoivent, en plus des rations alimentaires des consommateurs normaux, une attribution réservée aux travailleurs de force. Cela suffit aux coupables pour recommencer à exclure les victimes.

« Faites-moi savoir aussi rapidement que possible la date exacte de votre retour. Mon pessimisme et mon expérience m'interdisent de parler de retour au pays. Tout ce qui est en mon pouvoir pour vous venir en aide, je le ferai. Mais n'attendez pas trop d'un conseiller ministériel qui a la tare d'être originaire de Leobschütz. Ici, à l'Ouest, nous passons pour la "racaille de l'Est" et personne ne veut savoir combien la perte de notre patrie a entraîné pour nous de destructions, tant de bien matériels que de valeurs spirituelles. Il m'est plus aisé de vous promouvoir au poste de président du tribunal d'instance que de vous procurer un appartement ou une livre de beurre.

« Ne vous laissez toutefois pas détourner de votre remarquable optimisme par mes plaintes – que je ressens comme tout à fait inopportunes en cette circonstance – et conservez aussi votre humour dont je me souviens très bien et avec grand plaisir. Si cela vous est possible, apportez du café avec vous. Le café est en effet devenu la nouvelle monnaie allemande. Avec du café, on peut tout s'acheter. Même un passé blanc comme neige. Ici, maintenant, on appelle ça un "certificat-Persil".

« Ma femme et moi vous attendons, vous et votre famille, avec impatience et chaleur. Bien affectueusement, votre Hans Puttfarken.

« P.-S. J'allais oublier : votre vieil ami Greschek a atterri dans un village du Harz. J'ai eu son adresse par hasard et je lui ai annoncé par lettre votre intention de revenir en Allemagne. »

En remettant la lettre dans son enveloppe, Jettel fit effort pour retrouver les traits de Puttfarken, mais la seule chose dont elle se souvint, c'est qu'il était grand et blond et qu'il avait des yeux très bleus. Elle voulait au moins dire cela à Walter, mais le silence avait déjà été trop long pour qu'elle trouve les mots capables de dissiper l'émotion. D'un geste timide, elle s'éventa à l'aide de l'enveloppe. Owuor la lui prit des mains et la posa sur une assiette en verre.

Il imita les petits sifflements que, jeune garçon, il avait appris des oiseaux et sourit en pensant à un mot que la *memsahib* avait emprunté au papier puis, toujours sifflant, il rouvrit le rideau. Un rayon du soleil de l'après-midi, déjà bien bas sur l'horizon, se refléta dans le verre, jetant sur le papier gris un mince voile de brume bleue. Le chien se réveilla, levant paresseusement la tête, et en bâillant, claqua bruyamment des dents, comme au temps de sa jeunesse, quand il sentait encore les lièvres dans les herbes.

— Rummler, dit Owuor en riant, la lettre a appelé Rummler. J'ai entendu le nom de Rummler.

— Tu parles! Si Puttfarken savait ce qu'est devenu mon humour! dit Walter. Ah, Jettel, est-ce qu'au moins ça te fait un peu de bien de recevoir une lettre pareille? Après toutes ces années où on nous a traités comme si nous étions de la merde?

— Je ne sais pas. Je ne sais pas que dire. Je n'ai pas tout compris.

— Et tu crois que, moi, j'ai tout compris? Je ne sais qu'une chose : voilà un homme qui se souvient de moi comme j'étais jadis. Et qui veut nous aider. Prenons le temps de nous habituer, madame le docteur, à ce que les choses aient changé. N'écoute pas ce que disent les gens ici. Nous sommes tombés plus bas qu'eux, mais, en échange, nous sommes mieux à même que d'autres de tout reprendre à zéro dans la vie. Nous y arriverons. Notre fils ignorera ce que cela signifie d'être un exclu.

Pendant un instant, Jettel eut l'impression que la douceur et le désir, dans la voix de Walter, lui avaient rendu les rêves, les espoirs et l'assurance de sa jeunesse, son amour aussi, et sa joie de vivre. Mais le sentiment d'être à l'unisson avec son mari était pour elle quelque chose de trop étranger pour durer longtemps.

— Au fait, qu'est-ce que tu disais tout à l'heure, à ton arrivée? Je ne me le rappelle déjà plus.

— Mais si, Jettel, tu te le rappelles très bien. Je disais que nous embarquerons le 9 mars sur l'*Almanzora*. Et, cette fois, nous ne voyagerons pas séparément. Nous serons ensemble. Je suis content que le temps de l'incertitude soit terminé. Je crois que je n'aurais pas pu supporter l'attente plus longtemps.

24

À quatre heures du matin, Walter fut réveillé par un bruit qu'il ne réussit pas à identifier. Il s'efforça un long moment de capter les légères vibrations qui lui semblaient venir de très près et qui lui étaient plus agréables que la peur de l'insomnie, mais ses oreilles ne perçurent que le silence de l'heure angoissante précédant le lever du soleil, silence qui aussitôt chassa sa sérénité. Il attendit avec impatience le gazouillis des oiseaux dans les eucalyptus devant la fenêtre, qui lui signalait habituellement qu'il était temps de se lever ; la tension qui l'habitait aiguisa ses sens avant l'heure. Bien que la première lumière grise du matin n'ait pas encore coloré la nuit, Walter crut distinguer la silhouette claire des quatre grandes caisses prêtes à être embarquées.

Elles avaient servi d'armoires depuis l'arrivée en Afrique et il y en avait maintenant une contre chacun des murs de la chambre, toutes recouvertes de l'écriture droite et enfantine de Jettel. Owuor avait fini de les remplir la veille au soir et les avait clouées à coups de marteau avec une telle énergie que les Keller, habitant l'appartement contigu, furieux, avaient en retour cogné au mur. À l'idée que la plus grande partie de leur existence des neuf dernières années était enfin enfermée, Walter s'était senti libéré. Les deux semaines les séparant de l'appareillage de l'*Almanzora* se passeraient sans les épuisantes disputes que déclenchait chaque décision à prendre concernant ce qu'on emporterait et ce qu'on laisserait.

Walter avait l'impression que le destin lui accordait une dernière bribe de normalité. Le répit lui parut trop bref. Il écouta le grincement de ses dents avec une intense concentration, comme si ce bruit désagréable avait été particulièrement important. Au bout d'un certain temps, à sa grande surprise, il fut effectivement libéré du poids qui ne cessait de le tourmenter durant la journée. Désarmé par un sentiment de culpabilité dont il lui était impossible de parler s'il ne voulait pas perdre son énergie, il avait dû se justifier auprès de Jettel ou de Regina pour chacun de ses propos, pour ses soupirs, pour chacun de ses emportements, pour chacune de ses hésitations.

C'est seulement durant la nuit qu'il lui était permis de s'avouer que la déception le torturait avant même que la semence de l'espoir n'ait pu commencer à germer. Depuis le moment où il avait entrepris de faire les bagages, Walter était affligé de constater de quelle manière violente et exclusive les caisses lui remettaient en mémoire le départ en exil. Contrairement à ce qu'il s'était figuré pendant des mois, sous le coup d'une euphorie qui l'avait comblé, elles ne symbolisaient pas le départ si longtemps souhaité vers un bonheur retrouvé.

Pour s'obliger au repos, Walter serra très fort les lèvres, jusqu'à l'instant où la douleur fut assez vive pour lui permettre d'engager le combat contre les fantômes malins surgis du passé et menaçant l'avenir. Il entendit alors pour la deuxième fois le son qui l'avait tiré du sommeil. De la cuisine venait un bruit léger qui trahissait le lent déplacement de pieds nus sur le plancher rugueux et, de temps en temps, on avait l'impression que Rummler frottait sa queue contre la porte fermée.

Walter ne put retenir un sourire en se disant que le chien ne bougeait pas d'un poil – à peine ouvrait-il un œil – tant que l'eau chaude n'avait pas été versée dans la théière, mais la curiosité finit par le pousser à aller voir ce qui se passait. Se levant sans bruit pour ne pas réveiller Jettel, il se glissa sur la pointe des pieds jusqu'à la cuisine. Le reste d'une petite bougie était collé sur un couvercle en fer-blanc et sa longue flamme plongeait la pièce dans une lumière blafarde et jaune. Owuor était assis par terre dans un coin, entre des casseroles et la poêle rouillée qui les avait suivis depuis Leobschütz ; il avait les yeux fermés et se frottait les pieds pour les réchauffer. Rummler était couché à côté de lui. Il était effectivement réveillé et il avait une grosse corde autour du cou.

Un mouchoir à carreaux bleus et blancs, noué de manière à former un ballot plein à craquer et fixé à un gros bâton, se trouvait sous la table. De l'un des nombreux trous pendait la manche du *kanzu* blanc avec lequel Owuor servait à table depuis l'époque de Rongai. Fraîchement repassée, rectangle noir soigneusement plié, la robe d'avocat de Walter était posée sur le rebord de la fenêtre. Il ne la reconnut qu'à la soie fragile du col et des revers.

— Owuor, que fais-tu là ?
— Je suis assis et j'attends, Bwana.
— Pourquoi ?
— J'attends le soleil, expliqua Owuor.

Il ne prit que le temps nécessaire pour faire paraître dans ses yeux le même étonnement que celui qu'exprimaient les yeux du *bwana*.

— Et pourquoi Rummler a-t-il cette corde autour du cou ? Tu veux le vendre au marché ?
— Bwana, qui achèterait un vieux chien ?
— Je voulais seulement te voir rire. Maintenant, dis-moi enfin pourquoi tu es ici.
— Tu le sais bien.
— Non.
— Tu as toujours menti avec la bouche seulement, Bwana. Moi et Rummler, nous partons pour un long

safari. Le premier qui part en safari garde les yeux secs.

Sans pouvoir ouvrir la bouche, Walter répéta chacun des mots. Quand il s'aperçut que sa gorge était douloureuse, il s'assit par terre à côté de Rummler et caressa le pelage ras et rêche sur la nuque. Le corps chaud du chien le fit penser aux nuits, devant la cheminée à Ol'Joro Orok, qu'il croyait oubliées et cela lui donna envie de dormir. Il résista à l'apaisement qui commençait à l'engourdir, en serrant la tête contre les genoux. La pression sur ses orbites lui fut d'abord agréable mais, ensuite, les couleurs qui se décomposaient dans la lumière comme ses pensées le gênèrent. Il lui sembla avoir déjà vécu une fois cette scène qui lui paraissait à présent tellement irréelle, sans arriver toutefois à se rappeler quand. Sa mémoire se laissa entraîner trop vite et trop complaisamment dans des images confuses. Il vit son père devant l'hôtel de Sohrau, mais, quand la bougie entama son dernier combat pour l'existence, le père se détourna du fils et se métamorphosa en Greschek, appuyé contre le bastingage de l'*Ussukuma*, à Gênes.

Un vent violent agitait le drapeau à croix gammée. Épuisé, Walter attendait d'entendre le son de la voix de Greschek, sa prononciation âpre et la violence têtue des syllabes qui rendraient la séparation encore plus difficile qu'elle ne l'était de toute façon. Greschek, pourtant, ne dit rien, se contentant de secouer la tête si fort que le drapeau se détacha et tomba sur Walter. Il ne sentit alors plus rien que sa propre impuissance et le silence oppressant.

— Kimani, dit Owuor, est-ce que ta tête connaît encore Kimani?

— Oui, se dépêcha de répondre Walter, soulagé de pouvoir à nouveau entendre et penser. Kimani était un ami comme toi, Owuor. J'ai souvent pensé à lui. Il s'est enfui de la ferme avant même que j'aie quitté Ol'Joro Orok. Je n'ai pas pu lui dire *kwaheri*.

408

— Il t'a vu partir, Bwana. Il est resté trop longtemps debout devant la maison. L'auto est devenue de plus en plus petite. Le lendemain matin, Kimani était mort. Dans la forêt, on n'a retrouvé qu'un morceau de sa chemise.

— Tu ne m'en as jamais parlé, Owuor. Pourquoi ? Qu'est-il arrivé à Kimani ?

— Kimani a voulu mourir.

— Mais pourquoi ? Il n'était pas malade. Il n'était pas vieux.

— Kimani ne parlait qu'avec toi, Bwana. Tu te rappelles ? Le *bwana* et Kimani étaient toujours sous un arbre. Devant le *schamba* le plus beau, avec le lin le plus haut. Tu remplissais sa tête avec les images de ta tête. Kimani a plus aimé les images que ses fils et le soleil. Il était intelligent, mais il n'était pas assez intelligent. Kimani a laissé le sel entrer dans son corps et il est devenu sec comme un arbre sans racines. Un homme doit partir en safari quand l'heure est arrivée.

— Owuor, je ne te comprends pas.

— Owuor, je ne te comprends pas. C'est toujours ce que tu disais quand tes oreilles ne voulaient pas entendre. Même le jour où les sauterelles sont venues. J'ai dit : « Les sauterelles sont là, Bwana », mais le *bwana* a dit : « Owuor, je ne te comprends pas. »

— Arrête de me voler ma voix, dit Walter.

Il s'aperçut que sa main quittait le pelage de Rummler en direction du genou d'Owuor ; il voulut la retenir, mais elle était sourde à sa volonté. Un instant, qui lui parut très long et durant lequel il sentit avec de plus en plus de force combien la peau d'Owuor était chaude et lisse, il s'interdit de comprendre. Puis vint la souffrance aiguë et la certitude que cette séparation serait plus cruelle encore que toutes celles qui l'avaient précédée.

— Owuor, dit-il en dominant la douleur de sa blessure toute fraîche, que vais-je dire à la *memsahib* si tu ne viens pas travailler aujourd'hui ? Dois-je lui dire : Owuor ne veut plus t'aider ? Dois-je lui dire : Owuor veut nous oublier ?

— Chebeti fera mon travail, Bwana.

— Chebeti n'est qu'une *aja*. Elle ne travaille pas dans la maison. Tu le sais bien.

— Chebeti est ton *aja*, mais elle est ma femme. Elle fait ce que je dis. Elle ira avec toi et la *memsahib* jusqu'à Mombasa et elle portera le petit *askari*.

— Tu n'avais jamais dit que Chebeti était ta femme, dit Walter.

Son ton réprobateur lui parut puéril et, gêné, il s'essuya la sueur du front.

— Pourquoi, demanda-t-il à voix plus basse, ne l'ai-je pas su ?

— La *memsahib kidogo* le savait. Elle sait toujours tout. Elle a des yeux comme les nôtres. Tu as toujours dormi sur tes yeux, Bwana, dit Owuor en riant. Le chien, poursuivit-il en parlant aussi vite que s'il avait eu depuis longtemps dans la bouche chacune de ses paroles, ne peut pas monter sur un bateau. Il est trop vieux pour une nouvelle vie. Je m'en irai avec Rummler. Comme je suis parti de Rongai et ensuite d'Ol'Joro Orok pour Nairobi.

— Owuor, implora Walter avec lassitude, tu dois dire *kwaheri* à la *memsahib kidogo*. Dois-je dire à ma fille : Owuor est parti et ne veut plus te voir ? Dois-je dire : Rummler est parti pour toujours ? Le chien est un morceau de mon enfant. Tu le sais bien. Tu étais présent quand elle et Rummler devinrent amis.

Son soupir fut comme le premier sifflement du vent après la pluie. Le chien remua une oreille. Son glapissement était encore dans sa gueule quand la porte s'ouvrit.

— Owuor doit partir, papa. Ou bien veux-tu que son cœur se dessèche ?

— Regina, depuis combien de temps es-tu réveillée ? Tu nous écoutais. Tu savais qu'Owuor nous quitte ? Comme un voleur dans la nuit ?

— Oui, dit Regina.

En répétant le mot, elle fit avec la tête le petit geste de dénégation par lequel elle empêchait son frère de fouiller dans l'écuelle du chien.

— Mais pas comme un voleur, expliqua-t-elle, la tristesse alourdissant sa voix. Owuor doit partir. Il ne veut pas mourir.

— Seigneur, arrête, Regina, arrête ces bêtises. On ne meurt pas d'une séparation. Sinon, il y a longtemps que je serais mort.

— Bien des gens déjà morts continuent à respirer.

Effrayée, Regina coinça sa lèvre inférieure entre ses dents, mais il était trop tard. Elle avalait déjà le sel et sa langue n'avait plus la force de retirer la phrase. Sa confusion fut telle qu'elle crut même entendre rire son père et qu'elle n'osa pas le regarder en face.

Qui t'a dit une chose pareille, Regina ?

— Owuor. Il y a longtemps. Je ne sais plus quand, dit-elle en mentant.

— Owuor, tu es intelligent.

Owuor fut obligé de solliciter ses oreilles, pareil à un chien qui entend un premier son au sortir d'un profond sommeil, car le bwana avait parlé comme un vieil homme ayant trop d'air dans la poitrine. Il parvint néanmoins à savourer le compliment comme aux jours heureux de la joie pure. Il tenta de ressaisir le temps déjà mort, mais il lui coula entre les doigts comme du maïs moulu trop fin. Alors, il poussa pesamment son corps de côté et Regina s'assit entre lui et son père.

Le silence était bienfaisant et rendait la douleur qui ne voulait pas sortir du corps aussi légère que la plume d'une poule venant de pondre son premier œuf. Tous trois se turent jusqu'à ce que la lumière du jour soit devenue blanche et claire et que le soleil ait donné aux feuilles la teinte vert foncé qui annonçait une journée dont l'air serait de feu.

— Owuor, dit Walter en ouvrant la fenêtre, mon vieux manteau noir est encore là. Tu l'as oublié.

— Je ne l'ai pas oublié, Bwana. Le manteau ne m'appartient plus.

— Je te l'ai offert. Le sage Owuor ne le sait-il plus ? Je te l'ai offert à Rongaï.

— Tu vas à nouveau enfiler le manteau.

— D'où le sais-tu ?

— À Rongaï, tu as dit : je n'ai plus besoin du manteau. Il vient d'une vie que j'ai perdue. À présent, dit Owuor en riant, montrant ses dents comme aux jours qui n'étaient que farine de maïs, tu as retrouvé ta vie. La vie avec le manteau.

— Il faut que tu l'emportes, Owuor. Sans le manteau, tu m'oublieras.

— Bwana, ma tête ne peut pas t'oublier. J'ai appris tellement de paroles de toi.

— Dis-les, dis-les encore une fois, mon ami.

— *J'ai perdu mon cœur à Heidelberg,* fredonna Owuor.

Il constata qu'à chaque son sa voix devenait plus vigoureuse et que, dans sa gorge, la musique était toujours aussi douce au goût que la première fois.

— Tu vois, dit-il d'un ton de triomphe, ma voix elle aussi ne peut pas t'oublier.

Avec détermination, mais les mains tremblantes, Walter prit la robe d'avocat, la déplia et la disposa autour des épaules d'Owuor comme s'il avait été un enfant que son père veut protéger du froid.

— Va à présent, mon ami, dit-il, moi non plus je ne veux pas avoir de sel dans les yeux.

— C'est bien, Bwana.

— Non, cria Regina sans se défendre plus longtemps contre le poids des larmes ravalées, non, Owuor, il faut que tu me soulèves encore une fois. Je ne devrais pas dire ça, mais je le dis quand même.

Quand Owuor la prit dans ses bras, Regina retint son souffle jusqu'à ce que la douleur ait coupé sa poitrine en deux. Elle frotta son front contre les muscles de la nuque d'Owuor et laissa son nez capter le parfum

412

de sa peau. Elle s'aperçut alors qu'elle avait recommencé à respirer. Ses lèvres devinrent humides. Ses mains saisirent la chevelure dans laquelle maintenant, jour après jour, luisait un nouveau petit filet lumineux et gris, mais Ownur venait de se transformer.

Il n'était plus vieux et plein de tristesse. Son dos était de nouveau droit comme la flèche d'un Massaï s'apprêtant à tirer. Ou bien était-ce la flèche d'Amour filant entre les images ? Pendant un instant, Regina eut peur d'avoir aperçu le visage d'Amour et de l'avoir à jamais chassé dans le pays où elle ne pourrait le suivre. Pourtant, quand elle put enfin relever les paupières, elle vit le nez d'Ownur et elle vit luire ses grandes dents. Il était redevenu le géant qui l'avait sortie de l'auto, à Rongaï, et lancée en l'air avant de la reposer avec une douceur infinie sur la terre rouge de la ferme.

— Ownur, tu ne peux pas t'en aller, chuchota-t-elle, la magie est encore là. Tu ne peux pas briser la magie. Tu ne veux pas partir en safari. Ce sont seulement tes pieds qui veulent partir.

Le géant aux bras robustes donna de quoi boire à ses oreilles. C'étaient des sons merveilleusement légers, capables de voler mais ne se laissant pas attraper. Ils avaient néanmoins le pouvoir, grâce aux larmes, de transformer des êtres faibles en êtres forts. Regina avait déjà renvoyé ses yeux à l'obscurité quand Ownur la reposa par terre. Elle avait senti les lèvres de son ami sur sa peau, mais elle savait qu'elle n'avait pas le droit de le regarder.

Pareille aux mendiants du marché, elle laissa son corps glisser sur le sol comme s'il manquait de force pour se défendre contre l'engourdissement. Elle écouta attentivement la mélodie de l'adieu ; elle entendit Rummler haleter, elle entendit les pas d'Ownur faire danser le bois, puis la porte grincer quand il l'ouvrit énergiquement ; elle entendit enfin, au loin, un oiseau chanter, signe qu'il existait toujours un monde

413

autre que celui des blessures à vif. Un bref instant, la cuisine sentit encore le pelage humide de Rummler mais, ensuite, il n'y eut plus que l'odeur de la cire froide, l'odeur de la bougie éteinte.

— Owuor reste chez nous. Nous ne l'avons pas vu partir, dit Regina.

Elle s'aperçut d'abord qu'elle avait parlé à haute voix, puis qu'elle pleurait.

— Pardonne-moi, Regina. Je ne voulais pas t'infliger une chose pareille. A ton âge, il fallait que je tombe de cheval pour savoir ce qu'était la douleur.

— Mais nous n'avons pas de cheval.

Walter, étonné, regarda sa fille. Lui avait-il trop volé de son enfance, qu'elle doive se consoler d'une plaisanterie, alors que les larmes lui coulaient sur la figure comme à un enfant qui n'entend que sa propre obstination ? Ou bien ne trouvait-elle de réconfort que dans la langue d'Afrique, soulageant son âme à l'aide d'un baume qu'il n'avait jamais expérimenté ? Il eut la tentation de tirer Regina à lui, mais à peine eut-il levé les bras qu'il les laissa retomber.

— Tu ne pourras jamais oublier, Regina.

— Je ne veux pas oublier.

— C'est aussi ce que j'ai dit autrefois. Et qu'est-ce que ça m'a rapporté ? Je fais souffrir l'être qui est pour moi la chose la plus importante au monde.

— Non, objecta Regina, tu ne peux pas faire autrement, il faut que tu partes en safari.

— Qui l'a dit ?

— Owuor. Il a dit autre chose encore.

— Quoi donc ?

— Il faut vraiment que je te le dise ? Ça va te vexer.

— Non, je te promets que non.

— Owuor a dit que je devrais te protéger, se remémora Regina en regardant par la fenêtre pour ne pas voir la tête de son père. Tu es un enfant. C'est Owuor qui l'a dit, papa, pas moi.

— Il a raison, mais ne le répète à personne, Memsahib kidogo.

— *Hapana, Bwana.*

Ils se serrèrent l'un contre l'autre, croyant avoir devant eux le même chemin. Walter venait pour la première fois d'entrer dans un pays qui était devenu, pour lui aussi mais trop tard, un bout de patrie. Regina n'en savoura pas moins la rareté de l'instant. Son père avait enfin compris que seul Mungo, le Dieu noir, rendait les gens heureux.

Composition Chesteroc Ltd
Achevé d'imprimer en France (Manchecourt)
par Maury-Eurolivres
le 30 juin 2006.
Dépôt légal juin 2006. ISBN 2-290-33504-5
1er dépôt légal dans la collection : août 2004

Éditions J'ai lu
87, quai Panhard-et-Levassor, 75013 Paris